アーチー・グリーンと錬金術師の呪い

ARCHIE GREENE AND THE ALCHEMIST'S CURSE

D.D.エヴェレスト
こだまともこ 訳

あすなろ書房

アーチー・グリーンと錬金術師《れんきんじゅつし》の呪《のろ》い

ARCHIE GREENE AND THE MAGIAN'S INSTRUCTIONS Book 2
by D. D. Everest

Japanese translation published by arrangement with
Faber and Faber Limited through The English Agency (Japan) Ltd.

ランチをいつも共にしてくれる、すばらしい森の散歩者、リンジーと
ランチを愛していた父、ピーター・ディアラブへ

もくじ

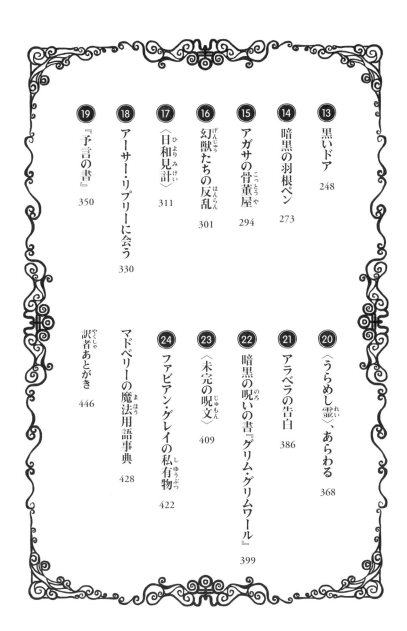

魔法《まほう》の三つの種類

【大自然の魔法《まほう》】

最もまじりけのない魔法《まほう》。
魔法《まほう》の生物や植物および大自然の根源的《こんげんてき》な力、
たとえば太陽、星、海などに由来する。

【現世《げんせ》の魔法《まほう》】

人間が作った魔法《まほう》。
魔術師《まじゅつし》が魔法《まほう》の力を使うために作りだした道具、
その他の方法もふくむ。

【超《ちょう》自然の魔法《まほう》】

三番目の最も恐《おそ》ろしい魔法《まほう》。
霊《れい》やその他、超《ちょう》自然的存在《そんざい》の力を利用する。

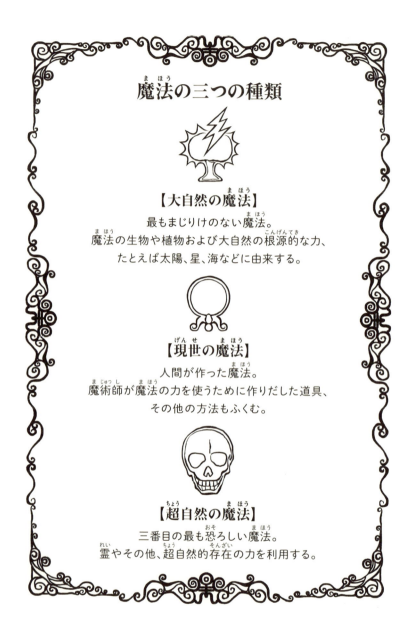

魔法《まほう》図書館の見習いが学ぶ、三つの技術《ぎじゅつ》

❶ 本探《ほんさが》し

❷ 本作り

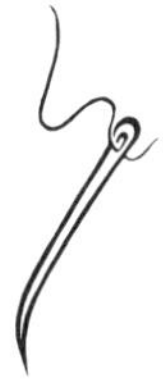

❸ 本守《ほんまも》り

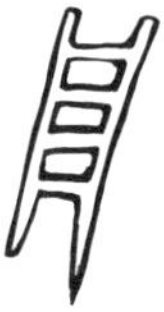

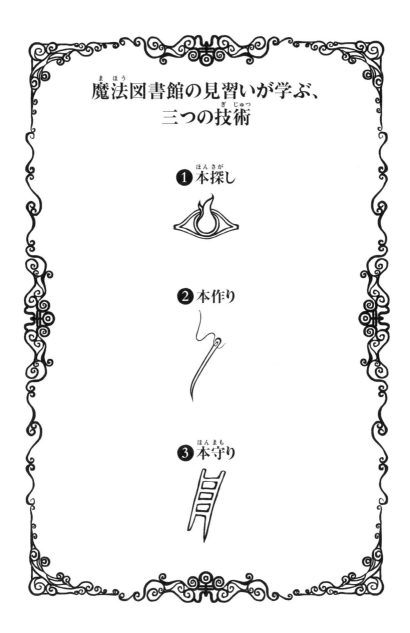

魔法界《まほうかい》の五つの方律《ほうりつ》（「方」は誤字《ごじ》ではなく、魔法界《まほうかい》では、このように書く）

一六六六年、魔法《まほう》の力による事故《じこ》のため、ロンドン大火が起こった。この方律《ほうりつ》は、そのような魔法《まほう》による惨事《さんじ》をふたたび起こさぬために、魔術師《まじゅつし》たちの同意によって定められたものである。

第一条《じょう》◆魔法《まほう》の本および魔法《まほう》の道具は、すべて魔法《まほう》図書館にもどし、点検《てんけん》および分類されるべし（魔法《まほう》の力の強さにより、レベル1、レベル2、レベル3に分けられる）。

第二条《じょう》◆魔法《まほう》の本および魔法《まほう》の道具は、しかるべく分類されるまで使用および売買するべからず。

第三条《じょう》◆魔法界《まほうかい》の認《みと》める場所以外において、許可《きょか》なく魔法《まほう》を使うべからず。

第四条《じょう》◆おのれの力を増《ま》すために魔法《まほう》の本および道具を漁《あさ》ることは、厳《げん》につつしむべし。危険《きけん》な魔法行為《まほうこうい》を禁《きん》ずるゆえなり。

第五条《じょう》◆魔法《まほう》の生き物を虐待《ぎゃくたい》することは、明らかな方律違反《ほうりついはん》である。

魔法《まほう》図書館の中のある場所の壁《かべ》に、ほこりよけの布《ぬの》でおおわれた木製《もくせい》の額《がく》がかかっている。そこには、魔法《まほう》図書館の歴史上、最も才能《さいのう》に恵《めぐ》まれ、最も悪名高き五人の見習いの名前が書かれている。

錬金術師《れんきんじゅつし》クラブ　一六六二年結成

ファビアン・グレイ
ブラクストン・フォックス
フェリシア・ナイトシェイド
アンジェリカ・リプリー
ロデリック・トレヴァレン

1 フルーツケーキが消えた

オックスフォードにあるボドリアン図書館の屋根から、ドラゴンが一頭、アーチー・グリーンを見おろしている。教会や大きな建物の屋根によく飾《かざ》られているドラゴンで、特別に大きいわけではない。それでもアーチーは、思わず警戒《けいかい》の目で見あげてしまった。いまは、たしかに石でできている。だが、アーチーは前に、こういう石像《せきぞう》が命を得て、暴《あば》れだしたのを見ていた。ドラゴンの頭に、ワタリガラスが一羽とまっている。漆黒《しっこく》の目が、アーチーをじっと見おろしている。ぴくりとも動かないので、ワタリガラスまで石像《せきぞう》のように見えた。

そのとき、アーチーの右の手のひらが、むずむず、ちくちくしはじめた。手のひらにある、タトゥーのような小さなしるしを見てみた。針《はり》と糸のしるし。魔法《まほう》図書館の本作り見習いとして修業《しゅぎょう》を始めたとき、アーチーは、この〈火のしるし〉をもらったのだ。いつもはなんにも感じないのに、どうして今日はこんなにかゆいんだろう？

アーチーは十二歳《さい》にしては小柄《こがら》で、つんつんと立った茶色の髪《かみ》をしている。どこにでもいる、あたりまえの男の子だ。あたりまえでないことを探《さが》せば、〈火のしるし〉のほかは、瞳《ひとみ》の色だろう。片方《かたほう》がエメラルド・グリーンで、もう片方《かたほう》が銀色がかったグレイ。両方の瞳《ひとみ》の色がちがっているのは、魔法《まほう》の力を持っているしるしだといわれている。

夏休みもそろそろ終わりなので、オックスフォードの街は新学期に備《そな》えて制服《せいふく》を買いに来た親たちでにぎわっていた。両親がいないアーチーは、どうしても、ものめずらしそうにそんなようすをながめてしまう。

大通りの向こうに目をやると、またひとつ、いかにも夏休みの終わりらしい光景が目に入った。ポニーテールの女の子が、新しいペンケースをにぎりしめて文房具店《ぶんぼうぐてん》から出てきたのだ。新学期の勉強が始まるこの季節には、アーチーもよくおばあちゃんといっしょに、安い、中古品の文房具《ぶんぼうぐ》や制服《せいふく》を買いに出かけたものだ。

でも今年からは、まるっきりちがう！　夏の初めに、アーチーの暮《く》らしはがらりと変わってしまった。まず最初に、いるなんて思ってもみなかったいとこたちに会えた。そのうえ、なんとアーチー自身が古代都市アレクサンドリアの大図書館を守っていた〈炎《ほのお》の守人《もりびと》〉の子孫だとわかったのだ。〈炎《ほのお》の守人《もりびと》〉というのは、ひそかに魔法《まほう》の本を探《さが》しだし、それを魔法《まほう》図書館におさめて大切に保存《ほぞん》している魔術師《まじゅつし》たちのことだ。

この秋からアーチーは、魔法《まほう》図書館の見習いとして、なんとも風変わりな授業《じゅぎょう》を受けることになっていた。魔法《まほう》図書館はオックスフォードの街にあるが、世界的に有名なボドリアン図書館の地下に隠《かく》され、その存在《そんざい》はずっと秘密《ひみつ》にされてきた。

夏のあいだずっと、アーチーは魔法《まほう》の本の修理《しゅうり》を一手に引きうけているゼブじいさんに〈本作り〉のあれこれを教わってきた。

新しい学期が始まったら、さらにむずかしいことを習うことになっている。もしかして、呪文《じゅもん》のかけ方も教わるかもしれない。そして、無事に本作りの見習いを終えたら、つぎの〈火のしるし〉をもらって、あとふたつの修業《しゅぎょう》のうちのどちらかをすることになる。〈本探《ほんさが》し〉か〈本守《ほんまも》り〉だ。

アーチーは、魔法《まほう》の本の魅力《みりょく》のとりこになっていた。おばあちゃんはいつも「あんたには、本好きの血が流れてる」といっていたものだが、この夏のあいだ、自分でもなるほどと思うことばかりだった。そのうえ、見習いを始めてから、アーチーは自分がきわめてめずらしい才能《さいのう》の持ち主だということを発見した。アーチーは魔法《まほう》の本と話をすることができる〈ささやき人《びと》〉だったのだ。

でも、アーチーには、まだわからなかった。どうしてぼくは、本と話したりできるんだろう？　だいいち、めずらしい才能《さいのう》っていうけど、どんなふうに使ったらいいのかな？　だけど、いいや。こうして魔法《まほう》図書館の見習いができて、大好きな本や友だちに囲まれているんだもの……。

「ちょっと、きみ。なんでにやにやしてるのよ？」キイチゴ・フォックスがきいた。

キイチゴは、アーチーの年上のいとこで、いっしょにお店のウィンドウをのぞいているところだ。緑色の瞳《ひとみ》をしたキイチゴは、もうすぐ十五歳《さい》。くるくるカールした濃《こ》い色の髪《かみ》を背中《せなか》までたらしている。キイチゴは〈本探《ほんさが》し〉の見習いを終えて、ふたつ目の〈火のしるし〉をもらい、いまは魔法《まほう》図書館の中で〈本守《ほんまも》り〉の修業《しゅぎょう》をしていた。

「オックスフォードに来てから、いろんなことがあったなあって思ってただけだよ」

笑顔《えがお》のまま、アーチーはそう答えた。本当に、なんとさまざまな事件《じけん》が起こったことか。

事件《じけん》の発端《ほったん》は、十二歳《さい》の誕生日《たんじょうび》にプレゼントされた、贈《おく》り主《ぬし》のわからない魔法《まほう》の本だった。じつはこの本、暗黒の魔術師《まじゅつし》と呼《よ》ばれる、たちの悪い魔術師《まじゅつし》、バルザックが書いた『魂《たましい》の書』。いままでに書かれた魔法書《まほうしょ》の中で、最も危険《きけん》な〈恐怖《きょうふ》の書〉と呼《よ》ばれる七冊《さつ》のうちの一冊《さつ》だったのだ。幸い、アーチーは暗黒の魔法《まほう》をこの世に解《と》きはなつというバルザックの悪だくみをつぶし、なんとかバルザックをふたたび『魂《たましい》の書』に閉《と》じこめることができた。

あのときから、まだ二、三週間しかたっておらず、思い出すたびにアーチーの背筋《せすじ》は凍《こお》りついた。まさに危機一髪《ききいっぱつ》、命のせとぎわだった。でも、なんとわくわくどきどきするできごとだったことだろう！

「ああ、早く呪文《じゅもん》を書いたり、魔法《まほう》をかけたりするのを習いたいよ」アーチーは、キイチゴのほうにふり返った。

「うん。虫干《むしぼ》し館《かん》の見習いをしてると、いろんな楽しみがあるけど、それもそのひとつだよね」キイチゴも、うなずく。

魔法《まほう》図書館のことを、見習いたちは虫干《むしぼ》し館《かん》と呼《よ》んでいる。古い羊皮紙と、防虫剤《ぼうちゅうざい》のにおいがするからだ。このあだ名は、ムボービたちに秘密《ひみつ》を知られないためにも、役立っている。ムボービというのは、魔法《まほう》を知らない人たちのこと。いまの世にも魔法《まほう》が存在《そんざい》することを知っているのは、魔術師《まじゅつし》の家系《かけい》に生まれた人たちだけなのだ。

アーチーとキイチゴは、これから魔法《まほう》図書館に行くところだった。秋からの学期でなにを教わるのか知りたくて、ふたりともうずうずしていた。

「なんだか、わくわくしちゃうな」大通りを左に曲がって、人目につかない、丸石敷《まるいしじき》の小道を歩きながら、アーチーはいった。「だってアザミも〈火のしるし〉をもらったら見習いになるんだものね」

アザミはキイチゴの弟で、アーチーのもうひとりのいとこだ。明日の誕生日《たんじょうび》で、アザミは十二歳《さい》。魔法《まほう》図書館の見習いになるには、十二歳《さい》の誕生日《たんじょうび》に〈ファロスの火〉のテストを受け、〈火のしるし〉をもらわなければいけない。

「ほんと。あのチビが、そんなに大きくなったなんて信じらんないよ」と、キイチゴもいった。

アーチーは、魔法《まほう》図書館に付属《ふぞく》する、ホワイト通り古書店の地下で見習いの修業《しゅぎょう》をしている。せまい横丁をいくつか通りぬけて、中庭のような小さな広場に入ると、ふたりの目の前にホワイト通り古書店が立っていた。どこにでもあるような小さな店で、緑色のドアの上の看板《かんばん》に、はげかかった白と金色のペンキで「ホワイト通り古書店・珍書《ちんしょ》・奇書専門《きしょせんもん》。店主、ジェフリー・スクリーチ」と書いてある。

ホワイト通り古書店は魔法《まほう》図書館の別館のようなもので、魔法《まほう》の本とふつうの本を仕分けするために設《もう》けられている。もっとも、本を持ちこんでくるムボービたちは、そんな店だとは夢《ゆめ》にも思わないし、もちろん自分の本が魔法《まほう》の本かどうかもわからない。つまり、ホワイト通り古書店は、魔法《まほう》図書館の施設《しせつ》の中でたったひとつ、ムボービたちが自由に出入りできる場所なのだ。

アーチーは、古書店の前でキイチゴと別れた。キイチゴの働いている魔法《まほう》図書館の本館は、広場をはさんで古書店の向かい側にあったが、魔法界《まほうかい》以外の人たちは、ぜったいに入れないようにしてある。見習いたちは、クィルズ・チョコレートハウスという、コーヒーやホットチョコレートの店に設《もう》けられた秘密《ひみつ》の入り口から魔法《まほう》図書館に入ることになっていた。

アーチーが古書店のドアをあけると、古びた鈴《すず》がジャラジャラと騒《さわ》がしく鳴った。店の中は、外から見るよりかなり広い。ずらりとならんだ、黒っぽい木製《もくせい》の本棚《ほんだな》が店の中を仕切り、何本もの通路ができている。どの本棚《ほんだな》にも古本がぎっしりつまっていたが、魔法《まほう》の本は、店の奥《おく》にあるベルベットのカーテンの後ろに置いてある。地下で修理《しゅうり》されるのを待っている本もあれば、魔法《まほう》図書館にそのまま持っていかれる本もあった。

店の中を、ろうそくの明かりがちらちらと照らし、むっとするようなにおいが立ちこめている。ろうと、クモの巣と、古い紙のにおいだ。

店主のジェフリー・スクリーチが、カウンターの後ろに立ち、台帳に整った美しい字でなにやら書きいれていた。薄《うす》くなりかけた白髪頭《しらがあたま》の、やせた男で、ヤギのようなあごひげを生やし、緑色のベストに黄色い蝶《ちょう》ネクタイをしめている。店に持ちこまれた本が魔法《まほう》の本かどうか調べるのが、スクリーチの仕事だ。

「おはよう、アーチー」スクリーチが、顔をあげた。

カウンターの上にある段《だん》ボール箱に、本が一冊《さつ》入っている。

「これ、新しく来た本ですか？」と、アーチーはきいた。

「ああ。きのう来たんだよ。屋根裏部屋《やねうらべや》を掃除《そうじ》したら出てきたって、ムボービが持ってきたんだ。もちろん、魔法《まほう》の本だなんて気がついてはいなかったがね。まずはゼブじいさんのところに持っていって、修理《しゅうり》してもらわなきゃいかんな」

アーチーは、段《だん》ボール箱の中の薄《うす》っぺらい本をのぞきこんでみた。表紙には、赤、緑、黒で菱形《ひしがた》の模様《もよう》が描《えが》いてある。太い撚糸《よりいと》を表紙の上からぐるりと巻《ま》いて、しっかり結んであった。

店の奥《おく》に、マージョリー・グッジの姿《すがた》もちらりと見えた。背《せ》が低く、分厚《ぶあつ》いレンズのメガネをかけたマージョリーは、魔法《まほう》の本以外の本を担当《たんとう》している。通路に立って、本棚《ほんだな》に本をせっせとならべているところだ。

アーチーは段《だん》ボール箱をかかえると、急いで黒いベルベットのカーテンをくぐってゼブじいさんの仕事場に向かった。カーテンの後ろにある本棚《ほんだな》に、アーチーはちらりと目をやった。修《しゅう》理《り》がすんで、これから魔法《まほう》図書館におさめることになっている本が、ずらりとならんでいる。

「おはよう、アーチー」紙がカサカサ鳴っているような声がした。

「おはよう」アーチーは、声をかけてきた本のほうに顔を向けた。魔法《まほう》の薬のことを書いた、古い本だ。「どう？　元気になった？」

「ずっとよくなったよ。表紙の破《やぶ》れたところを直してもらったからな」薬の本は、うれしそうに答えた。

ほかの本も、いっせいにカサカサ、ガサガサと声をあげて、アーチーに「おはよう」といったり、「元気かい？」ときいたりしてくる。

アーチーは、思わず顔をほころばせた。こうして魔法《まほう》の本たちとあいさつするのが、いままでは毎日の習慣《しゅうかん》になっていた。魔法《まほう》の本たちが声をかけてくれるのは、アーチーが本の声を聞くことができる、たったひとりの〈ささやき人《びと》〉だからだ。

「みんな、おはよう。ごめんね、今朝はおしゃべりしているひまがないんだ。下の仕事場に、急いで行かなきゃ」

地下へおりる階段《かいだん》のほうに歩いていくと、段《だん》ボール箱の中からカサコソと声がした。

「じゃあ、おまえは本と話ができるのかい？」〈ささやき人《びと》〉に会ったことがない本は、興味《きょうみ》しんしんのようだ。「で、おれをどこに連れていくんだね？」

「製本屋《せいほんや》のゼブじいさんのところだよ」

「だれかが、このおっそろしい撚糸《よりいと》でぐるぐる巻《ま》きにしやがって」本は、文句《もんく》をいいだした。「きつすぎるんだよ。息もできやしない。おまえ、ほどいてくれないか？」

アーチーは、にんまりと笑った。魔法《まほう》の本の中には、信用のできないやつがいる。前にも、アーチーはまんまとだまされたことがあった。

「ゼブじいさんがなんていうか、聞いてからにしようよ」

本が黙《だま》ってしまったので、アーチーはそのまま廊下《ろうか》のつきあたりにある螺旋階段《らせんかいだん》まで段《だん》ボール箱をかかえていった。

棚《たな》に置いてある手提《てさ》げランプを取って、段《だん》ボール箱の上にバランスよく置いてから、螺旋階《らせんかい》段《だん》をおりはじめる。下までおりると、長くて暗い廊下《ろうか》をたいまつの火が照らしていた。あたりの空気は湿《しめ》っぽくて、土のにおいがする。

地下の廊下《ろうか》にそって、ドアが三つならんでいるが、ドアの色はそれぞれちがっていた。一番目は緑色、二番目が青。アーチーは、最初のふたつのドアの前を通りすぎた。ゼブじいさんの作業場は、三番目の赤いドアだ。廊下《ろうか》の奥《おく》は、闇《やみ》に閉《と》ざされていて見えない。ときどき、アーチーは四番目の黒いドアが見えるような気がした。でも、なにしろ暗すぎて、たしかめることができなかった。

それに、探検《たんけん》に行ったりしないほうがいいと、身にしみてわかっていた。前にも好奇心《こうきしん》が災《わざわ》いして、怖《こわ》い目にあったからだ。それは、二番目のドアの向こうから、奇妙《きみょう》な音が聞こえてきたときのこと。アーチーは、好奇心《こうきしん》のあまり、こっそりドアから入って、見てみようとした。そして、世にも恐《おそ》ろしい幻獣《げんじゅう》に出会ってしまったのだ。二番目のドアの門番をしている、ブックエンド獣《じゅう》と呼《よ》ばれる石のグリフォンだ。

アーチーは三番目の赤いドアを押《お》しあけて、中に入った。本を修理《しゅうり》する作業場は、真ん中に作業台が置いてある広い部屋《へや》だ。いっぽうの壁《かべ》ぎわに言葉の炉《ろ》がすえつけてある。作業台の上には、製本《せいほん》に使うさまざまな道具が散らばり、壁《かべ》にも道具がかかっている。

言葉の炉《ろ》の横に、ゼブじいさんが立っていた。小さな炉《ろ》の中に赤々《あかあか》と燃《も》えているのは、古《いにしえ》の都、アレクサンドリアで燃《も》えていた〈ファロスの火〉だ。ゼブじいさんは、背丈《せたけ》が一メートルそこそこしかない老人で、つるっとした頭から、もじゃもじゃの白髪《しらが》が束になってつったっている。わし鼻の上の緑色の目は、きらきらと輝《かがや》いていた。本作りの見習いになってから、たいして日にちはたっていないが、アーチーはゼブじいさんが大好きになっていた。

作業台の上には、傷《いた》んだ本が山と積んであり、修理《しゅうり》してもらうのを待っている。アーチーの仕事は、ゼブじいさんを手伝ったり、修理《しゅうり》のすんだ本を分類しておさめてもらうために、魔法《まほう》図書館に持っていったりすることだった。

「おはよう、アーチー」ゼブじいさんが、ちょっとかすれた声でいった。「それ、なにを持ってきたんだね？」

「新しく来た本です。留《と》め金《がね》が壊《こわ》れてるみたい」

「よしよし。作業台の隅《すみ》に置いてくれ」ゼブじいさんはそういってから、目をきらっと光らせた。「その本は、あとで見てみることにしよう。さあて。なにはさておき、おまえの〈本作り〉見習いの成績《せいせき》を聞きたいんじゃないかね？　それから、つぎはどんなことを習うかってこともな」

アーチーは、うなずいた。

「そうだと思ったよ。だが、まず最初に、やらなきゃならんことがあるぞ。新学期が始まる祝いに、マージョリーがケーキを焼いてくれたんじゃ」

ゼブじいさんは、にっこり笑いながら、丸い缶《かん》に入った、大きなフルーツケーキを指さした。

「いい子だから、お湯をわかしとくれ」

なにをやるにも、まずはお茶を一杯《ぱい》というのが、ゼブじいさんのきまりだ。アーチーは、銅《どう》のやかんに水を入れて、ホットプレートの上に置いた。そうしているあいだに、また手のひらがちくちくしはじめた。ちくちくむずむずは、どんどんひどくなっていくようだ。初めて〈火のしるし〉が手のひらにあらわれたときだって、こんな感じはしなかったのに……。

「うーん、うまい。ケーキ作りにかけちゃ、マージョリーの右に出る者はいないな」しばらくしてフルーツケーキをほおばり、お茶をすすってからゼブじいさんはいった。

それから、羊皮紙を巻《ま》いたものを、アーチーにわたしてくれた。

「おまえの通信簿《つうしんぼ》だよ。さあさあ、開いてごらん！」

アーチーは、羊皮紙を開いて読みはじめた。


アーチー・グリーンは、好感のもてる、熱心な少年である。課題を識別《しきべつ》する力を持つ、才能《さいのう》ある製本家《せいほんか》であり、魔法界《まほうかい》でじゅうぶんに力を発揮《はっき》することであろう。時間厳守《げんしゅ》という点では合格《ごうかく》というわけにはいかないが、じつにうまい紅茶《こうちゃ》を入れることができる。とにもかくにも、りっぱなスタートであった。よくやったな、アーチー！


ゼブじいさんは、なんともうれしそうな顔で笑っている。

「おまえは、生まれながらにして才能《さいのう》がある。父親そっくりだな！」

アーチーは、誇《ほこ》らしい気持ちで胸《むね》がいっぱいになった。アーチーの父親も、魔法《まほう》図書館の見習いをしていたときにゼブじいさんに〈本作り〉を教わったのだ。アーチーは、両親の顔を知らなかった。両親と姉は、アーチーがまだ赤んぼうのときに、いなくなった。おばあちゃんの話では、三人の乗っていた船が英国海峡《かいきょう》で沈没《ちんぼつ》してしまったのだという。

ゼブじいさんは、かすれた、甲高《かんだか》い声で、またしゃべりだした。

「いままで、おまえはいろんな種類の魔法《まほう》の本について勉強してきたな。まさか〈飛び出し本〉のことは、忘《わす》れとらんだろうな？」

笑いをこらえているような顔で、アーチーにきく。

〈飛び出し本〉というのは、呪文《じゅもん》で中に閉《と》じこめられていたものが、開くと飛び出してくる本のことだ。〈本作り〉見習いを始めたころ、アーチーはゼブじいさんにさわるなといわれていたのに〈飛び出し本〉を開いて、勇敢《ゆうかん》なる騎士《きし》、サー・ボドウィンを飛び出させてしまった。あのとき、ゼブじいさんは笑っただけで、たいしてしからなかったな……。ほんとについてたよ。アーチーは思い出して、笑ってしまった。

「秋の学期は、もっとむずかしい勉強をしてもらうぞ。三つの種類の魔法《まほう》について、さらに深く学ばなきゃいかん」

魔法《まほう》には三つの種類があり、魔法《まほう》図書館もそれにしたがって三つの部に分かれている。〈大自然の魔法《まほう》〉部は、魔法《まほう》の生物や植物、そして太陽、星、海といった、大自然の根源的《こんげんてき》な力に由来する魔法《まほう》をあつかう。〈現世《げんせ》の魔法《まほう》〉部は、人間が作った魔法《まほう》や、〈天空鏡〉のような魔法《まほう》の道具をあつかう。三番目の〈超《ちょう》自然の魔法《まほう》〉部があつかうのは、霊《れい》などの超《ちょう》自然的存在《そんざい》の力を利用する魔法《まほう》だ。

「それから、呪文《じゅもん》のかけ方も習わなきゃいかんな！」

アーチーは、思わずにんまりした。それこそ、前からずっと習いたいと思っていたことだ。これからは、本物の魔法《まほう》を勉強できる！

「そうそう、うっかり者の見習いたちが引っかかる、罠《わな》やインチキのことも知らなきゃな」ゼブじいさんは、両手をこすりあわせた。「ふむふむ、罠《わな》やインチキといえば、この本もなかなかのもんだよ」アーチーが上の店から持ってきた、薄《うす》っぺらい本を手に取る。「わしの目がたしかなら、こいつは〈ひっつかみ屋〉だぞ！　厚《あつ》いやつは、まことに危険《きけん》だが、こういう薄《うす》っぺらいのだって、けっこうやっかいなんだ」

アーチーは、薄《うす》っぺらい本をまじまじと見つめた。わあ、おもしろいぞ！

「もっと目を近づけてごらん。だが、気をつけろよ。ぱっと開かないように、撚糸《よりいと》でしっかりしばってあるけどな。ムボービの家で、いろんなものがなくなるのは、〈ひっつかみ屋〉のしわざなんだ。こいつらの大好物は、ソックスの片方《かたほう》や、鍵《かぎ》だな」

撚糸《よりいと》はぎゅうぎゅう巻《ま》きつけてあるうえに、何重にも結んであった。

ゼブじいさんは、頭をかいて、なにやら考えている。

「うーむ。開かないように、おまえがぎゅっと押《お》さえてるあいだに、わしが新しい留《と》め金《がね》を取りつけるしかないな」

アーチーが位置につくと、ゼブじいさんはきいた。

「用意はいいか？　それっ、いち、にっ、さん！」

アーチーが全体重をかけて本を押《お》さえているあいだに、ゼブじいさんはナイフで撚糸《よりいと》を切ってほどいた。

「うまくいったな」ゼブじいさんは、にっこり笑った。「アーチー。まだ、動くなよ」

こんなに力を入れて本を押《お》さえてるなんて、なんだかバカみたいだなと、アーチーは思った。でも、ゼブじいさんの知らないことはない。長年ずっと魔法《まほう》の本の修理《しゅうり》をしているのだから。長年って、いったい何年だろう？　もしかして、何百年も？

ゼブじいさんは、大きな虫メガネのようなものを本にかざして、目を近づけた。〈想像鏡《そうぞうきょう》〉だ。見る人の想像力《そうぞうりょく》を広げて、大きくしてくれる魔法《まほう》の道具で、それを使うと、まったくちがう角度から物を見ることができる。なにか問題をかかえているときにも、役に立つ道具だ。

ゼブじいさんは、笑顔《えがお》でいった。

「おまえのいうとおりだな。留《と》め金《がね》が、壊《こわ》れとるんじゃ。これなら、すぐに直せるぞ」

アーチーは、うれしくなった。本の修理《しゅうり》にかけては、ますます自信がついてきた。

「さあてと、留《と》め金《がね》はどこへやったかな？　手元にあると思ったんだが」

ゼブじいさんは、古い道具袋《ぶくろ》の中をかきまわしている。それから、得意そうに銀の鍵《かぎ》がついた留《と》め金《がね》をかかげてみせた。

「ほうら、これでいい」ゼブじいさんは、すばやく手を動かして、古い留《と》め金《がね》を新しいものと取りかえた。それから、鍵《かぎ》をつまみあげる。「あとは、こうして鍵《かぎ》を……」

そのとき、アーチーの手を、なにかが下から強く押《お》しあげた。不意打ちを食らって、アーチーはバランスを失った。と、けたたましい笑い声がして本の表紙がぱっと開いたとたん、なにやら小さなものが中から飛びだした。

派手《はで》な菱形模様《ひしがたもよう》の服に、黒い仮面《かめん》をかぶったピエロだ。あっというまに、ピエロは作業台の上を走っていき、フルーツケーキの残りをつかんだ。

「こらっ！」アーチーは、ケーキの缶《かん》に飛びついた。「さわるな！」

だが、時すでに遅《おそ》し。ゼブじいさんとアーチーがあっけに取られているまに、ピエロは甲高《かんだか》い声で笑いながら、食べかけのフルーツケーキをかかえてページの中に消えてしまった。

ゼブじいさんは、留《と》め金《がね》をパチンと閉《し》めてから、鍵《かぎ》をかけた。とたんに、けたたましい笑い声は消え、パフッと煙《けむり》が立ったと思うと本そのものも消えてしまった。

ゼブじいさんは、首を横にふった。

「フルーツケーキをすっかりたいらげてから、留《と》め金《がね》をかえればよかった」なんとも残念そうな口ぶりだ。「だから〈ひっつかみ屋〉は、やっかいなんじゃ。すばしっこすぎるからな。ひとのものを盗《ぬす》むときに、この手の〈ひっつかみ屋〉を使う魔術師《まじゅつし》もいる。やれやれ、もっとひどいことにならなくてよかったよ。〈想像鏡《そうぞうきょう》〉を盗《ぬす》まれたかもしれんからな。ケーキなら、マージョリーに頼《たの》めば、いつだって焼いてもらえる」

「今度は、もっと景気のいいケーキを頼《たの》まなきゃね!」

アーチーがふざけると、ゼブじいさんは笑顔《えがお》になった。それから、ふたりして吹《ふ》きだした。

そのとき、手のひらが、またむずむずしだしたので、アーチーはもぞもぞとかいた。さっきより、ちくちくむずむずがひどくなっている。

ゼブじいさんが、やっぱりという顔で、アーチーを見た。

「手のひらが、かゆいんじゃろ？」

アーチーは、うなずいた。

「見せてごらん」ゼブじいさんは、アーチーの手のひらの、針《はり》と糸のしるしを調べた。「もう少したったら、二番目の〈火のしるし〉がここにあらわれるぞ」

「二番目って……、〈本作り〉のことだって、まだ教わってないことがたくさんあるのに」アーチーは、びっくりした。

「そのとおりだな。だが、〈ファロスの火〉は、おまえに三種類の修業《しゅぎょう》とは別のことをやってもらいたいのかもしれん」

ゼブじいさんは、厚《あつ》い革手袋《かわてぶくろ》をはめると、言葉の炉《ろ》の扉《とびら》をあけた。炎《ほのお》に照らされて、じいさんの目がきらっと光る。

「この火の中には、昔の魔《ま》作家の霊《れい》が燃《も》えているんじゃ。魔《ま》作家というのはな、魔法《まほう》の本を書いた人たちのことだよ。魔《ま》作家たちは、亡《な》くなると〈ファロスの火〉で焼かれたという。最後の魔《ま》作家が、その火をオックスフォードに持ってきたんじゃ。この火が燃《も》えつづけているかぎり、魔法《まほう》が死に絶《た》えることはない」

アーチーは、めらめらと燃《も》える炎《ほのお》を見つめた。炎《ほのお》は、絶《た》え間《ま》なく姿《すがた》を変えながら、時を超《こ》えて燃《も》えつづけている。と、ふいに炎《ほのお》が色を変え、まぶしい銀色の光をぎらりと放った。

「こいつはたまげたな」ゼブじいさんは、つぶやいた。心底びっくりした顔をしている。「こんなことは、いままで一度もなかったのに」


そのころ、オックスフォードから百キロあまり離《はな》れたロンドンにあるフォリー・アンド・キャッチポール法律事務所《ほうりつじむしょ》でも、やっかいなできごとが起こっていた。イングランドで最も古く、最も秘密《ひみつ》を厳守《げんしゅ》する法律事務所《ほうりつじむしょ》の磨《みが》きぬかれたクルミ材のデスクの前に、ホレース・キャッチポールがすわっている。向かい側にすわっているのは、プルーデンス・フォリー女史。ホレースの上司だ。プルーデンスは、ウサギを前にしたハヤブサのような目で、ホレースをにらみつけている。

「で、これなのね？」デスクの上の小箱に入っている指輪に、プルーデンスは目を落とした。

「二番目の指示《しじ》は、アーチー・グリーンに、この指輪を届《とど》けろっていってるんでしょう？」

ホレースは、うなずいた。

「ええ、この台帳に、そう書いてあるんですよ」

ひざに乗せた、大きな台帳を、ホレースは指さした。

ロンドンの中心部、フリート街から少し入ったところにあるフォリー・アンド・キャッチポール法律事務所《ほうりつじむしょ》の地下室には、秘密《ひみつ》の小包がどっさり隠《かく》されている。どの小包も事務所《じむしょ》の台帳にのっており、いつ、どこへ届《とど》けるか正確《せいかく》にしるされていた。

「ふうん」プルーデンスは、片方《かたほう》の眉《まゆ》をあげた。「で、正確《せいかく》にはなんて書いてあるの？」

ホレースは台帳を開いて、ページの上を指でたどっていった。部屋《へや》の隅《すみ》に立っている、大きな箱時計が、いらいらと時を刻《きざ》んでいる。

「え、どうなの？」

べっこう縁《ぶち》のメガネをかけたホレースの目は、くねくねした字をじっとにらんでいる。字は消えかけていたが、やっとこれだけは読むことができた。

「こうです。金の指輪一個《こ》、魔法《まほう》図書館のアーチー・グリーンに届《とど》けること」

プルーデンスは、指輪を手に取って、しげしげとながめた。くるっと体を丸めて、自分のしっぽを飲みこんでいるドラゴンをかたどっている。

ひたいにしわを寄《よ》せて、プルーデンスは考えこんだ。

「アーチー・グリーンに届《とど》ける物がもうひとつあるって聞いたときは、てっきり最初のときとおなじ、魔法《まほう》の本だと思ったけど……」プルーデンスは、あやしいなというように口をすぼめる。「で、届《とど》けるのは指輪だけっていうのは、たしかなんでしょうね？　うっかり見落としてるなんてことはないのね？」

ホレースは、椅子《いす》の上でもじもじした。前にアーチー・グリーンに小包を持っていったとき、いっしょに届《とど》けなければいけない巻紙《まきがみ》をすっかり忘《わす》れてしまったのだ。けっきょく、すべては無事に終わったのだけれど、またおなじ過《あやま》ちをくり返したら、プルーデンスは決して許《ゆる》さないだろう。

なにしろフォリー・アンド・キャッチポール法律事務所《ほうりつじむしょ》は、じつに九百年以上にもわたって、英国の魔《ま》法界《ほうかい》の仕事を一手に引きうけてきたのだ。なぜ、このような名声を勝ちえているかといえば、それは事務所《じむしょ》がかかげるふたつのモットー〈関係のないことに首をつっこまない〉と、〈ぜったいに失敗をしない〉のおかげだった。このモットーを、いまもそして未来もしっかり守っていこうと、プルーデンス女史は固く心に決めていたのだった。

「はい。指輪だけです」

ホレースは、あらためて台帳をたしかめてからいった。

「今度は、依頼者《いらいしゃ》の名前がわかってるの？」

「頭文字《かしら》のようなものが書いてあるんですがね」ホレースは、目を細めて台帳をたしかめる。

「最初の字はFのようですが、二番目の字がはっきりしないな。インクがにじんでいるし」

プルーデンスは、舌打《したう》ちをした。

「まったく、台帳のつけ方がなってないわね。で、いつ届《とど》けることになってるの?」

「〈火のしるし〉があらわれはじめてから……と書いてあります。で、届《とど》け方のほうですが、これがまた奇妙《きみょう》きてれつというか……」

②奇妙《きみょう》な〈火のしるし〉

あくる朝、アーチーは、はっとして目が覚めた。だれかに体をゆすられている。一瞬《いっしゅん》、自分がどこにいるのかわからなかった。と、そばかすだらけの顔が、見おろしている。イヌノキバ通り三十二番地のフォックス家、いとこのアザミとおなじ部屋《へや》のベッドにいるのだ。

「アーチーったら、早く起きろよ。今日は、おれの誕生日《たんじょうび》なんだからさ。一秒だって、むだにしたくないんだよ。おまえだって、こないだ十二歳《さい》になったんだから、よくわかってるだろう！」

アーチーは、あくびをして、伸《の》びをしてからいった。

「誕生日《たんじょうび》おめでとう、アザミ！」

ふたりは着替《きが》えてから、大急ぎで階下におりた。ロレッタおばさんが、キッチンテーブルの上の大きなバースデーケーキに砂糖衣《さとうごろも》を塗《ぬ》っている。まかふしぎな組み合わせの料理を作ることにかけては、ロレッタおばさんの右に出る者はいないだろう。アーチーの十二歳《さい》の誕生日《たんじょうび》に、ロレッタおばさんはチョコレートとマシュマロに、なんと缶詰《かんづめ》のイワシをはさんだケーキを焼いてくれたのだ。今日のケーキも、なんだかあやしいにおいがする。

ロレッタおばさんのトルコ石のような空色の瞳《ひとみ》が、ふたりを見るときらっと輝《かがや》いた。

「お誕生日《たんじょうび》、おめでとう！」アザミをぎゅっと抱《だ》きしめる。

アザミは、もう、まいっちゃうよ！　という顔で、アーチーを見た。でも、アーチーには、わかっていた。本当は、うれしくてたまらないのだ。

「これから、オムレツを作るんだけど」と、ロレッタおばさん。「中身は、なにがいい？マーマレード？　それとも、ほかのジャムにする？」

アザミは、にこっと笑っていった。

「今日はね、ママ。特別にチーズ入りのオムレツを食べてみようかな」

ロレッタおばさんは、あきれたというように眉毛《まゆげ》をあげた。

「チーズですって？」思いっきり顔をしかめる。「オムレツに、チーズですって？　あんた、本気でいってるの？」

アザミは、うなずいた。

「うん、今日は誕生日《たんじょうび》だからさ。なにかめずらしいものを試《ため》してみたいんだ」

「で、アーチーもチーズなの？」

「うん。それもいいかな」アーチーは、すっかりうれしくなった。「ぼくも、チーズ入りのにしてください」

ロレッタおばさんは、ちょっとがっかりしたようだ。

「どうぞ、アザミ」二、三分あとに、ロレッタおばさんはお皿をアザミにわたした。「はい、チーズ入りオムレツ。はい、アーチー。あなたにも、チーズ入り」

ああ、フォックス家で暮《く》らすようになってから、やっとふつうのものが食べられるよ。もう、よだれが出てきそうだ。ほくほくしながらフォークを取りあげたそのとき、ロレッタおばさんがアーチーの耳元でささやいた。

「心配しなさんな。チーズ味を消すために、ジャムを入れといてあげたから！」

おばさんは、アーチーにウインクした。アーチーもウインクを返さなきゃと思ったけれど、とたんに食欲《しょくよく》がなくなってしまった。レンジの上の棚《たな》には、料理本がずらりとならんでいるのに、どれもほこりをかぶっている。ロレッタおばさんは、勘《かん》をたよりに料理をするほうが好きなのだ。

そのとき、スイカズラおじさんが、キッチンにのそのそと入ってきた。やせっぽちで、麦わら色の髪《かみ》の毛がくしゃくしゃになっているところなど、かかしそっくりだ。今日のおじさんは、目の下がたるんでいて、顔のしわもいつもより深い。スイカズラおじさんは、まだ見つかっていない魔《ま》法《ほう》の本を探《さが》しあてて魔《ま》法《ほう》図書館におさめる〈本探《ほんさが》し〉の仕事をしている。謎《なぞ》の本の手がかりを探《さが》して、いつもあちこちの古書店をまわっているのだ。

ときには魔《ま》法《ほう》図書館に命じられて、海外まで行方《ゆくえ》不明の本を探《さが》しに行くこともあった。そんなときは、子どもたちに外国のお土産《みやげ》を持ちかえってくれる。先週も、スイカズラおじさんはチェコ共和国に一週間出張《しゅっちょう》していた。

「ヒャッホー！」スイカズラおじさんは元気よくあいさつしてから、テーブルについた。「アザミ、誕生日《たんじょうび》おめでとう！」

「ありがとう、パパ」アザミは、オムレツをほおばりながらいった。「いつ、チェコから帰ってきたの？」

「今朝、早くだよ。アザミの誕生日《たんじょうび》にまにあうように帰りたいと思ってたんだ」

「プラハは、どうでした？」と、アーチーはきいた。

「いやはや、ひどいもんだったよ」おじさんは、首を横にふる。「魔《ま》法《ほう》図書館に入った報告《ほうこく》では、旧市街《きゅう》の錬金術師《れんきんじゅつし》通りと呼《よ》ばれてるところに魔法《まほう》の本があるって話だったが……。それを図書館に知らせてきた人は、名前を名乗らなかったそうだ。で、〈行方《ゆくえ》不明本〉係の主任《しゅにん》、ギディアン・ホークにいわれて、わたしがプラハにある本屋に出向いたってわけだ。ところが、ひと足先に、その本屋に行ったやつがいてね……」

「〈食らう者〉たちの一味ってわけ?」ロレッタおばさんが、眉《まゆ》をひそめた。

スイカズラおじさんは、うなずいた。〈食らう者〉は、アーチーたち〈炎《ほのお》の守人《もりびと》〉の宿敵《しゅくてき》だ。魔法《まほう》図書館におさめなければいけない本をがつがつとほしがり、あらゆる手段《しゅだん》を使って、むさぼり食うようにうばいとるので〈食らう者〉と呼《よ》ばれている。

スイカズラおじさんは、話をつづけた。

「やつらは、魔法《まほう》の本のありかを教えろと店主の老夫婦《ろうふうふ》を拷問《ごうもん》したすえ、しまいには……。今月に入ってから二度目の襲撃《しゅうげき》だったんだが。おまけに、魔法《まほう》の本の正体はおろか、店主たちの名前や素性《すじょう》も、なぜかわからずじまいだった……」

「アーサー・リプリーが捕《つか》まって、〈食らう者〉たちの襲撃《しゅうげき》は終わったと思ってたのに」と、ロレッタおばさんがいった。

アーサー・リプリーは、暗黒の魔術師《まじゅつし》バルザックの手下として悪だくみに加わっていたが、アーチーがその計画をつぶしたのだ。リプリーはいま、魔法《まほう》のせいで病気になった人たちを収《しゅう》容《よう》する療養所《りょうようじょ》に入れられ、鍵《かぎ》のかかる部屋《へや》に閉《と》じこめられている。

「みんな、そう思っていたさ」スイカズラおじさんは、やりきれないというようにまた首を横にふりながら、つぶやいた。「だが、背後《はいご》で糸をあやつっている者がほかにいるんだ。そのうえ今度のように、じつに巧妙《こうみょう》に、追跡《ついせき》されないような手立てを取っているんだよ」

〈食らう者〉たちはいつも、こっそりと動く。めったに自分の本性《ほんしょう》を明かすことはない。うわべは、魔法界《まほうかい》のりっぱなメンバーのようにふるまっていることもよくある。だが、じつは閉《と》ざしたドアの裏《うら》で、暗黒の魔法《まほう》をあやつっているのだ。

スイカズラおじさんは、なにごとか考えこんでいるように目を細めた。

「襲《おそ》われた古書店の店主は、亡《な》くなる前につぶやいたそうだ。エイモス・ローチって……」

「ねえ、もっと楽しい話をしましょうよ」ロレッタおばさんが、こわばった笑《え》みを浮《う》かべた。「だって、今日はいつもとちがう日でしょ。フォックス家の息子《むすこ》の、十二歳《さい》のお誕生日《たんじょうび》なんだから！」

「アザミ、誕生日《たんじょうび》おめでとう」キイチゴが、テーブルにつきながらいった。

朝食もすみ、テーブルの上がきれいになったあと、ロレッタおばさんがいった。

「さて、アザミ。〈火のしるし〉のテストを受けに行く前に、プレゼントをあける時間はあるわよね」

アザミは、まず最初にホワイト通り古書店の地下で手のひらに〈火のしるし〉をもらわなければ、見習いになれないのだ。

「アザミは、どんなしるしをもらいたいの？」アーチーは、きいてみた。

「パパは、最初のテストで〈本探《ほんさが》し〉のしるしをもらったんだよね。〈本探《ほんさが》し〉もおもしろそうだし」アザミは、考えている。「けど、うちの家族は、いままでにどの見習いもやってるからな。ママは最初は〈本守《ほんまも》り〉の見習いだったし、アレックスおじさんは、おまえとおなじ〈本作り〉の見習いだった。だからね、ほんとのことというと、どれでもいいんだ。無事にテストに受かればいいなって、それだけだよ！」

ロレッタおばさんは、食料品を置いてある小部屋《こべや》に入ると、プレゼントの包みを三つかかえてもどってきた。

「これは、グリーンおばあちゃんからよ」

グリーンおばあちゃんは、アーチーの父さんとロレッタおばさんの母親で、アーチーを赤ちゃんのときから育ててくれた。でも、オックスフォードにいるいとこたちのことや魔法図《まほう》書館のことは、一度も話してくれなかった。あとになってわかったのだが、おばあちゃんは、アーチーをできるだけ魔法界《まほうかい》に近づけないという約束を父さんとしていたのだった。十二歳《さい》の誕生日《たんじょうび》にだれかから謎《なぞ》の本が届《とど》いたとき、アーチーは初めて自分が魔術師《まじゅつし》の血筋《ちすじ》に生まれたということを知った。そして誕生日《たんじょうび》の翌日《よくじつ》、アーチーはおばあちゃんにいわれてオックスフォードのフォックス一家を訪《おとず》れ、いっしょに暮《く》らすようになったのだ。

アーチーは知らなかったが、いままでもおばあちゃんはいとこたちに手紙を書いたり、誕生《たんじょう》日《び》やクリスマスのプレゼントを贈《おく》ったりしていたという。アーチーがフォックス家で暮《く》らすようになってから、手紙は前よりもしょっちゅう届《とど》くようになっていた。おばあちゃん自身は謎《なぞ》の旅に出かけていて、もう何か月も帰ってこない。

アザミは、プレゼントにテープで貼《は》りつけてあった白い封筒《ふうとう》を破《やぶ》いた。

アザミや
お誕生日《たんじょう》おめでとう！
今朝、おまえが初めて見習いとして魔法《まほう》図書館に行くところを見送ることができたら、どんなにうれしかったことか。おまえは、きっとりっぱな見習いになって、わたしたちも鼻《はな》高々《たかだか》になることでしょう。おまえの行く道の手助けになるようなプレゼントを贈《おく》ります。

グリーンおばあちゃんより

追伸《ついしん》・アーチーとキイチゴによろしくね。


アザミが包み紙を破《やぶ》くと、古い本が出てきた。

「『魔法《まほう》の名所案内』だって。やったあ！」

「それ、あなたのおじいちゃんが持ってた本だわ」ロレッタおばさんは、ちょっとしんみりした声でいった。「わたし、見覚えがあるの。父さんは、冒険《ぼうけん》や探検《たんけん》が大好きだったのよね。ぜったいおじいちゃんの本よ、アザミ」

「表紙の裏《うら》に、名前が書いてある。ええっ？　ブラッキー・グリーン？」

「おじいちゃんのあだ名よ。世界じゅうをぶらつきまわっていたからね」ロレッタおばさんは、にっこり笑った。

裏《うら》表紙に、三角形のシンボルマークが描《えが》かれている。結んだひもが、輪にからまっているような模様《もよう》だ。

模様《もよう》の横に、黒い文字がくっきりと判《はん》で押《お》されていた。

〈本書は、開いても安全であることを保証《ほしょう》する。英国オックスフォード市魔法《まほう》図書館〉

新しく発見された魔法《まほう》の本は、すべて魔法《まほう》図書館に運ばれ、損傷《そんしょう》がないかどうか調べられることになっていた。そのあとで、魔法《まほう》の力に応《おう》じて、レベル1、レベル2、レベル3に分けられる。レベル3は、最も危険《きけん》な本で、魔法《まほう》図書館から持ち出してはいけない。けれども、レベル1と2の本は、魔法界《まほうかい》の中で売り買いしたり贈《おく》り物にしたり、自由にできるのだ。

アザミは、ページをパラパラとめくった。

「クィルズ・チョコレートハウスものってるよ。一六五七年、ジェイコブ・クィルがロンドンで創業《そうぎょう》。ロンドン大火によって店舗《てんぽ》が焼失したため、一六六七年にオックスフォードに移転《いてん》。現在《げんざい》もオックスフォードで営業《えいぎょう》している……」

「アザミ、これはわたしとパパからのちっちゃなプレゼントよ」

ロレッタおばさんが、ふたつ目の包みをわたした。

アザミが包み紙を破《やぶ》くと、小さな箱が出てきた。箱をあけたアザミは、オレンジ色の石をはめこんだ銀の指輪をつまみあげた。

「お守りにするといいと思ってね」と、スイカズラおじさんがいう。「わたしの父の指輪だが、フォックス家で代々《だいだい》受けつがれてきたものだよ」

新しく見習いになると、暗黒の魔法《まほう》を防《ふせ》ぐお守りとして、魔法《まほう》の力があるアクセサリーをもらう習慣《しゅうかん》になっている。キイチゴのお守りは、小さなチャームがついたブレスレット。アーチーのは、有名な魔術師《まじゅつし》、ジョン・ディーが持っていた、魔法《まほう》のペンダントだ。

「ありがとう、パパ！」アザミは手のひらに置いた指輪を転がして、うっとりとながめている。

「その指輪には、おまえを守る呪文《じゅもん》がかけてあるんだよ。暗黒の魔法《まほう》が近づくと、オレンジ色の石が光りだすんだ」

「それから、最後だけど、大事なものよ」ロレッタおばさんは、三つ目の包みをアザミにわたした。「これは、ぜったいに必要なの。あなたのスヌークよ。ホワイト通り古書店に行ったら、店主のスクリーチさんにわたしなさい」

新しい見習いは、初めて魔法《まほう》図書館に行く日に魔法《まほう》の本を一冊《さつ》持っていかなければならない。その本のことを、スヌークと呼《よ》んでいる。自分がたしかに〈炎《ほのお》の守人《もりびと》〉の家系《かけい》につながっていると証明《しょうめい》するためのものだ。

「うちにある古い書類の中から出てきたんだよ。指輪を探《さが》してるときに見つけたんだ。魔法《まほう》図書館のスタンプが押《お》してないから、スクリーチさんに注意してあつかってくださいっていうんだよ」

「キイチゴとぼくからのプレゼントは、ちょっと待ってくれる？」と、アーチーはいった。

「キイチゴといっしょに、ブックフェアで買ってあげようと思ってるんだ」

国際魔法《こくさいまほう》ブックフェアは五年ごとに開かれるが、今年はオックスフォードのクィルズ・チョコレートハウスが会場になっている。見習いたちは、もう何週間も前からブックフェアのうわさばかりしていた。ブックフェアには、英国内ばかりでなく、国外からも魔術師《まじゅつし》や占い師《うらなし》など、魔法界《まほうかい》の人たちがおおぜいやってくる。ブックフェアと呼《よ》ばれているが、魔法《まほう》の本だけでなく、プレゼントにぴったりの魔法《まほう》の品や、そのほかいろいろな物が販売《はんばい》される。

「あと一週間でブックフェアだなんて、信じらんないよ」と、アザミがいう。

「それより、アザミが今日から見習いなんて、信じられないわ！　こんなに大きくなったなんて」ロレッタおばさんは目をぬぐってから、あわてて笑顔《えがお》になった。「さあさ、出かける前にケーキを食べる時間がなくなっちゃうわよ！」

家を出たアーチーたち三人は、三十分ほど歩いてオックスフォードの街の中心に着いた。ホワイト通り古書店に近づくにつれて、アザミの足が遅《おそ》くなる。

アーチーは、ちらっと横目でアザミを見た。アザミったら、なにを心配してるんだよ？

「ちょっと、だいじょうぶか？」腕《うで》を軽くパンチしてやる。

アザミはつばをゴクリと飲みこんで、心細そうに笑顔《えがお》を見せた。

「あったりまえじゃん」言葉ほど、自信はなさそうだ。「最高だよ。生まれたときからずーっと、この日を待ってたんだもん」

アーチーは、ゼブじいさんの作業場で働いているあいだに、これから〈炎《ほのお》のテスト〉を受ける子どもたちに何度か会った。ほとんどみんな、ちょっとばかりびくびくしていた。アザミだって、口では偉《えら》そうなことといってるけど、おんなじじゃないか……。

アーチーは、古書店のドアをあけた。いつもどおり、店主のジェフリー・スクリーチがカウンターの向こうに立っている。細長い鼻の先にちょこんとのせた小さな丸いメガネが、いまにも落ちそうだ。鈴《すず》の音で顔をあげたスクリーチは、メガネの上から三人を見ると、小さな歯を見せて親しげに微笑《ほほえ》んだ。

「おはよう、アーチー。キイチゴも。それから……アザミだったよね？」

アザミは、またもやつばをゴクリと飲みこんでから、うなずいた。

スクリーチはカウンターの上にある分厚《ぶあつ》い台帳を開いて、ページの上を指でたどった。

「ああ、ここにある。アザミ・フォックス」スクリーチは、目をあげた。「すべて、きちんと書いてあるよ」

キイチゴが、アザミを前に押《お》しだした。

「ほらほら、スクリーチさんはかみついたりしないから」

それからキイチゴは、アザミの肩《かた》をそっとつかんだ。

「今日は、チョコレートハウスの集会室で学期初めの集会があるの。三人で、いっしょに行こうね。あたし、店の前で待ってるから。じゃあ、がんばって！」

キイチゴは、古書店のドアをあけて出ていった。

アザミは、スヌークをスクリーチにわたした。

「パパに、いわれたんです。この本にはスタンプが押《お》してないから、スクリーチさんにそういいなさいって……」アザミは、もごもごといった。

「はい、わかったよ」スクリーチは、本を手に取った。「区画整理を記した、古い本か。なにかの計画の本のようにも見える。そんじょそこらにあるもんじゃないな。きちんと調べて、分類してもらうようにするよ。さあて、地下のゼブじいさんのところに行くとしようか」

アザミは、緊張《きんちょう》した顔で、またまたゴクリとつばを飲みこんだ。スクリーチは、後ろに顔を向けて声をかけた。

「マージョリー！」

ベルベットのカーテンの後ろから、マージョリーがごそごそと出てくる。

「ああ、マージョリー。新しい見習い候補《こうほ》を、下の作業場に連れていくから、そのあいだ店番をしていてくれないか」

古書店の店長には〈炎《ほのお》のテスト〉の結果を記録しておく役目があるのだ。スクリーチは三十年にわたって、完璧《かんぺき》な、美しい書体で、見習い候補《こうほ》たちのテストの結果を書きしるしてきた。

「もちろんですよ、スクリーチさん」マージョリーは、笑顔《えがお》でアザミにいう。「うまくいくといいわね！」

アーチーは、アザミとスクリーチの先に立ってベルベットのカーテンをくぐり、廊下《ろうか》を歩いていった。壁《かべ》の棚《たな》にある手提《てさ》げランプを持って、階段《かいだん》をおりる。

「アザミ・フォックスだな！」

作業場に三人が入っていくと、ゼブじいさんが大声でいった。

「おまえがまだ赤んぼうだったころのことを、よく覚えとるぞ。ロレッタが、よく店に連れてきたもんじゃ。おまえときたら、ちっともじっとしていなくてな。しょっちゅう、あっちのものや、こっちのものをいたずらしとったよ。ところで、ロレッタは元気にしてるかね？」

アザミが答える前に、ゼブじいさんは真顔になっていった。

「スイカズラがプラハに出張《しゅっちょう》したときのこと、聞いたぞ。まったく、ひどい話じゃ。古書店で老夫婦《ふうふ》が殺されたそうじゃな。スイカズラが難《なん》を逃《のが》れたのは、不幸中の幸いだった。夫婦《ふうふ》は、大変な拷問《ごうもん》を受けたというから、犯人《はんにん》はこの夫婦《ふうふ》の素性《すじょう》もわからずに襲《おそ》ったとみえる」

殺されたって？　スイカズラおじさんが「いやはや、ひどいもんだった」といったわけだ。おじさんは、ホークさんに極秘《ごくひ》の指令を受けて、出張《しゅっちょう》に行ったにちがいない。その結果、大変な悲劇《ひげき》を目《ま》の当たりにしてしまった……。

ゼブじいさんはチッチッと舌打《したう》ちをして、かぶりをふった。

「本屋も安全じゃないなんて、いったいこの世はどうなっちまうのかね？　ここは、特別の警《けい》備《び》がしてあるからよかったが」

二番目のドアの向こうにいる、ブックエンド獣《じゅう》のことだなと、アーチーは思った。それにしても、緑色のドアの向こうには、なにがあるんだろう？　それから、廊下《ろうか》の奥《おく》の暗闇《くらやみ》に、黒いドアがあるのをたしかに見たような気がするけど……。

スクリーチは、話題を変えようと、小さく咳《せき》ばらいした。

「いや、まったく。だが、プラハの話をしに、ここに来たわけじゃない。ほら、アザミの〈炎《ほのお》のテスト〉ですよ」と、ゼブじいさんをうながす。

「そう、まったくそのとおり」ゼブじいさんは、うなずいた。「さあて〈ファロスの火〉が、どんな〈火のしるし〉を用意しているか、見るとしようか」

ゼブじいさんは、炉《ろ》の扉《とびら》をあけた。とたんに火がシューシューと燃《も》えさかり、真っ白い煙《けむり》がもうもうと吹《ふ》きだす。

アーチーは、ほっとした。炉《ろ》の火はいつもどおりだ。きのうみたいに、妙《みょう》な銀色に変わったりしていない。

ゼブじいさんが、真剣《しんけん》な顔になった。

「アザミ・フォックスよ。おまえは、魔法《まほう》図書館の見習いにふさわしいのかね？〈ファロスの火〉は、その答えを知っておるぞ」じいさんは、秘密《ひみつ》めいた声でつづける。「この火は、何千年ものあいだ燃《も》えつづけているからな」

このせりふを、アーチーは前に何度も聞いていた。そして、つぎになにが起こるか百も承知《しょうち》していたが、それでもそのスピードには、目を見はるしかなかった。ゼブじいさんは、厚《あつ》い革《かわ》手袋《てぶくろ》をはめた手で炉《ろ》の中から黄色い炎《ほのお》を取りだしたかと思うと、いきなり作業台の上の本の山に投げつけたのだ。

とっさにアーチーは手を出しかけたが、すぐに引っこめた。〈炎《ほのお》のテスト〉を受けるのは、アーチーではない。アザミが片手《かたて》をのばして、火の玉をつかんだ。アザミの手のひらの上で、炎《ほのお》がよじれたり、ねじれたりしながら燃《も》えている。やがて炎《ほのお》は黄色から青に変わり、消えてしまった。

「手のひらを見せてごらん」ゼブじいさんがいう。「ほほう」アザミの手のひらには、小さな青い目のしるしがついていた。「これは〈本探《ほんさが》し〉のしるしじゃ」

アザミの目が輝《かがや》いた。ほっとしたようにも、わくわくしているようにも見える。〈本探《ほんさが》し〉の見習いは、その本がはたして魔法《まほう》の本なのか、危険《きけん》な魔法《まほう》が隠《かく》れていないかを判断《はんだん》できるように修業《しゅぎょう》しなければならない。スイカズラおじさんのように一生の仕事として〈本探《ほんさが》し〉をしている人たちは、生活は不安定かもしれないが、わくわくどきどきの毎日を送れることはまちがいなかった。〈本探《ほんさが》し〉には、魔法《まほう》を見つけたり、かぎつけたりできる鋭《するど》い目と鼻が必要だ。

ゼブじいさんは、にっこり笑いながら、やさしい声でいった。

「はい、すっかり終わったよ」アザミの手のひらに、薬を塗《ぬ》ってくれる。「これでむずむずしなくなるぞ」

ゼブじいさんは、アザミに背《せ》を向けて、炉《ろ》の扉《とびら》を閉《し》めようとした。そのとき、思いがけないことが起こった。

炎《ほのお》が、ちっちゃな流れ星のような火の粉をシューッと吐《は》きだしたのだ。火の粉は弧《こ》を描《えが》いて宙《ちゅう》を飛んでからはじけ、そこらじゅうに金色の火花をシャワーのようにふりまいてから消えていった。とたんに、アーチーの手のひらが、ひどくかゆくなった。あわてて見ると、なんと金色のしるしがあらわれているではないか。

「たまげたなあ」ゼブじいさんは、あんぐり口をあけて、最初に炉《ろ》の火を、それからアーチーの顔を見た。「どうしたんだね?」

アーチーは、みんなに手を広げてみせた。ふつうなら〈本探《ほんさが》し〉、〈本作り〉、〈本守《ほんまも》り〉のしるしがあらわれるところに、金色の輪のしるしがある。ドラゴンが自分のしっぽを飲んでいるような形だ。

ゼブじいさんは、アーチーの手首をにぎって、親指で新しいしるしの上をたどった。みるみるうちに、じいさんの顔が青ざめていく。ゼブじいさんのこんな顔は、見たことがない。世界でいちばん古い炉《ろ》の前で、想像《そうぞう》できないほど長いあいだ働いてきたじいさんが、こんなにうろたえるなんて……。

ゼブじいさんは、スクリーチのほうを向いた。

「おまえさんも、これを見といたほうがいい」

おっかなびっくり近寄《ちかよ》ってきたスクリーチに、アーチーは手のひらをつきだして見せた。

スクリーチも、息をのんだ。

「ええっ、金の輪じゃないか……まさか！　これは、錬金術師《れんきんじゅつし》のしるしだ。このしるしが最後にあらわれたのは、いまから三百年前。あのファビアン・グレイが……」

こういいかけたスクリーチは、はっとしたように口に手を当て、不安そうな顔になった。

アーチーは、首をかしげた。スクリーチさん、余計《よけい》なことを口走ったと思ったのかな……？

「錬金術師《れんきんじゅつし》クラブのことだな」ゼブじいさんがつぶやく。

そのとき、炉《ろ》の炎《ほのお》がふたつ目の火の粉を吐《は》きだした。最初のとおなじように、火の粉は作業場の中をシューッと飛んでから、まばゆい金色の光を放ってはじけた。アザミが叫《さけ》び声《ごえ》をあげ、手のひらを穴《あな》のあくほど見つめている。

「見て！　もう一個《こ》〈火のしるし〉がついてるよ！」

たしかに、小さな青い目の横にふたつ目のしるしがある。アーチーのとそっくりおなじ、金の輪のしるしだ。

「錬金術師《れんきんじゅつし》のしるしが、ふたつも！」スクリーチは、声をあげた。「三百年のあいだあらわれなかったのに、ふたつ、それも同時にあらわれるとは……」

ゼブじいさんは眉《まゆ》をひそめた。

「スクリーチ、魔法《まほう》図書館の幹部《かんぶ》たちに報告《ほうこく》しなきゃいかんな。これがどういう意味なのか、連中ならわかるだろう。わしには、なんとも異常《いじょう》なことに思えるが……」

古書店を出たアーチーとアザミは、キツネにつままれたようだった。金の輪のしるしがあらわれたあと、アーチーはアザミに作業場をひととおり見せてやった。そのあいだも、ふたりの頭の中は金の輪のしるしのことでいっぱいだった。いったい、なんのしるしなんだろう？

スクリーチやゼブじいさんにも、意味がわからないようだ。それとも、いいたくないだけなのだろうか？　でも、魔法《まほう》図書館の幹部《かんぶ》たちを集めて、緊急《きんきゅう》会議を開いてもらうと約束してくれた。それまでは、ほかの見習いたちに、ふしぎな〈火のしるし〉のことを話したりするなよと、スクリーチはふたりに念を押《お》した。

「これは、わたしたちだけの秘密《ひみつ》にしておいたほうがいい。いまのところはな」

スクリーチさんやゼブじいさんは、ぜったいにもっとなにか知っている。アーチーは、そう思わずにいられなかった。

三十分後に古書店を出たふたりを、キイチゴが待っていた。

「どうだった？　テストは通ったの？」

通りすがりの人たちに聞こえないように、小さな声できいてくる。

「通ったよ。だけど……」

「よかったじゃない。フォックス家の一員が〈炎《ほのお》のテスト〉に落ちたりしたら、一生みんなにあれこれいわれちゃうもの。リプリー家とナイトシェイド家からは、テストに落ちたやつが出たって話だけど。そういう連中は、たいてい〈食らう者〉になってるんだって。でも、見習い候補《こうほ》がテストに落ちたのは、四年前が最後だって聞いたよ。ほら、アザミ。手のひらを見せなさいよ。なんの見習いから始めるの？」

「そんなことよりさ、ちょっとむずかしいことになっちゃって……」アーチーは、ちらっとアザミを見た。

「〈火のしるし〉を見せなさいってば」キイチゴが、アザミに命令する。

アザミは、くるっと後ろを向こうとした。だが、キイチゴはいきなり弟の手をつかんで、のぞきこんだ。

「えーっ、なんなのよ、これ？」金の輪を見たキイチゴは、息をのんだ。「ヘビみたいじゃない！」

「錬金術師《れんきんじゅつし》のしるしなんだってさ」アザミは、おずおずといった。「アーチーの手のひらにも、ついてるんだよ。でも、ゼブじいさんとスクリーチさんが、しゃべっちゃいけないって。幹部《かんぶ》たちが急いで会議をするから、それまでほかのみんなには秘密《ひみつ》にしておけっていわれたんだ」

「けど、あたしはほかのみんなじゃないよ。だから、なにが起こったのか、正確《せいかく》にいわなきゃだめ。ホットチョコレートを飲みながら話そうよ」

三人は、建物に囲まれた小さな広場を横切って、クィルズ・チョコレートハウスに向かった。古ぼけていて、みすぼらしいが、木骨造《もっこつづく》りという中世の様式の建物で、むきだしになった木の骨組《ほねぐ》みのあいだを色あせた壁土《かべつち》で埋《う》めてある。ドアから入ると、なんともおいしそうなにおいが、三人をふんわりとつつんだ。チョコレートの香《かお》りに、ヴァニラやオレンジ、そのほか思わずよだれが出そうなにおいがまじっている。

店の中は、あふれんばかりの暖《あたた》かい光につつまれていた。天窓《てんまど》から目のくらむほどまぶしい日光が、さんさんと降《ふ》りそそいでいるのだ。店に来た一般《いっぱん》のお客に、魔法《まほう》図書館の秘密《ひみつ》の入り口をさとられないように、わざとそんなふうに設計《せっけい》されている。まぶしい日光でムボービたちの目をくらませる光線ドアなのだ。〈炎《ほのお》の守人《もりびと》〉たちは、光線ドアのおかげで、ムボービたちに疑《うたが》われることなく魔法《まほう》図書館に出入りできる。

ムボービたちが訪《おとず》れる表の店は、どこにでもあるようなカフェだが、裏側《うらがわ》はおどろくほど広い。見習いたちは、表チョコ、裏《うら》チョコと呼《よ》んでいた。表チョコと裏《うら》チョコは〈関所の壁《かべ》〉という目に見えない壁《かべ》で仕切られている。〈関所の壁《かべ》〉には魔法《まほう》がかけられているから、表チョコにいるムボービたちには裏《うら》チョコはまったく見えない。

表チョコのカウンターの向こうに、ほっそりした、背《せ》の高い女の人が立っていた。むきだしの腕《うで》には、タトゥーがいっぱい。両方の眉毛《まゆげ》に、ピアスをしている。チョコレートハウスのウェイトレスをしているピンクだ。光線ドアの開閉《かいへい》も、ピンクにまかされていた。店の客には、ホットチョコレートのサーバーのレバーを押《お》しているようにしか見えないが、じつはレバーの位置が三段階《だんかい》に分かれていて、レバーが垂直《すいちょく》に立っているときは、だれでも光線ドアを通ることができる。水平にすると、〈火のしるし〉のある者しか通ることはできず、ぐいと押《お》しさげると完全に鍵《かぎ》がかかり、だれも通れない。

いつもは、〈火のしるし〉のある者だけが裏《うら》チョコに入れるが、ピンクの判断《はんだん》で、そうでない人を通すこともあった。

カウンターは〈関所の壁《かべ》〉を通って表チョコから裏《うら》チョコまでのびている。ピンクは壁《かべ》を通って、表チョコと裏《うら》チョコを自由に行ったり来たりしていた。裏《うら》チョコへ入ると、ピンクの髪《かみ》は黒からピンクに色を変える。

「キイチゴ、元気にしてた？」三人を見ると、ピンクは声をかけた。「アーチーは？　アザミ、今日が最初の日だね？　〈火のしるし〉もらったんでしょ？」

アザミは、うなずいたが、〈火のしるし〉がふたつもある手を気にして、ぎゅっとにぎったままでいた。キイチゴの弟なので信用しているのか、ピンクも見せろとはいわなかった。

「じゃあ、裏《うら》チョコで会おうね」ピンクは、にっこりと笑う。

アザミは、光線ドアをじっと見つめた。じつは、アザミが光線ドアを通るのは、これで二度目だ。一度目は、魔法《まほう》図書館の幹部《かんぶ》がつきそっているからと説得されて、ピンクはしぶしぶ〈火のしるし〉のないアザミを通してくれた。だから、正々堂々《せいせいどうどう》と光線ドアを通るのは、これが初めてだった。

光線ドアを通る三人を、魔法《まほう》のにおいがふんわりとつつんだ。魔法界《まほうかい》でアモーラと呼《よ》ばれているこのにおいをかぐたびに、アーチーは少しばかり頭がくらくらした。魔法《まほう》は、大きく三つに分けられるが、じつはそれぞれがちがったにおいを持っている。〈大自然の魔法《まほう》〉は、大自然そのもののにおい。人間が作った〈現世《げんせ》の魔法《まほう》〉は、風通しの悪い部屋《へや》のような、煙《けむり》のようなにおい。〈超《ちょう》自然の魔法《まほう》〉は、冷たい墓石《はかいし》や死肉のような、この世ならぬにおいで、アーチーのいちばん嫌《きら》いなアモーラだ。光線ドアには〈大自然の魔法《まほう》〉が働いているので、今日は刈《か》ったばかりの青草のような、いい香《かお》りがした。

裏《うら》チョコには、想像《そうぞう》できないくらいすわり心地《ごこち》のいい椅子《いす》が、どっさりと置いてある。すっぽりと体をつつんでくれる、やわらかい革《かわ》のソファもたくさんあった。新学期の第一日目とあって、おおぜいの見習いたちが、にぎやかにおしゃべりしていた。だれもがうきうきしながら、通知表のことや、新しい時間割《わり》のことを話している。

アーチーは、銀髪《ぎんぱつ》を長くたらした、鋭《するど》い顔つきの女の人が、テーブルについているのに気がついた。〈超《ちょう》自然の魔法《まほう》〉部の部長をしている、フェオドーラ・グレイブズだ。

アーチーたち三人は、飲み物をもらう列の最後にならんだ。自分の番が来ると、キイチゴは三人分のホットチョコレートを頼《たの》んでから、アーチーとアザミを部屋《へや》の隅《すみ》の、まわりに人気《ひとけ》のないテーブルに引っぱっていった。

「ねえ、錬金術師《れんきんじゅつし》のしるしって、なんのことよ」声をひそめてきいてくる。

アーチーは、答えようかどうか、ちょっと迷《まよ》っていた。ほかの見習いたちには話しませんと、約束しちゃったもんな。だけど、キイチゴはほかの見習いたちとはちがう。家族だから、だいじょうぶだ。

「古書店のスクリーチさんが、金の輪のしるしっていってたんだ」アーチーも、声をひそめて答えた。そっとあたりを見まわして、ほかの見習いたちが聞き耳を立てていないかどうかたしかめる。またもや、アーチーはふしぎでたまらなくなった。いったいどうして、ゼブじいさんやスクリーチさんは、あんなに隠《かく》したがってるんだろう？「錬金術師《れんきんじゅつし》クラブとかなんとかいってたな。それから、ファビアン・グレイって名前も」

キイチゴは、プーッとホットチョコレートを吹《ふ》きだした。

「ファビアン・グレイだって！　それって、魔法《まほう》図書館の歴史の中でも、マジ評判《ひょうばん》の悪いやつなんだよ！　その人とあんたたちのもらったしるしに、なにか関係があるの？」

「わかんない。けど、スクリーチさんは、ぜったいなにかを心配してるんだ。だから、ぼくたちに秘密《ひみつ》にしておけっていったんだと思う」

「ほら、うわさをしたら来ちゃったよ。スクリーチさんが」アザミが、ささやいた。

光線ドアを通ってきたスクリーチは、裏《うら》チョコを見まわして、だれかを探《さが》しているようだ。

それから、つかつかとグレイブズ部長のところに行くと、耳元になにやらささやいている。

「きっと金の輪のしるしのことを話してるんだよ」と、アーチーはいった。

グレイブズ部長は、はっと顔をあげた。それから、アーチーたちのほうをじっと見ている。

「あんまりうれしそうな顔してないね」

アーチーのいうとおり、スクリーチがなにかいうと、グレイブズ部長は困《こま》ったというようにかぶりをふった。それから、ふたりしてまた、こっちを見る。話しおわったスクリーチは、グレイブズ部長に背《せ》を向けて、裏《うら》チョコを出ていった。

グレイブズ部長は、なにごとか考えこんでいるようだ。それから立ちあがって、見習いたちにこっちを見なさいと、手をたたいた。

「これから、集会が始まるんだよ」と、キイチゴがいった。

魔《ま》法《ほう》図書館の幹《かん》部《ぶ》たちは、見習いたちが一日の仕事を終えて裏《うら》チョコに集まったときに、よく臨《りん》時《じ》の集会を開く。

「みなさん、また魔《ま》法《ほう》図書館で会えましたね」よく響《ひび》く声で、グレイブズ部長はいった。「新学期を始めるにあたって、お知らせしなければならない、大切なことがあります。どうぞ集会室に行ってください」

アーチー、アザミ、キイチゴは、ほかの見習いたちのあとにつづいて、奥《おく》にある広い集会室に入った。ステージにならべられた椅子《いす》に、すでに幹部《かんぶ》たちが何人かすわっている。

ツイードのジャケットを着ている、背《せ》の低い男は、〈大自然の魔法《まほう》〉部の部長をしている、モトリー・ブラウン博士。その横にいるのが、〈行方《ゆくえ》不明本〉係の主任《しゅにん》、ギディアン・ホーク。ホークは、危険《きけん》な魔法《まほう》本を探《さが》しあてて、〈食らう者〉たちの手に落ちないようにする仕事をしている。ちょっと見たところでは、特に変わったところもないが、よく見るとアーチーとおなじように左右の瞳《ひとみ》の色がちがっている。片方《かたほう》がブルー、もう片方《かたほう》がグレイ。じつはホークは、幹部《かんぶ》の中でも、もっとも強力な魔法《まほう》の才能《さいのう》を持っているといわれている。『ヨーアの書』に閉《と》じこめられていたアーチーの命を救ったのも、ホークだった。

ホークのとなりは、ウルファス・ボーン。がりがりにやせた男で、ウルフ――オオカミを思わせるウルファスという名前のとおり、大きな犬歯が二本飛びでている。ウルファス・ボーンは、占《うらな》い棒《ぼう》の使い手だ。先がふた股《また》に分かれた占《うらな》い棒《ぼう》は、ふつう地下の水脈を探《さぐ》りあてるときに使うが、ボーンは魔法《まほう》の力を調べるときに使っていた。

モトリー・ブラウン博士をはさんでホークの反対側に、アーチーが見たことのないふたりがすわっていた。ゆでタマゴのように頭がつるりと禿《は》げた男と、赤みがかった茶色の髪《かみ》を長くたらした、十代の女の子。キイチゴより二、三歳《さい》くらい年上のようだ。

見習いたちは、全員席についた。グレイブズ部長もホークの横にすわり、ブラウン博士とホークに、なにごとか耳打ちした。ふいに背筋《せすじ》をのばしたホークが、心配そうな顔でアーチーたちのほうをちらちら見ている。

グレイブズ部長が立ちあがって、ふたたび手をたたき、淡《あわ》いグリーンの瞳《ひとみ》で見習いたちをぐるりと見まわした。

「集会を始める前に、新しい見習いを紹介《しょうかい》しましょう。今日、わたしたちの仲間になった、アザミ・フォックスです」

見習いたちがいっせいにアーチーたちのほうに顔を向けて、新米の見習いを探《さが》している。ものめずらしそうに、ざわざわとしゃべっている人たちもいた。アザミは、はずかしそうに微笑《ほほえ》んだ。ホークが、射ぬくような目でアザミを見つめている。

グレイブズ部長は、話をつづけた。

「また、この場を借りて、特別なお客さまをふたり、みなさんに紹介《しょうかい》したいと思います。ロンドンにある、王立魔法協会《まほう》からいらした、オルフェウス・グルーム教授《きょうじゅ》」つるりと禿《は》げた男を手で示《しめ》す。「グルーム教授《きょうじゅ》は、ブックフェアの総監督《そうかんとく》として来てくださいました」

王立魔法《まほう》協会は国際魔法連盟《こくさいまほうれんめい》の下部組織《そしき》で、英国内の魔法《まほう》の管理をまかされている。グルーム教授《きょうじゅ》は、にこにこ笑いながら見習いたちを見まわした。教授《きょうじゅ》もまた、自分のほうをちらちらと見ているような気がして、アーチーは落ち着かなくなった。もしかして〈ささやき人《びと》〉だって知ってるのかな。

「もうひとりのお客さまは、カテリーナ・クローン」と、グレイブス部長はつづけた。「プラハ魔《ま》法《ほう》学校の生徒さんです。カテリーナは、魔《ま》法《ほう》図書館の奨学金《しょうがくきん》を獲得《かくとく》して、この図書館で研究をつづけることになりました。魔《ま》法《ほう》を書くことについて考察した彼女《かのじょ》の論文《ろんぶん》が、世界じゅうの魔《ま》法《ほう》を学んでいる学生が書いた何百という論文《ろんぶん》の中から選ばれたのです。カテリーナは、研究のために当図書館の書庫に入ることを特別に許可《きょか》されています」

ステージの上の女の子が、頭をちょこっとさげた。ふっくらしたくちびるに、鋭《するど》い青い瞳《ひとみ》をしている。

「有名な魔《ま》法《ほう》図書館に来ることができて、とても光栄に思っています」カテリーナの言葉には、すこしなまりがあった。「早く書庫で古文書を読ませていただき、魔《ま》法《ほう》を書くことの秘密《ひみつ》に光を当てられるような研究ができたらと思っています」

グレイブズ部長のくちびるが、ちょっとだけ動いた。どうやら微笑《ほほえ》んだらしい。

「さて、みなさんも知っているように、今週の土曜日からこのクィルズ・チョコレートハウスで、光栄なことに当魔法図書館《まほうとしょかん》が主催《しゅさい》する国際魔法《こくさいまほう》ブックフェアが開かれます。いうまでもなく、これは大変名誉《めいよ》なことでありまして、みなさん全員がふるって参加するよう望んでおります」

グレイブズ部長は、またもや集会室をぐるりと見まわした。

「秘密《ひみつ》を守ることがいかに大切か、わたしから念を押《お》すこともないと思いますが、オックスフォードに暮《く》らす人たちに、いささかも疑《うたが》われることがないように注意してください。ほんのいっときでも、ムボービたちがオックスフォードに魔法《まほう》の力が働いているのではと疑《うたが》ったら、魔法《まほう》図書館の活動そのものが危険《きけん》にさらされますからね。みなさんが、ぜったいに秘密《ひみつ》を守ってくれるものと信頼《しんらい》しています。

そして、最後になりますが、非常《ひじょう》に重要なこと、魔法《まほう》図書館の警備《けいび》についてお話しします。ブックフェアをオックスフォードで開くという話が持ちあがったとき、魔法《まほう》図書館に属《ぞく》さない人たちも図書館内に入れてはどうかという提案《ていあん》があり、わたしたち幹部《かんぶ》も同意いたしました。ブックフェアが開催《かいさい》されているあいだ、〈火のしるし〉がない者も光線ドアを通ることができるということです。それだけに、よくよく身の安全や警備《けいび》には気をくばらなければなりません。この何週間か、〈食らう者〉たちの攻撃《こうげき》が、にわかに活発になっているとの報告《ほうこく》を受けております」グレイブズ部長は、一瞬《いっしゅん》まをおいてからつづけた。「今週もまた、〈食らう者〉たちに襲《おそ》われる事件《じけん》がありました。チェコ共和国でのことです」

心配そうなざわめきが起こった。グレイブズ部長は、静かにと片手《かたて》をあげた。

「さっきいったように、〈火のしるし〉のない人たちも光線ドアを通るので、いつもとおなじようには作動しませんが、それに代わる防御装置《ぼうぎょそうち》が設置《せっち》されることになっているので安心してください。もちろん、くれぐれも危険《きけん》に備《そな》えて、いつも注意をおこたらないようにすること。それでは、みなさん！　どうかブックフェアを大いに楽しんでください！」


集会室を出ようとしたとき、アーチーの腕《うで》に手を置いた者がいる。ふり返ると、グレイブズ部長が真剣《しんけん》な顔でアーチーを見つめていた。

「アーチー、ちょっと話があります。あなたもよ、アザミ」

グレイブズ部長は、ふたりを隅《すみ》に連れていった。

「あなたたちが、めずらしい〈火のしるし〉をもらったと聞いたの。見せてもらってもいいかしら？」

返事をする前に手首をぎゅっとつかまれ、〈火のしるし〉を調べられていた。

「スクリーチがいったとおりね。これは、金の輪のしるしですよ。アザミ、あなたにもあるんですって？」

アザミは、うなずいた。

グレイブズ部長は、眉《まゆ》をひそめた。

「とにかく、いまのところは、わたしたちもなにもできないわね。でも、月曜日になったら、まっさきにわたしのところにいらっしゃい。それまでは、だれにもしゃべってはいけません。ほかの見習いたちを怖《こわ》がらせたくないんですよ」


アーチーとアザミは、考えこみながら家にもどった。奇妙《きみょう》なふたつ目の〈火のしるし〉のことが、重く心にのしかかってくる。イヌノキバ通り三十二番地に着くと、アーチーはまっすぐ二階の寝室《しんしつ》に行って、ベッドの下から古い靴箱《くつばこ》を引っぱりだした。靴箱《くつばこ》の中には、ロレッタおばさんが取っておいてくれた、父さんの持ち物が入っている。その中に、魔法《まほう》の参考書も何冊《なんさつ》かあった。

アーチーの父親、アレックス・グリーンは、魔法《まほう》図書館の〈行方不明本《ゆくえ》〉係で働いていたが、アーサー・リプリーの蔵書《ぞうしょ》を盗《ぬす》んだという理由で図書館を辞《や》めなければならなくなったという。

アーチーは、父親の思い出らしきものを、なにひとつ持っていない。アーチーが生まれてまもなく、母親や姉といっしょに姿《すがた》を消してしまったからだ。

靴箱《くつばこ》をかきまわすと『偉大《いだい》なる魔法書《まほうしょ》――善《よ》きものと悪《あ》しきもの、そして醜《みにく》いもの』という本が出てきた。有名な、あるいは悪名高き魔法《まほう》の本をならべたリストだが、魔術師《まじゅつし》についても書いてあった。

パラパラとめくっていくうちに、探《さが》していたページが出てきた。

錬金術師《れんきんじゅつし》クラブ

十七世紀に存在《そんざい》した錬金術師《れんきんじゅつし》たちのグループで、リーダーはファビアン・グレイ。他の魔《ま》法《ほう》の書き手とおなじく、錬金術師《れんきんじゅつし》クラブのメンバーも金の輪のしるしを持っており、それをクラブのシンボルマークにしていた。金の輪のしるしは、新しい魔法《まほう》を書くのに必要な三つの要素《ようそ》のうちのひとつである。他のふたつは、アゾスという魔法《まほう》の物質《ぶっしつ》から作られるインクと、幻獣《げんじゅう》から無償《むしょう》で与《あた》えられた羽で作られる羽根ペン。グレイと仲間たちは、偉大《いだい》なる魔法《まほう》の本に記載《きさい》されている、あらゆる魔法《まほう》の基本《きほん》となる呪文《じゅもん》を書きなおそうとしていた。だが、その実験がロンドン大火を引き起こすこととなり、その結果「魔法《まほう》の方律《ほうりつ》」が作られることとなった。

おなじページに、アーチーの手のひらにあるのとおなじ、金の輪のマークがしるされている。

アーチーは、もう一度記事を読みなおした。

前に通っていた学校では、一六六六年のロンドン大火はプディング通りにあるパン屋が火元になったと教わっていた。だがアーチーは、いまになってわかった。あれは、なにごとも魔法《まほう》にかかわることなど認《みと》めない、ムボービたちが書きかえた歴史なのだ。

アーチーは、手のひらにある金の輪を、もう一度しげしげとながめた。見ればみるほど、胸《むね》の奥《おく》がざわめいてくる。

3 国際《こくさい》魔法《まほう》ブックフェア

ブックフェア第一日目の朝も、手のひらがむずむずとかゆかったが、アーチーは気にしないことにした。そんなことでブックフェアの楽しみを台無しにしたくない。

アーチーは、フォックス一家といっしょに、会場のチョコレートハウスに向かった。十七世紀までのイギリスでは、ブックフェアのような魔法市《まほういち》は、ちっともめずらしいものではなかったと、ロレッタおばさんが教えてくれた。

「いまでは、国際魔法《こくさいまほう》ブックフェアだけが、世界中でただひとつの魔法市《まほういち》になってしまったのよ。ほかの市は、一六六六年に魔法界《まほうかい》の方律《ほうりつ》ができてからは、禁止《きんし》されちゃったから」

「魔法市《まほういち》を禁止《きんし》するなんて、バカげてると思わないか！」スイカズラおじさんが、ぶうぶうと文句《もんく》をいう。一行は、ホワイト通り古書店の前を通りすぎて、チョコレートハウスに向かっているところだ。「そのせいで、魔法《まほう》の本が地下でこっそり取引されるようになっちまったんだ。

魔法界《まほうかい》の認《みと》める場所以外では魔法《まほう》を使ってはいけないっていう方律《ほうりつ》とおんなじぐらい、バカげてるよ。魔法《まほう》を使えなかったら、どうやって〈食らう者〉たちの攻撃《こうげき》を防《ふせ》げばいいっていうんだ？　あのプラハの、かわいそうな夫婦《ふうふ》だって……」スイカズラおじさんは、かぶりをふった。

「けっきょく、ふたりの素性《すじょう》や名前だって、わたしたちにはわからずじまいじゃないか。無防備《むぼうび》のままやられちまって、〈食らう者〉たちにとっては、いいカモだったたってことさ。はずかしいったらありゃしない。魔法連盟《まほうれんめい》は、恥《はじ》を知るべきだよ」

ロレッタおばさんが、心配そうに目くばせした。

「ちょっと、あなた。物騒《ぶっそう》なことというの、やめなさいったら。声が大きいわよ。方律《ほうりつ》は、方律《ほうりつ》なの。納得《なっとく》できても、できなくてもね」おばさんは、小さな声でたしなめた。

スイカズラおじさんとロレッタおばさんがこんなふうに話すのは、聞いたことがない。ふたりとも、五つの方律《ほうりつ》や魔法連盟《まほうれんめい》の偉《えら》い人のいうことに忠実《ちゅうじつ》にしたがっているとばかり思っていた。魔法界《まほうかい》の中にも、いろんな考え方をする人たちがいるということだ。

チョコレートハウスの前の行列にならんだときも、スイカズラおじさんがいったことが、アーチーの頭から離《はな》れなかった。たぶん、おじさんのいうことが、正しいんじゃないのかな。魔法《まほう》を使うのを禁止《きんし》されてたら、どうやって〈食らう者〉たちの攻撃《こうげき》から魔法《まほう》図書館を守れるんだろう？〈食らう者〉たちは、方律《ほうりつ》のことなんか気にしちゃいない。目的を遂《と》げるためだったら、どんな魔法《まほう》でも使うに決まってる……。

アーチーは、〈食らう者〉たちの親玉ともいうべきバルザックと対決したときのことを思いうかべた。悪名高い暗黒の魔術師《まじゅつし》とアーチーは、魔法《まほう》を使うことが許《ゆる》されている魔法《まほう》図書館の中で出会った。そしてアーチーは、〈ささやき人《びと》〉の力を使ってバルザックを打ち負かしたのだった。だが、もし対決したのが魔法《まほう》図書館の外だったら？　そしたら、どうなっていたことだろう？

考えただけで、アーチーの背筋《せすじ》は凍《こお》りついた。もしもスイカズラおじさんが、かわいそうな夫婦《ふうふ》が殺される前にプラハに到着《とうちゃく》していたらどうだろう？　おじさんは、方律《ほうりつ》にしたがっただろうか？　それとも、自分と夫婦《ふうふ》を守るために魔法《まほう》を使っただろうか？　それから、別のことも頭に浮《う》かんだ。〈ささやき人《びと》〉が本と話をするのは、魔法《まほう》のうちに入るのかな？　うん、たぶん入るんだろうな。自分の思いどおりにはならない力だけど。

そろそろ、魔法《まほう》の力を持っている人たちを信用していい時代になったのかもしれない。もしかして金の輪のしるしは、方律《ほうりつ》を廃止《はいし》するときが近づいているという証拠《しょうこ》なのかも……。

行列が進んで、チョコレートハウスのドアの前に着いたときも、アーチーはまだ考えこんでいた。ドアの横に「本日は、貸切《かしき》りです」と書いた黒板が立てかけてある。魔法界《まほうかい》の人たちしか入れないということだ。少なくとも、ムボービが、うっかりブックフェアに入ってしまう心配はなさそうだ。

ドアを入ったところに、クリップボードを手にした男が立っていた。背《せ》が高く猫背《ねこぜ》で、いつも苦虫をかみつぶしたような顔をしている。オウレリアス・ラスプ博士といって、アーチーが大の苦手にしているおじいさんだ。

ラスプ博士を敬遠《けいえん》しているのは、アーチーだけではない。ほかの見習いたちも、できるだけ博士を避《さ》けようとしていた。十二年前に、魔法《まほう》図書館の火事を発見して、大事になるのを食いとめて以来、博士は本物のガミガミおやじになったという。だがラスプ博士は、時おりギディアン・ホークの手助けをしていた。ホークに頼《たの》まれて、こっそりアーチーをスパイしていたこともある。

光線ドアの横には、ピンクが立っていた。

「ピンクさん、おはよう」キイチゴが、声をかけた。「調子はどう?」

「元気だよ。ありがとう。けど、あのじいさん、もう少しあいそよくできないもんかね」

ピンクは、ラスプ博士を目で示《しめ》した。あいその悪いじいさんは、入ってくる人をひとりひとりにらみつけている。

キイチゴは、あきれたというように眉毛《まゆげ》をあげた。

「どうしてラスプ博士がここにいるのよ？」

「特別警備《けいび》をしてるんだってさ。ブックフェアの期間中だけね。王立魔法《まほう》協会から、どうしてもって頼《たの》まれたみたい」

ラスプ博士は、クリップボードをいらいらと指でたたきながら、アーチーたちを上から下までじろじろと見た。

ロレッタおばさんが光線ドアを入ろうとすると、博士は片手《かたて》をあげて通せんぼした。

「あんた、名前は？」

ロレッタおばさんは、信じられないという顔をした。

「ちょっと、博士。わたしたち、三十年も前から知り合いじゃないですか！」

「出入りする者の名前をきちんと書きとめとくのが、わたしの役目なんでな」ラスプ博士は、うなるようにいってから、くり返した。「名前は？」

ロレッタおばさんは、ラスプ博士をにらみつけた。何年も親業をやっているうちに磨《みが》きがかかった、とびきり怖《こわ》ーい顔だ。

「ロレッタ・フォックス！」かみつかんばかりの声だ。「で、こっちが夫のスイカズラ。息子《むすこ》のアザミと娘《むすめ》のキイチゴ。それから、甥《おい》のアーチー。みーんな、とっくにごぞんじだと思うけど！」

ラスプ博士は、全員の名前をクリップボードにはさんだ紙に書きつけた。

「用心に用心を重ねんと」陰気《いんき》な声でつぶやく。「〈食らう者〉たちが、うろちょろしてるかもしれんからな」

ロレッタおばさんは、爆発寸前《ばくはつすんぜん》の顔でピンクを見た。ピンクは困《こま》った顔で、ロレッタおばさんをうながした。

「さあ、通ってちょうだい。ロレッタ」

頭をつんとあげたロレッタおばさんが光線ドアを通り、フォックス家の三人があとにつづいた。アーチーもついていこうとしたとき、アラベラ・リプリーがチョコレートハウスに入ってきたのに気がついた。アーチーとおなじ日に見習いを始めた女の子で、悪名高き〈食らう者〉、アーサー・リプリーの孫にあたる。

アーチーとアラベラは、最初は犬猿《けんえん》の仲だった。だがアラベラは、アーチーがピンチにおちいったとき助けの手をさしのべてくれたばかりか、暗黒の魔法《まほう》に襲《おそ》われたウルファス・ボーンの命を救ったのだ。

アラベラは、母親のヴェロニカ・リプリーといっしょだったが、いつもとおなじ退屈《たいくつ》しきった顔をしていた。ピーター・クィグリーも、両親といっしょに来ている。アーチーたちとおなじ日に見習いになった子だ。ピーターのあとには、とても背《せ》の高い女がふたりつづいていた。ひとりは赤い髪《かみ》、もうひとりは黒い髪《かみ》だ。

黒い髪《かみ》の女は、柄《え》に飾《かざ》りのついた、盲人《もうじん》用の白い杖《つえ》をついている。

「姉さん、行列してるのかね？　どうして、列が前に進まないんだい？」と、盲目《もうもく》の黒い髪《かみ》がきくと、赤い髪《かみ》が答えた。

「男が、入り口で名前を書きとめてるのさ」

「姉さん、男がいるのかい？　なんでそんなことしてるんだい？」

「まんいちに備《そな》えてだよ。〈食らう者〉がいるかもしれないからって、いってるよ」

「恥知《はじし》らずったらないわね！」ヴェロニカ・リプリーの声だ。この人は、なにかにつけ文句《もんく》ばかりいう。「魔法界《まほうかい》の名誉《めいよ》あるメンバーが、こんな扱《あつか》いを受けるとは。とてもがまんできないわ」

「アーチー、急いで」

ピンクにうながされて光線ドアに入ったアーチーは、まばゆい光に目をしばたたいた。バラの香《かお》りがしたと思ったら、もうそこは裏《うら》チョコだった。

目の前に広がる光景に、アーチーは息をのんだ。きのうまでの裏《うら》チョコとは、おおちがいだ。奥《おく》の集会室が、いつもの三倍は広くなっていて、中世の市と、サーカスと、バザーがいっしょに来たような……。あちこちに旗がひるがえり、音楽が聞こえてきて、まるでカーニバルのようだ。

幹部《かんぶ》の中のだれが、こんなにすばらしい魔法《まほう》をかけたのだろう？　大きさも、色も、形もさまざまなテントが所せましとならび、テントとテントのあいだには、あざやかな色で塗《ぬ》られた屋台もある。アーチーの真正面にあるのは、大きな独楽《こま》のような形をしたテントだ。

スイカズラおじさんが、アーチーの横に来た。

「アーチー、どうだい？」

「すっごーい！」

スイカズラおじさんの目が、輝《かがや》いた。

「ブックフェアは、魔法界《まほうかい》の暦《こよみ》の中で最大のイベントなんだよ」

「魔法界《まほうかい》の人たちが、こんなにおおぜいいるなんて、思ってもみなかった」アーチーは、ぐるりと見まわしながらいった。「でも、全員が〈炎の守人《ほのおのもりびと》〉ってわけじゃないんですよね？」

スイカズラおじさんは、うなずいた。

「そうだよ。でも、どの人も魔術師《まじゅつし》の家に生まれている。昔、魔法《まほう》図書館の見習いをしていた人とか、その子どもとかね。なかには、どこかの魔法《まほう》学校を卒業して、自分の子どももその学校に行かせたいと思ってる人たちもいる。見習いをやめたり魔法《まほう》学校を卒業したりしたあとは、ほとんどがふつうのムボービの仕事をしてるんだ。魔法《まほう》の仕事をしているのは、運のいい連中だけなんだよ。そういう連中の中には、わたしみたいに、どこにも雇《やと》われずに魔法《まほう》の仕事をしている者もいれば、魔法《まほう》図書館の幹部《かんぶ》になった者もいる。なかには、とびきり意欲《いよく》があったりコネを持ってたりして、魔法《まほう》関係の機関で働いてるやつらもいるけどね。王立魔法《まほう》協会とか、魔法連盟《まほうれんめい》とかで。それはともかく、魔法《まほう》の仕事をしている者も、していない者も、だれもがみんなブックフェアに来るのを心から楽しみにしているんだよ」

スイカズラおじさんは、掲示板《けいじばん》を指さした。ブックフェアでは、本を売ったり買ったりするばかりでなく、朝から晩《ばん》までいろいろな催《もよお》し物《もの》があるらしい。アーチー、キイチゴ、アザミ、ロレッタおばさんが掲示板《けいじばん》の前に集まると、スイカズラおじさんが、催《もよお》し物《もの》の演目《えんもく》と出演者《しゅつえんしゃ》の名前を読みあげた。

「第二テント、本日、正午より。『ひと針《はり》、ひと針《はり》、心をこめて——本物の本作りとは』。講演《こうえん》するのは、ハリー・ステッチという人だ」

「おもしろそう！」と、アーチー。

「第一テント、本日午後二時より。『グリーンの魔法《まほう》は、クリーンな魔法《まほう》』。ラティス・ガーデン。この人は、『園芸の達人になろう――緑の指の育て方』の著者《ちょしゃ》だって。四時からは、こんなのもあるぞ。『魔法界《まほうかい》の先祖《せんぞ》をたどる――楽しき歴史』。演者《えんじゃ》は、オルフェウス・グルーム教《きょう》授《じゅ》とカテリーナ・クローンだ」

「ほら、カテリーナって、あたしがパパに話した人よ」と、キイチゴがいう。

スイカズラおじさんは、頭をがりがりとかきながらいった。

「ほおお。クローン家も、うちとおなじように〈炎《ほのお》の守人《もりびと》〉の家系《かけい》なんだよ」

それから、おじさんはポスターのつづきを読んだ。

「いちばん大きな字で書いてあるのは、『魔法《まほう》の生き物は、ハロウィーンだけにあらわれるわけではない』ってやつだな。五時から、大きな、独楽《こま》の形のテントである。ブラック・ナイトって人が話すんだって」

「そうそう」と、キイチゴ。「ルパートがいってたよ。ルパートが、ナイトさんのお手伝いをするんだって」

ルパート・トレヴァレンは、〈大自然の魔法《まほう》〉部の見習いで、幻獣《げんじゅう》動物園で働いている。背《せ》の高い黒髪《くろかみ》の少年で、彫《ほ》りの深い、整った顔立ちをしていた。いつもほがらかで、女の子たちに人気がある。キイチゴもルパートの隠《かく》れファンじゃないかと、ひそかにアーチーは疑《うたが》っていたが、ぜったいに認《みと》めないだろう。

掲示板《けいじばん》を見終わると、ロレッタおばさんが三人を隅《すみ》に連れていった。

「いい？　いつも三人でくっついていなさいよ。はい、これはお昼代」それから、声をひそめる。「魔法《まほう》図書館のスタンプが押《お》してない本は、買っちゃだめだからね。それから、だれにも手のひらの〈火のしるし〉を見せないこと。ラスプ博士がいってたでしょ。〈食らう者〉たちが、うろうろしてるかもしれないって。プラハの事件《じけん》のことを考えると……」そこでロレッタおばさんは、はっとして口に手を当てた。「いけない！　もう考えたくもないわ」

それからは、楽しいったらなかった。あそこも、ここも、目を見はるようなものばかり。火食い男、竹馬乗り、水晶玉《すいしょうだま》やそのほかの道具を使って、お客が知りたいことを教えてくれる占《うらな》い師《し》たち……。

アーチーは「サイレン姉妹《しまい》、最強のふたりが、あなたの運勢《うんせい》を占《うらな》います！」と書いた看板《かんばん》を見つけた。

MUFFIN

「あたし、聞いたことあるよ」と、キイチゴがいう。「ヘムロックとデルフィニウムっていう名前なの。自分たちのことをサイレン姉妹《しまい》って呼《よ》んでるけど、それって本当の苗字《みょうじ》じゃないんだよ。ふたりで組んで占《うらな》いをしてるの。占《うらな》うっていっても、ひとりが運勢《うんせい》をクンクンかぎあてて、ひとりがサイレンみたいに叫《さけ》ぶんだけどね」

「ひゃあっ！　変なの！」アーチーは、笑いだした。

「あたし、まじめにいってるんだけどな。ヘムロックは目が見えないけど、においで運勢《うんせい》を当てることができるの。で、デルフィニウムが、その運勢《うんせい》を叫《さけ》ぶってわけ」

アーチーは、あやしいなという目でキイチゴを見た。

「キイチゴのいうことって、いっつもうそかほんとかわかんないもん」

「ちがうって。これだけは、ぜーんぶほんと」キイチゴは、にっと笑った。

「ほんとのこと、もうひとつ教えようか」アザミが、横からいう。「おれ、ほんとに腹《はら》ぺこで、死んじゃいそう！　朝ごはんから、何時間たってると思う？　サイレン姉妹《しまい》のところは、あとで行けるじゃないか」

食べ物や飲み物を売っているテントもあった。「マフィン母さんの、歌うチョコ・マフィン――どんなお年の方にも効《き》く、チョコ療法《りょうほう》」と書いた、派手《はで》な横幕《よこまく》もかかっている。アーチーは、ポン菓子《がし》の看板《かんばん》が気に入った。「ポン菓子《がし》で、ポーンとはじけよう！　逃《に》げてったイタチさんもどうぞ！」と書いてある。「ポンとイタチは逃《に》げてった！」という子どもの歌をもじったものので、なかなか気がきいている。

アーチーたちは、チョコ・マフィンをひとつずつ買って、すわって食べることにした。ひと口かじるごとに、マフィンがちがう歌をうたってくれる。おなかがいっぱいになったので、三人はまたテント見物に行くことにした。

古本を売っているテントが、いちばん多い。「魔法《まほう》のミステリー・ツアーにご招待《しょうたい》」と書いてある横幕《よこまく》が、アーチーの目をひいた。「魔《ま》法界《ほうかい》の観光客なら、だれでも知りたがる情報《じょうほう》を教えてさしあげます」とも書いてある。

「アザミが喜びそうなテントだね」と、キイチゴがいった。「ちょっと、あの子、どこへ行ったの？」

「マフィン母さんのマフィンを、もうひとつ買うっていってたよ」ほこりまみれの本を見ながら、アーチーが教えた。「ほんとにおいしかったもんね」

にーっと笑ったアーチーの前歯は、チョコレート色に染《そ》まっている。

「もう、アザミったら。三人でくっついていなさいよってママにいわれたのに。ふたりとも金の輪のしるしなんかもらっちゃったから、いつもより余計《よけい》に注意しなきゃいけないんだよ。いったい、どこをほっつき歩いてるのよ」

「あそこじゃないかな」アーチーは「アガサの骨董店《こっとうてん》——工芸品や〈天空鏡〉もあります」と書いてあるテントを指さした。「アザミは〈天空鏡〉が大好きだから。あそこで誕生日《たんじょうび》のプレゼントを探《さが》せるかも」

〈天空鏡〉というのは魔法《まほう》の道具で、占《うらな》いに使う水晶玉《すいしょうだま》や〈想像鏡《そうぞうきょう》〉などをひとまとめにしてそう呼《よ》んでいる。魔法《まほう》図書館にもいくつか置いてあった。

ふたりは、頭を低くして、テントの入り口をくぐった。アザミの姿《すがた》は見えなかったが、おもしろそうな〈天空鏡〉がいくつもならべてある。目の前にあるガラスケースの棚《たな》には、厚手《あつで》の黒いベルベットが敷《し》かれていて、見たこともない品物が大切に置かれていた。

さまざまな大きさの水晶玉《すいしょうだま》もある。透明《とうめい》のもあれば、真珠《しんじゅ》のようなミルク色で、白い煙《けむり》をいっぱいにつめたように見える玉もあった。そのほかにも、銀とブロンズ製《せい》の懐中《かいちゅう》時計のようなもの、銀の柄《え》のステッキ、いろいろな種類の鏡。ふつうの鏡のような銀色のもあるが、真っ黒のもある。占《うらな》い師《し》が水を入れて未来を見るのに使う、銀製《ぎんせい》の皿もならんでいた。

店主のアガサは、背《せ》の低い、小鳥のような女で、つやのない真っ黒な髪《かみ》をたらし、大きな灰《はい》色《いろ》の瞳《ひとみ》をしていた。グリーンのスモックの上に、あざやかな色のショールをかけている。

「こんにちは。なにを探《さが》してるの？　お友だちとか、おうちの人へのプレゼントかしら？」

「いとこの誕生日《たんじょうび》プレゼントです」と、アーチーは答えた。「魔法《まほう》図書館の見習いになったばっかりなので……」

「上等の品なのに、けっこう安い幸運のお守りがあるわよ。前の持ち主がぽっくり死んじゃったの。だけど、そんなの気にしないでしょ？」

「うーん、それじゃ幸運のお守りっていえないかも……」アーチーは、もぞもぞとつぶやいた。

「じゃあ、すてきな水晶玉《すいしょうだま》はいかが？」

「もうちょっと、その……どきどきわくわくするっていうか。その子、探検《たんけん》とかが好きだから。そういう物ってありますか？」

「それなら、ぴったりの品があるわ」自信満々《まんまん》の答えが返ってくる。「魔法磁石《まほうじしゃく》よ」

アガサはガラスケースをあけて、真鍮《しんちゅう》の懐中《かいちゅう》時計のようなものを取りだした。パチッとふたをあけると、太陽をデザインした方位磁石《じしゃく》で、黒い針《はり》がついている。

「この針《はり》は、魔法《まほう》が集中している場所を示《しめ》してくれるの。魔法《まほう》にゆかりのある場所とか、ドラゴンの住処《すみか》とか、そういう場所を探《さが》している探検家《たんけんか》たちには、とっても人気がある品よ」

「アザミにぴったりだ！」アーチーは、大きな声でいった。「それ、ください」

アガサは魔法磁石《まほうじしゃく》を木箱に入れ、ブルーの薄紙《うすがみ》でつつんでから、アーチーにわたしてくれた。

それから、アーチーをしげしげとながめている。

「あなたが首からさげてるものだけど、それはなあに？」

アーチーは、胸元《むなもと》に手をやった。知らないまにシャツのボタンがはずれていたので、銀の鎖《くさり》にさがった緑色の水晶玉《すいしょうだま》、エメラルド・アイが見えている。アーチーの身を守る、お守りだ。

アガサは、食いいるように水晶玉《すいしょうだま》を見つめている。

「それ、ジョン・ディーが未来を占《うらな》うのに使っていた水晶玉《すいしょうだま》じゃないの！　前に、肖像画《しょうぞうが》で見たことがあるもの。そうでしょ？　ディーは、何世紀かにひとりという、すばらしい占星術師《せんせいじゅつし》よ。大英博物館にも、ディーが占星術《せんせいじゅつ》に使っていた道具がいくつかあるけど」アガサは、首を横にふる。「まったく、博物館に置いておくなんて、もったいないったらないわね！　でも、エメラルド・アイだけは、ちょっとばかり特別。そうなのよ」

アガサは目を鋭《するど》く細めて、いぶかしげにアーチーの顔をうかがった。

「どうしてあなたがそれを持ってるの？」

「プレゼントしてもらって……」アーチーは、口ごもった。ジョン・ディーの幽霊《ゆうれい》は、ペンダントをくれたときに、アーチーに警告《けいこく》した。このペンダントは、とても力が強い、だから目にした人はほしくてたまらなくなる、と。〈食らう者〉が見たら、なんとしてもうばいとりたくなるだろう、ともいっていた。

アガサの目つきを見たアーチーは、ふいに不安になった。この人も、〈食らう者〉なのだろうか？

「それほどの品は、めったに見られるものじゃないわね」アガサは、舌《した》なめずりをした。「いくらなら売ってくれる？」

「これ、売り物じゃないんです」

「そう。じゃ、ちょっとだけさわらせてくれる？」

アガサは、長くて黒い爪《つめ》の生えた指をのばしてくる。鉤爪《かぎづめ》のような指だ。ああ、どうしよう！

「だめ！」

アーチーはあとずさりして、すばやくシャツのボタンをかけた。アガサのビーズのように丸い目が、じっとアーチーの動作を見ている。鉤爪《かぎづめ》のような指が、ぴくっと動いたような気がした。

「わかったわ。でも、もし気が変わったら、オックスフォードの市場で、うちの店を探《さが》してね。

アガサの店っていえば、わかるから」

それでは、〈食らう者〉ではないらしい。もし〈食らう者〉だったら、むりやりペンダントをうばおうとしていただろう。ほっとしたアーチーは、キイチゴといっしょにテントを出た。


「あそこにいる！」

しばらくして、アーチーはアザミを見つけた。

「もう、どこをほっつきまわってるのよ！」キイチゴが、ぶつぶついった。「あちこち探《さが》しまわってたんだからね」

「アザミの誕生日《たんじょうび》プレゼント、買ったよ」と、アーチーがいうと「お誕生日《たんじょうび》、おめでとう、アザミ」と、キイチゴがきれいにつつんだプレゼントをわたした。

アザミは、すぐに紙を破《やぶ》いて、木箱をあけた。

「すんげ！」魔法磁石《まほうじしゃく》の説明を聞いたアザミは、大喜びでいった。「早く使ってみたいなあ。ほら、見て！　針《はり》がくるくるまわってるよ」

「この会場に、魔法《まほう》の力が集まってるせいだよ」と、アーチーはいった。

それから三人は、独楽《こま》の形をした大きなテントに入った。最初に目に入ったのは、ゼブじいさんだ。グルーム教授《きょうじゅ》と、なにやらしゃべっている。アーチーを見ると、ゼブじいさんは手招《てまね》きをした。

「おまえのことを話してたところじゃ。グルーム教授《きょうじゅ》は、魔法《まほう》の才能《さいのう》の研究をしてるんだと」

「アーチー、やっと会えてうれしいよ」グルーム教授《きょうじゅ》は、暖《あたた》かい手で握手《あくしゅ》をしてくれた。「〈ささやき人《びと》〉なんて、そんじょそこらで会えるもんじゃないからな」

アーチーは、おずおずと笑った。グルーム教授《きょうじゅ》は、アーチーのめずらしい才能《さいのう》のことを知っているらしい。そのほかにも、なにか自分のことを知っているのかなと、アーチーはついつい思ってしまった。

「王立魔法《まほう》協会は、生まれながら魔法《まほう》の才能《さいのう》を持っている者のことを、もっと知りたいと思ってるんだよ」と、教授《きょうじゅ》はつづける。「たとえば、そういう才能《さいのう》は一家の中で代々《だいだい》受け継《つ》がれていくものなのかとか。きみの場合は、特別に興味《きょうみ》を引かれるケースだから……」

「まあまあ、あんまりこの子をおどかさんでくれよ。ところで、教授《きょうじゅ》。うたうマフィンっていうのを、食べてみたかね」ゼブじいさんが、話題を変えてくれた。「なかなか、うまいぞ。わしが食べたやつは『ホーキー・コーキー』っていう、子どもの歌をうたっておった！」

アーチーたちは、テントの外に出た。

「グルーム教授《きょうじゅ》は、なにをいおうとしたんだと思う？」アーチーは、ふたりにきいてみた。

「ゼブじいさんが、あの〈火のしるし〉のことを教授《きょうじゅ》に話したのかな？」と、アザミ。

アーチーは、ちょっと言葉につまった。

「どうかな。ゼブじいさんは、秘密《ひみつ》にしておけってぼくたちにいったじゃないか。でも、たぶん幹部《かんぶ》たちが教授《きょうじゅ》に話したかも」

アザミは、さっき見た「最強のふたりが、あなたの運勢《うんせい》を占《うらな》います！」という看板《かんばん》の前で足をとめた。

「まだ、ちょっとお金が残ってるんだ。ねえ、サイレン姉妹《しまい》に占《うらな》ってもらおうよ」

そういうとアザミは、さっさと看板《かんばん》の横をすりぬけて、テントの中に入ってしまった。キイチゴも、あとにつづこうとしている。だが、アーチーは迷《まよ》っていた。自分が本当に未来を占《うらな》ってもらいたいと思ってるのかどうかわからない。錬金術師《れんきんじゅつし》の〈火のしるし〉をもらったあとだから、なおさらだ。ジョン・ディーの幽霊《ゆうれい》も、未来の先のほうまで見ようとするのは危険《きけん》だといってたじゃないか……。

「ほんとに、このテントに入ってもだいじょうぶかな？」入り口の日除《ひよ》け幕《まく》をくぐりながら、アーチーは小声でキイチゴにきいてみた。

「あんたの気持ち、よーくわかる」キイチゴは、うなずいた。「占《うらな》い師《し》って、ちょっと変わってるもんね。特にサイレン姉妹《しまい》は、変わってるなんてもんじゃないんだから！」

テントに入ると、さっきチョコレートハウスの入り口ですぐ後ろにいた、背《せ》の高い女の人たちがすわっていた。アーチーが見ても、ふたりはかなり風変わりだった。だいたい、年齢《ねんれい》もはっきりしない。三十歳《さい》から六十歳《さい》のあいだだろうか。それくらいしかわからない。ひとりは、翡翠《ひすい》のようなグリーンの目をしていて、火のように赤い髪《かみ》を長くたらしている。まるで背中《せなか》に溶岩《ようがん》が流れているようだ。丈《たけ》の長い、グリーンのマントを羽織《はお》り、ひざ丈《たけ》の茶色いブーツをはいていた。

もうひとりは、つやつやした黒い髪《かみ》で、黒い革《かわ》のコートを着ている。まっすぐに前を見ている瞳《ひとみ》は焦点《しょうてん》が合っていないから、目が見えない人だとすぐにわかる。片手《かたて》には白い杖《つえ》を持ち、もういっぽうの手で姉の腕《うで》をつかんでいた。手首には、オオカミの姿《すがた》を彫《ほ》ったブレスレットをしている。

髪《かみ》の色や服装《ふくそう》はちがっていても、姉妹《しまい》なのはすぐにわかった。ふたりは、カテリーナ・クローンとしゃべっているところだった。

「あたしたちの家系《かけい》をたどると、アレクサンドリア大図書館の、そのまた昔までさかのぼることができるんだよ」赤い髪《かみ》のほうが、カテリーナに教えている。「ナイトシェイド家ってのは、魔法界《まほうかい》でもとても古い家柄《いえがら》なのさ」

「わあ、すてきですね」と、カテリーナ。

「で、お嬢《じょう》ちゃん。あんたの家はどうなんだね？」黒い髪《かみ》のほうが、鼻をぴくぴくさせた。

「クローン家というのも、由緒《ゆいしょ》のある家柄《いえがら》じゃないか」

「じつをいうと、わたしは養子なんですよ。小さいころに両親を亡《な》くしたから」

「それは、気の毒だったねえ。で、お嬢《じょう》ちゃんは、自分の元々《もともと》の血筋《ちすじ》を知ってるのかね？」

口を開こうとしたカテリーナを、赤い髪《かみ》がさえぎった。

「それは、あとで聞くことにするよ」目をきらりと光らせている。「お客が来たからね、ヘムロック。姉さんと弟だよ、フォックス家の、キイチゴとアザミだって。それにいとこもひとり。未来を占《うらな》ってもらいたいんだって」

黒い髪《かみ》のヘムロックが、笑顔《えがお》で答える。

「けっこうだね、姉さん」

「お金はあるんです」アザミが大声でいって、コインをかかげてみせた。

「じょうとう」赤い髪《かみ》は、アザミの手からコインをつまみあげると、銀の皿に落とした。「あたしは、デルフィニウム。よく来たね。アザミ・フォックス。あんたは好奇心《こうきしん》が強すぎるから、気をつけなきゃいけないよ。そのせいで、やっかいごとに巻《ま》きこまれるからね」

いっぽう盲目《もうもく》のヘムロックは、キイチゴのにおいをフンフンとかいでいる。

「それから、あんたが、キイチゴ・フォックスだね。あんたは、ひとりでいるよりも、弟やいとこといっしょにいるほうが、ずっと強くなれる。覚えとくんだよ」

ヘムロックは、またもや鼻をフンフンうごめかし、アーチーのほうを向いた。とたんに、なにかいやなにおいをかいだように顔をしかめた。

つぎの瞬間《しゅんかん》、赤い髪《かみ》のデルフィニウムが、気を失ったようにがくんと首をたれた。

「どうしたんだい、姉さん？　おまえは、いったい何者なんだ？」ヘムロックが、アーチーに向かって叫《さけ》んだ。

「アーチー……」消えいりそうな声で、アーチーは答えた。「アーチー・グリーンです」

「あんたは、占《うらな》えないよ。あんたの未来は、あたしから隠《かく》されているんだ。あんたには道が二本用意されている。だが、どっちを選ぶつもりだい？」

そのとき首をたれていたデルフィニウムが、ぐいっと顔をあげ、大声で叫《さけ》びだした。

「この子の頭の上に、先がふたつに分かれた股鍬《またぐわ》があるぞお！　アーチー・グリーンの頭の上には、股鍬《またぐわ》があるぞお！」

アーチーは、目を丸くしてデルフィニウムを見つめた。吐《は》き気《け》がする。口の中がからからになり、腹《はら》の底までずーんと胃袋《いぶくろ》が落ちたようだ。デルフィニウムのサイレンのような叫《さけ》び声《ごえ》は、ブックフェアに来ている人たちみんなに聞こえたにちがいない。

「急いで！」キイチゴが、大声でいう。「早くここから出なきゃ！」

キイチゴに腕《うで》をつかまれて、アーチーとアザミは大急ぎでテントを出た。入り口の近くで、カテリーナの横をすりぬけた。カテリーナにもデルフィニウムの声が聞こえたことだろう。デルフィニウムは、まだアーチーに向かってわめきつづけている。「カラスが……」とか、「気をつけろ……」という言葉が耳に入ったが、アーチーにはなにをいっているのかわからなかった。

テントの外に、人が集まってくる。なにを叫《さけ》んでいるのかと、聞きに来たのだ。人混《ひとご》みを押《お》しわけていくアーチーたちを、指さしている人もいる。ささやき声が耳に入った。

「あの子のことだよ。サイレン姉妹《しまい》がいってるのは」

アーチーの顔は、火のように熱くなった。とたんに、まわりにいた人たちがさっとあとずさりする。子どもをかかえあげて、ぎゅっと抱《だ》きしめている母親もいた。

あわてて走りだしたとたんに、だれかにぶつかった。ラスプ博士だ。

「こらっ、ちゃんと前を見て歩け！」

「ごめんなさい、ラスプ博士。でも、急いでるんです」

ラスプ博士は、アーチーをにらみつけた。

「見ればわかる。だが、逃《に》げだしてもなんにもならん。走ることはできるだろうが、頭の上に股鍬《またぐわ》があったら、どこにも隠《かく》れることはできんぞ」

とまどっているアーチーを見て、ラスプ博士はつけくわえた。

「股鍬《またぐわ》というのはな、おまえの運命がふた股《また》に分かれてるってことなんだよ」


家に帰るとちゅう、ラスプ博士にいわれたことがアーチーの頭から離《はな》れなかった。月曜日の朝、ホワイト通り古書店に行ったら、まっさきに「頭の上に股鍬《またぐわ》がある」というのがどういう運命なのか、調べてみなきゃ……。

「なんにもしゃべらないんだね、アーチー」ふたりいっしょの寝室《しんしつ》でベッドにもぐりこんだあと、アザミがいった。「サイレン姉妹《しまい》にいわれたこと、気にしてるんだろ」

「おまえだって、みんながどんなふうにしたか見てたじゃないか！」アーチーは、かっとなっていい返した。「大急ぎで、ぼくから離《はな》れたりして。ぼくの悪運が伝染《でんせん》するとでも思ってるのかよ！」

アザミは、腹《はら》ばいになってほおづえをついた。

「おれだったら、サイレン姉妹《しまい》のいうことなんか気にしないけどな。ナイトシェイド家のやつらって、みんなちょっと変わり者なんだ。頭のおかしなことばっかりいうって、評判《ひょうばん》なのさ。ヘカテの子孫だっていうやつもいる。ほら、ヘカテって『グリム・グリムワール』を書いた、魔女《まじょ》のことだよ。とにかく、気にするなって。あのばあさんたちは、うそばっかいってるんだから」

アザミのいう『グリム・グリムワール』というのは、〈恐怖《きょうふ》の書〉と呼《よ》ばれている、もっとも危険《きけん》な七冊《さつ》の魔法《まほう》の本のうちの一冊《さつ》だ。七冊《さつ》のうちの五冊《さつ》は、魔法《まほう》図書館の地下聖堂《せいどう》にある檻《おり》にしまわれ、鍵《かぎ》をかけられている。だが『グリム・グリムワール』ともう一冊《さつ》は、まだ発見されていない。

アーチーは、眠《ねむ》れなかった。ここ何日かにあったできごとが、胸《むね》の中をざわざわと騒《さわ》がせている。ほんの少しのあいだに、なんてたくさんのできごとが起こったのだろう。まったく関係がないように見えて、じつはすべてがどこかでつながっていたりして……。

「月曜日に、グレイブズ部長が〈火のしるし〉のことを話すっていってたよね。アザミは、なんのことだと思う？　ねえ、アザミ？」

返事はない。アザミは、とっくに眠《ねむ》っていた。

④〈関所の壁《かべ》〉に穴《あな》が……

月曜日の朝、アーチーは、いとこたちよりひと足先にホワイト通り古書店へ出かけた。アザミと、九時に魔《ま》法《ほう》図書館の幹《かん》部《ぶ》に会いに行くことになっていて、チョコレートハウスで落ちあう約束になっていたが、その前に調べておきたいことがあったのだ。

古書店はまだあいてなかったので、自分の鍵《かぎ》で入った。作業場に入ると、まっすぐに参考書がならべてある棚《たな》のところに行った。まず、見習いを始めたその日にゼブじいさんが見せてくれた『初心者のための魔《ま》法《ほう》案内』を手に取った。マイルズ・マドベリーという人の書いた本だ。「呪《のろ》い、ジンクス、予兆」という章に、探《さが》している項《こう》目《もく》があった。

股《また》鍬《ぐわ》の運命

運命があやうくバランスを保《たも》っているとき、頭上にふた股《また》に分かれた鍬《くわ》、股《また》鍬《ぐわ》が見えることがある。ふた股《また》に分かれた道のどちらを選ぶかは、その人自身が決めなければならない。いままで、多くの者が暗黒の魔術師《まじゅつし》になる道を選んだ。暗黒の魔術師《まじゅつし》バルザックや、魔女《まじょ》ヘカテもその例に数えられる。

股鍬《またぐわ》が見えるといわれたとき、まわりの人たちがアーチーを避《さ》けたのもむりはない！　アーチーが〈食らう者〉になるのではと疑《うたが》ったのだ。

アーチーは、つぎの一冊《さつ》を本棚《ほんだな》からおろした。『古今の魔法収集家《まほうしゅうしゅうか》たち』だ。「ヘ」のページを開いてみる。

ヘカテ

魔女《まじょ》。暗黒の錬金術師《れんきんじゅつし》。暗黒の魔法《まほう》の書き手。『グリム・グリムワール』という、邪悪《じゃあく》な呪《じゅ》文《もん》のつまった本を書いた。伝説によれば、最後の呪文《じゅもん》を完結しようとしたとき、雷《かみなり》に打たれて死んだという。そのため、最後の呪文《じゅもん》は〈未完の呪文《じゅもん》〉と呼《よ》ばれている。

のどに、なにかの固まりがつまったようだ。魔女《まじょ》ヘカテは股鍬《またぐわ》の運命を持っていて、けっきょく暗黒の魔術師《まじゅつし》になった。アーチーも、そうなるのだろうか？　だが、この本には、股鍬《またぐわ》の運命の持ち主が暗黒の魔術師《まじゅつし》に「なる」と書いてあるわけではない。「なるかもしれない」といっているだけだ。ならないためには、いったいどんな決断《けつだん》をくださなければならないのだろう？　闇《やみ》の魔法《まほう》と光の魔法《まほう》のどちらかを選ぶとか？　それだったら、簡単《かんたん》だ。光の魔法《まほう》を選べばいいじゃないか！　だけど、そんなに簡単《かんたん》なはずはないし……。

あれこれ考えているうちに、ゼブじいさんが入ってきた。

「勉強してるのかね？　感心だな。だが、今日は一番に幹部《かんぶ》たちに会いに行くんじゃなかったのかね」

アーチーは、これから行くところですと返事した。

ゼブじいさんは、言葉の炉《ろ》の扉《とびら》をあけて、炎《ほのお》のぐあいをたしかめている。

「ふむふむ、今日はだいじょうぶのようだ」

その言葉が終わるか終わらないうちに、炉《ろ》から火の粉がひとつ飛びだして、金色の火花を滝《たき》のように降《ふ》らせた。つづいて、火の粉がもうふたつ。

「またかい？」ゼブじいさんは、大声をあげた。「幹部《かんぶ》たちは、自分の目でこれを見なきゃいかん。早く上へ行って、スクリーチにいってくれ。すぐに幹部《かんぶ》たちに知らせに行け、とな。幹《かん》部《ぶ》たちの会議は、この炉《ろ》の前で開かなきゃいかん」

アーチーは、スクリーチに知らせに行って、すぐに作業場にもどった。しばらくして、ノックの音がした。ゼブじいさんがドアをあける。

「入ってくれ。散らかってて、すまんな」

グレイブズ部長、ギディアン・ホーク、ブラウン博士が、つぎつぎに入ってくる。そのすぐあとに、占《うらな》い棒《ぼう》使いの名手ウルファス・ボーンが、アザミを連れてやってきた。ボーンは、言葉の炉《ろ》をちらっと見た。

「また、炉《ろ》の火がおかしな燃《も》え方をしたと、スクリーチがいってきたが」

「そうなんじゃ」

炉《ろ》の扉《とびら》は、まだあいていた。みんなして、炉《ろ》の中をのぞきこむ。火は、いつもとおなじように、静かに燃《も》えている。

「ああ、いまはふつうになっとるが。だが、例の〈火のしるし〉のこともあるからな」

「おっしゃるとおりですよ」グレイブズ部長が、うなずく。「わたしも〈火のしるし〉のことがあるから、この子たちに話をしなきゃって思ってるんです」

グレイブズ部長は、アーチーとアザミを手招《てまね》きして、作業台の前のスツールにすわるようにいった。いわれるままにすわったふたりは、グレイブズ部長をじっと見あげた。

「金の輪のしるしには、特別な意味があるんですよ」そこで、グレイブズ部長は、ホークをちらりと見た。「それは、呪文《じゅもん》を書くことができる、つまり魔法《まほう》の本を書きなおすことができるというしるしなんです」

アーチーは、びっくりして、飛びあがりそうになった。たしか、魔法《まほう》を書ける人は何世紀ものあいだあらわれていないって聞いたんじゃなかったっけ。

「わたしたちは、長いあいだずっと、そういう人があらわれるのを待っていました。正確《せいかく》には、三百五十年間ってことになるわね。正直いうと、もしそういう人があらわれるなら、見習いといっても年長の、もっと熟練《じゅくれん》した人じゃないかと思っていたんだけど。もちろん、わたしたち幹部《かんぶ》は、あなたたちをせいいっぱい手助けするつもりでいます。でも、それは生易《なまやさ》しいことじゃないんですよ。その理由を話す前に、少しばかり魔法《まほう》の歴史を知っておいてもらわなければね」そこで、ちょっとまをおいてからつづける。「魔法《まほう》の歴史を変えた二大事件《じけん》というのがあるんです。最初の事件《じけん》は、紀元前四十八年に起きた、アレクサンドリア大図書館の火事。ふたつ目は、一六六六年のロンドン大火。この火事は、自分たちの集まりを錬金術師《れんきんじゅつし》クラブと呼《よ》んでいた、魔法《まほう》図書館の、若《わか》い見習いたちによって起こされたんですよ」

アーチーは、早く話の先を知りたくて、うずうずしていた。

「その人たちの名前は、ブラクストン・フォックス、ロデリック・トレヴァレン、フェリシア・ナイトシェイド、アンジェリカ・リプリー、それにファビアン・グレイ……」ちょっと口ごもってから、グレイブズ部長は慎重《しんちょう》に言葉をつづけた。「この五人が、金の輪の〈火のしるし〉を持っていた、最後の人たちになるんです」

アーチーとアザミは、耳をそばだててグレイブズ部長の話に聞きいった。

「一六六六年九月二日の夜、ロンドンのプディング通りにある、トマス・ファリナーのパン屋から火の手があがりました。三日間、火事はおさまらず、ロンドンの半分が焼けてしまいました。警察《けいさつ》は、パン屋のオーブンから出火したと発表しました……と、こんなふうに、いまに至《いた》るまでムボービたちは信じてきたわけです。でも、あなたたちも知っているように、これは事実ではありません。

じつは、錬金術師《れんきんじゅつし》クラブの五人がパン屋の地下室を借りて、実験室にしていたんです。そして、その不運の夜、なにか大変なまちがいが起きて、大火になったんですよ。ロンドンのお偉《えら》方《がた》は、魔法《まほう》のせいで火事が起きたと知ったら、市民が大パニックにおちいるだろうと考えた。それで、パン屋のせいにしたってわけなんです。

当時の王さまは、大火の本当の原因《げんいん》を知って、こんなことは二度と起きてはいかんと、断固《だんこ》とした態度《たいど》を取ったんですよ。それで、王立魔法《まほう》協会が設立《せつりつ》され、魔法《まほう》の使用に関する方律《ほうりつ》ができたんです。わたしたちが、いまでも守っている五つの方律《ほうりつ》のことですよ」

「結果として、その方律《ほうりつ》ができたのは、とてもよかったとわたしは思っているんだがね」ブラウン博士が口をはさんだ。「方律《ほうりつ》がなかったら、わたしたちはどうなっていたことか」

そこで、ブラウン博士は口をつぐんだ。古書店のドアの鈴《すず》がジャラジャラと鳴ったあと、廊《ろう》下《か》を走ってくる足音がする。階段《かいだん》をかけおりる足音といっしょに、「下に行っちゃいかん！」というスクリーチの叫《さけ》び声《ごえ》が聞こえた。

「いったい、なんの騒《さわ》ぎなの？」グレイブズ部長が、大声でいった。

足音は作業場のドアの前でとまった。だれかが、ドアを激《はげ》しくノックする。

グレイブズ部長がドアをあけると、アラベラ、キイチゴ、ルパートの三人が立っていた。アラベラはショックを受けた顔で、自分の手のひらをまじまじと見つめている。

「大事な会議の最中ですよ」グレイブズ部長が、たしなめた。「いったいどうしたっていうの？」

「これよ！」

アラベラが泣きだしそうな声でいって、手のひらをみんなに見せた。金の輪のしるしがついている。

「またひとつ」グレイブズ部長は真っ青になって、ホークやボーンと顔を見あわせている。

「金の輪が三つってわけね」

「えっと、五つなんですけど」キイチゴが手をあげて、四つ目の金の輪のしるしを見せた。

「ルパートのも、見せてあげて」

グレイブズ部長の目は丸くなり、いまにも飛びだしそうだ。

「まさか、あなたも?」

ルパートが手のひらを見せると、グレイブズ部長はかぶりをふった。

ホークが眉《まゆ》を曇《くも》らせていった。

「それじゃ、錬金術師《れんきんじゅつし》のしるしが五つそろったわけか。昔の錬金術師《れんきんじゅつし》クラブのメンバーそっくりじゃないか」

とつぜんのできごとにどう立ちむかったらいいか、幹部《かんぶ》たちにはさっぱり自信がないように見えた。ともかく、五人が魔法《まほう》図書館の部長たちから特別の講義《こうぎ》を受けられるようにするという。それまでは、いつもどおり見習いの仕事をつづけていいが、いままで以上に用心深くすること。他人の前では、決して金の輪の話をしてはいけないと、五人の見習いは厳《きび》しくいいわたされた。

アーチーとキイチゴは、アザミに魔法《まほう》図書館の中をひととおり見せてまわろうと、前から決めていた。三人がクィルズ・チョコレートハウスに行くと、ドアの前に見習いたちの行列ができていた。

「なんで今日は、こんなにもたもたしてるの？」と、キイチゴがいった。「なにか起こったのかな」

列の前のほうに、ルパートがいるのを見つけて、キイチゴはきいてみた。

「なんで列が進まないわけ？」

「光線ドアのぐあいが、おかしいんだってさ」

中をのぞくと、カウンターの向こうにピンクがいる。ピンクは、真鍮《しんちゅう》のレバーに手をかけていた。光線ドアは、レバーで操作《そうさ》しているのだ。ところが、肝心《かんじん》のレバーが動かなくなったらしい。ピンクは、ひたいから汗《あせ》をしたたらせて、いらいらしていた。ピンクの横には、しかめっ面《つら》をしたラスプ博士が立っている。

幸い、ムボービのお客はいない。ピンクは、もう一度レバーを力いっぱい引いたが、びくともしない。首を横にふったピンクは、とうとうあきらめて、見習いたちに通ってくれと手で合図した。ひとり、またひとりと、見習いたちは光線ドアを通っていく。

アーチー、キイチゴ、アザミも、あとにつづいた。

「どうしちゃったの？」キイチゴが、ピンクにきいた。

「ブックフェアのときに、〈火のしるし〉を持ってない人たちまで光線ドアを通しちゃったのが、まちがいなんだよ」ピンクは口をとがらせて、レバーをにらんだ。「そのせいで、こいつがダメになっちゃって。それだけじゃなくって〈関所の壁《かべ》〉まで、なんかおかしいんだよね。ブックフェアのあとから調子が悪いの。よりによって、〈食らう者〉たちに、とびきり警戒《けいかい》しなきゃいけないときだっていうのに」

奇妙《きみょう》な〈火のしるし〉があらわれたと思ったら、今度は光線ドアや〈関所の壁《かべ》〉。全部どこかでつながってるんじゃないかなと、アーチーは思ってしまった。ああ、どういうふうにつながっているか、わかればいいのに。またもや、ふた股《また》に分かれた運命のことが頭に浮《う》かぶ。選ばなきゃいけない運命って、いったいどんなことなんだろう？

だいたい魔法《まほう》図書館は、どれくらい安全なのだろう？〈関所の壁《かべ》〉が、まず最初の安全装置《そうち》だ。でも、もっとほかにも歓迎《かんげい》できない客から図書館を守る呪文《じゅもん》がかけてあるにちがいない。

アーチーは、そう思うことにした。それに、たとえ侵入者《しんにゅうしゃ》が〈関所の壁《かべ》〉を通ってしまっても、いざ魔法《まほう》図書館に入ろうとしたら〈学び椅子《いす》〉を使わなければならない。見習いたちはみな、古ぼけた、宙《ちゅう》を飛ぶ椅子《いす》、通称《つうしょう》〈学び椅子《いす》〉に腰《こし》かけて、魔法《まほう》図書館に運んでもらうのだ。〈学び椅子《いす》〉もまた、ちょっと見には飲み物のサーバーのようなレバーを使って、ピンクが操《そう》作《さ》していた。

だが、魔法《まほう》図書館の警備《けいび》には弱点があった。じつは、クィルズ・チョコレートハウスを通らなくても、入館できる方法があるという。オックスフォードの街には、幹部《かんぶ》たちしか知らない秘密《ひみつ》の入り口がいくつかあると聞いたことがあった。

光線ドアを通ったアーチーたちを、またもやピンクが出迎《でむか》えた。裏《うら》チョコにいるので、その名のとおり髪《かみ》がピンク色に変わっている。ピンクは、〈移動《いどう》カクテル〉を作っているところだ。〈学び椅子《いす》〉にすわっても、〈移動《いどう》カクテル〉という反重力の飲み物を飲まなければ、椅子《いす》は宙《ちゅう》を飛んでくれない。

「あんたたち、〈移動《いどう》カクテル〉はなんにするの？」

「あたしは、〈暗闇《くらやみ》でズドン〉がいい。チョコテルにしてね」キイチゴが、舌《した》なめずりをする。

〈移動《いどう》カクテル〉には、いろいろな味や香《かお》りのものがある。見習いたちが好みのカクテルを注文すると、ピンクがチョコレートを足してチョコテルにするか、フルーツ・ショットと呼《よ》んでいるジュースを足してくれる。〈暗闇《くらやみ》でズドン〉は、野生のベリーとオレンジの香《かお》りがするカクテルだ。

「ぼくも、おなじのにする」と、アーチーはいった。「アザミは？」

アザミは、カウンターの後ろの壁《かべ》に鋲《びょう》でとめてあるメニューをながめた。

「おれ、〈森の暴《あば》れんぼう〉っていうのがいいかな」

「すぐに作ってあげるよ」と、ピンク。「で、〈学び椅子《いす》〉は、どれにするの？」

「ボックスシートよ」と、キイチゴ。「けど、だれかが使ってるのかな？」

それぞれの椅子《いす》には、それぞれの歴史や物語があって、魔法《まほう》図書館のちがう部署《ぶしょ》に連れていってくれる。なかにはボックスシートのように、何人かいっしょにすわれる椅子《いす》もあった。

「すぐにもどってくるよ」

そういいながら、ピンクはカウンターにグラスを三つならべた。それから、古めかしい薬びんを三つ、棚《たな》からおろした。まず、最初のびんから、どろどろした真っ赤な液体《えきたい》をそれぞれのグラスに二滴《てき》ずつたらす。つぎに、青いびんから数滴《すうてき》ずつ、おしまいに黒いびんからふたつのグラスに一滴《いってき》、あざやかな緑のびんからひとつのグラスに一滴《いってき》。ふたつのグラスから真っ白な湯気がもくもくとあふれだし、三つ目のグラスからは茶色い煙《けむり》が立ちのぼった。ピンクは、できあがったカクテルの上から、湯気の立つ、熱々《あつあつ》のチョコレートをそそいだ。

「はい、ふたり分の〈暗闇《くらやみ》でズトン〉……で、〈森の暴《あば》れんぼう〉は、アザミだったね」

三人は、それぞれグラスを持って、〈学び椅子《いす》〉がならんでいるところまで行った。アザミは、まわりを見まわして、目を丸くしている。

「ねえねえ！　あれは、なに？」

アザミが指さすほうを見ると、巨大《きょだい》な生き物の鉤爪《かぎづめ》がついた前足のようなものが床《ゆか》からつきでていた。横幅《はば》が一メートル近くあり、ワニ革《がわ》のような、つやつやした黒い革《かわ》のカバーがかかっている。鉤爪《かぎづめ》のある指をいっぱいに開いていて、手のひらにあたるところがシートになっていた。ふたりならんですわれるぐらいの大きさだ。

「あれは〈ドラゴンの鉤爪《かぎづめ》〉っていうの」キイチゴが、教えた。「〈学び椅子《いす》〉のなかでも、いちばん古いほうだけど、いまはだれもすわらないよ。評判《ひょうばん》が悪いからね」

「さあ、ボックスシートに行こうよ」アーチーは、部屋《へや》の反対側にある小部屋《こべや》のほうにアザミを引っぱった。「ピンクさんが合図してるよ。つぎは、ぼくたちの番だって」

三人は、小部屋《こべや》の赤と金のカーテンをあけて、一列にならんだ椅子《いす》に腰《こし》かけた。劇場《げきじょう》のボックスシートにそっくりだ。シートベルトをしてから、カーテンを閉《し》める。

「かんぱーい！」アーチーは、グラスをカチンとアザミのグラスに当てた。

〈移動《いどう》カクテル〉を一気に飲みほすと、手足の先が気持ちよくじんじんとしてきた。と思うまに床《ゆか》が開いて、〈学び椅子《いす》〉が落下しはじめる。

つぎの瞬間《しゅんかん》、三人は魔法《まほう》図書館に通じる地下のトンネルを〈学び椅子《いす》〉ごと飛んでいた。

キイチゴは、長い脚《あし》をぶらぶらさせ、帽子《ぼうし》を高くかかげて、急な曲がり角を曲がるたびに、

「ヒャッホーー！」とうれしそうに声をあげる。アーチーも、いっしょになって叫《さけ》んだ。いままでに何度となく〈学び椅子《いす》〉に乗っていたが、そのたびにわくわくせずにはいられない。最高のジェットコースターと、空を飛ぶのがいっしょになったような……。いとこたちといっしょなので、もう、楽しいったらない！

アザミの上気した顔を見て、アーチーはにんまりと笑ってみせた。そのとき、ふいにトンネルが終わり、三人はとてつもなく広い空間に浮《う》かんでいた。頭のずっと上にも、はるか下にも本棚《ほんだな》がずらりとならんでいる本棚《ほんだな》空間だ。魔法《まほう》の本が、小鳥の群《む》れのように飛びかい、ひゅうっと飛んできては、あやういところで椅子《いす》をかわして舞《ま》いあがる。

と、前方の闇《やみ》の中に、明かりがぽつんと見えてきた。ボックスシートは、明かりめがけて飛んでいってから、回転しながらさがりはじめる。ふいに回転がとまったと思うと、目の前に長い廊下《ろうか》がつづいていた。〈無事着陸できたローカ〉だ。

「着いたよ」アーチーは、シートベルトをはずして、椅子《いす》から飛びおりた。「さあ、早くおりろよ」

「最高！」アザミが、目を輝《かがや》かせながら大声でいう。「こんなにすごいって、思わなかったよ。また乗れるかな？」

「これからは、毎日乗れるんだよ」キイチゴが、にっこり笑った。「ボックスシートにあきたら、ほかにもいっぱいあるから、好きな椅子《いす》にすわれるじゃない」

「さあ、行こうよ」

アーチーは、廊下《ろうか》をすたすたと歩いていって、見あげるようなオークの扉《とびら》の前で立ちどまった。金でできた炎《ほのお》のマークがはめこまれた扉《とびら》を押《お》しあけて、三人は中に入った。

「さあ、ここが魔法《まほう》図書館だよ！」アーチーは、大きな声でいった。

「虫干《むしぼ》し館《かん》だ！」アザミは、息を殺していった。元々《もともと》大きな目が、ますます大きくなっている。

「とうとう虫干《むしぼ》し館《かん》の見習いになったなんて、自分でも信じらんないよ」

「ここは、大ホールって呼《よ》ばれてるんだ」

アーチーは、天井《てんじょう》の高い、壮大《そうだい》なホールをぐるりと示《しめ》した。ホールの両側に木の階段《かいだん》があり、階上の小さな回廊《かいろう》につづいている。大ホールも回廊《かいろう》も、壁面《へきめん》は天井《てんじょう》から床《ゆか》まで本棚《ほんだな》になっており、古い本がぎっしりならんでいた。

いつものように、大ホールではおおぜいの見習いたちがいそがしく働いていた。大ホールで働いている見習いは、ほとんどがキイチゴのように〈本守《ほんまも》り〉の修業《しゅぎょう》をしている。図書館におさめられた魔法《まほう》の本が、正しい場所に、順序《じゅんじょ》よくならぶように整理しているのだ。

アザミのような〈本探《ほんさが》し〉の見習いは、三つの部署《ぶしょ》に割《わ》りあてられる。〈大自然の魔法《まほう》〉部、〈現世《げんせ》の魔法《まほう》〉部、〈超《ちょう》自然の魔法《まほう》〉部だ。魔法《まほう》の本にどんな種類の魔法《まほう》が入っているか探《さが》しあてるのが〈本探《ほんさが》し〉の仕事だ。

いっぽう、ゼブじいさんのもとで働く〈本作り〉の見習いは、いつもひとりに決まっていた。いまは、すべての見習いの中で、アーチーだけが〈本作り〉の修業《しゅぎょう》をしている。

三人の頭の上を、表紙を翼《つばさ》のように羽ばたかせて、本が飛びかっていた。アザミは、その光景をうっとりとながめている。

「これって、信じらんないよ！」

アーチーは、思わずにやりとした。アーチーも、初めて魔法《まほう》図書館に来たときは、びっくりしたものだ。図書館には魔法《まほう》がかかっているから、特別なスタンプが押《お》してある本は飛ぶことができると、キイチゴが教えてくれた。そういう本は自分で本棚《ほんだな》にならんでくれるので、見習いたちの手間が省けるのだ。

三人が裏《うら》チョコにもどってテーブルを囲んだとき、アーチーはずっとふしぎに思っていたことをキイチゴたちにきいてみた。

「錬金術師《れんきんじゅつし》クラブのメンバーが、ロンドン大火を起こしちゃったんだよね？　そのあと、メンバーたちはどうなったんだろう？」

「あたしも知らないんだよね。だって、だれも話してくれないんだもの」

「それから、リーダーのファビアン・グレイは？」

「姿《すがた》を消しちゃったんだって。それも、すっごくふしぎだよね。まあ、やってしまったことを考えると、そのほうがいいのかもしれないけど。それに、グレイって人、魔法《まほう》図書館の見習いをしてたっていうんだからね。五人のメンバー全員が、あたしたちみたいな見習いだったんだよ！」

となりのテーブルには、プラハ魔法《まほう》学校から来たというカテリーナが、アラベラとすわっていた。カテリーナは、アラベラの手のひらを調べている。そのあとで、自分の手のひらも。もしかして六つ目の金の輪があらわれているのではと思っているのだろうか。

アラベラのほうは、いつもどおり文句《もんく》たらたらだった。

「ほんと、おかしいと思わない？　あんたの手のひらに金の輪があらわれなきゃいけなかったのに」泣きそうな声でいっている。「あたし、こんなもの、ちっともほしくないよ！」

「あらそうなの。わたしは、あなたがもらってよかったなと思ってるけど。大事なのは、金の輪のしるしがもどってきたってことなのよ」

「だけど、どうしてあたしなのよ？」アラベラは、口をとがらせた。

「〈ファロスの火〉が決めたことよ。あなただって、わかってるでしょ。でも、なにかわたしに手伝えることがあったら、遠慮《えんりょ》なくいってね。わたし、昔の錬金術師《れんきんじゅつし》クラブのことをずっと研究してるから。けっこういろんなことを知ってるのよ」

カテリーナなら、ファビアン・グレイがどうなったか知っているかもしれないなと、アーチーは思った。

そのとき、ふいにあるものがアーチーの目を引いた。いつのまにか〈関所の壁《かべ》〉に穴《あな》があいていて、おばあさんがアーチーの顔をじっと見ているのだ。

「ちょっと見てごらん、メイベル！」おばあさんは、友だちにいっている。「店の裏《うら》にも部屋《へや》があるのよ。若《わか》い子たちが、いっぱいいるわ！」

表チョコにいるピンクが、おばあさんに近づいた。

「すみません、奥《おく》さま。おそれいりますが、すわっていただけますか？」

ピンクは、おばあさんの手をやさしく取って〈関所の壁《かべ》〉から遠ざけると、テーブルに連れていった。

それからピンクは、両手を穴《あな》に当てた。くちびるを動かして、呪文《じゅもん》を唱えている。

「関所の壁《かべ》よ、力強い、真実の壁《かべ》よ
この呪文《じゅもん》で元通りになあれ！」

たちどころに銀色のもやがあらわれて壁《かべ》の穴《あな》をふさぎ、アーチーのほうからおばあさんの顔は見えなくなった。

いっぽう〈関所の壁《かべ》〉の向こう側では、おばあさんがしきりにメガネをハンカチでふいていた。

「奥《おく》さま。これをどうぞ」

ピンクが、空色の花束をおばあさんにプレゼントした。ワスレグサの花だ。その香《かお》りをかいだ人は、いま見たものをすっかり忘《わす》れてしまう。

「まあまあ、ありがとう。あーら、おかしいわね。たったいま、なにかを見たと思ったけど、いったいなんだったのかしら。ちーっとも思い出せないの」

おばあさんの手を、友だちがポンポンとたたいた。

「気にしなさんな。お茶に入ってた、なにかのせいかもしれないわよ。まああ、なんてきれいなお花でしょう。香《かお》りもいいこと。こんなお花、どこに生えてるのかしら？」

最初のおばあさんは、手にした花束をじっとながめている。

「ほんとに、思い出せないのよね……」

すばやく裏《うら》チョコにもどってきたピンクは、真剣《しんけん》な顔でグレイブズ部長と話しはじめた。声をひそめているが、アーチーたちには聞こえた。

ピンクは、かぶりをふっている。

「あたし、さっぱりわけがわかんなくて。ブックフェアのころから〈関所の壁《かべ》〉が薄《うす》くなったような気がしてたんだけど。いままで、こんなことは一度もなかったのに」

「そう、二度とあっては困《こま》りますよ」と、グレイブズ部長。

「なにかが、図書館の防御《ぼうぎょ》システムを攻撃《こうげき》してるのかもしれないな」ギディアン・ホークも話に加わる。

そこへ、グルーム教授《きょうじゅ》がやってきて、ピンクを問いただした。

「いったいぜんたい、入り口の警備《けいび》は、どうなってるのかね？」

「きちんとコントロールされてますよ」ピンクは、むっとしている。「〈関所の壁《かべ》〉は一時的に故障《こしょう》しましたけど、いまは、ちゃんと修繕《しゅうぜん》してあります」

「それは、ありがたい。ラスプ博士に、しばらく手を貸《か》してくれとわたしから頼《たの》んであげよう」

それを聞いたピンクは、あんまりうれしそうではなかった。グルーム教授《きょうじゅ》に修繕《しゅうぜん》した穴《あな》のところを指さして、ピンクがなにかいっているので、アーチーはつづきを聞こうと思った。でも、ふたりともさらに声をひそめてしまった。

〈関所の壁《かべ》〉のことを聞きつけて、見習いたちが集まってきている。

「モーラグに、『呪文《じゅもん》の書』を調べてくれと頼《たの》んでこよう」

ホークは、見習いたちのわきをさっと通りすぎて出ていった。

一

その晩《ばん》、ロンドンにあるフォリー・アンド・キャッチポール法律事務所《ほうりつじむしょ》では、ホレース・キャッチポールが遅《おそ》くまで残って、台帳を調べていた。調べおわって台帳を閉《と》じたとき、ふいに窓《まど》ガラスをたたく音がして、ホレースは飛びあがった。

トン、トン。

ホレースは、薄《うす》くなった髪《かみ》をなでつけながら、落ち着けと自分にいいきかせた。風変わりな依頼人《いらいにん》たちの奇妙《きみょう》なやり方には、けっこうなれているつもりだが、それでもびっくりさせられることがたびたびあった。面会の約束をして依頼人《いらいにん》を待っているときですら、こんなふうにおどろかされる。

ホレースは、窓《まど》のブラインドをあげて、のぞいてみた。窓《まど》の下枠《したわく》に大きな黒い鳥がとまって、じっとこちらを見ている。ワタリガラスはもう一度、くちばしで窓《まど》ガラスをたたいた。

トン、トン。

「いつになったら見えるのかと思ってたところですよ」ホレースは、窓《まど》をあけた。

ワタリガラスは、窓《まど》からぴょんと飛びこむと、黒い、無表情《むひょうじょう》な目で、じっとホレースを見つめる。

「これを受け取りにいらしたんですよね？」ホレースは、ドラゴンの形をした指輪をつまみあげた。「魔法《まほう》図書館にいる、アーチー・グリーンに届《とど》けることになっています。でも、それはもうごぞんじですよね？」

ワタリガラスは首をかしげて、指輪を見ている。

「正確《せいかく》に何日に届《とど》けるか、教えてもらえませんかね？」ホレースは、つづけた。「ちゃんと台帳につけておきたいんでね。ほら、うちのボスがうるさいんですよ。なにごとも、きちんとしてないと気がすまないたちでね。そうすれば、失敗することもありませんわよ……なあんていっちゃって！」

ワタリガラスのビーズのような目が、じろりとホレースをにらむ。それから、指輪をさっとつかむなり、飛びさっていった。

ホレースは、去っていく鳥をしばらくながめていた。

「さっさと飛んでけ、へっぽこカラスめ」そうつぶやいてから、窓《まど》を閉《し》める。「どうしてやつらは、ほかの依頼人《いらいにん》みたいに約束の時間を守れないんだろう」

5 『呪文《じゅもん》の書』

あくる日、アーチーが作業場へ行くと、ゼブじいさんが戸口で待ちかまえていた。

「来たな、アーチー。一刻《いっこく》もむだにできないぞ。大至急《だいしきゅう》の仕事を頼《たの》まれてな。調べてもらいたい、きわめて特別の本があると、ホークにいわれたんじゃ。特に、おまえさんに頼《たの》みたいんだと。さあ、出かけるぞ」

ゼブじいさんは、アーチーがいま来た廊下《ろうか》を、せかせかともどっていく。ところがおどろいたことに、古書店へ通じる階段《かいだん》をのぼらずに緑色のドアの前で足をとめたのだ。

「ここは近道なんじゃよ」アーチーのとまどった顔を見て、ゼブじいさんはいった。「ふつうは緊急《きんきゅう》のときだけに使っとるが、チョコレートハウスの光線ドアが直っとらんから、ここから行くほうがいいと思ってな」

ゼブじいさんがポケットから金の鍵《かぎ》を取りだしてドアの鍵穴《かぎあな》にさしこむようすを、アーチーはうっとりとながめていた。ドアに向かって、ゼブじいさんは呪文《じゅもん》を唱える。

「神秘《しんぴ》のドアよ、思慮《しりょ》深きドアよ
わたしの選んだ場所へ
連れてっておくれ」

ドアを三度ノックしてから、つづける。「〈行方《ゆくえ》不明本〉係へ」

それから鍵《かぎ》をまわして、ドアをあけた。

「来い、アーチー。ぐずぐずするな」

入りながら、ゼブじいさんは声をかけた。

ゼブじいさんにつづいて入ったアーチーは、息をのんだ。なんと、そこはもうギディアン・ホークの部屋《へや》ではないか。

「だけど……どうして……なにが……どこから？」もごもごいいながら、アーチーはふり返った。いま通ってきたはずのドアは消えている。壁《かべ》に鍵穴《かぎあな》がひとつ残っているだけだ。

「どうだ。便利じゃろ。〈魔法《まほう》ドア〉といってな、魔法《まほう》の力が働いている場所に連れてってくれる。この鍵《かぎ》がなくてはだめだけどな」

「すっごーい！」アーチーは、ドアがあったはずの場所から目が離《はな》せなかった。これで、緑のドアの向こうになにがあるか、やっとわかった。

ゼブじいさんは、目をパチッとさせた。

「わしは、なるべく使わないようにしとるんじゃ。ちっとばかり運動せにゃいかんからな」おなかをさすっていう。「だが〈関所の壁《かべ》〉が故障《こしょう》しているときは、おまえもこれを使うといい。鍵《かぎ》は、ほかのといっしょに、わしが持ってる。だが、あとで鍵《かぎ》をしめるのを忘《わす》れるなよ」

「廊下《ろうか》の奥《おく》にも、もうひとつドアがあるのを見たような気がするんですけど」

アーチーがそういうと、ゼブじいさんは顔をしかめた。

「昔は、もうひとつドアがあったな。だが、三百年以上も前に閉《と》じられて、いまもそのままになっておる。さあ、ホークを待たせるわけにはいかんぞ」


ホークは、デスクの椅子《いす》にすわっていた。文書係のモーラグ・パンドラマとウルファス・ボーンも横にいる。デスクの上にある本を開いて、三人で食いいるように見つめているところだった。分厚《ぶあつ》い本で、表紙と背《せ》表紙は、赤と金で色どられている。ホークは〈想像鏡《そうぞうきょう》〉をかざして、本をじっくりと調べていた。

「ゼブ、それにアーチーも。来てくれて、ありがとう」ホークは〈想像鏡《そうぞうきょう》〉をデスクに置いた。

「この本をどう思うか、きいてみたかったんでね」と、デスクの上の本を指さす。

ゼブじいさんは、本をのぞきこむなり大声をあげた。

「なんと『呪文《じゅもん》の書』じゃないか。いやあ、たまげたなあ！」

アーチーのほうにふりむくと、ゼブじいさんは説明してくれた。

「『呪文《じゅもん》の書』には、魔法図書館《まほうとしょかん》を守るいくつもの呪文《じゅもん》が書かれとるんだ。図書館を攻撃《こうげき》から防《ふせ》ぐ、おおもとになっている呪文《じゅもん》じゃ。そうした呪文《じゅもん》を〈主たる呪文《じゅもん》〉と呼《よ》んでおる。図書館ができたときに、初代館長が書いたんだと」

「そのとおり」と、ホークがいう。「モーラグに頼《たの》んで、秘密《ひみつ》の金庫から持ってきてもらったところだ。ゼブ、もっと近づいて、よく見てくれないか」

ホークは、自分の〈想像鏡《そうぞうきょう》〉をさしだした。

ゼブじいさんは〈想像鏡《そうぞうきょう》〉をかざして、開かれたページを調べはじめた。

「なんと、これは！」じいさんは、かぶりをふった。「いやはや、まったく」舌打《したう》ちをして、歯のあいだからシューッと息を吸《す》う。「こいつは、恐《おそ》ろしいことになったな」

アーチーがのぞきこむと、『呪文《じゅもん》の書』に書いてある文字は薄《うす》くなっていて、ほとんど読めなかった。日光にさらされて、褪《あ》せてしまったかのようだ。

ホークとゼブじいさんは、顔を見あわせている。

「そうだよ。大事な呪文《じゅもん》が消えていってるんだ」ホークが、いった。「ということは、図書館を守っている魔法《まほう》も消えつつあるということだよ。〈主たる呪文《じゅもん》〉がすっかり消えてしまったら、魔法《まほう》もまた消えてしまう」

「〈関所の壁《かべ》〉もですか?」

アーチーがきくと、ホークはうなずいた。

「ああ、だんだん力が衰《おとろ》えてきている。これ以上、呪文《じゅもん》を書いてある字が薄《うす》くなったら、まったく働かなくなるんだ。それだけではない。〈恐怖《きょうふ》の書〉の力が外部におよばないようにしている魔法《まほう》も、効《き》き目《め》がなくなる。それに、〈暗黒書庫〉のことも考えねば」

アーチーの耳が、ぴくっと動いた。〈暗黒書庫〉って、いったいなんだろう?

「そりゃあ、えらいこったな。〈暗黒書庫〉にかけてある魔法《まほう》が失《う》せたりしたら、どうしようもなかろう。どのくらい前から、こうなっとるんじゃ?」

「それが、わからないんだ。ピンクは、ブックフェアのあとから〈関所の壁《かべ》〉が薄《うす》くなってるのに気がついたといってる。以前にも、こんなことがあったのかな?」

ゼブじいさんは、『呪文《じゅもん》の書』のページをにらんだまま、かぶりをふった。

「いんや。製本《せいほん》の仕事を始めてからこのかた、こんな事態《じたい》になった覚えはない」

「どうだね、きみ?」ホークは、アーチーのほうに向きなおった。「この本と、話せるかい?

そしたら、なんでこんなことになったのか、教えてくれるかもしれない」

「やってみます」

自分の力でできるなら、なんとしても図書館を救いたい。アーチーは目を閉《と》じて、『呪文《じゅもん》の書』に意識《いしき》を集中させた。静まり返った中で、『呪文《じゅもん》の書』の声が聞きとれるように、せいいっぱい心の声で語りかける。だが、なにも返ってこない。

アーチーは目をあけ、『呪文《じゅもん》の書』を見つめた。さあ、なにかしゃべってくれ! だが、本は黙《だま》ったままだ。アーチーは、首を横にふった。

「だめです。ごめんなさい。この本、ぜんぜん答えてくれません」

ウルファス・ボーンが、ふた股《また》になった棒《ぼう》を軽く指先にはさんで、本に近づいた。魔法《まほう》の力を試《ため》すのに使っている、占《うらな》い棒《ぼう》だ。占《うらな》い棒《ぼう》は、一度だけぴくんとゆれたものの、それっきり動かなくなった。

「むりもないな」ボーンはいう。「この本の力は、とても弱ってる。魔法《まほう》の力が、流れだしてるんだ。永遠《えいえん》につづくものなど、なにもないからな」

「ああ、そのとおりじゃ」ゼブじいさんが、うなずいた。「とりあえず、修理《しゅうり》しておくほかあるまい。しまいには、すべての魔法書《まほうしょ》の文字が消えてしまうだろうからな」

「だが、どうして『呪文《じゅもん》の書』の力が、これほど急速に衰《おとろ》えているんだろう」ホークが、首をかしげた。「なにかが、力をうばいとっているにちがいない。もっと速度を遅《おく》らせることはできないかね？」

ゼブじいさんは、首を横にふった。

「なにも思いつかんなあ」あきらめきったような声だ。「魔法書《まほうしょ》の修理《しゅうり》にかけては修練《しゅうれん》を積んでおるが、これはわしの知識《ちしき》を超《こ》えている。もっと簡単《かんたん》なことなら、お安い御用《ごよう》といえるが。表紙が取れたとか、ページが破《やぶ》れとるとか。この本を修理《しゅうり》するには、魔法書《まほうしょ》の書き手に頼《たの》むほかあるまい。そのほかに、救う手はないぞ」

作業場にもどるとちゅう、ゼブじいさんはいつものように、にぎやかにおしゃべりしたりしなかった。たったいま目にした事態《じたい》に、動転しているにちがいない。

アーチーは、ゼブじいさんの言葉を思い返していた。『呪文《じゅもん》の書』を救うのは、魔法書《まほうしょ》の書き手だけだっていってたな。つまり、魔法図書館《まほう》を守っている呪文《じゅもん》、消えかけている呪文《じゅもん》を、書きなおさなきゃいけないってことだ。それも、超特急《ちょう》で。どうやら、それしか図書館を守る方法はないらしい。そして、魔法書《まほうしょ》を書きなおしできるのは、手のひらに金の輪のしるしを持っている者だけ……ってことは？

アーチーは、ぶるっと震《ふる》えた。そうだよ！　これから、ぼくたちが『呪文《じゅもん》の書』を書きなおさなきゃいけないんだ！　なんとか、ほかの四人を説得して、三百五十年間そのままになっていた呪文《じゅもん》を書きなおさなきゃ……。それって、とてつもなく重大な仕事じゃないか！　アーチーは気を失いそうになった。

これで、自分たち五人の役目が、はっきりと目に見えてきた。だけど、ホークさんは、賛成《さんせい》しそうもないな。昔、錬金術師《れんきんじゅつし》クラブのメンバーが起こした事件《じけん》のことを考えれば、あたりまえのことだよね。魔法《まほう》を書きなおそうとしたあげくに、とんでもない惨事《さんじ》を引きおこしたのだから。これからぼくがやろうとしていることは、大昔の見習いたちが考えていたのとおなじことじゃないか。でも、今回は、おなじ結果には終わらせないぞ。ぜったいにまちがいをしでかしてはいけないんだ……。

その日の午後、金の輪のしるしを持つ五人は、チョコレートハウスのテーブルを囲んだ。学期の初日やブックフェアのときには、みんな、あんなにはしゃいでいたのに、いまや五人を囲む空気は、深刻《しんこく》なものになっていた。

「金の輪のしるしをもらってから、みんなにじろじろ見られてるような気がするんだよな」ルパートが、小声でぼやく。そのとおりだった。いまだって、ほかの見習いたちが意味ありげにこっちを見ながら、こっちだって、こそこそとささやいている。「ぼくたちが、なんかやらかすって思ってるみたいだけど、いったいなんなのか、わけわかんないのに」

ぼくにはわかってるよと、アーチーは心の中でいった。それから『呪文《じゅもん》の書』のことを、みんなに話した。

「『呪文《じゅもん》の書』に書かれてる大事な呪文《じゅもん》が、そんなふうに消えてしまったら、魔法《まほう》図書館を守っている魔法《まほう》も消えちゃうんだって」

アーチーは、四人の顔をうかがった。自分がやりたいことを話したいが、どんな答えが返ってくるか、見当もつかない。大きく息を吸《す》ってから、思いきって切りだした。

「つまりね、『呪文《じゅもん》の書』の消えかかってる呪文《じゅもん》を書きかえなかったら、魔法《まほう》図書館のドアに『どなたでもどうぞ』って看板《かんばん》をかけるのとおなじことになるんだよ。〈食らう者〉たちが、どんどん図書館に入ってきて、魔法書《まほうしょ》を好きなだけ盗《ぬす》んでいくんだ」

「やつらが、あたしの屍《しかばね》をまたいで魔法《まほう》図書館に入ってくるんだ」キイチゴは、もうかっかとしている。

「そのとおりだよ。だから、だれかがとめなきゃいけない。昔の錬金術師《れんきんじゅつし》クラブのメンバーは、魔法書《まほうしょ》を書きなおすために集まった。それは知ってるよね？」ほかの四人が、うなずく。「で、いまや魔法《まほう》が消えかけている。そして、金の輪のしるしが、とつぜんぼくたちの手のひらにあらわれた……」

「ちょっと、いったいなにを考えてるの？」キイチゴが、目を見開く。

アーチーは、ふたたび大きく息を吸《す》った。

「ぼくは、〈ファロスの火〉が魔法《まほう》図書館を守ろうとしてるんだと思ってる。だから、ぼくたち五人に金の輪のしるしをくれたんだよ。魔法《まほう》の本を書いたり、書きなおしたりするのは、図書館の幹部《かんぶ》たちだってできないんだ。金の輪のしるしを持っているのは、ぼくたちだけ。だから、ぼくたちにしかやれないんだよ」

四人の目は、アーチーの顔を見つめたままだ。なにをいわれているのか、まだぴんときていないらしい。

「だって、アーチー。魔法《まほう》を書くなんていっても、どうやって書いたらいいか、あたしたち、さっぱりわかんないんだよ」やっと、アラベラが口を開いた。

「ぼくも、ずっとそのことを考えてたんだ。ファビアン・グレイと仲間たちは、魔法《まほう》の本を書く方法を見つけたんだと思う。だったら、ぼくたちにだって見つけられないはずはない。魔法《まほう》図書館のどこかを調べたら、その方法がわかるんじゃないかな。だって、グレイたちは見つけたんだもの。ぼくのいいたいのは、また新しい錬金術師《れんきんじゅつし》クラブを、ぼくたちで作らなきゃいけないってことだよ」

「そんなことといったって、みんな、まだ見習いの修業《しゅぎょう》だって終えてないのに」と、アラベラ。

「そのとおりだよ。だけどグレイたちだって、まだ見習いだったのに魔法《まほう》を書こうとしたんだ。ぼくたちみんなの知恵《ちえ》を集めれば、できるに決まってるよ！」

「わかった」ルパートが、うなずいた。「まず手始めに、ぼくがみんなに幻獣《げんじゅう》動物園を見せてあげる。それで〈大自然の魔法《まほう》〉について、知ってることを全部教えるよ。それなら、そんなにむずかしいことじゃないもの」

「いいんじゃないかな」アーチーは、うなずいた。

「だけど、ホークさんや、ほかの幹部《かんぶ》の人たちには報告《ほうこく》するの？」ルパートがきく。

アーチーは、かぶりをふった。

「秘密《ひみつ》にしといたほうがいいと思う。昔の錬金術師《れんきんじゅつし》クラブがあんな事件《じけん》を起こしたんだもの、ぜったいに反対するよ。じゃあ、みんなの意見は？　みんなは、ぼくに賛成《さんせい》するの？」

さあ、決定的瞬間《しゅんかん》だ。アーチーは、息をつめて返事を待った。四人は、顔を見あわせている。

「アーチーのいうとおりだと思う」やがて、キイチゴが静かな声でいった。「図書館の幹部《かんぶ》たちは、魔法《まほう》を書けないよね。だって、金の輪のしるしを持ってないもの。書けるのは、あたしたちだけってこと。ね、こっそり集まることにしようよ。五人だけで。ほかの人たちには、いわなくっていいから」

「それって、オッケーってこと？」アーチーはきいた。

キイチゴは、しばらくためらっていたが、ようやくうなずいた。

「元々《もともと》の錬金術師《れんきんじゅつし》クラブには、フォックス家のご先祖《せんぞ》さまが入ってるんだもの。新しいクラブにも、フォックスがひとりいなきゃね。あたしは、仲間になる！」

「フォックスが、ふたりってことにしてよ！」と、アザミ。

「じゃあ、トレヴァレン家からもひとり」と、ルパートがいった。「アラベラは、どうするの？」

アラベラは、そっぽを向いた。

「仲間に入りなよ」アーチーは、誘《さそ》った。「だって、昔のクラブには、リプリーもいるんだよ」

「だから、心配してるんじゃない！」アラベラは、吐《は》きだすようにいった。「うちの家って、そういうことについては悪い評判《ひょうばん》しか持ってないんだもの。ご先祖《せんぞ》の何人かは〈食らう者〉だったし、あたしのおじいちゃんなんか、あんたを殺そうとしたんだよ！」

「リプリー家の一員だからといって、〈食らう者〉になるとはかぎらないよ」

アーチーにそういわれて、しばらくアラベラは口をつぐんでいたが、やがて大きく息を吸《す》いこんだ。

「やっぱり、あたしは危険《きけん》だと思う。最初の錬金術師《れんきんじゅつし》クラブに、なにが起こったか、考えてごらんよ。あんたたち、そういう目にあいたいと思ってるわけ？」

「アーチーのいってることが正しければ、あたしたちはそうするよりほかないと思う」キイチゴが、いった。「あたしたちがやらなきゃ、だれも消えかけた魔法《まほう》を書きなおすことができなくって、魔法《まほう》図書館は滅《ほろ》びちゃうんだよ！」

「だけど、どうやって始めたらいいかだって、わからないじゃない」

「ぼくたちは、わからないよ。だけど、魔法《まほう》図書館には、わかる人がいるじゃないか」と、アーチーはいった。「カテリーナだよ。ほら、どうやって魔法《まほう》を書くか研究してるっていってただろ。ぼくたちの知りたいことを教えてもらうには、カテリーナに頼《たの》むしかないよ」

「まあね、カテリーナは、手伝ってくれると思うよ。あの人にだったら、頼《たの》めると思う」と、アラベラもうなずいた。

「すごい、すごい！」キイチゴが、いった。「じゃあ、みんな賛成《さんせい》なんだ。錬金術師《れんきんじゅつし》クラブ再《さい》結成ってわけだね！　最初の集まりは、明日の――」

キイチゴがそういいかけたとたん、真っ黒な影《かげ》が光線ドアを一直線に通ってくるなり、アーチーたちのテーブルの上にとまった。アラベラが、悲鳴をあげる。

キイチゴも目を丸くして、テーブルの上のワタリガラスを見つめた。ワタリガラスは、足の鉤爪《かぎづめ》に金の指輪をつかんでいる。

「な、なによ、これ……？」キイチゴが、いう。

ワタリガラスは、騒《さわ》がしく羽ばたいている。裏《うら》チョコじゅうが、水を打ったように静まり返った。全員が、凍《こお》りついたようにワタリガラスを見ている。ワタリガラスのほうも、周囲をうかがうように、ぐるりと首をまわした。と、鋼鉄《こうてつ》のような目が、アーチーの上でとまる。それから、おどろいたことにしゃべりだしたのだ。

「アーチー・グリーンよ。おまえに警告《けいこく》するために、はるばるロンドン塔《とう》から飛んできたのだ。五人のメンバーは、そろったようだな。だが、仕事はまだ終わっていないぞ。アーチー・グリーンよ。おまえの上に、ふた股《また》に分かれた股鍬《またぐわ》が見える。慎重《しんちょう》に道を選ぶがいい。わたしが真実を告げているというしるしに、この指輪をおまえに持ってきた」

ワタリガラスは、金の指輪をテーブルの上に落とした。ほかの見習いたちが、アーチーのテーブルのまわりに集まってきて、指輪を指さしながらささやきあっている。アーチーは、あせっていた。サイレン姉妹《しまい》が、カラスとかなんとかいってたな。でも、なんて警告《けいこく》してたんだっけ？　ああ、どうしたらいいんだろう？

指輪を見つめているアーチーの頭の中を、一瞬《いっしゅん》のあいだにさまざまなことがかけめぐる。しばらく、だれも動こうとしないでいると、グレイブズ部長が見習いたちをかきわけて、つかつかとテーブルの前に出てきた。グレイブズ部長は、いままでピンクと〈関所の壁《かべ》〉について相談していたのだ。

「いったい、なにを騒《さわ》いでるの？　みなさん、ワタリガラスをいままで見たことがないんですか？」

「しゃべるカラスなんか、見たことないもん……」メレディス・メリダンスがつぶやいたが、思ったより大きく声が響《ひび》いてしまった。

グレイブズ部長は、メレディスを怖《こわ》い目でにらみつけた。

「魔法《まほう》なんて言葉は、聞いたことがないっていってるみたいね！」

「だって、ワタリガラスは不吉《ふきつ》なしるしですよ」イーニッド・ドリューが、反論《はんろん》した。

「バカおっしゃい。これは、しゃべるワタリガラスなんです。それだけのことですよ。カラスは、とても賢《かしこ》い鳥ですからね」

アーチーは、まだ考えこんでいた。ワタリガラスも首をかしげて、じっとアーチーを見つめている。

グレイブズ部長は、指輪をつまみあげて、すみずみまで調べた。

「これ、いったいどういうことなんですか？」メレディスが、きいた。

グレイブズ部長が、どう答えようか迷《まよ》っていると、別の声が聞こえた。

「どういうことか、はっきりわかってるじゃないか」見習いたちが、いっせいにふり返ると、部屋《へや》の奥《おく》にラスプ博士が立っている。アーチーは気がつかなかったが、どうやら一部始終を見ていたらしい。「アーチー・グリーンが、頭上に股鍬《またぐわ》を持っているってことだよ」

見習いたちが興奮《こうふん》して、ざわめきだした。

「ラスプ博士！」グレイブズ部長はしかりつけるようにいってから、親指と人さし指で指輪をつまみあげた。「あのファビアン・グレイの指輪だわ。グレイのしるしがついている……」

つぎの瞬間《しゅんかん》、ワタリガラスが、グレイブズ部長の手から、さっと指輪をかすめとった。そのまま、テーブルの上を飛んで、アーチーの手に指輪を落とす。

「錬金術師《れんきんじゅつし》の呪《のろ》いに気をつけろ！」

甲高《かんだか》い声で叫《さけ》ぶなり、ワタリガラスは羽ばたいて、光線ドアの向こうに消えていった。裏《うら》チョコじゅうが、またもや静まり返った。

6 〈ドラゴンの鉤爪《かぎづめ》〉

あくる日、裏《うら》チョコはふしぎなワタリガラスの話で持ちきりだった。おおぜいの見習いがワタリガラスを目にして、ラスプ博士の言葉を聞いていた。あいにくその場に居合《いあ》わせなかった見習いたちも、友だちからお芝居《しばい》のようなできごとの一部始終を聞かされていた。

「ほんと、すごかったんだから」アーチーは、ピーター・クィグリーがそう話しているのを耳にした。相手は、ゲイブリエル・モンクという少年だ。「そのワタリガラスが、魔法《まほう》図書館は呪《のろ》われてるっていったんだぜ」

アーチーの耳は、ぴくっと動いた。

「それで、アーチーに指輪をわたしたんだよ！　アーチーは頭の上に股鍬《またぐわ》を持ってるって、みんないってる。それって、どういう意味かわかる？　アーチーは、暗黒の魔術師《まじゅつし》になるかもしれないってことなんだぞ！」

ゲイブリエルは、目を丸くしている。「ひゃあ、ほんとかよ?」

アーチーは、知らん顔をして、急いで通りすぎた。うわさ話をこそこそするのなら、勝手にすればいい。アーチーの頭の中にあるのは、金の指輪のことだけだった。どうしてワタリガラスは、あの指輪をくれたんだろう? いったい指輪で、なにをしろっていうんだよ?

カウンターのところに、キイチゴとアザミがいた。アーチーたち三人は、ちょっとばかりわくわくしていた。今日初めて、新錬金術師《しんれんきんじゅつし》クラブの会合を開くことになっているのだ。昼休みに集まろうと決めていた。奇妙《きみょう》なワタリガラスがあらわれたりしたので、とにかく大至急《だいしきゅう》なにかしなければということになったのだ。

「〈移動《いどう》カクテル〉は〈闇《やみ》に死す〉がいいな」注文をピンクにきかれたアザミは、そう答えている。「で、〈学び椅子《いす》〉は〈ドラゴンの鉤爪《かぎづめ》〉にするよ」

「あんた、勇気があるんだね」と、ピンクはいう。「あの椅子《いす》、けっこう暴《あば》れるんだよ」

アザミの目が、輝《かがや》いた。

「知ってるって。『魔法《まほう》の名所案内』で読んだもん!」

「じゃあ、好きにしたら。〈ドラゴンの鉤爪《かぎづめ》〉に最後にすわった見習いは〈超《ちょう》自然の魔法《まほう》〉部にある地下牢《ちかろう》の中に着いちゃって、修業《しゅぎょう》してる場所に行くのに一時間も遅刻《ちこく》したんだよ。先に待ってる人たちの分を作ったら、すぐに作ってあげるからね」

ピンクは、カウンターの端《はし》に行って、ほかの見習いの移動《いどう》カクテルを作りだした。

キイチゴが、アザミをにらみつけた。

「ちょっと、あんた。どうして、よりによって〈ドラゴンの鉤爪《かぎづめ》〉なんかにすわるのよ？」

「キイ姉ちゃんって、もっと冒険好《ぼうけんず》きだと思ってたのにな。安心しなって」アザミは、けろっとした顔で『魔法《まほう》の名所案内』が入っているポケットをたたいた。「この本にぜーんぶ説明が書いてあるもん。ほんと、わくわくしちゃうな」

ピンクが、タールのような真っ黒な液体《えきたい》の入ったグラスを、アザミにさしだした。

「はい、〈闇《やみ》に死す〉だよ」

「うわっ、ゲエッとなりそう」キイチゴが、顔をしかめた。それから、まわりに聞こえないように声をひそめた。「いい？　正午に西館で、ルパートやアラベラと会うことになってるんだからね。遅《おく》れないでよ！」

「定期的に集まるんだったら、もっとみんなに見つからない場所を探《さが》さなきゃいけないいんじゃないかな」と、アーチーはいってみた。

「そうだよね。幹部《かんぶ》たちの見てる前で、魔法《まほう》を書くわけにはいかないもの。それに、あいつが、やっかいごとを起こさないように、目を光らせとかなきゃいけないし」キイチゴは、アザミのほうにあごをしゃくってみせた。「あたしのいうことなんか、ぜんぜん聞かないんだから」

キイチゴは、自分の〈移動《いどう》カクテル〉を持って、ボックスシートのほうへ行く。

「ちょっと聞いてよ」アザミが、『魔法《まほう》の名所案内』を読みながらいった。「〈ドラゴンの鉤《かぎ》爪《づめ》〉って、元々《もともと》破《は》壊《かい》王《おう》フェルウィンドの鉤爪《かぎづめ》なんだって。フェルウィンドって、北欧《ほくおう》で最大のドラゴンだったんだよ。鉤爪《かぎづめ》のついた足も、すっごく大きかったから、一度にふたりの人間をつかめたって書いてある。それから、〈ドラゴンの鉤爪《かぎづめ》〉の回転のしかたときたら、ものすごいなんてもんじゃないんだってさ」

アーチーは、〈ドラゴンの鉤爪《かぎづめ》〉という名前が、なんだか気に入らなかった。だがアザミは、なんともうれしそうに、目を輝《かがや》かせている。これでは、いくらとめたって、いうことを聞きそうにない。冒険《ぼうけん》好《ず》きだといっても、アザミは魔法《まほう》図書館のことをあまり知らないし……。しょうがない、自分がいっしょに行くしかないなと、アーチーは思った。もし〈ドラゴンの鉤爪《かぎづめ》〉に、とんでもない場所に連れていかれても、アーチーがついていれば、ちゃんとした場所にもどることができるだろう。

「オッケー。どうしても鉤爪《かぎづめ》がいいっていうんなら、ぼくもいっしょに行くよ」

アーチーも〈闇《やみ》に死す〉を注文してから、グラスを持ったまま「巣穴《すあな》」と呼《よ》ばれている部屋《へや》の隅《すみ》に行った。そこに、〈ドラゴンの鉤爪《かぎづめ》〉が置いてあるのだ。アザミが、椅子《いす》によじのぼって、深々《ふかぶか》と腰《こし》をおろす。アーチーも、横にすわった。

「そしたら、どうするんだって？」

アーチーがきくと、アザミが『魔法《まほう》の名所案内』を調べた。

「えっと、〈ドラゴンの鉤爪《かぎづめ》〉を動かすには、ドラゴンの親指を手前に引き、〈移動《いどう》カクテル〉を飲みほす……」

「わかった。行くぞ」

アーチーは、ドラゴンの親指らしき指を手前に引いた。とたんに、鉤爪《かぎづめ》の生えた五本の指が内側に曲がって、ふたりをぎゅっとにぎりしめる。

「かんぱーい！」

グラスをカチッと合わせる。〈闇《やみ》に死す〉は、甘草《かんぞう》の味がした。

「ちょ、ちょっと、アーチー！」

『魔法《まほう》の名所案内』のページをめくったアザミが顔色を変えた。不安どころか、おびえているような……。

「どうしたんだよ」

「つぎのページを読んでなかったんだけど。つづきがあったんだ！　いいか。〈ドラゴンの鉤《かぎ》爪《づめ》〉にすわる者は、ゼロといっていい。きわめて危険《きけん》で、どんなことが起こるか予想がつかないから……だって」

「ほうら、ちゃんと警告《けいこく》してるじゃないか。いまさら、手遅《ておく》れだけどな。でも、すぐに〈無事着陸できたローカ〉に到着《とうちゃく》するから、安心しろよ」

つぎの瞬間《しゅんかん》、〈ドラゴンの鉤爪《かぎづめ》〉は激《はげ》しい勢《いきお》いで回転しはじめて、地下に急降下《きゅうこうか》していく。アザミが悲鳴をあげた。覚悟《かくご》していた以上に、恐《おそ》ろしいらしい。だが、あまりのすさまじさに、アーチーもアザミを心配するどころではなくなった。

〈ドラゴンの鉤爪《かぎづめ》〉はますます回転速度をあげながら、今度は地下の暗いトンネルを飛びはじめた。せまいトンネルにさがっているカンテラの明かりが、ぼおっとかすんでは飛びさっていく。その激《はげ》しさときたら、ほかの〈学び椅子《いす》〉の比《ひ》ではない。まったく先行きの予想がつかないのだ。時おり、トンネルの壁《かべ》にぶつかっては跳《は》ね返り、あっちこっちへかたむく。なにより回転のしかたそのものが気まぐれだし、いったいどこに向かっていることやら。アーチーは、めまいがしてきた。

やっとトンネルをぬけて、〈本棚空間《ほんだな》〉に出ることができた。そろそろ着陸できる。アーチーは、ようやくほっとした。もう、ぜったいに〈ドラゴンの鉤爪《かぎづめ》〉にはすわらないからな！と、つぎの瞬間《しゅんかん》、アーチーはあわてて頭をさげた。不運な本が〈ドラゴンの鉤爪《かぎづめ》〉に衝突《しょうとつ》して、ドスッと恐《おそ》ろしい音を立てる。本が怒号《どごう》と悲鳴をあげ、あたりに破《やぶ》れたページが羽毛のように飛びちった。〈ドラゴンの鉤爪《かぎづめ》〉は、ふたたび急降下《きゅうこうか》しはじめる。

めまいを通りこして、吐《は》き気《け》がしてきた。アザミのほうを見ようとしても、すさまじい速度で回転しているので、頭をそっちに向けることすらできない。アザミは、どんな顔をしてるんだろう？　アーチーは、目を閉《と》じた。もうすぐ〈無事着陸できたローカ〉に着くはずだ。でも……とんでもないところに連れていかれたりしたら？

椅子《いす》の回転がゆっくりになった。やっと下に着いて、その場で回転しているのだ。アーチーは、なんとかアザミと目を合わせようと横を向いた。アザミが、青ざめた顔でこっちを見てくる。いや、青ざめるどころか、すっかり血の気を失って、真っ白になっていた。

そのとき、錆《さ》びついた錠《じょう》がぬかれるような音がしたと思うと、ギイッと重い扉《とびら》が開く音がした。なにごとかと目を細めてみたが、見えるのは暗闇《くらやみ》だけだ。と、〈ドラゴンの鉤爪《かぎづめ》〉が前へ進み、背後《はいご》でガーンと扉《とびら》が閉《し》まった。

すでに回転がとまっているのではと思ったが、インクを流したような闇《やみ》の中では、それもさだかではない。だいたい、自分の目が開いているのかどうかも、はっきりしないのだ。両手で、まぶたをさわってみる。たしかに目は、開いていた。指先でまつげにふれると、ひくひく動いているのがわかる。

「アザミ、だいじょうぶか？」アーチーは、いとこの肩《かた》のあたりをさわってみた。

「うん、たぶんね」

アーチーは、いま自分がどんな姿勢《しせい》でいるのか、なんとかたしかめようと思った。だいたい、どっちが上か下かわからないのだ。もしかしたら、逆《さか》さまになっているのかも。たしかなのは、ここが〈無事着陸できたローカ〉ではないということ。数えきれないほど魔法《まほう》図書館に来ているので、それだけはわかる。腕《うで》のあたりから、ざわざわと全身が凍《こお》りついてきた。

ドラゴンの親指を向こうに押《お》すと、鉤爪《かぎづめ》が開いた。アーチーは、吐《は》き気《け》をおさえながら、鉤《かぎ》爪《づめ》からはいだした。

周囲を探《さぐ》ってみると、どうやら冷たい敷石《しきいし》の上にすわっているらしい。立ちあがってみたが、頭がまだぐらぐらしていて、よろめいてしまった。アザミも鉤爪《かぎづめ》からはいだし、アーチーにすりよるのが聞こえる。そのとき、なにかほかの物音も聞こえたような……。カサカサと、こすれるような音だ。ほんのかすかだったが、闇《やみ》の中なので視覚《しかく》以外の感覚が研《と》ぎすまされているのだろう。アーチーは、音がしたほうにふり返った。また、聞こえる。

「ここって、どこなんだよ?」アザミがきいた。恐怖《きょうふ》のあまり、声がかすれている。

「わかんないよ。けど、どこにしても、あんまり来たくない場所だな」ゴックリとつばを飲みこむ。「それに、ここにいるのはぼくたちだけじゃなさそうだ」


それにつづく数時間の、なんと長かったことか。

最初は、なんとか出口を探《さが》そうと、ふたりは必死になった。まず、手探《てさぐ》りで扉《とびら》のところにもどった。重い扉《とびら》をバンバンたたいて、「助けて!」と大声をあげたが、だれも来てくれなかった。

ふたりは扉《とびら》にもたれかかって、しばらくならんですわりこんでいた。息もつまりそうな闇《やみ》の中、時間ばかりが過《す》ぎていく。寒いうえに、くたびれて腹《はら》もすいていたが、それよりも恐怖《きょうふ》のほうがつのってくる。おたがいが立てる小さな音にも、ぎょっと飛びあがってしまうほどだ。

このまま、永遠《えいえん》に閉《と》じこめられたままになるのかも……。

「なんで〈ドラゴンの鉤爪《かぎづめ》〉なんかにすわっちゃったんだろう?」アザミが、泣き言をいいだした。「アーチーだって、どうしてとめてくれなかったんだよ?」

「キイチゴやピンクさんに、危《あぶ》ないっていわれてたじゃないか。だけど、おまえが聞かなかったんだろ」

「今度は、いうことを聞くよ」アザミは、ため息をついた。

またもや、ふた股《また》に分かれた運命のことが、アーチーの頭をよぎった。なにかわからないけど、とてもひどいことが起こっている最中なのでは？　そのことは、金の輪のしるしや、『呪《じゅ》文《もん》の書』に関係があるにちがいない。そしていま、こうしてふたりが闇《やみ》の中に閉《と》じこめられたことも……。

「だれかが、でなきゃなにかが、ぼくたちをここに連れてきたんじゃないかな」アーチーはいった。

「なんのために？」アザミの声がちょっと震《ふる》えている。

「わかんない。だけど、だれかに見つけてもらうまで、ずっと待ってるわけにはいかないよ。もう一度、扉《とびら》をたたいてみよう」

闇《やみ》の中に目をこらしたとたん、アーチーはぎょっとした。また、物音が聞こえたのだ。

「アザミ、聞こえたか？　なんだか獣《けもの》の声みたいだけど」

「カサカサいう音しか、聞こえないよ」

闇《やみ》に目をこらしても、なんにも見えない。肩《かた》に氷のような手を置かれたように、アーチーはぞっとした。アザミの声が、すぐ横から聞こえてくる。

「アーチー、おどかしたくないけど、おれの指輪が光ってるぞ。パパがいってたんだ。暗黒の魔法《まほう》が近づいたときに光るって……」

また、カサカサと音がする。腐《くさ》ったような、いやなにおいがただよってきた。と、声が聞こえた。

「獲物《えもの》は、なんだね？　ほうほう、闇《やみ》の中で迷子《まいご》になってる、男の子がふたりか。こいつは、うまそうだな！」

アーチーは、目をぱちぱちさせながら闇《やみ》をにらみつけた。

「だれだ、おまえは？」

「アーチー、だれにしゃべってんだよ？」

「あの声だよ。聞こえないの？」

「ぜんぜん」

ということは、声の主は本にちがいない。

「だれなんだ、おまえは？」

じりじりとアザミのほうに近寄《ちかよ》りながら、アーチーはくり返した。

「だれなのか、だって？」あざけるような声だ。「おまえこそ、だれなんだい？　ききたいのは、こっちのほうさ」

アーチーは、胸《むね》がどきどきしてきた。腕《うで》にざわざわと鳥肌《とりはだ》が立ち、首筋《くびすじ》の毛が逆立《さかだ》つ。信用できない声だ。どう答えたらいいか、自分自身の声まで信用できないような気がしてきた。と、手のひらがむずむずちくちくした。開いてみると、金の輪のしるしが、怒《おこ》ったように真っ赤に光っている。

息をヒューッとのみこむような、かすれた音がした。

「なんと、錬金術師《れんきんじゅつし》のしるしを持っているというのは、おまえなのかい。これはまた、うまそうな！」

かすれ声は、歌のような、詩のようなものを唱えはじめた。

「何人《なんびと》も行けぬ　暗きところ
古《いにしえ》の影《かげ》　さまよいて
古き日々《ひび》の秘密《ひみつ》　ひそみたり

闇《やみ》に通ずる道は　隠《かく》れ
人の目に　見ゆることなし
闇《やみ》を払《はら》わんとして、古き昔より
道を　探《さが》し求むる者あり
だが、選ぶのは　おのれのみ
ふた股《また》に　分かれし道のうち
選びし道　おのれの運命を定めん」

アーチーは、その詩を暗記しようとつとめた。

「ここは、いったいどこなんだ？」

しわがれた笑い声があがる。

「まだ、わからないのかい？　おまえのような者を、まさしく暗愚《あんぐ》というんだろうねえ！」

敷石《しきいし》の上で、なにか重い物をズリズリと引きずるような音がする。悪臭《あくしゅう》が、いよいよ強くなってきた。なにかが腐《くさ》ったにおいだ。また声が聞こえてきた。さっきよりずっと近い。

「〈ささやき人《びと》〉よ。おまえが魔法《まほう》を書くのを手伝ってやろうかね。おまえに、正しい道を用意してやるよ。ほかのやつらがどこで道をふみまちがえたか、教えてやるとしようか」

「ほかのやつらとは、だれのことだ？」

「おまえの前に、おなじことを試みた連中のことさ。やつらも、金の輪のしるしを持っていたが、しくじっちまった。おまえこそ、次代の暗黒の魔術師《まじゅつし》になることができる。もちろん、幹《かん》部《ぶ》のやつらに疑《うたが》われてはいけないぞ。そしたら、見習いがつづけられなくなるからな！　魔法《まほう》図書館にいることすら、許《ゆる》されなくなっちまう！」

「おまえは、だれだ？」アーチーは、もう一度きいた。

返事はない。

手のひらに目をやると、金の輪のしるしが、さっきと変わらずにぎらぎらと光を放っていた。

おなじころ、魔法《まほう》図書館の書庫ではモーラグ・パンドラマが、遅《おそ》くまで残って働いていた。古い巻紙《まきがみ》を整理していたとき、なにか聞こえたような気がした。とてもかすかだが、男の子の声のような……。

声は、書庫の奥《おく》から聞こえてくる。〈暗黒書庫〉と呼《よ》ばれている場所だ。だが、もう何年も、そこに入った者はいない。

「助けて！」また、声がした。「ここから出して！」

パンドラマは、声のするほうに急いだ。〈暗黒書庫〉は、鉄鋲《てつびょう》を打った大きな扉《とびら》の向こうにあり、扉《とびら》には重い錠《じょう》がかかっている。扉《とびら》の両側には、大きな石のガーゴイルがうずくまっていた。パンドラマですら、足をふみいれられない場所だ。

男の子の声は、扉《とびら》の向こうから聞こえてくる。パンドラマは、恐《おそ》る恐《おそ》る扉《とびら》をノックした。だれかがノックを返してきたので、パンドラマはぎょっとして飛びのいた。

「だれか、そこにいるの？」

一瞬《いっしゅん》のためらいののちに、答えが返ってきた。

「アザミ・フォックスと、アーチー・グリーンです。ここに、閉《と》じこめられちゃって！」

パンドラマは、目を丸くした。

「ホークさんを、連れてくるわ。あの人なら、どうしたらいいか知ってるから」

数分後、アーチーとアザミの耳に、ギディアン・ホークの声が聞こえた。

「きみたち、そこでいったいなにをしてるんだ？」

「アザミといっしょに〈ドラゴンの鉤爪《かぎづめ》〉にすわったんだけど、なんだかおかしなことになっちゃって……」

自分でも情《なさ》けないほど、小さな声しか出ない。

「だが、どうやって入ったんだ？　〈暗黒書庫〉は、長いあいだ閉《し》められたままじゃないか！」

ウルファス・ボーンの声だ。

「そのとおり」と、ホーク。「正確《せいかく》には、十二年間だ。最後に入ったのは、アーサー・リプリー。〈行方不明本《ゆくえ》〉係の主任《しゅにん》をしていたときだよ。リプリーは、すぐに鍵《かぎ》をかけ、それからはだれひとり入っていない」

「すぐにあけたりしないほうがいいぞ。暗黒の魔法《まほう》がひそんでるかもしれないからな」と、ボーン。

「だが、あけるほかあるまい」ホークは、ひとり言のようにつぶやく。「あけるか、このまま永久《えいきゅう》に子どもたちを閉《と》じこめておくか、ふたつにひとつだからな」

長い沈黙《ちんもく》。やがてアーチーとアザミの耳に、だれかがポケットからキイチェーンを取りだして、いじっている音が聞こえた。鍵穴《かぎあな》に鍵《かぎ》がさしこまれる。大きな、うめくような音を立てながら、扉《とびら》が開く。アザミとアーチーが転がりでると、ホークが急いで扉《とびら》を閉《し》めた。

ウルファス・ボーンが、鼻をうごめかしている。アーチーやアザミといっしょに、悪臭《あくしゅう》もただよいでてきたのだ。

「どうしたんだ、ウルファス？」すかさず、ホークがたずねた。

ボーンは、かぶりをふった。

「いいや、なにかのにおいがしたと思ったんだが……」

そのままボーンは、考えこんだ。

アーチーとアザミがイヌノキバ通り三二番地の家にもどったのは、真夜中過《す》ぎだった。だが、どの部屋《へや》にも明かりがついている。みんな眠《ねむ》るどころか、いまかいまかとふたりを待っていたのだ。

ロレッタおばさんがドアをあけた。ホークが片手《かたて》をアーチーの肩《かた》に、もういっぽうの手をアザミの肩《かた》に、ふたりを守るように置いて立っているのを見ると、おばさんは大声をあげた。

「やっと帰ってきたのね！　もう心配で、病気になりそうだったのよ！」

アザミが、照れくさそうな笑《え》みを浮《う》かべる。

「また、ママに会えてよかったよ。うん、おれたちは、だいじょうぶ。心配してくれて、ありがとう」

ロレッタおばさんは、目を丸くしたままアザミにきいた。

「だけど、いったいどこに行ってたの？」

これには、ホークが答えた。

「じつは〈暗黒書庫〉にいるのを見つけたんですよ」

キッチンから出てきたスイカズラおじさんが、うめくようにいった。

「なんだって？〈暗黒書庫〉にいたのか！」

おじさんの顔に、いつもよりいっそう深いしわが寄《よ》る。ホークがうなずいた。

「ええ。だれかが、さもなければなにかが〈ドラゴンの鉤爪《かぎづめ》〉に呪文《じゅもん》をかけて、この子たちを〈暗黒書庫〉に連れてくようにしたんですよ」

「あれなのか？　また……昔のやっかいごとが……」

スイカズラおじさんはホークにいいかけて、口ごもった。

「わたしにも、わからないんですよ」

ロレッタおばさんが、ふたりの話に割《わ》りこんだ。

「さあさあ、ふたりとも。たっぷりひと晩《ばん》分の恐《おそ》ろしい目にあったんだから、もう寝《ね》なきゃだめよ。早く、ベッドに入りなさい」

スイカズラおじさんのいった「昔のやっかいごと」って？　あの呪《のろ》いのことだろうか？　アザミといっしょに階段《かいだん》をのぼりながら、アーチーは考えこんでいた。それに、〈暗黒書庫〉の闇《やみ》の中から聞こえてきた、あの声は？　ホークさんに、話したほうがいいのかな？

だが、あの声の中に感じたなにかが、アーチーをためらわせていた。と、キイチゴの声が、アーチーの耳に飛びこんできた。

「いったい、なにがあったのよ、ふたりとも」自分の部屋《へや》のドアの前に立って、ぷりぷりしながらきいてくる。「ルパートとアラベラとあたしは、一時間も待ってたんだからね」

あっ、錬金術師《れんきんじゅつし》クラブの集まり！　ふたりは、やっと思い出した。〈暗黒書庫〉に閉《と》じこめられていたせいで、すっかり忘《わす》れていた。キイチゴは猛烈《もうれつ》に腹《はら》を立てていたが、ふたりがどんな目にあったか聞くと、怒《いか》りもおさまったようだ。

「あたし、〈ドラゴンの鉤爪《かぎづめ》〉はやめなさいっていったよね」すっかり話を聞いたあとで、キイチゴはいった。「まあ、集まりに来なかった言《い》い訳《わけ》にはなってると思うけど」

「あんな大変な目にあわなきゃ、ぜったいに集まりに出てたよ」アーチーは、おずおずといった。「それで、三人でなにを決めたの？」

「ほんとのことといって、なんにも決まらなかったよ。あんたたちが来ないから、あしたの晩《ばん》また集まることにしたの。アラベラはカテリーナに会って、なにを教えてもらえるかきいてみるっていってた」

「なにかが起こってるみたいな気がするんだ」と、アーチーはいった。「ぜったい、あの呪《のろ》いとかに関係あることだよ。幹部《かんぶ》たちは、どうも話したくないみたいだけど。それに、さっきスイカズラおじさんが呪《のろ》いの話をしかけたら、ロレッタおばさんが、それ以上しゃべらせなかったんだよ」

キイチゴとアザミが眠《ねむ》ったあと、アーチーは水を飲みに、こっそりキッチンにおりた。この二日間に起こったことが、どれもこれも頭を離《はな》れない。とりわけ最後に起きた〈暗黒書庫〉の事件《じけん》が、恐《おそ》ろしくてたまらなかった。だいたい、五人が新しい錬金術師《れんきんじゅつし》クラブを作ったときには、呪《のろ》いのことなど話にも出なかったのに。

キッチンとダイニングをつなぐハッチの前を通ったとき、大人たちがこそこそと話しているのが聞こえた。ハッチの戸が、ほんのわずか開いているので、声がもれてくるのだ。窓《まど》からさしこむ月の光で、キッチンは明るかった。アーチーは、コップに水を汲《く》んで、ゆっくりと飲みほした。ベッドにもどろうとしたとき、ホークの声が耳に入った。

「五人のメンバーがわかった以上は、どうやってあの子たちを守るか考えなきゃいけないんですよ」

アーチーは、ハッチの前で立ちどまった。立ち聞きはいけないとわかっていても、耳をすまさずにはいられなかった。

「だって、ずいぶん昔に起こったことでしょう？」と、ロレッタおばさんがいっている。「もう一度あんなことが起きるなんて、ありえないと思うけど」

「いや、起きるかもしれないと恐《おそ》れてるんですよ」と、ホークはいった。「今回の〈ドラゴンの鉤爪《かぎづめ》〉のことを考えると、ますます心配な事態《じたい》になってきたと思わずにいられないんです。昔、あんなことが起こったのだから、なんとしても防《ふせ》がなきゃ」

「どうなさるつもりですか？」

「まずは、調査《ちょうさ》してみます。だが、どんな魔法《まほう》の呪文《じゅもん》であれ、ぜったいに子どもたちに書かせてはいけない。まだ、その時ではないんです。わたしたちが、なにか答えを見出すまではね。あしたの晩《ばん》、幹部《かんぶ》たちを集めて相談することにしてるんですよ」

「ゆうべ、また事件《じけん》があったって聞きましたけど。今度は、エディンバラに住む女の方だそうですね。自宅《じたく》で殺され、家じゅうが荒《あ》らされてたって。それって、本当なんですか？」

「ええ。フローラ・マクダフというおばあさんです。きわめて危険《きけん》な事態《じたい》になってるんですよ、ロレッタさん。プラハでうばいとろうとしたのとおなじ本をねらっているんじゃないかと、わたしたちは恐《おそ》れているんだが。けっきょく、なんの本かわからずじまいでしたが、もしもファビアン・グレイのノートだったら、なんとしてもわたしたちが先に手に入れなければ」

そうか！　そのために、スイカズラおじさんはプラハに出張《しゅっちょう》したのだ。ファビアン・グレイのノートを手に入れるのが目的だったのだ！　ノートには、とても重要なことが書いてあるにちがいない。スイカズラおじさんはひと足遅《おそ》かったが、〈食らう者〉たちのほうも、どうやらノートをうばうことはできなかったらしい。それで、エディンバラまで行って手に入れようとしたのだろう。

アーチーの手のひらが、またむずむずしてきた。手を開くと、またもや〈火のしるし〉が赤々《あかあか》と燃《も》えていた。

7

ふたつの会合

「今日は、おまえさんが呪文《じゅもん》の勉強を始めるのに、ちょうどいい日じゃ」と、ゼブじいさんがいった。アーチーとアザミが〈暗黒書庫〉で怖《こわ》い目にあった、翌日《よくじつ》のことだ。

「いつ、この勉強が役に立つか、わからんからな」

じいさんは、作業台の前にある丸椅子《まるいす》にすわって、片目《かため》をつぶってみせた。

「魔法《まほう》は、わしらのまわりにあふれてるんじゃよ、アーチー」ゼブじいさんは、両腕《りょううで》を大きく広げた。「考えてもごらん。そうでなきゃ、あれほど美しく太陽が昇《のぼ》るはずもないし、花がみごとに咲《さ》きほこることもあるまい？　どちらも、自然に生まれた魔法《まほう》、創造《そうぞう》の力そのものによって呪文《じゅもん》が書かれたんじゃ。だが、魔術師《まじゅつし》が使う呪文《じゅもん》は、魔法《まほう》の書き手に創《つく》りだしてもらわねばならん。

星の光や日光にひそむ魔法《まほう》をとらえる呪文《じゅもん》ができたら、それを現世《げんせ》の魔法《まほう》に変えることができる。そうやって書かれた最初の呪文《じゅもん》が〈主たる呪文《じゅもん》〉となる。〈主たる呪文《じゅもん》〉というのは、魔法《まほう》の力と呪文《じゅもん》の言葉を結ぶものじゃ。ちょっと見ててごらん」ゼブじいさんは、本の修理《しゅうり》に使う針《はり》をつまみあげて、アーチーに見せた。「これ、見えるだろ？　わしは魔法《まほう》の本を読んで、縫《ぬ》い取《と》りの呪文《じゅもん》を知っておるから、すぐに唱えることができるぞ。いいか？

鋭《するど》い針《はり》よ、真実の針《はり》よ
おまえの　仕事を　するがいい」

アーチーは、目を見はった。ゼブじいさんの手から針《はり》が飛びだしたかと思うと、本の背《せ》を出たり入ったりしながら、破《やぶ》れたところを修理《しゅうり》していくではないか。

「これができるのは、〈主たる呪文《じゅもん》〉が、わしの唱えた縫《ぬ》い取《と》りの呪文《じゅもん》に力を与《あた》えているからじゃ。おまえも、やってごらん。ほれ」ゼブじいさんは、アーチーに呪文《じゅもん》を書いた本をわたした。「まず最初に、呪文《じゅもん》をよく読むんだぞ。そらでいえるまで、読まなきゃいかん。これは、なかなかよい呪文《じゅもん》だからな」

アーチーは、書かれている文字をにらんだ。そして、口に出して唱えてみた。

「熱々《あつあつ》やかん、冷たいやかん
いわれたとおり　やってごらん」

なにも起こらない。

「さあ、意識《いしき》を集中してみろ」ゼブじいさんがいった。

「集中しないで魔法《まほう》ができるやつなんか、ひとりもおらんぞ」

もう一度やってみる。すると、やかんが飛びあがって、ホットプレートの上にぴょんとのった。

「ほうら、よくできたじゃないか！」ゼブじいさんは、クスクス笑った。「呪文《じゅもん》を唱えると、のどがかわくな。うまいお茶が飲みたくなった」

アーチーは、すぐに気をきかせて、食器戸棚《とだな》から縁《ふち》の欠けたマグカップをふたつ出した。

ゼブじいさんが、人さし指を立てて念を押《お》す。

「いいかね、覚えとくんだよ。〈主たる呪文《じゅもん》〉は、魔法《まほう》と言葉を結びつける役割《やくわり》をしておる。だが、もし〈主たる呪文《じゅもん》〉が壊《こわ》れたり、消えてしまったりしたら、おまえがいま唱えた呪文《じゅもん》も、力を失ってしまう。

いいかね。おまえの〈火のしるし〉は、いつの日かおまえが〈主たる呪文《じゅもん》〉を書けるようになるというしるしなんだぞ。とはいっても、ひとつずつ勉強していかなきゃな。さあて、そろそろお昼どきだから、休むとしようか。魔法《まほう》図書館に行くなら、緑のドアの魔法《まほう》の入り口を使うといい。だが、あとでちゃんと鍵《かぎ》をもどしておくんだぞ」

新しく結成された錬金術師《れんきんじゅつし》クラブのメンバーは、その日の夜に、あらためて集まることにした。夜には魔法《まほう》図書館が静かになるので遅《おそ》い時間にしたのだが、ロレッタおばさんとスイカズラおじさんには、図書館で調べものをしなければいけないからといっておいた。アーチーたち三人を見たピンクも、ピアスを入れた眉毛《まゆげ》をちょっとあげただけだった。見習いたちが、勉強や調べものをしようと夜の図書館に来るのは、めずらしいことではない。

集まるのは、〈行方不明本《ゆくえふめいぼん》〉係の部屋《へや》に近い西館がいいと決めていた。西館の奥《おく》には、壁面《へきめん》がちょっとくぼんだ小部屋《こべや》があり、革《かわ》ばりのソファやテーブル、それに本棚《ほんだな》と読書用のデスクが置いてある。ラスプ博士の姿《すがた》が見えないので、アーチーたちはほっとした。博士は、特別警《けい》備《び》を頼《たの》まれて以来、日中は時おり図書館の中をパトロールしている。博士にうろうろされたら、秘密《ひみつ》の集まりなどできるものではない。

ルパートとアラベラも、アーチーたちが〈暗黒書庫〉に閉《と》じこめられた事件《じけん》を知っていた。見習いたちのあいだでは、一日じゅうその話で持ちきりだった。アーチーもアザミも、ほかの見習いたちから変な目で見られていた。だれもが、この事件《じけん》は例の錬金術師《れんきんじゅつし》の呪《のろ》いと関係があるのではと疑《うたが》っていたのだ。

人目につかない小部屋《こべや》に全員がそろってから、アーチーはテーブルの上にワタリガラスがくれた金の指輪を置いて、みんなに見せた。あの日から、どこへ行くにも指輪をポケットに入れて持ちあるくことにしていたのだ。

「たしかに、錬金術師《れんきんじゅつし》クラブがシンボルにしていた金の輪とおなじだな」と、ルパートがいう。

「グレイブズ部長が、ファビアン・グレイの指輪だっていってたよ」

「だけど、どうしてワタリガラスは、ぼくにくれたんだろう？」

「これって、お守りじゃないの」アラベラが、赤い石をはめこんだブローチをいじりながらいった。「あたしの幸運のお守りは、これ。おばあちゃんが持ってたものなんだって」

キイチゴも、小さな弓矢の飾《かざ》りがついた、金のブレスレットをチャラチャラ鳴らす。

「あたしも、お守りをいっつも身につけてるよ」

「おれだって」アザミが、オレンジの石をはめこんだ、銀の指輪を見せる。「ママは、おれたちが危《あぶ》ないって思ってるんだ。ほんと、おたおたしてるんだもん、まいっちゃうよ」

アーチーは、シャツのえり元から手を入れてエメラルド・アイをたしかめた。

「じつは、ぼくはいま、お守りを持ってないんだよ」と、ルパートがいいだした。「おじいちゃんがくれた幸運のお守りのカフスボタンを、先週サイモンが飲みこんじゃったんだ。サイモンって、幻獣《げんじゅう》動物園にいる、赤腹《あかはら》の火トカゲなんだけどさ。檻《おり》を掃除《そうじ》したとき、ちょっとはずしたら、サイモンにパックリやられちゃったんだ」

「とんでもない幸運のお守りだったね」アラベラが、ちゃかした。

「はずしといてよかったじゃないか！　つけたまま、パックリやられたら……」

アーチーがいうと、ルパートは、にっこり笑った。

「それもそうだね。けど、やっぱりお守りがあるほうが、安心できるよ」

「さあ、今夜みんなで集まったのは、お守りの話をするためじゃないんだ。早く始めようよ」

アーチーは、うれしそうに両手をこすりあわせた「ここに、第一回錬金術師《れんきんじゅつし》クラブの開会を宣《せん》言《げん》しまーす！」

「さっそくだけどね、いいニュースがあるんだ」ルパートが、端《はし》の折れた羊皮紙をかかげて見せた。「これ、うちの先祖《せんぞ》のロデリック・トレヴァレンの持ち物から見つけたんだよ。昔の錬《れん》金術師《きんじゅつし》クラブができたときに、みんなが述《の》べた誓《ちか》いの言葉がこれに書いてあるんだ。今から読むよ。よく聞いてて。

我《われ》ここに、錬金術師《れんきんじゅつし》クラブへの忠誠《ちゅうせい》を誓《ちか》う。
ふたたび魔法《まほう》の黄金時代をもたらすために、
持てるかぎりの力をそそぐことを、
ここに約束するものなり」

五人のメンバーは、誓《ちか》いの言葉の下に署名《しょめい》した。
「どこのクラブでも、規則《きそく》は必要だよね」と、キイチゴがいいだした。「新しい錬金術師《れんきんじゅつし》クラブだって、おなじだと思うの。だから、集まるときには、かならず最初にこの誓《ちか》いの言葉をいうことにしない？　今夜は、最初にあたしにいわせて。わたし、キイチゴ・イバラー・フォックスは、ここに、錬金術師《れんきんじゅつし》クラブへの忠誠《ちゅうせい》を誓《ちか》う。ふたたび魔法《まほう》の黄金時代をもたらすために、持てるかぎりの力をそそぐことを、ここに約束するものなり」
それからキイチゴは、にんまり笑っていった。

「はい。あんたの番よ、アラベラ」

「わたし、アラベラ・マックロウ・リプリーは、ここに、錬金術師《れんきんじゅつし》クラブへの忠誠《ちゅうせい》を誓《ちか》う。ふたたび魔法《まほう》の黄金時代をもたらすために、持てるかぎりの力をそそぐことを、ここに約束するものなり」

みんながつぎつぎに誓《ちか》いの言葉を唱え、最後にアーチーの番になった。アーチーは、目を閉《と》じた。

「ぼく、アーチボルド・オバデヤ・グリーンは、ここに……」

「オバデヤだって！」ルパートが、すっとんきょうな声をあげた。「ひゃあ、きみのミドルネーム、オバデヤっていうの？　そんな名前、聞いたことないな」

アーチーは、「フン！」と、肩《かた》をそびやかした。

「そうさ。オバデヤっていうのは、アレクサンドリア大図書館の最後の館長で、ぼくのご先祖《せんぞ》さまなんだぞ。それが、なにか……」

「ちょっと、ちょっと……ルパートは、変わってるっていっただけよ」キイチゴが、あわてて割《わ》って入った。

「だったら、キイチゴ。あんたのミドルネームのイバラーはどうなのよ？」アラベラがにやにや笑う。

「だって、うちの親たちは植物が好きなんだもん」キイチゴは、肩《かた》をすくめた。「だいたい、あんたにいわれたくないね。なになに、ミドルネームがマッ、ク、ロウだって？」

アラベラは、つんとあごをあげていった。

「それはまあいいとして……あたしもみんなに教えてあげることがあるの。カテリーナに、昔の錬金術師《れんきんじゅつし》クラブのことをきいたんだけど、その人たちは秘密《ひみつ》の場所で集まってたんだって。ファビアン・グレイは、魔法《まほう》図書館のどこかに、魔法《まほう》を研究する実験室を持ってたらしいよ。で、そこをクラブの集まりに使ってたみたい」

アーチーは、耳をそばだてた。それではアーチーたちも、ほかのみんなにないしょで集まれるところを探《さが》さなければいけない。

「ねえねえ、その実験室って、どうなっちゃったの？」アーチーは、きいてみた。

「カテリーナがいうには、たぶん、まだ魔法《まほう》図書館の中にあるんじゃないかって。どこか、隠《かく》れた場所にね。自分でも、これから探《さが》してみるって……」

「しーっ！」アザミがいった。「だれか来る！」

たしかに話し声が、近づいてくる。五人は、あわてて本棚《ほんだな》の後ろに隠《かく》れた。グレイブズ部長とブラウン博士が、目の前を通りすぎていく。危《あぶ》ないところだった。グルーム教授《きょうじゅ》も、いっしょだ。

「わたしも会合に招《まね》いてくださって、感謝《かんしゃ》してるんですよ」グルーム教授《きょうじゅ》が、グレイブズ部長にいっている。「こういう機会に、魔《ま》法《ほう》図書館でみなさんとお話しできるとは、まさに胸《むね》が躍《おど》りますな」

「王立魔《ま》法《ほう》協会の代表としておいでになったのですから、当然ですわ。わたしたちが決めたことは、すべて協会に報告《ほうこく》しなければいけないのですから」

「ごもっとも」

「それに、魔《ま》法《ほう》鑑《かん》定《てい》人《にん》である教授《きょうじゅ》のご意見をうかがえるのも、ありがたいと思っているんですよ」

三人の声はだんだん小さくなり、〈行方《ゆくえ》不明本〉係の部屋《へや》に通じる大理石の階段《かいだん》をのぼって消えていった。

本棚《ほんだな》の後ろで、五人は顔を見あわせた。

「ホークさんが、『呪文《じゅもん》の書』についての会合があるっていってたんだ」アーチーは、ひそひそ声でいった。「今夜、これから開くんだね」

「ねえ、ホークさんたちがなにを話すのか、聞かなきゃいけないんじゃないの？　だって、あたしたちが本当に魔法《まほう》が書けるかどうか知っとかなきゃ」と、キイチゴがいう。

「そうだよね」アーチーは、うなずいた。「それに、幹部《かんぶ》たちがなにもかも話してくれるとは思えないし。こっそり行ってみようか」

せいいっぱい足音をしのばせて、五人は階段《かいだん》をのぼった。すぐつぎの階には、いまは使われていないが魔法《まほう》を書くための筆写室がある。〈行方不明本《ゆくえ》〉係の部屋《へや》は、その上の階にあった。階段《かいだん》の上までたどりついたとき、ホークの部屋《へや》から話し声が聞こえてきた。両開きのドアのひとつが、少しばかり開いている。

なにを話しているか、はっきり聞こえなかったので、五人はこっそりと近づいてみた。

「金の輪のしるしのせいで、なにかが目を覚ましたと思うんですよ」ホークの声だ。「暗黒のなにかがね。あの五人を、グレイや、ほかのメンバーたちとおなじ目にあわせてはいけないんです。ぜったいに」

グレイたちとおなじ目にあう？　いったいなんのことだろう？　ロンドン大火のほかにも、なにかひどいできごとがあったのだろうか？　ひょっとして、大火にもまして恐《おそ》ろしいことが……。

「それはちょっと、心配のしすぎじゃないですかね」グルーム教授《きょうじゅ》の声だ。「もし歴史になにか学ぶことがあるとすれば、過去《かこ》のできごとにとらわれすぎるなってことじゃないかな。魔法《まほう》界《かい》は、もっと前進しなきゃ。そういう時が来てるんですよ。それだけじゃない。もう一刻《いっこく》の猶予《ゆうよ》も許《ゆる》されないんです。あのエイモス・ローチがもどってきてるんですから」

幹部《かんぶ》たちは、声をひそめてささやきあった。

「あのローチが？」ブラウン博士が、緊張《きんちょう》した声でき返す。

「それは、事実ですよ」グレイブズ部長の声だ。「わたしたちは、ずっとローチのあとを追ってきましたからね。オックスフォードでも、目撃《もくげき》されています」

エイモス・ローチというのは、〈食らう者〉たちの中でも、とりわけ悪名高い男だ。アーサー・リプリーが〈行方《ゆくえ》不明本〉係の主任《しゅにん》をしていたときの同僚《どうりょう》で、十二年前に〈恐怖《きょうふ》の書〉を盗《ぬす》もうとした事件《じけん》にかかわっていたという。その事件《じけん》が発覚した直後に、ローチは姿《すがた》を消していた。

「ローチは、〈食らう者〉たちの秘密組織《ひみつそしき》の一員だといううわさがあるんです」グレイブズ部長はつづけた。「プラハとエディンバラで起きた悲惨《ひさん》な事件《じけん》も、ローチのしわざだとか。ですから、金の輪があらわれた、この機会をなんとか利用しなければ。『呪文《じゅもん》の書』の消えかかった呪文《じゅもん》を書きなおして、この図書館を守ることができるのは、あの五人しかいないんですから」

「だけど、グレイブズ部長。最後に魔法《まほう》を書こうとした者たちがどうなったか、ごぞんじですよね」ホークは、反論《はんろん》した。「あんなことは、二度と起きてはいけないんだ」

「あなた、暗黒の魔法《まほう》のことをいってるの？」グレイブズ部長は、息をのんだ。

「そのとおり」と、ホーク。

廊下《ろうか》で耳をすましていた五人は、不安気に顔を見あわせた。

ホークは、さらに話をつづけた。

「『魂《たましい》の書』を書いたバルザックは、魔法《まほう》図書館の見習いをしていたときに、手のひらに金の輪のしるしを持っていたといわれています。魔女《まじょ》へカテも。ほかの〈恐怖《きょうふ》の書〉の書き手も」

それを聞いたとたん、アーチーは腹《はら》に一撃《いちげき》を食らったようなショックを受けた。

ホークの話はつづく。

「いままでは、〈食らう者〉たちが魔法《まほう》図書館に攻撃《こうげき》をしかけるのを防《ふせ》げばよかった。だが、もし新たに暗黒の魔術師《まじゅつし》があらわれたら、どうします？　暗黒の呪文《じゅもん》を書く者が出てきたら？あるいは、五人の見習いのうちのだれかが暗黒の魔法《まほう》を書きはじめたら？　うっかりやってしまったとしても、いったいどうなることか……」

「だから、あたしが危険《きけん》だっていったじゃない」アラベラが、ささやいた。

だが、その言葉は、アーチーの耳に入らなかった。たったいま聞いたことに、打ちのめされていたのだった。〈暗黒書庫〉で聞いた声は、アーチーこそ、つぎの偉大《いだい》なる暗黒の魔術師《まじゅつし》だといっていたではないか。幹部《かんぶ》たちがそのことを知ったら、アーチーは魔法《まほう》図書館を追いださ れるだろう。ぜったいに悟《さと》られてはならない。

グルーム教授《きょうじゅ》が、咳《せき》ばらいした。

「そんなことをいっても、『呪文《じゅもん》の書』に書いてある呪文《じゅもん》を書きなおさなければ、図書館を守っている魔法《まほう》が消えてしまうんですよ。ホークくんだって、そういってたじゃないかね。〈ファロスの火〉は、五人の子どもたちの力を知っているからこそ、選んだんです。わたしたちは、いろいろな面から五人をささえなければならない。そこでみなさんにおねがいしたいんだが、五人の才能《さいのう》を知る機会を、わたしに与《あた》えてくれませんかね。それぞれが、どれぐらい魔《ま》法《ほう》の力を持っているかわかったら、どう対処《たいしょ》したらいいか判断《はんだん》できますから」

「わたしも、グルーム教授《きょうじゅ》に賛成《さんせい》だな」と、ブラウン博士がいった。「五人が特別の才能《さいのう》を持っているなら、ぜひとものばしてやらねば」

「わかりました」と、グレイブズ部長。「そういう機会を、お作りしますわ」

「それは、ありがたい」と、グルーム教授《きょうじゅ》がいった。「すぐにでも、始めたいんですがね。白《はく》状《じょう》しますと、五人のうちで最も興味《きょうみ》があるのが、アーチー・グリーンっていう男の子なんだが……」

アーチーは、顔を赤らめた。幹部《かんぶ》たちが立ちあがる音がする。

「出てくるよ」ルパートが、ささやいた。「急いで！　早く逃《に》げなきゃ」

⑧ オルフェウス・グルーム教授《きょうじゅ》のテスト

「おまえさん。テストを受けに筆写室に来いといわれとるぞ」

あくる日、アーチーが作業場に顔を出すと、ゼブじいさんがいった。

筆写室に行くと、すでにドアの前に、キイチゴ、アザミ、ルパート、アラベラが顔をそろえていた。

「ねえ、なんのテストをされるんだと思う？」アラベラは、びくびくしている。

「わかりっこないだろ？」と、ルパート。「だけど教授《きょうじゅ》は、ぼくたちが魔法《まほう》を書くのに必要な力を持ってるかどうかテストしたいんじゃないの」

「だいじょうぶだって。魔法《まほう》を書く力がなかったら、金の輪のしるしだってもらわなかったはずだろ」アーチーは、わざと気楽な調子でいった。「それにテストを受ければ、なにか役に立つことを教えてもらえるかもしれないよ。なんてったってグルーム教授《きょうじゅ》は、王立魔法《まほう》協会で働いてるんだからね。すっごくいろんなことを知ってると思うな」

「そのとおりだよね、アーチー」アザミが賛成《さんせい》した。「ちゃんと質問《しつもん》したら、魔法《まほう》を書くのになにが必要か教えてくれるよ、きっと」

「だけど、あたしたちのうちのだれかが、暗黒の魔術師《まじゅつし》だってわかったらどうなるのよ？」アラベラが、アーチーの恐《おそ》れていることをずばりといった。

五人の上に、アラベラの疑問《ぎもん》が重苦しくのしかかった。

なおも筆写室の前で待っていると、ギディアン・ホークの部屋《へや》のほうから、だれか話しながら階段《かいだん》をおりてくる。

「筆写室は、魔法《まほう》を書く者がだれひとりいないまま、長いこと放っておかれたが、そろそろ魔《ま》法界《ほうかい》が自信を取りもどしてもいいころじゃないですかね」こういっているのは、グルーム教授《きょうじゅ》だ。

「あの五人が魔法《まほう》を書いても危険《きけん》はないのか、わたしにはまだ自信がないんですよ」ホークがいっている。「できれば、なにが魔法《まほう》図書館の防御《ぼうぎょ》システムを攻撃《こうげき》しているのかわかるまで、待っていてくれませんか。わたしは、心配してるんですよ。もしかして、我々《われわれ》も敵《てき》の手のうちで踊《おど》らされているんじゃないかって」

「バカなことを。我々《われわれ》は、受け継《つ》いだ遺産《いさん》を大事に守るだけでなく、大いに利用しなければいけないんですよ。避《さ》けていてはいかん。魔法《まほう》を書く者がいなかったから、我々《われわれ》はあまりにも長いあいだ陰《かげ》にひそんでいた。金の輪がもどってきたことは、すなわち新しく出発せよというシグナルが点灯されたということじゃないですか。きみが、そういう消極的な態度《たいど》を取っていては、子どもたちの魔法《まほう》の力をテストすることもできんよ！　だが、いまほど世界が魔法《まほう》を必要としているときはないんだ。ホークくん、きみの大望は、いったいどこへ行ったのかね？」

「大望ねえ」ホークは、低い声でいった。「錬金術師《れんきんじゅつし》クラブの向こうみずな大望のせいで、ふつうの世界で魔法《まほう》を使うのが禁止《きんし》されてしまったんですよ」

「たしかに。だが、あれはファビアン・グレイが未熟《みじゅく》だったせいですよ。だからこそ、あの五人を助けて、おなじまちがいをしないように正しく導《みちび》いてやらねばならん。グレイには才能《さいのう》もあったし、大望もあった。なにも魔法《まほう》を書くことだけに興味《きょうみ》があったわけではない。彼《かれ》の魔法《まほう》の絵画に関する実験を見てみたまえ。グレイは、すばらしい画家でもあったんですよ」

「グレイは、無責任《むせきにん》だったんです」と、ホークはいった。「魔法《まほう》図書館の幹部《かんぶ》たちより、自分のほうが知識《ちしき》があると思いあがっていた。その結果、なにが起きたか、考えてごらんなさい！　グレイのせいで魔法《まほう》の信用はなくなり、錬金術師《れんきんじゅつし》クラブの仲間は全員……」

廊下《ろうか》の角を曲がったとき、ホークとグルーム教授《きょうじゅ》は、五人の見習いたちに気づいた。とたんに、ホークは口をつぐんだ。アーチーたちは、不安気に顔を見あわせた。いったいなにをいおうとしていたんだろう？　ファビアン・グレイの仲間たちは全員、どうなってしまったというのか？　五人に知られたくない隠《かく》しごとって、いったい……？

そのとき、大ホールのほうからカテリーナがあらわれた。

「やあ、カテリーナくん」グルーム教授《きょうじゅ》が声をかけた。「きみも来てくれるとは、ありがたい。魔法《まほう》の先達《せんだつ》たちに関するきみの知識《ちしき》は、たいしたものだからな」

「ここが筆写室なんですか？」

カテリーナは目を輝《かがや》かせて、磨《みが》きあげられたオークの扉《とびら》を見あげた。

グルーム博士は、笑顔《えがお》になった。

「そうなんだよ、きみ。アレクサンドリア大図書館の筆写室の扉《とびら》を寸分《すんぶん》たがわず模造《もぞう》したものだ。偉大《いだい》な魔法書《まほうしょ》の数々《かずかず》が書かれた、かの筆写室の扉《とびら》だよ。そして、いつの日か偉大《いだい》な魔法書《まほうしょ》が書きなおされて新たな魔法《まほう》の歴史が生まれるのも、この筆写室なのだ」

ほかの見習いたちといっしょに筆写室に入りながら、アーチーは、わくわくすると同時に不安にもなっていた。筆写室には、これまで三度入ったことがある。最初は、キイチゴに、魔法《まほう》図書館を案内されたとき。二度目と三度目は、過去《かこ》を探《さぐ》るために『ヨーアの書』の中に入ったのだ。最後に入ったときは、アレクサンドリア大図書館の火事に巻《ま》きこまれ、あやういところでホークに救われたのだった。

みんなが筆写室に入ると、壁《かべ》のたいまつ受けに置かれたたいまつに、ひとりでに火がついて赤々《あかあか》と燃《も》えだした。アザミとカテリーナは息をのんだが、アーチーにはおなじみの光景だ。

グルーム教授《きょうじゅ》が、満足そうに微笑《ほほえ》みながら低い声でいう。

「ほら、たいまつが燃《も》えだした。古《いにしえ》の魔法《まほう》が動きだしたな！」

筆写室の中心には、デスクが二列にならび、ほこりよけの布《ぬの》でおおわれている。ほこりよけの布《ぬの》は壁《かべ》にもかけられ、なにかをおおっていた。

アーチーは筆写室に入るたびに、長いことぴたりと静止していた空気を自分が乱《みだ》していると感じていた。今日は、いつにも増《ま》して、その感覚がひしひしと迫《せま》ってくる。ふいに、なにか大切なものをなくしてしまったような気持ちに襲《おそ》われた。筆写室そのものが、いまだになにかを、あるいはだれかのことを悲しんでいるような……。

そんな気分は、自分の胸《むね》の内にしまっておかなければと、アーチーは思った。ここには、目的があって来たのだから。どうしたら魔法《まほう》を書けるか、その秘密《ひみつ》を見つけなくてはならない。それを見つけることができたら、新しい錬金術師《れんきんじゅつし》クラブは『呪文《じゅもん》の書』を書きなおすことができ、魔法《まほう》図書館をおおっている黒い雲を追いはらうことができるのだ。

グルーム教授《きょうじゅ》は、アーチーが沈《しず》んだ顔をしているのに気づいた。

「この部屋《へや》には、大いなる悲しみが宿っているのだよ、アーチーくん。過《す》ぎ去りし昔の、偉大《いだい》なる魔法《まほう》の書き手の死を悼《いた》んでいるんだ」

デスクのあいだを歩きながら、教授《きょうじゅ》は興奮《こうふん》したようすで、ほこりよけの布《ぬの》の上に指を走らせていった。

「かのバルザックがアレクサンドリア大図書館に火を放ち、魔法《まほう》の本を焼きつくそうとしたとき、我々《われわれ》の先祖《せんぞ》たちにできたのは、なんとかして残った本を保存《ほぞん》し、つぎの世代に手わたしていこうと試みることだけだった。魔法《まほう》が過《す》ぎし日の栄光を取りもどす、その日まで」

教授《きょうじゅ》は、デスクのひとつから布《ぬの》をはがし、床《ゆか》に落とした。

「アレクサンドリア大図書館の筆写室の内部は、猛火《もうか》に焼かれるのをまぬがれた。なんらかの奇跡《きせき》が働いたんだな。ここにあるデスクは、どれも昔の魔術師《まじゅつし》たちが実験をしたり、偉大《いだい》なる魔法書《まほうしょ》を書いたりするのに使ったものだ。すべて、古都アレクサンドリアから運ばれてきたんだよ。ほら、まだ焼けこげた跡《あと》が見えるだろう。

だが、そのときにはすでに、これらのデスクを使って魔法《まほう》を書く偉大《いだい》な魔術師《まじゅつし》たちは、いなくなっていた。そこで、魔法《まほう》図書館を創立《そうりつ》した魔術師《まじゅつし》たちが、ふたたび魔法《まほう》を書く者があらわれる日まで図書館を守るために、『呪文《じゅもん》の書』に呪文《じゅもん》を書きしるしたんだ。ところが十七世紀の中ごろに、おどろくべきことが起こった。ファビアン・グレイと、仲間の見習いたちの手のひらに、金の輪のしるしがあらわれたんだよ。それなのに、グレイたちは、せっかくの機会をむだにしてしまった。だが、ふたたびきみたちに、またとないチャンスが訪《おとず》れたんだ。

大望。そして、向上心。そのふたつを、わたしたちの合言葉にしなければいかん。なんとしても、またとないチャンスをつかまなければ。さもないと、この魔法《まほう》図書館も、図書館を成立させているすべてのものも、無に帰してしまうからな。

そして、もっとも大切な書が保管《ほかん》されているのも、この筆写室なんだよ」グルーム教授《きょうじゅ》は、いっぽうの壁《かべ》ぎわに展示《てんじ》されている、茶色い革《かわ》表紙の大きな本を指さした。「この『ヨーアの書』には、過去《かこ》に起こった、魔法《まほう》に関する事柄《ことがら》が書きしるしてあるんだが」教授《きょうじゅ》は、悲しそうに首を横にふった。「まことに誇《ほこ》るべき歴史だが、わたしたちはすでに過去《かこ》の栄光を忘《わす》れてしまっている……」

カテリーナは、筆写室のずっと奥《おく》にある、巨大《きょだい》なガラスのドームに目をとめていた。

「あの中におさめてあるのは、もしかして……？」

ドームの中にある魔法書《まほうしょ》を食い入るように見つめながら、教授《きょうじゅ》にたずねる。

「そのとおりだよ。こっちに来れば、もっとよく見ることができる」

グルーム教授《きょうじゅ》は、カテリーナの先に立って短い階段《かいだん》をのぼり、ガラスのドームを見おろせる足場に立った。

「見たまえ、かの〈運命の書〉たちだ」芝居《しばい》がかった口調で、教授《きょうじゅ》はいった。「こっちの『予言の書』には、魔法界《まほうかい》の未来が記してある」閉《と》じたままの、灰色《はいいろ》の本を博士は指さした。「そして、こっちは」大きな、開いた本のことだ。「『精算《せいさん》の書』と呼《よ》ばれる、生と死を記録する台帳だ」

『精算《せいさん》の書』は、ページが見やすいように四十五度の角度にかたむけて、台座《だいざ》の上に置いてあった。ページの綴《と》じ目《め》に近い、のどと呼《よ》ばれるところに、クリスタルの砂時計《すなどけい》が見える。砂《すな》時計は、銀のケースに入っており、そのケースがのどにはめこまれている。ケースのまわりのページが切りぬいてあるので、どのページを開いても、砂《すな》時計が見えるようになっていた。

開いたページの上に、青い羽根ペンが浮《う》かんでいた。羽根ペンは、ベヌーという鳥の羽でできていて、絶《た》えず動きながら、新しい名前を帳簿《ちょうぼ》に書きこんでいる。魔法界《まほうかい》のあらゆる誕生《たんじょう》と死の記録をつけているのだ。

カテリーナは、心をうばわれたように〈運命の書〉を見つめていた。アーチーは、そっと微笑《ほほえ》んだ。アーチーも、初めて見たときは、きっとそんな顔をしていたことだろう。

アーチーは、銀色に輝《かがや》く砂時計《すなどけい》に目をやった。魔法《まほう》図書館にある魔法の本が世界に向けて魔《ま》法《ほう》を解《と》き放つまでの時間を、砂時計《すなどけい》は計っている。その時こそ新たな魔法《まほう》の黄金時代、あるいは暗黒の魔法《まほう》の時代の始まりになると、いい伝えられているのだ。

最後に砂時計《すなどけい》の砂《すな》が動いたのは、〈食らう者〉たちが『魂《たましい》の書』を盗《ぬす》もうとくわだてていると警告《けいこく》するためだった。いまは砂時計の砂《すな》は、ひと粒《つぶ》も落ちていない。アーチーは、ほっとした。

アーチーが前に見たときには、ドームに入っている魔法《まほう》の本は『予言の書』と『精算《せいさん》の書』の二冊《さつ》だったが、どういうわけか三冊《さつ》目がならべられている。

すると、カテリーナの声がした。

「あれが、あの『呪文《じゅもん》の書』ですか？」

三冊《さつ》目の本を、カテリーナはうっとりした目で見ている。

「ああ、そうだよ」グルーム博士が、うなずいた。「まんいちのときのために、幹部《かんぶ》たちがドームに入れることにしたんだ。ガラスのドームは、呪文《じゅもん》で守られているから……」そこで、博士は眉《まゆ》をひそめ、困《こま》った顔つきになった。「そんなことをいっても、『呪文《じゅもん》の書』の呪文《じゅもん》が消えかかっているのでは、たいして効果《こうか》があるともいえんが」

「つまり、魔法《まほう》図書館の運命が、この『呪文《じゅもん》の書』にかかっているというわけですよね。『呪《じゅ》文《もん》の書』が、あらゆる攻撃《こうげき》から図書館を守っているんですから」カテリーナは、三冊《さつ》の〈運命の書〉を指さしながらいった。「わたしたち、未来に期待しなきゃいけないと思うんです。つぎの世代――というか、わたしたちの世代を育てなければ」カテリーナは、ちょっと口をつぐんでから、アーチーたちに向かっていった。「あなたたちは、金の輪のしるしを持っているのよね。だったら、五人のうちのだれかが、この世界に魔法《まほう》の居場《い》所を取りもどすことになるんだわ！」

「まったく、そのとおり」グルーム博士は、声をはりあげた。「だからこそ、幹部《かんぶ》の中には反対する者もいたが、こうしてきみたちを筆写室に集めたわけだ。今日ここに来たことで、きみたちが力づけられて、自分たちの能力《のうりょく》をせいいっぱいのばしてもらえたらと思ってるんだよ。きみたち以前にあらわれた魔法《まほう》の書き手たちが、自分たちの才能《さいのう》を磨《みが》きあげたのも、まさにこの筆写室だったのだから」

グルーム教授《きょうじゅ》は、すでに新しい錬金術師《れんきんじゅつし》クラブができたことを知らない。アーチーは、ちらっとアラベラの顔をうかがった。ルパートはキイチゴをひじでつつき、アザミはうつむいて、足元を見ている。みんなを困《こま》ったことに引きずりこんだのではと、アーチーは後ろめたくなった。

「彼《かれ》ら錬金術師《れんきんじゅつし》クラブのメンバーは、歴代の見習いの中でも、もっとも優《すぐ》れた才能《さいのう》を持って生まれた若者《わかもの》たちだった」グルーム教授《きょうじゅ》が話をつづけながら、壁《かべ》にかけてあったほこりよけの布《ぬの》を引きはがすと、大きな絵があらわれた。

十代後半の五人の若者《わかもの》たちを描《えが》いた絵だ。男が三人、女がふたり、全員でテーブルを囲んでいる。男たちは、白いえりのついた黒いチュニック、女はウエストをぎゅっとしぼった丈《たけ》の長いドレスを着ていた。テーブルの上には、黒い羽根ペンと、金色の液体《えきたい》が入ったびんが置いてある。

四人は笑顔《えがお》でこっちを見ているが、テーブルの端《はし》にいる若者《わかもの》だけ、後ろを向いていた。まだ若《わか》いのに、濃《こ》い色の髪《かみ》の中に白髪《しらが》がひと束ある。どうやら部屋《へや》の奥《おく》の開いているドアを指さしているようだ。顔をドアのほうに向けているので、表情《ひょうじょう》はまったくわからない。絵の下には「錬金術師《れんきんじゅつし》クラブ、一六六五年」と書いてあった。

グルーム教授《きょうじゅ》は、一歩後ろにさがって、ほれぼれと絵をながめている。

「彼《かれ》らの絵は、これしか残っていないんだよ。これは、ファビアン・グレイが自分で描《か》いたんだ。この絵の中に、魔法界《まほうかい》の未来に関する予言が隠《かく》されているといわれている」

気取ったしぐさで、グルーム教授《きょうじゅ》はほこりよけの布《ぬの》をもう一枚《まい》はがした。名前を記した、木《もく》製《せい》の額《がく》があらわれる。

錬金術師《れんきんじゅつし》クラブ、一六六二年設立《せつりつ》
ファビアン・グレイ
ブラクストン・フォックス
フェリシア・ナイトシェイド
アンジェリカ・リプリー
ロデリック・トレヴァレン

五人の名前の下には、あの金の輪のしるしが描《えが》かれていた。

9 さまよえる本

アーチーは、確信《かくしん》した。幹部《かんぶ》たちがいっていないことが、まだなにかあるにちがいない。それなら、新錬金術師《しんれんきんじゅつし》クラブのメンバーだけで調べてみようと、話がまとまった。金の輪のしるしが、新しい魔法《まほう》を書くのに必要な三つの条件《じょうけん》のひとつということは、すでにわかっている。だが、『偉大《いだい》なる魔法書《まほうしょ》』に書いてあった、幻獣《げんじゅう》から無償《むしょう》で与《あた》えられた羽で作られる羽根ペンと、アゾスという謎《なぞ》の物質《ぶっしつ》から作られるインクのことが、まだわからなかった。

なにはともあれ、前にゼブじいさんが教えてくれた『初心者のための魔法《まほう》案内』を調べてみなくては。本を開くと、期待どおり、アーチーの知りたいことがちゃんと書いてあった。

まず、アゾスについて書いてあるページを見つけた。ページが、すりきれている。おおぜいの見習いたちが、いままでに何度も読んだにちがいない。

アゾス
錬金術師《れんきんじゅつし》たちに珍重《ちんちょう》されている、魔法《まほう》の液体《えきたい》。魔法《まほう》を書くのに必要な、三要素《ようそ》のひとつ。昔の魔術師《まじゅつし》たちは〈主たる呪文《じゅもん》〉を書くのに、アゾスを使った。呪文《じゅもん》が長持ちするからである。また、アゾスには人間の寿命《じゅみょう》を延《の》ばす効果《こうか》もある。アゾスのシンボルは、ギリシア、ローマ神話に出てくる、神々《かみがみ》の使者が持っている杖《つえ》である。杖《つえ》の上部には翼《つばさ》がつき、二匹《ひき》のヘビが巻《ま》きついている。

いっぽうアラベラは、新しい魔法《まほう》を書いたら、なにか危険《きけん》な目にあうのではと心配して、ひとりでせっせと調べまわっていた。アラベラは、北館にある〈超《ちょう》自然の魔法《まほう》〉部の見習いをしているので、グレイブズ部長の研究室に入ることができる。そこでアーチーたちに、昼休みに北館に来てくれといってきた。自分が発見したことを教えたいのだという。

アザミは、『魔法《まほう》の名所案内』に出ている、魔法《まほう》図書館内の名所のページを、すべて読んでいた。アーチーたちと北館に向かうとちゅうも、名所案内を開きながら、いちいちたしかめている。

「カテリーナのいったとおりだよ。ファビアン・グレイは、秘密《ひみつ》の実験室を持ってたんだって」大ホールと北館を結ぶ大理石の階段《かいだん》をのぼりながら、アーチーとキイチゴにいう。「これ読むから、ちょっと聞いてて。

魔法《まほう》の名所の中には、まだ所在《しょざい》がわからないものもある。とりわけ読者の興味《きょうみ》をそそるのが、ファビアン・グレイの秘密《ひみつ》の実験室であろう。グレイは、まだ魔法《まほう》図書館の見習いをしていたときに、魔法《まほう》の実験を行ったことで知られている。グレイが、アゾスと呼《よ》ばれる魔法《まほう》の液体《えきたい》の作り方を発見した場所も、この秘密《ひみつ》の実験室であったと信じられている。だが、アゾスの作り方を記したグレイのノートは、いまだ発見に至《いた》っていない。実験室の正確《せいかく》な場所は不明だが、魔法《まほう》図書館内のどこかにあるのはまちがいない」

「グレイのノートって、スイカズラおじさんがプラハまで探《さが》しに行ったけど、見つけられなかったんだよね。ぼくたちで見つけられたら最高なんだけどな」アーチーがいった。「だって、アゾスの作り方が書いてあるんだから。もしかして、アゾスの隠《かく》し場所もわかるかも」

三人は、北館の廊下《ろうか》に通じる、アーチ形の戸口をくぐった。アーチの真ん中についている髑《どく》髏《ろ》が、にやりと笑いながら三人を見おろしている。髑髏《どくろ》は〈超《ちょう》自然の魔法《まほう》〉のしるしだ。目の前の薄暗《うすくら》がりの中に、気味の悪い光を放つ階段《かいだん》があらわれた。〈青ざめ階段《かいだん》〉だ。壁面《へきめん》にあるたいまつの炎《ほのお》が、暗い階段《かいだん》を照らしている。たいまつ受けは、奇怪《きっかい》な獣《けもの》の鉤爪《かぎづめ》が生えた前足の形をしており、手すりに彫《ほ》りこまれた髑髏《どくろ》はどれも、ぞっとするような笑《え》みを浮《う》かべている。

暗い壁面《へきめん》には、北欧《ほくおう》の古代文字であるルーン文字やら魔法《まほう》のしるしやらがいっぱいに書かれていた。たいまつのぼおっとした明かりに照らされて、チョークで書かれたような文字やしるしが、妖《あや》しく光っている。

階段《かいだん》を上がりきったところに、ルパートが待っていた。

「急いでくれ。あんまり時間がないんだよ。グレイブズ部長がすぐにもどってくるって、アラベラがいってるんだ。ほら、こっちだよ」

〈青ざめ階段《かいだん》〉は、さらに上の階につづいているが、ルパートは暗い廊下《ろうか》の奥《おく》を指さした。廊《ろう》下《か》を歩いていくと、ふたたびアーチ形の入り口があらわれた。悪魔《あくま》の顔をしたガーゴイルの像《ぞう》がふたつ、門番のように立っている。

「ガーゴイル、二個《こ》いる！」アーチーが、ふざけた。

「正確《せいかく》にいうと、ガーゴイルじゃなくってグロテスクっていうんだって」と、アザミがいう。名所案内に書いてあるらしい。「ガーゴイルは、屋根の水落とし口の飾《かざ》りだけど、これは建物の中にあるし、立ってるだろ」

「どっちにしたって、ぼくは仲良くしたくないな。ほら、鉤爪《かぎづめ》の大きさを見てごらんよ！」

アーチーは、ブックエンド獣《じゅう》のことを思い出した。その昔、アレクサンドリア大図書館を守っていた、巨大《きょだい》なグリフィンの石像《せきぞう》だが、なんとアーチーの目の前で見る見る命を得て、血の通う生き物になったのだ。

「さっさと行こうぜ」ルパートが、三人を急《せ》かした。「ここにいると、なんだか背筋《せすじ》がぞくぞくしてくるよ。できるだけ早くすませちゃいたいんだ。幻獣《げんじゅう》動物園のほうが、ずっとましだよ！」

廊下《ろうか》を四分の三ほど行ったところにドアがあり、重そうな輪のさがった、真鍮《しんちゅう》のノッカーが取りつけてあった。ルパートが、大きな音で一度だけノッカーを鳴らした。

「入って」ドアの向こうから声がする。

四人は、中に入った。ゴシック様式の地下聖堂《せいどう》のように、天井《てんじょう》が高い部屋《へや》だ。石を敷《し》いた床《ゆか》の上に、礼拝堂《れいはいどう》にあるような木のベンチが置いてある。

一列になって入ってくる四人を、デスクの向こうにすわったアラベラが迎《むか》えた。デスクには、魔法界《まほうかい》のさまざまなシンボルが、猫脚《ねこあし》のところにまで彫《ほ》りこまれている。香料《こうりょう》入りのろうそくが燃《も》え、壁《かべ》に影法師《かげぼうし》がゆらめいていた。アラベラの足元に、古い本が何冊《なんさつ》か積んである。アーチー、アザミ、キイチゴ、ルパートは、木のベンチに腰《こし》をおろした。

「ここって、お墓《はか》みたいに冷えきってるよ」アザミが小声でアーチーにいい、えりを立てた。

「その言い方、ぴったりだね」アーチーが、ささやき返す。

「暖炉《だんろ》に火を燃《も》やすとか、やっといてくれればよかったのに。震《ふる》えながら勉強しろっていうのかよ？」

「ちょっと、アザミ。泣き言をいわないの」アラベラがいう。「時間がないんだから、早くすませようよ」

まず、アラベラが錬金術師《れんきんじゅつし》クラブの誓《ちか》いの言葉を唱えた。

「わたし、アラベラ・マックロウ・リプリーは、ここに、錬金術師《れんきんじゅつし》クラブへの忠誠《ちゅうせい》を誓《ちか》う。ふたたび魔法《まほう》の黄金時代をもたらすために、持てるかぎりの力をそそぐことを、ここに約束するものなり」

あとの四人も、順番に誓《ちか》いの言葉をくり返した。アラベラの前のデスクには『霊《れい》たちと共に働く・初心者のための超《ちょう》自然の魔法《まほう》入門』が置いてある。グレイブズ部長が書いた本だ。

「あんまり待たせないでよ」アザミが、震《ふる》えながらいった。「なにを見つけたっていうの？」

「グレイブズ部長は、こういってるの。三つの魔法《まほう》の中でいちばん力が強いのが〈超《ちょう》自然の魔《ま》法《ほう》〉だって。それに、いちばん危険《きけん》だともいってる。魔法《まほう》を書くときには、自分がどんな種類の魔《ま》法《ほう》を使っているか、わかってなきゃいけないの。暗黒の魔術師《まじゅつし》は、〈超《ちょう》自然の魔《ま》法《ほう》〉を使う。だから〈恐怖《きょうふ》の書〉は、すべて〈超《ちょう》自然の魔《ま》法《ほう》〉で書かれてるんだよ」アラベラは、四人の顔をぐるりと見まわしてからつづけた。「〈超《ちょう》自然の魔《ま》法《ほう》〉は、死霊《しりょう》の力を使うの。つまり幽《ゆう》霊《れい》、霊鬼《れいき》、悪鬼《あっき》、悪魔《あくま》、吸血鬼《きゅうけつき》、オオカミ男、バンシー、ゾンビ、フランケンシュタインみたいなゴーレム、死の直後にあらわれる死霊《しりょう》とか。わかるよね」

キイチゴが、「フン！」というように眉《まゆ》をあげた。

「いっちゃ悪いけど、そんなのだれでも知ってるよ。どうってことない話じゃないの？」

「そうだよ。だけど、問題は最初に魔《ま》法《ほう》を書くときは、どんな力を自分が使ってるかわからないかもしれないってことなの。だって、霊《れい》が書く人をだまして、自分に都合のいい呪文《じゅもん》を書かせようとするかもしれないじゃない。なんにも用心しないで、自分は〈大自然の魔《ま》法《ほう》〉を使って書いてるんだぞと思っていても、じつは暗黒の魔《ま》法《ほう》を書いちゃったってこともありうるわけ」

「そっか」アーチーは、ゴクリとつばを飲みこんだ。「そういうことも考えなきゃいけないんだね。だけど、自分がなんの魔《ま》法《ほう》を使って書いているか、どうやったらわかるの？」

「それを、あたしがこれから見せてあげようと思ってるわけ。もし、あんたたちが、やらせてくれるならね。うっかり暗黒の魔法《まほう》を書いてしまうのは、たいてい〈さまよえる本〉のせいなの。本に霊《れい》が取りつくと、その本は〈さまよえる本〉になっちゃうんだよ」と、アラベラは平気な顔で怖《こわ》いことをいう。「だから、どんな霊《れい》が取りついているか知らないと、とんでもないことになっちゃうの。これから、どうやって〈さまよえる本〉を見つけるか教えてあげるね。たいていの〈さまよえる本〉には、〈うらめし霊《れい》〉がついてるの。〈うらめし霊《れい》〉って、自分の望みや約束を果たせないまま死んでしまったのを、うらめしく思ってる幽霊《ゆうれい》のことだよ」

アラベラは、足元にある本の山から、二冊《さつ》を選びだした。

「さあて、ボランティアがふたりほしいんだけど」

「おねがいだから、早くやってよね」アザミが、ため息まじりにいう。

「じゃあ、あんたがボランティア第一号よ」アラベラは、薄《うす》いくちびるをちょっとゆがめて笑う。「それから、アーチー。あんたが犠牲者《ぎせいしゃ》第二号——じゃなくって、ボランティア第二号」

アザミとアーチーは、しぶしぶ一歩前へ出た。

アラベラは、選んだ本をふたりに一冊《さつ》ずつわたした。

「このうちの一冊《さつ》が〈さまよえる本〉なの。さあ、どっちだと思う？」

アーチーは、わたされた本を見おろして、首をかしげた。アザミは、わかるわけないよという顔で、肩《かた》をすくめている。

「そのとおり。見た目では、わかんないよね。だけど、見つける方法が、いくつかあるの。まず第一に、いちばんはっきりわかるのが温度よ。霊《れい》が取りついている本は、ほかの本と温度がちがうの。たいていは、冷たい——墓石《はかいし》みたいにね。でも、ほかより熱いこともあるよ。あんたたちにわたしした本は、どう？」

「これ、氷みたいに冷たいよ」指先で表紙をさわりながら、アザミがいった。

「うん、この本も」アーチーも、うなずいた。

「それはね、この部屋《へや》が寒いからなの」

「ちょっとお、ふざけてんのかよ」本をデスクに置いたアザミは、両手をこすりあわせて温めている。

アラベラは、いらいらしたように眉《まゆ》をあげ、アザミをにらんだ。

「二番目のヒントは、においよ。〈超《ちょう》自然の魔法《まほう》〉は、腐朽《ふきゅう》のにおいがするの。なにかが腐《くさ》っていくにおいのことだよ。さあ、その二冊《さつ》のにおいは？　ほら、かいでごらん」アラベラは、ふたりを急《せ》かせた。

アザミは、いやいやながら本に鼻をくっつける。

「ゲエッ！　古い羊皮紙のにおいだ！」

「あたしは、羊皮紙のにおい、好きだけどね」アラベラがいう。「だけど、〈超自然《ちょう》の魔法《まほう》〉とは、ぜんぜん関係ない。じゃあ、アーチー。あんたの本は？」

手にした本に鼻を近づけたとたんに、なんともいやなにおいがした。アンモニアのにおいに、胸《むね》が悪くなるような甘《あま》ったるいにおいがまじっていて、吐《は》き気《け》がする。アーチーは、顔をしかめた。

「これって、本の中でなにかがはいずりまわったあげくに、死んじゃったみたいなにおいがする！」

「まさに、そのとおりのことが、起こったんだよ」と、アラベラはいった。「アーチーの持ってるほうが〈さまよえる本〉なの。その本の場合は、腺《せん》ペストっていう、恐《おそ》ろしい病気が流《は》行《や》った時代にいた魔術師《まじゅつし》の〈うらめし霊《れい》〉がついてるんだよ。そいつは、腺《せん》ペストを魔法《まほう》の力で治す薬を完成したと思ってたんだけど、ある朝、目が覚めると死んでいて、自分が失敗したってわかったわけ」

アラベラは、アーチーの手から本を取ると、ぱっと表紙を開いた。とたんに、灰色《はいいろ》のもやのような幽霊《ゆうれい》が、本から立ちあがった。アラベラの頭上にのしかかるようにただよっている幽霊《ゆうれい》は、背《せ》が高い男の姿《すがた》をしていて、毛皮で縁取《ふちど》りした長いコートに、丸い縁《ふち》なし帽《ぼう》をかぶっている。

「今度こそ、成功したぞお！　牛の糞《ふん》と酢《す》から作った、あらゆる病気を治す薬だあ！」

そういう幽霊《ゆうれい》に向かってアラベラは命令した。

「はいはい。そこまでよ、バーソロマス・ブランディ！」

とたんに幽霊《ゆうれい》は、くしゃくしゃと縮《ちぢ》んで、するするとページの中に姿《すがた》を消した。

「ええっ！　どうしてできたの？」ルパートが、感心した。

アラベラは、つんとあごをあげた。

「あたしは、〈超自然《ちょう》の魔法《まほう》〉が、けっこう簡単《かんたん》にあやつれるの！　それに、グレイブズ部長がやるのを見てたからね。幽霊《ゆうれい》に命令できたのは、そいつの名前を知ってたからなんだよ。よおく、覚えといて。出所のわからない呪文《じゅもん》を書いちゃぜったいにだめってこと！〈うらめし霊《れい》〉っていうのは、危険《きけん》というよりかわいそうなんだよ。たいてい、自分の不幸にがんじがらめになってるからね。だけど、〈死肉霊《れい》〉は、ちがうの。墓場《はかば》を荒《あ》らして、死肉を食らうっていわれてる悪霊《あくりょう》で、この世に出てくるチャンスをねらってるんだよ」

「〈死肉霊《れい》〉がどうかしましたか？」グレイブズ部長が、研究室に入ってきた。「わたしの部屋《へや》で、いったいなにをしてるの？」

「部長《ぶちょう》がお書きになった本を、友だちに見せてあげようと思って」アラベラは、さっとアーチーたちのあいだに割《わ》りこんだ。

「ふうん」グレイブズ部長は、あやしいなという顔をしている。「さあ、仕事を始めなきゃ。ほかのみんなも、それぞれの係にもどって……」そこで、グレイブズ部長は口ごもった。いおうかどうか迷《まよ》っていることがあるようだ。けっきょく部長は、こうつづけた。「じつはまた、〈食らう者〉たちの襲撃《しゅうげき》があったそうなの。昨晩《さくばん》のことだけど。ロンドンにある王立魔法協会《まほう》に侵入《しんにゅう》して、アゾスを盗《ぬす》もうとしたんですよ。幸い、失敗に終わりましたけどね」


その晩《ばん》、イヌノキバ通りのフォックス家では、三人のいとこたちが王立魔法《まほう》協会の事件《じけん》について話しあっていた。

「アゾスを盗《ぬす》もうとした理由は、ひとつだけだよ」アーチーがいった。「つまり、アゾスを使って魔法《まほう》を書こうとしているやつがいるってことだ」

「うん、決まってるよね」アザミがうなずく。「だけど、犯人《はんにん》はだれなんだろう?」

「グルーム教授《きょうじゅ》って、王立魔法《まほう》協会から来たんだよね」アーチーは、考えこんだ。「教授《きょうじゅ》がやったのかな?」

「だけど、グルーム教授《きょうじゅ》だったら、わざわざ魔法《まほう》協会にしのびこむ必要なんかないじゃない？」と、キイチゴがいう。

「自分に疑《うたが》いがかからないように、外部のやつが侵入《しんにゅう》したって思わせたかったのかも」アザミがいった。「だいたいグルーム教授《きょうじゅ》は、どうしてまだ魔法《まほう》図書館にいるんだろう？　ブック・フェアの監督《かんとく》に来ただけだと思ってたけど」

「教授《きょうじゅ》は、魔法《まほう》の能力《のうりょく》を鑑定《かんてい》する仕事をしてるんだよ」と、アーチー。「最初から、ぼくたちの力をテストしようと思って、魔法《まほう》図書館に来たんじゃないかな。で、幹部《かんぶ》たちにそういうチャンスをもらったんだ」

「だいたい、どうしておれたちの力をテストしたいんだよ？」

「あたしたちに、魔法《まほう》を書く力があるかどうか知りたいのよ。そうに決まってるよ」

「あした、ぼくのテストをするって、教授《きょうじゅ》にいわれてるんだ」と、アーチーはいった。「だから、なにかわかるかも」

⑩ 本はささやく

つぎの日は、月曜日だった。グルーム教授《きょうじゅ》のテストを受けるために、アーチーが筆写室に行くと、扉《とびら》の鍵《かぎ》がかかっていなかった。そのまま中に入ると、いつものようにたいまつが燃《も》えだし、部屋《へや》の中を金色の光で照らしだす。

またしてもアーチーは、なんともいえない悲しみを感じた。その悲しみに無遠慮《ぶえんりょ》に入りこんで、かきみだしているような……。でも、そんなはずないよね。部屋が喜んだり、悲しんだりはしないもの。

アーチーは、あたりを見まわした。なにかが、前と変わっているような気がする。最初は、なにが変わったのかわからなかったが、ほこりよけの布《ぬの》がさらにはがされて、一列にずらりとならんだデスクが見えているせいだと気がついた。それぞれの前にベンチが置いてある。

アーチーは、いちばん端《はし》にあるデスクに手を置いて、なでてみた。悲しみといっしょに、つきあげるような情熱《じょうねつ》が伝わってくる。アーチーは目を閉《と》じて、アレクサンドリア大図書館にあった筆写室の光景を思いうかべた。生命とエネルギーにあふれ、ざわめいて……。

「きみには、感じられるんだろう？」

とつぜん声をかけられて、アーチーは飛びあがった。目をあけると、グルーム教授《きょうじゅ》がじっと見ている。

「それこそが、荒削《あらけず》りだが自然のままの魔法《まほう》の力なんだよ！」感きわまった声で、教授《きょうじゅ》はいった。「本や美術品《びじゅつひん》に残っている、かびくさい魔法《まほう》ではないんだ、アーチーくん。これから生まれようとしている、新しい魔法《まほう》の話をしているんだよ。この筆写室は、そんな空気で満ち満ちている。ここにあるデスクは、どれも魔法《まほう》の生まれる瞬間《しゅんかん》を目にしたものばかりなんだ！創《そう》造《ぞう》の瞬間《しゅんかん》が、しっかりと焼きつけられているんだよ」デスクのひとつをなでながらつづける。「デスクの木そのものに、細胞《さいぼう》のひとつひとつに、しっかりと魔法《まほう》が書きこまれている！」

「はい、ぼくもそう思います」アーチーは、目を見はりながらいった。

まさにグルーム教授《きょうじゅ》の言葉どおりのエネルギーを、アーチーも感じていたからだ。体の奥底《おくそこ》にあるものが、ざわざわと騒《さわ》ぎはじめている。なにかの原始的な力が、自分はここにいると主《しゅ》張《ちょう》しはじめているのだ。アーチーの好奇心《こうきしん》は、むくむくとふくれあがった。気分がうきうきしてきたが、いっぽうでは油断《ゆだん》するな、気をつけろという声が耳の中に聞こえていた。

グルーム教授《きょうじゅ》の目は、じっとアーチーにそそがれている。

「怖《こわ》がることはないんだよ。いいね、アーチーくん」

アーチーは、目をそらした。そんなふうに軽くいえるなんて、ほんと、うらやましいよねと思ったのだ。教授《きょうじゅ》の頭上には、股鍬《またぐわ》がないじゃないか！　手のひらに金の輪のしるしだって持っていないんだから。ときどき、アーチーは考えた。もしも魔《ま》法《ほう》や魔《ま》法《ほう》図書館のことを知らなかったら、いまごろどんな毎日を送っていたことか。すると、いつだって思わず知らず笑顔《えがお》になってしまうのだ。そうさ、まちがいなく退屈《たいくつ》で、うんざりする毎日を送ってる！　けれどもいっぽうで、アーチーは両肩《りょうかた》に負わされた責任《せきにん》の重みも感じていた。背負《せお》うには重すぎる荷物だ。

心の奥底《おくそこ》で、アーチーはわかっていた。アーチーがいちばん恐《おそ》れているもの。それは、ほかでもない自分自身だ。いざ決断《けつだん》しなければならないときに選択《せんたく》をあやまったらと思うと、怖《こわ》くてたまらない。だいたい、錬金術師《れんきんじゅつし》クラブを作ろうと、ほかの四人を説得したこと自体、まちがっていたのかもしれない。あのときは、魔《ま》法《ほう》図書館を救うために、どうしても『呪文《じゅもん》の書』を書きなおさなければと信じていたのだけれど……。

だが、そのときは錬金術師《れんきんじゅつし》の呪《のろ》いのことなど、これっぽっちも知らなかったのだ。ワタリガラスがあらわれて警告《けいこく》したことと、錬金術師《れんきんじゅつし》クラブを作らなければと思いこんでしまったことが、どこかでつながっているのだろうか？　そう考えると、あまり愉快《ゆかい》ではない。

グルーム教授《きょうじゅ》は、カバンをあけて大きなノートを取りだし、布《ぬの》をはずしたデスクに置いた。

「さあ、始めるとしようか。デスクにつきなさい」

いちばん端《はし》のデスクにすわろうとしたアーチーは、ちょっとためらった。どういうわけか、気が進まないのだ。

「ほら、すわったらどうだ」教授《きょうじゅ》は、青いレンズの入った〈想像鏡《そうぞうきょう》〉を取りだしながら、いらいらと手をふる。「どのデスクでもいいんだぞ」

そこで二番目のデスクを選んだが、これもよくない感じがする。指一本ふれていないのだが、なんだか落ち着かない。他人のデスクを占領《せんりょう》するような気がするのだ。アーチーは、ずらりとならんだデスクをながめた。どれも、ほこりよけの布《ぬの》を取ってあるが、いちばん最後のデスクだけは、まだかぶせてあった。どういうわけか、そのデスクにぐいぐい引きよせられるような気がする。アーチーがほこりよけの布《ぬの》を引っぱると、ひらりと床《ゆか》に落ちた。

アーチーは、そのデスクの前のベンチに腰《こし》かけた。

「よく来たな、アーチー・グリーン」おだやかな声が、ささやいた。「おまえは、よい選択《せんたく》をしたぞ」

アーチーは、ぎょっとなった。ええっ、デスクが話しかけたの？　まじまじとデスクを見つめてから、教授《きょうじゅ》のほうをうかがった。教授《きょうじゅ》は、まだカバンに鼻をつっこんで、なにやら探《さが》している。声に気がついたようすはない。アーチーは、頭をはっきりさせようと、ぶんぶんとふった。魔法《まほう》図書館に来てからというもの、魔法《まほう》の力を持った品物をずいぶん見てきた。でも、話しかけてきたのは、本だけだ。だから、いまの声も本にちがいない。

またもや、声が聞こえてきた。

「魔法《まほう》図書館の安全を守っている呪文《じゅもん》は、とても古くなっているのだ。どんどん弱くなってきている。闇《やみ》の力から魔法《まほう》図書館を守れる者は、おまえしかいない」

アーチーは、筆写室をぐるりと見まわした。見えるのは、台の上にある『ヨーアの書』と、ガラスドームに入っている三冊《さつ》だけだ。そのうちの一冊《さつ》が、話しかけたのだろうか？

「おまえは、だれなんだ？」

グルーム教授《きょうじゅ》に聞こえないように、アーチーは声をひそめてきいた。

「いずれ、わかる時が来る。おまえに危害《きがい》を加えるつもりはない。だが、ほかの者は、信用するな。用心しろ、アーチー・グリーン」

そのとき、グルーム教授《きょうじゅ》が顔をあげて、アーチーがいちばん端《はし》のデスクについているのに気づいた。

「そんな遠いところで、なにをしているんだね？」

アーチーは、「べつに……」というように肩《かた》をすくめてみせた。

「どのデスクでもいいっていわれましたから」

「たしかに、そうはいったが」グルーム教授《きょうじゅ》は、感無量の顔になった。「よりによって、そのデスクを選ぶとはな。じつは、ファビアン・グレイが使っていたものなんだよ」

アーチーの胸《むね》が、早鐘《はやがね》を打ちはじめた。ふいに、手のひらがじっとりと汗《あせ》ばんでくる。なにかの力で、そのデスクに引きよせられたのはたしかだった。ファビアン・グレイの足跡《あしあと》をたどるように、運命づけられているということなのだろうか？　アーチーは、ドームの中の〈運命の書〉を横目で見た。だが、さっきの声は、もう聞こえてこない。

グルーム教授《きょうじゅ》が、ノートを開いた。

「それでは、アーチーくん。まず最初に、〈ささやき人《びと》〉という、きみの特別な才能《さいのう》のことについて話してくれたまえ」

ふいにアーチーは、どぎまぎしてしまった。

「えっと、魔法《まほう》の本がしゃべってるのが聞こえるんですけど。でも、いつでも聞こえるってわけじゃなくって……」

グルーム教授《きょうじゅ》は、おもしろいことを聞いたというように、眉毛《まゆげ》をあげる。

「で、そういうことは、何回ぐらい起こったんだね？」

ノートになにか書きこみながらきく。

アーチーは、またもや肩《かた》をすくめた。教授《きょうじゅ》は、顔をあげる。

「いいかい、アーチーくん。もうちょっと協力してくれないと困《こま》るんだがね。なにもかも、すっかり話してくれないと、きみの魔法《まほう》の才能《さいのう》を評価《ひょうか》することができんのだから」

アーチーは、ちょっと考えてから答えた。

「あのう、けっこう何回かありました」

たったいまも聞こえたばかりだって、教授《きょうじゅ》にいったほうがいいのかな？　でも、どこから聞こえたかわからないので、黙《だま》っていることにした。

「十回以上かね？」

教授《きょうじゅ》は、勢《いきお》いこんできく。

アーチーは、うなずいた。

「つまり、きみには本の声が聞こえ、本にもきみの声が聞こえる……そういうことかね？　ということは、きみが本に命令すれば、本はそれに応《こた》えるのか？」

アーチーは、暗黒の魔術師《まじゅつし》バルザックを『魂《たましい》の書』から解放《かいほう》したときのことを思い返していた。

「えっと……はい、そうだと思います。そういう時もあるっていったほうがいいのかもしれないけど」

グルーム教授《きょうじゅ》は、はっとしたように顔をあげる。

「ほほう、じつにすばらしい」また、ノートになにやら書きこむ。「それで、最近もそういうことがあったのかね？」

「はい、つい最近もありました」

たった一分前にねと、アーチーは胸《むね》の中でいった。

なにか隠《かく》していると気づいたのだろうか、グルーム教授《きょうじゅ》は探《さぐ》るような目を向けてくる。

「きみは、『ヨーアの書』になにかをたずねたと聞いているが、そうなのかね？」

アーチーは、筆写室の隅《すみ》にある、大きな茶色い本に目をやった。

「ぼくの両親になにが起こったのか、きいてみたんです」

アーチーが自分の家族について知っているのは、おばあちゃんから聞いた、なんともおおざっぱな話だけだった。両親と、たったひとりの姉は、ヨーロッパ本土に向かう船で英国海峡《かいきょう》をわたっているときに遭難《そうなん》してしまったという。アーチーがオックスフォードに着いた日に、ロレッタおばさんが父親の持ち物だった本や写真をわたしてくれた。だが、母親について知っていることは、アメリアという名前だけだ。

だから、アーチーは『ヨーアの書』に両親のことをたずねたのだが、茶色い本が見せてくれたのは、魔法《まほう》の歴史の中でもとりわけ古い時代に起こった光景だけだった。それはなぜなのか、いまだにアーチーにはわからない。

「『ヨーアの書』が見せてくれたのは、アレクサンドリア大図書館にある〈恐怖《きょうふ》の書〉をバルザックが開こうとしているようすと、大図書館に火をつけるところだったんです」その光景を思い出しただけで、背筋《せすじ》に寒気が走った。「ぼくは炎《ほのお》に囲まれてしまったんですけど、ホークさんが助けてくれました」

「ふむ。それじゃ、ホークくんも『ヨーアの書』に入ったのかね？」

「いいえ、〈ブックフック〉を使って、救いだしてくれたんです。いまは、ほんとにバカなことしたなと思ってます」

「たしかに、バカだったな」グルーム教授《きょうじゅ》は、ノートから顔をあげて深くうなずいた。「だが、なかなか勇ましかったよ、そういいたいね。あやういところで逃《に》げだせたのは、運がよかったというだけでなく、きみが魔法《まほう》の力を持っている証《あかし》でもある」またもやノートになにやら書きつけている。「だが、このつぎはそんな幸運に恵《めぐ》まれないかもしれんぞ」

「このつぎって？　見習いは〈運命の書〉に相談なんかしちゃいけないんじゃないんですか？」

「うーむ」教授《きょうじゅ》は、うなった。「まあ、厳密《げんみつ》にいえばな。だが、いまはちっぽけな規則《きそく》にこだわってる場合じゃないだろう？　とにかく、我々《われわれ》は魔法《まほう》の未来を担《にな》ってるんだ。過去《かこ》の過《あやま》ちにしばられたりしてはいかん。進軍せよという太鼓《たいこ》のマーチにしたがって、前進するのみ。そうじゃないかね、アーチーくん」

アーチーは、面くらっていた。グルーム教授《きょうじゅ》は、魔法《まほう》図書館の幹部《かんぶ》たちとまったくちがっている。アーチーもまた、過去《かこ》にとらわれたりせず、前へ進みたいと思っていたから、なんだか教授《きょうじゅ》に元気づけられたような気がしてきた。

「教授《きょうじゅ》が、いいっていうのなら……」

「よろしい」グルーム教授《きょうじゅ》は、うなずいた。「だが、きみの身を守るものがなにか必要だな。魔法《まほう》のお守りのような。宝石《ほうせき》とか装身具《そうしんぐ》とか、そういうものだ。ゼブに聞いたんだが、きみはジョン・ディーにもらったお守りを持っているそうだな」

いつものように、緑色の水晶《すいしょう》は銀のチェーンで首にかけてあった。

「はい、ここにあります」

「ほおお、これはこれは！」グルーム教授《きょうじゅ》は、感服したように声をあげた。「エメラルド・アイじゃないか。わたしも聞いたことがある。魔法界《まほうかい》では有名だからな」

グルーム教授《きょうじゅ》は、緑色の水晶《すいしょう》をまじまじと見つめている。手に取りたいというように指を動かしているが、にっこりと笑っているだけだ。

「じつに美しい」うっとりとした声をもらす。「それに、大変な力を持っている。ほかの者にも譲《ゆず》りわたすことができただろうに、きみを選んだとはな。ジョン・ディーは、その理由を説明してくれたかね？」

「ぼくを守ってくれるだろうといってました。それから、いずれ必要な時が来るだろうって。でも、ぜったいにこの水晶《すいしょう》で自分の運命を見たりしてはいけないって、注意されました。いわれたのは、それだけだったな。なにしろ時間がなかったから、あんまり話してくれなかったたんです」

「なるほど、そうだろうなあ」教授《きょうじゅ》は、しみじみとつぶやいた。「だがな、アーチーくん。エメラルド・アイは、さまざまな魔法《まほう》の力を持っているんだよ。その力は、きみのような〈ささやき人《びと》〉の手にわたると、さらに強くなる。魔法《まほう》の本からも、きみを守ってくれるんだ。もちろん、暗黒の魔法《まほう》の本からもね。だが、その本を、ぜったいにじかに見つめたりしてはいけない。それに、エメラルド・アイは、きみの霊《れい》を守ってくれるんだよ。つまり、これを持っていれば、きみの分身は自由に歩きまわることができる。分身のことを、聞いたことがないのかね？」アーチーのぽかんとした顔を見て、教授《きょうじゅ》は説明してくれた。「分身というのは、きみの魂《たましい》の影法師《かげぼうし》のようなもので、実在《じつざい》はしていないんだ。たとえば、きみの分身は、なんの危険《きけん》もおかさずに『ヨーアの書』のような〈引きこみ本〉にも入ることができる。きみ自身は、いっさい危《あぶ》ない目にあうことはない。エメラルド・アイに害がおよばないかぎり、きみの身に危険《きけん》が降《ふ》りかかることはないんだ。分身を作るには、エメラルド・アイをにぎって、魔法名《まほうめい》を唱えればいい。ほら、きみが両親からもらった秘密《ひみつ》の名前のことだよ。そしたら、分身はきみの体を離《はな》れ、ふたたび魔法名《まほうめい》を唱えると、またきみにもどる」

「そうなんだ」教授《きょうじゅ》の言葉を聞いて、アーチーはがっかりした。「それじゃ、ぼくは分身を作れません。そんな秘密《ひみつ》の名前なんて、もらってないから」

グルーム教授《きょうじゅ》は、アーチーの顔をしっかりと見ていった。

「いいや、ぜったいにもらっているよ。きみの両親が、そんな大切なことを忘《わす》れるはずがない。魔法名《まほうめい》は、家族のだれかの名前や、あだ名ってこともあるんだよ。それから、もうひとつききたいんだが、きみは幻獣《げんじゅう》から羽根ペンをもらったりしなかったかね？」

「いえ、もらってません」

「そうか。ひょっとして……と思ったんだがな」教授《きょうじゅ》は、つぶやいた。「それからアーチーくん。ここで話したことを、ほかの見習いたちにいってはいけないよ。きみが大変な魔法《まほう》の才能《さいのう》の持ち主だということは、すでにわかった。だが、そのためにねたまれることもあるからな。

じつは、ファビアン・グレイにもおなじことがあったんだ。グレイの魔法《まほう》の力は、たぐいまれなものだった。どうやら彼《かれ》は、読んだものをそのまま写真のように頭に焼きつける記憶力《きおくりょく》の持ち主だったらしい。つまり、魔法《まほう》の本を一度読めば、すべての文章や呪文《じゅもん》を記憶《きおく》できたということだ。だが、周囲の者は、彼《かれ》のそんな力をこころよく思わなかった。ほかの見習いたちに、嫉妬《しっと》されたんだよ。そして、すでに知っていると思うが、ほかの錬金術師《れんきんじゅつし》クラブのメンバーとともに姿《すがた》を消さざるをえなくなった。彼《かれ》の名前は、墨《すみ》で塗《ぬ》りつぶされてしまったんだ」グルーム教授《きょうじゅ》は、かぶりをふった。「かくも優《すぐ》れた才能《さいのう》が、まことに残念なことだ。アーチーくん、きみにはグレイと似《に》たところがたくさんある。グレイもきみのように、頭上に股鍬《またぐわ》を持っていたんだよ。あの男が選択《せんたく》をあやまりさえしなければなあ。

とにかく、アーチーくん。魔法名《まほうめい》を思い出したら、すぐにわたしのところに来るんだよ。いっしょけんめい考えれば、名前のほうからあらわれてくる。魔法名《まほうめい》というのは、よくそういうことをするんだ」

その日は一日じゅう、いろんなことがアーチーの頭を離《はな》れなかった。ゼブじいさんとも、ひと言かふた言しかしゃべらなかった。グルーム教授《きょうじゅ》と話をしたせいで、考えなければいけないことを山ほどかかえこんでしまった。

ロンドン大火のあった晩《ばん》、ファビアン・グレイにいったいどんな災難《さいなん》が降《ふ》りかかったのだろう？　それを見つけるヒントを、グルーム教授《きょうじゅ》はアーチーに教えてくれた。だが、まずは魔法《まほう》名《めい》を見つけなければ始まらない。とてつもなく大きいわらの山から、ちっちゃな針《はり》を探《さが》しだすようなものだけれど……。

⑪ 幻獣《げんじゅう》動物園

つぎの日、見習いの仕事を終えたあと、ルパートが幻獣《げんじゅう》動物園を見学させてくれることになった。ルパートは、〈大自然の魔法《まほう》〉部に付属《ふぞく》する幻獣《げんじゅう》動物園で見習いをしているのだ。

アーチー、キイチゴ、アザミ、アラベラは、まず西館に入り〈大自然の魔法《まほう》〉部のドアをあけた。ドアには、一本の木に稲妻《いなずま》が落ちているしるしがついている。それから、四人は階段《かいだん》をのぼって三階に行った。

ルパートが、動物園の前で四人を待っていてくれた。重いオークのドアをあけて先に中に入ると、ルパートはいかにもうれしそうな笑顔《えがお》でいった。

「幻獣《げんじゅう》動物園へ、ようこそ！」

目の前には、長くて暗い通路がつづき、ランプの金色の光にぼんやりと照らされている。通路の両側には檻《おり》や囲いがならび、なにやら動きまわっている気配がした。

アーチーが最初に気づいたのは、においだった。馬糞《ばふん》とわらのにおいがまじりあっていて、農場に来たようだ。ニワトリのコッコッと鳴く声や、ブタがブウブウ鼻を鳴らすのが聞こえてくるかも。だが、幻獣《げんじゅう》動物園から聞こえてきた声は、まったくちがっていた。いななくような声が聞こえたが、こんな声の馬には会ったことがない。まるで音楽のようで、何時間も聞いていていたいほどだ。ほかにも、いったいどんな動物のものか見当がつかない、奇妙《きみょう》な声が聞こえてくる。鼻を鳴らしたり、羽ばたいたり、キイキイ声をあげたり。それに、吠《ほ》えているものも。なかでも恐《おそ》ろしいのは、強力なエンジンのように響《ひび》きわたる、低い、脈打つようなうなり声だ。

「餌《えさ》をやる時間なんだよ」ほがらかな声で、ルパートがいう。「よかったら手伝ってくれないか。そこのバケツをさげて、ついてきてよ」

ドアの横に、木製《もくせい》のバケツが一列にならんでいる。明かりが暗いので、なにが入っているのか、はっきり見えない。ルパートは、端《はし》にあったバケツをさげると、通路を歩きだした。ほかの四人もそれぞれバケツをさげて、ついていった。

最初の囲いには、モルモットのような動物が何匹《なんびき》か入っていた。

「クンクンだよ。とっても人なつっこいんだ」

ルパートは、小さな戸をあけて中に入った。クンクンが足元に群《むら》がって、うれしそうに鼻をすりよせてくる。ルパートは、バケツの中の穀物《こくもつ》をひとつかみ床《ゆか》にばらまいた。クンクンは頭をさげて、クンクン鼻を鳴らしながらごちそうを探《さが》しまわっている。

「すっごくかわいい！」キイチゴが、いった。「でも、ちっとも幻獣《げんじゅう》みたいじゃないよ」

「いまにおどろくぞ」と、ルパート。

そのとき、アザミが囲いに入った。とたんに、餌《えさ》を漁《あさ》っていた一匹《ぴき》が、ぱっと消える。たったいまここにいたと思ったのに、きれいさっぱり姿《すがた》を消してしまったのだ。

「ええっ、どこに行っちゃったんだよ？」アザミがきいた。

「クンクンは、特別な方法で身を守ってるんだよ。姿《すがた》を消す酵素《こうそ》を隠《かく》しもっていて、危険《きけん》が迫《せま》ると消えちゃうんだ」

と、さっきのクンクンがまたあらわれて、アザミの足に鼻をこすりつけた。

「アザミが敵《てき》じゃないってわかったのさ」ルパートは、餌《えさ》の穀粒《こくつぶ》をひとつかみ投げてやった。

「きみのこと、気に入ったみたいだよ！　さあさあ、もう行くよ」

ルパートは四人を囲いから追いだして、戸を閉《し》めた。

「つぎは、デズモンドだ」つぎの檻《おり》に向かいながら、ルパートはいった。「ドードーだよ」

ガアガアと鳴きながら、大きなくちばしと短い脚《あし》の風変わりな鳥がよたよたあらわれた。

「ドードーは、絶滅《ぜつめつ》したと思ってたけど」と、アラベラがいう。

「シーッ！　デズモンドに聞こえるぞ。こいつ、自分が絶滅鳥《ぜつめつちょう》だってこと、まだ知らないんだから。魚を二、三匹《びき》投げてやってくれないか」アラベラのバケツを指さす。

「で、ドリュアスがいるのがここだよ」囲いの中に、びっしりと木が茂《しげ》っている場所のことだ。

「ドリュアスって、木の精《せい》のことなんだ。やあ、オーク！」

ルパートは、声をかけて手をふるが、ほかの四人には、なにも見えない。

「どこにいるの？」

アーチーは、茂《しげ》ったオークの枝《えだ》のあいだをすかしてみた。

「ほうら」ルパートが指さす。「見えるだろ？」

たしかに、頭にドングリのはかまをかぶった、身の丈《たけ》十五センチくらいのこびとのようなものがいる。

「それから、あっちがニレとトネリコだよ」

ドリュアスたちは、食べ物をもらおうと木からおりてきた。

「ドリュアスは、ナッツとベリーを食べるんだ。キイチゴのバケツに入ってるよ」

キイチゴは、赤いベリーとナッツをつかみだした。ドリュアスたちは、はずかしそうに近《ちか》寄《よ》ってきたと思うと、いきなり突進《とっしん》してきてベリーとナッツを取った。

つぎの檻《おり》は金網《かなあみ》でおおわれ、背《せ》の高いドアに墨《すみ》を塗《ぬ》ったガラスがはめてある。中から、金属《きんぞく》製《せい》の翼《つばさ》を羽ばたくような音が聞こえてきた。

「スチュムパーロスだよ。人食い鳥で、糞《ふん》に猛毒《もうどく》があるんだ。ここは、パスしよう」

「ふつうのペットショップじゃ買えないな！」

アーチーがいうと、ルパートは笑いだした。

「そりゃそうだよ。どう考えても、ペットじゃないもの！」

「ちょっとだけ見ちゃだめ？」アザミが、墨《すみ》を塗《ぬ》ったガラスからのぞこうとしている。

「やめたほうがいいよ。スチュムパーロスは、ひと目にらんだり、息をひと吐《は》きしたりするだけで、人間を殺せるんだ。ぼくたちが餌《えさ》をやるときも、かならず目隠《めかく》しをする。スチュムパーロスの毒にやられないのは、クンクンだけなんだよ」

「パスしたほうがいいかも」あわててアザミは、となりの檻《おり》に移動《いどう》した。

「あっちにいるシカみたいなのは、ゴールデンハインド。それから、あのヤギみたいなのがサチュロス」ルパートは、いちだんと大きな檻《おり》をふたつ指さした。「で、あれがサイモン。赤腹《あかはら》のサラマンダーで、火トカゲともいわれてる。火の中にいても焼けないんだ。ほら、ぼくのカフスボタンを食べちゃったやつだよ」

サイモンはピンクがかった火トカゲで、ぱんぱんに育ちきったブタのような図体をしている。

「今日は、カフスボタンはやらないぞ、サイモン。おまえは、ダイエットしなきゃな」

ルパートは、キイチゴのバケツを取って、檻《おり》の戸の下から中身を投げいれてやった。

火トカゲは、たちまちピンクから黄色に変わったと思うと、烈火《れっか》のごとく怒《おこ》るという言葉そのままに真っ赤に染《そ》まった。

「うわっ！」ルパートが、声をあげる。「サイモンが、火を吐《は》くぞ。気をつけろ！」

みんながわきによけたとたん、火トカゲは大きく口をあけて、炎《ほのお》を金属製《きんぞくせい》の戸に吹《ふ》きつけた。

となりの檻《おり》から、大きく鼻を鳴らす音が聞こえた。檻《おり》の戸には、頑丈《がんじょう》な鉄の横棒《よこぼう》が取りつけてある。檻《おり》の中からにらんでいるのは、バッファローそっくりの、とてつもなく大きな頭をした動物だ。二本の鋭《するど》い角が生えており、胴体《どうたい》は人間とおなじだが、脚《あし》やひづめは牛のものだ。

「ミノタウロスだよ」ルパートは、名前だけで説明は不要といいたそうな顔をしている。「こいつは、いっつもなにかに怒《おこ》ってるんだ」

とたんに、怪物《かいぶつ》ミノタウロスが吠《ほ》えた。さっき入り口で聞いた声だ。頭をさげて足で地面をかき、突進《とっしん》する態勢《たいせい》に入っている。あわてて後ろに飛びのいたとたん、ミノタウロスの角が檻《おり》の戸に激突《げきとつ》して、動物園じゅうが地震《じしん》のようにゆれた。

「檻《おり》の戸を鉄棒《てつぼう》で補強《ほきょう》しといてよかったよ」と、ルパートがいう。「きっと腹《はら》ぺこなんだ」

ルパートが檻《おり》の中になにやら投げてやると、ミノタウロスはさっとつかんで、隅《すみ》のほうに行った。

アーチーたちは、目を丸くして顔を見あわせた。

「ここにいるのが、気に入らないみたいだね」アーチーは、いった。

「そうなんだ。だけど、こいつをオックスフォードの街に放したら、どうなると思う？」ルパートはそういってから、四人をうながした。「さあ、行こう。ぼくのいちばんのお気に入りを見せてあげる」

そこは、ほかの囲いよりずっと広かった。でも、なにかいるようには見えない。

「しーっ！」ルパートが、くちびるに人さし指を当てる。「静かにして。あの子が、おびえちゃうから」

「なんにも見えないよ」アラベラがいう。

「あそこだよ。見てごらん」ルパートが、ささやいた。

四人が目にしたのは、なんともみごとな白馬だった。ぴくりとも動かないので、最初はわからなかったのだ。

「ペガサスだよ」ルパートが、声をひそめていう。「世界で最後の翼《つばさ》のある馬だ」

ルパートがささやいていると、美しい馬は小走りに前に出てきてから、ゆっくりとかけはじめた。

「運がよければ、もう少し近寄《ちかよ》ってくるんだけどな。でも、はずかしがり屋なんだ」

そういうとルパートは、囲いの戸をあけて中に入った。ルパートが口笛を吹《ふ》くと、ペガサスは耳をぴくっとそばだてる。

両方の脇腹《わきばら》に、白い翼《つばさ》がたたまれている。その翼《つばさ》が革《かわ》ひもでしばりつけられているのを見て、アーチーはショックを受けた。

「この子、空を飛べないようにしてあるの?」円を描《えが》いてかけているペガサスを見ながら、アーチーはきいてみた。

ルパートは、悲しそうにうなずいた。

「そうなんだ。ぼくがここで働きだしてから、一度も飛んでいない。翼《つばさ》をしばっておかなきゃいけないんだよ。囲いの中も飛べるほど広くないし、虫干《むしぼ》し館《かん》に出したりしたら、危《あぶ》ないからね。だれかが見つけたら、つかまえて動物園に送っちゃうかもしれないし。この子は、動物園なんか、大嫌《だいきら》いなんだ。しょっちゅうじろじろ見られるのがいやなんだよ」それから、ルパートはこんな話をした。「空を飛ぶってことで思い出したんだけど、グルーム教授《きょうじゅ》にテストを受けたときに、教授《きょうじゅ》は羽を持ってる動物のことを、しきりに聞きたがってたんだよ。そういう動物が、ぼくに羽をくれたことはないかってきかれたんだ」

「へええ、おもしろいな。ぼくも教授《きょうじゅ》におなじようなことをきかれちゃった」

「アーチー。昔の錬金術師《れんきんじゅつし》クラブのメンバーも、ぜったい幻獣《げんじゅう》に羽をもらったんだよ。五人のメンバーが、それぞれちがう幻獣《げんじゅう》の羽からできた羽根ペンを持ってたんだ。そのうちの三本は、いまも筆写室に保管《ほかん》されてるんだよ」

⑫ プディング通り

錬金術師《れんきんじゅつし》クラブの二回目の集まりは、週末に開くことになった。もっといい場所がないか探《さが》したが、けっきょく今回も筆写室にしようということになった。

グルーム教授《きょうじゅ》に魔法名《まほうめい》をきかれてから、アーチーはさんざん考えたが、いまだに見つけることができなかった。まずはエメラルド・アイをにぎって、知っているかぎりの家族の名前を声に出していってみたのだが。最初におばあちゃんのガーデニア、それから父さんのアレックスとその正式な名前のアレグザンダー、そして母さんのアメリア……。

魔法名《まほうめい》を口に出したらなにが起こるか、はっきりわかっていたわけではない。でも、もし見つけることができたら、分身を作る呪文《じゅもん》もわかるにちがいない。アーチーは、アーチボルドという自分の正式な名前まで試《ため》してみたし、フォックス家の家族の名前もいってみた。ロレッタ、スイカズラ、キイチゴ、アザミ。それから、ひょいと思いついて、アレクサンドリア大図書館の館長の名前、オバデヤ・グリーン。フォックス家のネコ、ティモシーや、おばあちゃんの犬、ミスター・バーカーまで。

でも、思わぬところから助け船がやってきたのだ。

アーチーが、錬金術師《れんきんじゅつし》クラブの集まりのために筆写室に入ると、昔のメンバーを描《えが》いた例の絵の前に、ルパートが立っていた。

「どうかしたの、ルパート？」

ルパートは、びっくりしてふりむいた。

「ああ、おどろいた。なんでもないんだ。この絵を見てただけだよ」

それからルパートは、絵の中のひとりを指さした。

「これって、ぼくの先祖《せんぞ》のロデリック・トレヴァレンだよ」濃《こ》い色の髪《かみ》をした、背《せ》の高い青年だ。「この人のこと、調べてみたんだ。すっごく若《わか》いときに死んじゃったんだって。いまのぼくと、そんなに変わらない年だった。事故死《じこし》だってさ」

なるほど、青年はルパートとよく似《に》ている。アーチーは、ほかのメンバーの肖像《しょうぞう》も、じっくりと見てみた。

右端《みぎはし》にいる若《わか》い女の人が、冷たい、灰色《はいいろ》の瞳《ひとみ》でこっちを見ている。アンジェリカ・リプリーにちがいない。どうやらアラベラの瞳《ひとみ》の色は、ご先祖譲《せんぞゆず》りらしい。とにかくアラベラにそっくりだ。アンジェリカ・リプリーのとなりにいる青年は、スイカズラおじさんを若《わか》くしたように見える。この人が、ブラクストン・フォックスだ。

「これは、ファビアン・グレイだな」と、ルパートがいう。「後ろを向いてる濃《こ》い色の髪《かみ》に白髪《しら》がまじってる男だよ。魔法《まほう》図書館の見習いをしてたときに、ショックを受けて、白髪《しらが》になったんだって。『予言の書』を開いたせいで、正気を失ったらしいよ」

グレイは片手《かたて》をあげて、奥《おく》にある開いたドアを指さしている。もう片方《かたほう》の手に、きらりと光るものが見えた。

「これ、なにを持ってるのかな？」アーチーは、きいてみた。

「ベヌーの羽でできた、金色の羽根ペンだよ。ほら、ベヌーって、太陽神の化身っていわれてた鳥のことさ。魔法《まほう》の羽根ペンのなかでも、いちばん強力だっていわれてる。でも、グレイが姿《すがた》を消すと、金色の羽根ペンもなくなってしまったんだ」

近寄《ちかよ》ってみると、たしかに羽根ペンの形がわかった。

アーチーは、手をのばした。なにかが起きると思っていたわけではないが、指先がふれた表面はやっぱり固いままで、ただの絵であることに変わりなかった。

「アーチー、なにやってるの？」ルパートが、目を丸くしている。

「ちょっと試《ため》しただけ」自分でも、バカなことをしたなと思った。

そのとき、ほかの三人がやってきた。すぐに、みんなで輪になった。

いつもとおなじように、集まりは誓《ちか》いの言葉で始まった。キイチゴが最初の番だ。それから順ぐりに誓《ちか》いを立てていき、アーチーの番になった。

アーチーは、目を閉《と》じた。

「ぼく、アーチボルド・オバデヤ・グリーンは、ここに……」

そこで、アーチーはちょっぴり薄目《うすめ》をあけてしまった。アザミがデスクの上に置いた『魔法《まほう》の名所案内』が目に入る。ちょうど見返しのところが開いていた。アーチーたちのおじいちゃんが、自分のあだ名を書いたところだ。ブラッキーか……ちょっと待てよ。グルーム教授《きょうじゅ》はいってたじゃないか。魔法名《まほうめい》は、家族で代々《だいだい》受け継《つ》がれてきたあだ名ってこともあるって。おじいちゃんは、世界じゅうをぶらつきまわるのが好きだったから、ブラッキーと呼《よ》ばれていた。父さんや母さんは、そのあだ名をアーチーの魔法名《まほうめい》にしたのかも。

アーチーは、シャツの中に手を入れて、エメラルド・アイをにぎった。ぎゅっと力を入れると、緑色の水晶《すいしょう》が暖《あたた》かい光を放ちはじめる。ふたたび目を閉《と》じて、ひと言つぶやいた。

「ブラッキー」

とたんに水晶《すいしょう》が脈打ちはじめた。いままで経験《けいけん》したことのない感覚が、体じゅうに走る。体から自分がぬけだしていくような……。

「ひゃあ！　すっごく変な感じ！」目をつぶったまま、アーチーは大声をあげた。「キイチゴは、どう？　なにか感じてる？」

返事はない。

「アザミは？」

やはり、答えはない。

「ルパート？　アラベラ？」

アーチーは、目をあけた。みんな、なにごともなかったように、おしゃべりをしている。

アーチーは、キイチゴに一歩近づいた。動いたあとに、燐光《りんこう》のような青白い光が筋《すじ》になって残っている。両手を見ると、ちらちらゆれうごいていて、幽霊《ゆうれい》の手のようだ。ふりむくと、なんと目の前にアーチー自身が立っているではないか。まだエメラルド・アイをにぎったまま。魔法名《まほうめい》の呪文《じゅもん》が、ついに効《き》き目《め》をあらわした。とうとう分身を作ることができたじゃないか！

アーチーは、四人の仲間に目をやった。相変わらずおしゃべりをつづけている。みんなは、アーチーもいっしょにいると思いこんでいるのだ。そこにいるアーチーは、あいそのいい笑《え》みを浮《う》かべているけれど、なにもしゃべっていない。笑《え》みを貼《は》りつけているだけで無表情《むひょうじょう》なのだが、だれもそのことに気づいていない。

アーチーは、背筋《せすじ》がぞくぞくしてきた。ついに自分で魔法《まほう》をかけることができた！　でも、呪文《じゅもん》の効《き》き目《め》があったのはわかったが、これからどうすればいいのだろう？　だいじょうぶ。アーチーは、前もって、ちゃんと考えていた。昔の錬金術師《れんきんじゅつし》クラブが犯《おか》した過《あやま》ちをくり返さないためには、ロンドン大火の夜、プディング通りでなにがあったのか知らなければならない。いまこそ、それを知るチャンスなのだ。

グルーム教授《きょうじゅ》によれば、『ヨーアの書』によって分身が過去《かこ》の世界に入っても、アーチー自身に危険《きけん》がおよぶことはないという。アーチーは『ヨーアの書』の前に行き、はっきりした声できいた。

「ファビアン・グレイがロンドン大火を起こした夜、いったいなにが起こったんだ？」

サンドペーパーをこするような声が聞こえた。前に『ヨーアの書』に問うたときに聞いたのとおなじ声だ。

「過去《かこ》のできごとは、すでに終わっているのじゃ」しゃがれ声がささやく。「過去《かこ》を乱《みだ》そうとする者がいても、決して変えられるものではない。だが、そう試みたことで、その者自身は変えられてしまうかもしれんな」

「それでもいいんだ。思いきってやってみるよ」

すると、『ヨーアの書』がさっと開いた。風に吹《ふ》かれているように、パラパラとページがめくられていく。そしてふたたび、パタッと閉《と》じた。

「おまえのページに、しるしがつけられた」しゃがれ声がいう。

アーチーは、栞《しおり》がはさまれているページを開いた。ページの上部に、日付が記してある。

一六六六年九月二日。ロンドン大火が起こった日だ！　ページにふれようと手をのばすと、その手はページをつきぬけていく。耳の中にゴーッという音が響《ひび》き、アーチーは目を閉《と》じた。煙《えん》突《とつ》に吸《す》いあげられる煙《けむり》のように、アーチーは『ヨーアの書』に引きこまれた。


目をあけると、そこは夜の帳《とばり》がおりはじめている街角だった。道の両側には、テラスハウスと呼《よ》ばれる、となりどうし壁《かべ》で仕切られたひとつづきの家々《いえいえ》がならび、ろうそくの明かりが窓《まど》からもれている。あたりは霧《きり》が立ちこめ、一メートル先も見えないほどだ。

鐘《かね》が鳴りわたり、「ただいま、十時なり！」と呼《よ》ばわる声がする。

街を巡回《じゅんかい》している触《ふ》れ役《やく》が、時刻《じこく》を告げているのだ。触《ふ》れ役《やく》の黒い影《かげ》が、霧《きり》の中からぬーっとあらわれる。と、反対方向からまたひとり、紺色《こんいろ》のマントをまとった男があらわれた。その男を見たとたんに、アーチーは妙《みょう》な気分になった。首筋《くびすじ》の髪《かみ》が、ざわざわと逆立《さかだ》つのがわかる。前に会ったことがあるような気がするのだが、どこで会ったのかわからない。

「少々《しょうしょう》たずねたいのだが」紺色《こんいろ》のマントの男は、触《ふ》れ役《やく》に声をかけた。「プディング通りのトマス・ファリナーの店を探《さが》している」

「あすこだよ」触《ふ》れ役《やく》は、指さした。

「ありがとう。それにしても、いまいましい霧《きり》だな。なにも見えやしない」

「おれにいわせてもらえば、不自然な霧《きり》だよ。また、頭のおかしな魔術師《まじゅつし》たちが、なんかやらかしてるにちがいねえ。連中は、ファリナーのパン屋に集まってるんだ」

つまり、当時はムボービたちも、錬金術師《れんきんじゅつし》クラブのことを知っていたということだ。触《ふ》れ役《やく》は、なんだかうさんくさいと思ってるみたいだけど、当時はふつうの人たちも魔法界《まほうかい》のことを大目に見ていたんだな……。そこまで考えて、アーチーは、はっとした。だってここは、大火のせいで魔法界《まほうかい》の方律《ほうりつ》ができる前のロンドンじゃないか。魔法《まほう》を使うことを、まだ禁《きん》じられていなかったんだよ。このあとで、すべてが変わっちゃうんだ。

まさにこの夜、魔法界《まほうかい》の歴史が変わってしまうできごとが起こることになる。そして、パン屋のトマス・ファリナーが、ロンドン大火を引きおこした張本人《ちょうほんにん》として、ムボービの歴史に残ってしまうのだ。

アーチーは、あたりの空気をかいでみた。硫黄《いおう》と、ヴァニラのような甘《あま》いにおいがまじりあっている。魔法《まほう》のにおい、アモーラだ。

ファリナーの店をきいた男は、マントのえり元を引きあわせた。アーチーは、男が霧《きり》の中へ消えていくのをじっと見ていた。アーチーの胸《むね》は、いままで経験《けいけん》したことのない悲しみでいっぱいになっていた。充《み》たされることのない憧《あこが》れ、だれかを永遠《えいえん》に失ってしまったような虚《むな》しさといったほうがいいだろうか。ふいに、あとを追いたいという衝動《しょうどう》にかられたが、男はすでに霧《きり》の中に姿《すがた》を消していた。

触《ふ》れ役《やく》の男は巡回《じゅんかい》をつづけて左手の路地に入っていき、アーチーだけが通りに取りのこされた。アーチーは、もう一度あたりの空気をかいでみた。アモーラのほかに、なにやら甘《あま》いにおいも――チョコレートだ！

アーチーは、チョコレートのにおいをたどっていった。においは、左手にある建物からもれてくる。窓《まど》の上にかけてある看板《かんばん》には「クィルズ・チョコレートハウス。店主・ジェイコブ・クィル郷士《ごうし》（郷士《ごうし》はナイトに次ぐ紳士《しんし》階級）」と書いてある。そういえば、クィルズ・チョコレートハウスは、最初はロンドンにあったと聞いたことがある。これが、その店にちがいない。アーチーは、思わずにんまりした。

クィルズのとなりの店には、「焼きたてのパン」と書いた看板《かんばん》がかかっている。「店主トマス・ファリナー・王室御用達《ごようたし》・一六四六年創業《そうぎょう》」そこまで読んだとき、足音が聞こえた。こっちへ近づいてくるようだ。

最初は姿《すがた》が見えなかったが、すぐに霧《きり》の中から真っ赤なマントの男がぬっとあらわれた。はっきりと顔立ちは見えないが、あの絵の肖像《しょうぞう》とおなじく濃《こ》い色の髪《かみ》に白髪《しらが》がひと束まじっている。ファビアン・グレイだ。

グレイは、まっすぐにこっちを見た。だが、アーチーの分身は、影法師《かげぼうし》くらいにしか見えないらしい。

グレイがパン屋に入ろうとしたとき、さっき街の触《ふ》れ役《やく》と話していた男が霧《きり》の中から姿《すがた》を見せた。男とグレイが、なにごとか短く言葉を交《か》わす。男は、グレイに羊皮紙の紙切れに書かれたメモをわたしてから、ふたたび霧《きり》の中に消えた。グレイは、メモに目を通した。それから、ちょっと立ったまま考えていたが、メモをポケットに入れると、パン屋のドアをあけた。地下室に通じる階段《かいだん》をおりていくのが見える。アーチーは、すばやくグレイのあとを追って階段《かいだん》をおりた。

階段《かいだん》の下は、天井《てんじょう》の低い、せまい廊下《ろうか》だった。グレイの姿《すがた》は見えない。前方のドアの下から、明かりがひと筋《すじ》もれている。アーチーは、そっとドアに近づいて耳を当てた。

くぐもった声が聞こえてくる。ひざをついて鍵穴《かぎあな》からのぞいてみた。影法師《かげぼうし》のような姿《すがた》が、五つ動いている。

明かりは暗かったが、肖像画《しょうぞうが》を見ていたアーチーは五つの人影《ひとかげ》がだれなのかわかった。アンジェリカ・リプリー、フェリシア・ナイトシェイド、ロデリック・トレヴァレン、ブラクストン・フォックス。グレイはドアに背《せ》を向けていたが、濃《こ》い髪《かみ》の中のひと束の白髪《しらが》は見えた。

「すっかり準備《じゅんび》ができたのか？」グレイがきいた。

「ええ」と、フェリシアが答える。「あなたの手紙に書いてあった指示《しじ》どおりに用意したわ」

地下室は、アーチーが想像《そうぞう》していたのより広かった。部屋《へや》の真ん中に、たいまつが五本燃《も》えている。錬金術師《れんきんじゅつし》クラブの五人はたいまつの火を囲み、おたがいに向かいあって立っていた。

グレイが、四人に告げた。

「アゾスは、四つの要素《ようそ》からできている。水、土、空気、そして火だ。それぞれが、四つの要《よう》素《そ》のひとつを持ってくるように指示《しじ》しておいたはずだ。指示《しじ》どおり、持ってきたか？」

四人は、うなずいた。たいまつの明かりで、それぞれがなにかを手にしているのがわかる。

グレイは自分の袋《ふくろ》をあけ、一冊《さつ》のノートとクリスタルのゴブレットを取りだした。

「これから、ゴブレットをまわす。それぞれが正しい順序《じゅんじょ》で、持ってきたものを入れてくれ。きみからだよ、ブラクストン」

ゴブレットをわたされたブラクストン・フォックスは、みんなに見えるようにかかげてから、液体《えきたい》をそそぎいれた。

「高みにある水。ヒマラヤ山脈の最高峰《さいこうほう》で集めた雨水」大きな声でいう。

フォックスがゴブレットをとなりにまわすと、ロデリック・トレヴァレンが茶色い粉のようなものを入れる。

「地の塩。火山の噴火口《ふんかこう》から取った土」

つぎは、アンジェリカ・リプリーだ。小さな革《かわ》の袋《ふくろ》をかかげてみせる。ふいごだ。アンジェリカは、吹《ふ》き出し口をゴブレットの中に入れた。

「罪《つみ》なき息。生まれたての赤んぼうが、初めて吐《は》いた息」

リプリーが革《かわ》のふいごを押《お》すと、吹《ふ》き出し口からシューッと空気が出て、ゴブレットの中身にまざった。

「さあ、今度はきみだよ、フェリシア」グレイがいう。

フェリシアは、まだ火がついている燃《も》えさしが入った、ガラスのフラスコをかかげた。

「永遠《えいえん》の火。〈ファロスの火〉に由来する明かり」

フェリシアは、燃《も》えさしをゴブレットに入れた。

「そして、最後に」と、グレイがいう。「我々《われわれ》が長いこと見つけられなかった秘密《ひみつ》の材料。魔《ま》法《ほう》のエッセンス」

グレイは、ゴブレットになにかをふりいれた。金色の粉が、たいまつの明かりにきらきらと輝《かがや》く。

たちまちゴブレットの中身が燃《も》えあがり、五本のたいまつの火がいっせいに真っ赤に変わった。

グレイが、大きな、はっきりとした声で、高らかに唱える。

「大自然より　引きだされし
もろもろの　宇宙《うちゅう》の力よ
いまこそ　創造《そうぞう》のとき
すべての魔《ま》法《ほう》よ　力を放て」

ゴブレットの中が、ぐつぐつと煮《に》えたつ。ふいにすさまじい音がとどろき、目もくらむような閃光《せんこう》がひらめいた。ゴブレットは、金色の光を放ちだした。

「見ろ」グレイが、ゴブレットを高くかかげた。「アゾスだぞ！　さあ、自分の羽根ペンの先をアゾスに入れるんだ！」

おどろきのあまり目を見はっているアーチーの前で、グレイは袋《ふくろ》から金色の羽根ペンを取りだすと、ペン先をアゾスにひたした。ほかの錬金術師《れんきんじゅつし》たちも、ひとりずつ自分のペンをゴブレットに入れていく。最初はブラクストン・フォックス、そしてロデリック・トレヴァレン、アンジェリカ・リプリー。暗い部屋《へや》の中で、それぞれのペン先が金色に輝《かがや》いている。

最後は、フェリシア・ナイトシェイドだ。フェリシアは、手にした黒い羽根ペンをクリスタルのゴブレットに入れた。それから、自分の袋《ふくろ》から黒い本を取りだして開いた。

「おい、まだ魔法《まほう》は書けないぞ」グレイが、大声でとがめた。「あわてるな！」

「バカなこと、いわないでよ」

フェリシアは大声でいい返し、しっかりと持った羽根ペンで、黒い本の羊皮紙のページになにか書きこみはじめる。

乾《かわ》いた羊皮紙にフェリシアがペンを走らせると、頭上に真っ赤な字があらわれた。字が、燃《も》えているのだ。ほかの四人は、言葉もなくフェリシアの頭上の字を見まもっている。アーチーも、目を丸くした。

空中に、パチパチと火花が散る。燃《も》えさかる字は、呪文《じゅもん》になっていく。暗黒の呪文《じゅもん》に……。

何人《なんぴと》も行けぬ　暗きところ
古《いにしえ》の影《かげ》　さまよいて……

呪文《じゅもん》を見つめていたグレイが叫《さけ》んだ。
「なんの本だ、それは？」
フェリシアは、我《われ》を忘《わす》れたように書きつづけている。頭上の燃《も》える字が、くねくねとうねる。
「魔女《まじょ》ヘカテが書いた『グリム・グリムワール』じゃないか！」グレイが、どなった。「フェリシア、やめろ。取り返しがつかなくなるぞ！」

フェリシアは、ちょっとためらった。

と、新たな声が聞こえた。火の中で脂肪《しぼう》がはぜているような、甲高《かんだか》い、きしむような声だ。

「呪文《じゅもん》を書きおえろ！」声は、わめく。

『グリム・グリムワール』から、聞こえてくるのだ。

ふたたび動きはじめたフェリシアの手から、グレイは羽根ペンを取りあげ、折ろうとした。

羽根ペンは曲がりはしたが、折れない。

とたんに暗黒の呪文《じゅもん》は乱《みだ》れてばらばらになり、部屋《へや》じゅうに火の粉をまきちらした。

「よくも！」フェリシアが、わめく。「よくもじゃまをしたな。呪文《じゅもん》が、完成しなかったじゃないか！」

あっというまに部屋《へや》じゅうが、燃《も》えあがった。若者《わかもの》たちは火を見つめたまま、ドアのほうにあとずさっていく。

目の前のありさまに、アーチーは震《ふる》えあがっていた。いままで、火事を起こした張本人《ちょうほんにん》はファビアン・グレイだと思っていた。錬金術師《れんきんじゅつし》クラブのリーダーだったのだから。だが、犯人《はんにん》はフェリシアだったのだ。グレイが犯《おか》した大きなまちがいは、魔法《まほう》を書く力を持った友だちを信頼《しんらい》しすぎたことではなかったのか？

アーチーの目にも、グレイが絶望《ぜつぼう》しきっているのがわかった。実験の結果として起こった大《だい》混乱《こんらん》をおさめるすべは、なにもない。ほかの若者《わかもの》たちにも、どうにもならないのだ。すでに暗黒の力が、すべてを支配《しはい》しているのだから。

グレイの手の中で、黒い羽根ペンがぴくりと動いた。フェリシアは羽根ペンを引ったくると、ふたたび書きはじめた。表情《ひょうじょう》のない目が、まっすぐに前を見ている。

「魔女《まじょ》ヘカテの呪文《じゅもん》を書きおえることができなかったら、『グリム・グリムワール』の力でおまえたち全員を呪《のろ》ってやる！」フェリシアは、わめいた。

フェリシアの頭上で燃《も》える文字は醜《みにく》くゆがんでいたが、読めないことはなかった。

呪《のろ》いよ、降《ふ》りかかれ
おまえたち　すべての上に
そして、魔法《まほう》の炎《ほのお》によりて
大いなるしるしを与《あた》えられし
すべての者の上に

太陽が五十の七倍めぐるとき
積年の恨《うら》みは晴らされ
この呪《のろ》い、力を放つべし

「フェリシア、やめろ！」グレイが、どなる。「みんなをどんな目にあわせるつもりだ？」

地下室は、すでに地獄《じごく》と化していた。成就《じょうじゅ》できなかった呪文《じゅもん》の切れはしが飛びちり、ふれるものすべてを燃《も》えあがらせる。炎《ほのお》にのまれそうになったアンジェリカ・リプリーとロデリック・トレヴァレンが、炎《ほのお》に背《せ》を向け階段《かいだん》に走る。あわてて飛びのいたアーチーの横をすりぬけたふたりは、階段《かいだん》をかけのぼっていった。

「もうだめだ！　ふたりとも逃《に》げろ！」ブラクストン・フォックスが叫《さけ》んで、戸口に向かう。

炎《ほのお》は、『グリム・グリムワール』を取りまくように燃《も》えている。だれひとり黒い本に近づけまいとしているように。フェリシアが本を取ろうとしたが、炎《ほのお》の勢《いきお》いが強いので、すぐに手を引っこめた。グレイは身じろぎもせずに、凍《こお》りついたように目前の光景を見つめている。依《い》然《ぜん》としてアーチーに背《せ》を向けていたが、打ちひしがれたように肩《かた》をがっくりと落としていた。

フェリシアの勝ち誇《ほこ》った顔には、いまや新たな表情《ひょうじょう》が浮《う》かんでいた。あざけりだ。グレイのノートと黒い羽根ペンをつかむが早いか、フェリシアはドアから走りでていった。

燃《も》えあがる地下室をもう一度見つめてから、アーチーも逃《に》げだした若者《わかもの》たちのあとを追って、階段《かいだん》をかけあがる。もう火が燃《も》えひろがりはじめている。若者《わかもの》たちの必死の叫《さけ》び声《ごえ》に応《こた》えるように、新たな悲鳴が住民たちの中からあがる。階段《かいだん》の窒息《ちっそく》しそうな煙《けむり》の中を必死にのぼっているとき、さっき会った紺色《こんいろ》のマントの男とすれちがった。男は、燃《も》えあがる地下室におりていったのだ。

やっとプディング通りに出たときには、すでにパン屋は火につつまれていた。アーチーは、しばらく通りに立って、炎《ほのお》がまわりの家をなめていくのを見ていた。プディング通りは、焼けだされた人たちや、野次馬《やじうま》でいっぱいになっている。

「ブラッキー」アーチーは、声をひそめていった。目を閉《と》じると、現在《げんざい》の世界に連れもどされていくのがわかった。


ふたたび目をあけると、筆写室の中にいた。片手《かたて》をあげると、ちらちらとゆらめいている。まだ、分身のままなのだ。たったいま目撃《もくげき》したできごとで、頭の中がぐるぐるまわっている。

「ブラッキー」もう一度ささやくと、分身は日光の中のもやのように消え、アーチーはふたたび自分の体にもどっていた。

キイチゴたちは、なにごともなかったようにしゃべっている。アーチーがその場を離《はな》れたこともなく、さっきからまったく時がたっていなかったかのように。

「つまり、その人たちがアゾスを作るのに成功したっていうの？」

アーチーが、『ヨアの書』が見せてくれた過去《かこ》の話をすると、キイチゴがいった。

「そうだよ。いろんなものをまぜて作るのを見たんだ」

「すっごーい！　何百年ものあいだ、だれも作れなかったのに」

「だけど、新しい魔法《まほう》を書こうとして、けっきょく失敗したんだよね」と、アラベラがいう。

「だから、危険《きけん》だっていったじゃない」

「いや、危険《きけん》なのはアゾスじゃない」アーチーは、考えながらいった。「フェリシア・ナイトシェイドが呪文《じゅもん》を書きこもうとした黒い本のほうだよ。フェリシアは、暗黒の魔法《まほう》を書こうとしたんだ」

「それって、ほんとなの？」キイチゴがきく。

「もちろん、本当さ」

⑬ 黒いドア

アーチーが過去《かこ》の世界で見てきたことを聞いて、錬金術師《れんきんじゅつし》クラブのみんなは震《ふる》えあがった。フェリシア・ナイトシェイドが口走った呪《のろ》いによると、アーチーたち全員が危険《きけん》にさらされているということになる。そもそも、新たに錬金術師《れんきんじゅつし》クラブを作ったのは魔法《まほう》図書館を救うためだったのに、今度は自分たちが救われなければならない立場になってしまったのだ。

いっぽう、魔法界《まほうかい》のあちこちから暗いニュースが届《とど》いていた。〈食らう者〉たちの襲撃《しゅうげき》が、さらに二件報告《けんほうこく》されていた。魔法《まほう》の薬の専門家《せんもんか》が襲《おそ》われて、ウェールズの自宅《じたく》が荒《あ》らされた。そして、スコットランドのハイランドに住む魔法《まほう》の鳥の収集家《しゅうしゅうか》が殺されたあげく、羽のコレクションが盗《ぬす》まれたという。ふたつの事件《じけん》とも、エイモス・ローチが近くで目撃《もくげき》されていた。

ロレッタおばさんとスイカズラおじさんも、ニュースを聞いてショックを受けていた。子どもたちが無事でいられるかどうか、ふたりの心配はつのるばかりだ。

「いつもお守りを身につけているのよ」ロレッタおばさんは、三人にいった。「それから、知らない人と話をしてはいけません」

　悪いことは重なるもので、こんなときなのにスイカズラおじさんが出張《しゅっちょう》しなければならなくなった。なんのための出張《しゅっちょう》か、アーチーたちにもはっきりとは知らされていない。ギディアン・ホークにいわれて、秘密《ひみつ》の仕事をしに行ったということしかわからないのだ。おじさんもおばさんもくわしくはいわなかったが、どうやらなにかの本を探《さが》し、だれかの家系図《かけいず》をたどってくるよう頼《たの》まれたらしい。それ以上は、ふたりともなにもいわなかった。だが、ともかくスイカズラおじさんは、しばらくオックスフォードを留守《るす》にすることになった。アーチーやアザミは、ファビアン・グレイのノートを探《さが》しに行ったのではと推測《すいそく》していた。そんなこんなで、イヌノキバ通り三二番地の家は、ひどく落ち着かない空気につつまれていた。

　ひとつだけよいニュースもあったが、よくよく考えれば、それだってうれしいといえるようなものではない。フェリシアが口走った呪《のろ》いの意味をずっと考えていたアーチーが、ついに答えを探《さぐ》りあてたのだ。

「地球は、一年かけて太陽を一周するよね」つぎの集まりのとき、アーチーはみんなに説明した。「で、五十の七倍は、三百五十。つまり、フェリシアが錬金術師《れんきんじゅつし》に呪《のろ》いをかけたのが一六六六年だから、それから三百五十年たったときに、呪《のろ》いの効《き》き目《め》があらわれるってことだよ。ってことは……いまやいつ呪《のろ》いの効《き》き目《め》があらわれても、おかしくないんだ！」

こうなったら、なんとしても魔《ま》法《ほう》を書く方法を見つけて、自分たちにかかった呪《のろ》いを解《と》かなければ。そんな思いにかりたてられて、アーチーたちはせっせと錬《れん》金《きん》術《じゅつ》師《し》クラブが集まる場所を探《さが》しまわった。いつまでも筆写室を使っているわけにはいかなかった。幹《かん》部《ぶ》たちは、すでにあやしんでいるらしい。最後の会合には、三度もじゃまが入った。一度目はグレイブズ部長、二度目はグルーム教《きょう》授《じゅ》、そして最後はラスプ博士。ラスプ博士は、巡《じゅん》回《かい》の回数をさらに増《ふ》やしていたのだ。筆写室になんの用があるんだといわれて、アーチーたちは追いだされてしまった。

『呪《じゅ》文《もん》の書』の呪《じゅ》文《もん》を書きなおすチャンスが少しでもあるなら、その前に準《じゅん》備《び》をしておかなければいけない。魔《ま》法《ほう》の実験を行う場所がどうしても必要だ。

アーチーとアザミは、見習いの仕事が終わったあと、ファビアン・グレイの実験室を探《さが》しまわった。幹《かん》部《ぶ》たちに知られてはいけないから、魔《ま》法《ほう》図書館に人《ひと》気《け》がなくなる夜にやるしかない。アザミの魔《ま》法《ほう》磁《じ》石《しゃく》を使って、ふたりは魔《ま》法《ほう》のエネルギーが集中している場所を探《さが》して歩いた。

いままでは魔《ま》法《ほう》図書館の中にかぎっていたが、これからは範《はん》囲《い》を少し広げて、ホワイト通り古書店の中も探《さが》してみようということになった。

ふたりは、店主のスクリーチが休みの日を選び、ゼブじいさんとマージョリーが家に帰るのを待った。それから、アーチーの鍵《かぎ》を使って店に入った。魔法《まほう》磁石《じしゃく》をにらみながら、一時間かけて本棚《ほんだな》のあいだを歩きまわる。ある場所で、磁石《じしゃく》の針《はり》がくるくるまわりはじめたので胸《むね》がときめいたが、けっきょく掃除《そうじ》用具入れの戸棚《とだな》に反応《はんのう》しているだけだとわかってがっかりした。ちょっとだけ魔法《まほう》がかかったモップと羽ぼうきのせいで、針《はり》がまわったのだ。

やけになったふたりは、その戸棚《とだな》を実験室に使ったらと考えた。でも、残念ながらモップや羽ぼうきを外に出しても、五人が入れるほど広くはない。いままでのところ成果はゼロだったが、これであきらめるわけにはいかなかった。

「地下の作業場はどうかな」アーチーは、いってみた。「鍵《かぎ》はぼくが持ってるし、ゼブじいさんが家に帰ったら、自由に使えるよ」

ふたりはベルベットのカーテンをくぐって、店の奥《おく》の廊下《ろうか》を進んでいった。魔法《まほう》の本たちが「うまくいくといいね」と、アーチーに声をかけてくれる。「ありがとう」と礼をいうと、アザミがきょとんとしている。地下に通じる階段《かいだん》まで行くと、アーチーは棚《たな》から手提《てさ》げランプを取った。ふたりして、螺旋階段《らせんかいだん》を大急ぎでおりる。

階段《かいだん》をおりきって最初のドアの前まで行ったとき、アザミが足をとめた。

「このドアから、いろんな魔法《まほう》の力が流れでてくるみたいだ」

手にした魔法磁石《まほうじしゃく》を、じっと見ている。

「そうだと思うよ。このドアは、魔法《まほう》図書館に通じる秘密《ひみつ》の入り口なんだもの。前に、話しただろ？　ぼくも、何度かここを使ったことがあるんだ」

アザミは、二番目のドアの前で、また立ちどまった。

「それから、ここも」

青いドアを指さす。

「ここは、入らないほうがいい。ブックエンド獣《じゅう》を目覚めさせたくないだろ。作業場に行こうよ」

ポケットから鍵《かぎ》を取りだして三番目のドアをあけてから、アーチーは広い作業場に入った。

でも、アザミは首を横にふっている。

「ここって、言葉の炉《ろ》のほかは、めずらしいものはないじゃないか」

「炉《ろ》には〈ファロスの火〉が燃《も》えてるからね。だけど、そのへんは、たしかめてないだろ」

アーチーは、ドアの横を指さした。

アザミは、また魔法磁石《まほうじしゃく》を見つめた。

「うん、そこのほうが強いな。どこからかわかんないけど、強い魔法《まほう》のエネルギーが来てるんだ」それから、アザミは眉《まゆ》をひそめた。「だけど、変だな。これって、作業場の中じゃないよ。

廊下《ろうか》から、来てるみたい」

「なあんだ。一番目のドアと、ブックエンド獣《じゅう》がいる二番目のドアのせいだよ」アーチーは、がっかりした。

「ちがうって」アザミは、廊下《ろうか》へ出た。「反対の方角だよ。あっちには、なにがあるの？　ドアが、もうひとつあるみたいだけど」

アーチーの胸《むね》が、ざわざわしてきた。あの黒いドアだ！　ゼブじいさんは、いってたな。あのドアは、三百年前に封印《ふういん》されたって。なんで、もっと早く考えつかなかったんだろう？　それって、ロンドン大火とおなじころじゃないか！

ふたりは、廊下《ろうか》の奥《おく》に進んでいった。ドアがよく見えるように、アーチーは手提《てさ》げランプを高くかかげた。オーク材の黒いドアは、頑丈《がんじょう》な鉄の金具で補強《ほきょう》されている。差《さ》し込《こ》み錠《じょう》のほかに、重いドアチェーンまでついていた。

アーチーは錠前《じょうまえ》を調べた。ドアとおなじ、黒い色の錠前《じょうまえ》だ。

「ここで、ちょっと待ってて」アーチーは、アザミに手提《てさ》げランプをわたした。「すぐにもどってくるから」

作業場に急いでもどると、ゼブじいさんが鍵《かぎ》を吊《つ》るしているフックを調べた。一番目のドアの金色の鍵《かぎ》のとなりに、黒い鍵《かぎ》がさがっている。錆《さ》びついているところを見ると、長いあいだ使っていなかったらしい。アーチーは、その鍵《かぎ》をつかむと廊下《ろうか》に飛びだした。

「アザミ、鍵穴《かぎあな》が見えるように、もっとランプを高くあげて」

黒い鍵《かぎ》をさしこんでまわすと、乾《かわ》いたカチッという音がした。ふたりは、顔を見あわせた。息もできないほど、どきどきわくわくしてくる。

蝶番《ちょうつがい》がギイッときしんで、ドアはあいた。ふたりは、クモの巣を払《はら》い、ほこりだらけの床《ゆか》に足跡《あしあと》を残して中に入っていった。長いあいだ閉《し》めきっていたので、むっとこもった空気が立ちこめている。薬品が焦《こ》げたような酸《す》っぱいにおいに加えて、腐《くさ》った魔法《まほう》のにおいもした。

つぎの瞬間《しゅんかん》、壁《かべ》に取りつけた燭台《しょくだい》に火がともり、室内がはっきり見えるようになった。天井《てんじょう》の低い、細長い部屋《へや》だ。何段《なんだん》もある棚《たな》には、濁《にご》った液体《えきたい》の入ったガラスびんがずらりとならんでいる。アーチーは、ガラスびんをひとつ手に取ってのぞいてみたが、すぐに顔をそむけた。もやもやした液体《えきたい》に浮《う》かんでいるのは、なんと生きていたときの姿《すがた》そのままのサソリ！

部屋《へや》の真ん中に、大きな作業台が置いてあり、そこにもガラスびんやフラスコがのせてある。びんやフラスコは、からまったスパゲッティみたいなゴムチューブでつながれていた。本も何《なん》冊《さつ》か作業台の上に置いてあったが、どれも開いたページを下にして散らばっている。何百年も前に、だれかがあわてたか、あるいはなにかに気を取られたかして、放りだしていったようだ。作業台の上には、黒く焼け焦《こ》げた跡《あと》もいくつかあった。

部屋《へや》の隅《すみ》に、絵具が床《ゆか》や壁《かべ》に飛びちっているところがある。この部屋《へや》をアトリエがわりに使っていた者がいたらしい。

作業台の上にある木製《もくせい》の飾《かざ》り板《いた》には、こう書いてあった。

「ふたたび魔法《まほう》の黄金時代をもたらすために、持てるかぎりの力をそそぐことを、ここに約束するものなり」

アーチーは、鳥肌《とりはだ》が立つのを感じた。ついに見つけたぞ！　ここがファビアン・グレイの実験室だ！　アーチーとアザミは、すぐさまほかのメンバーに知らせに走った。


三十分後に、錬金術師《れんきんじゅつし》クラブの五人はグレイの実験室に立っていた。みんな、興奮《こうふん》のあまり顔を火照《ほて》らせている。キイチゴが、作業台の上の本を手に取り、背《せ》表紙の文字を読んだ。

「『魔法《まほう》の錬金術《れんきんじゅつ》』だって。グレイとほかの四人は、魔法《まほう》を書くために、この部屋《へや》でなにか実験をしたんだよ。この焼け焦《こ》げを見ると、すべての実験が大成功ってわけにもいかなかったみたいだね」キイチゴは、部屋《へや》の隅《すみ》に積み重ねてある、金属製《きんぞくせい》の小さな火鉢《ひばち》を指さした。「ほら、あのせいで焼け焦《こ》げができたんだよ」

ほかのメンバーも、部屋《へや》の中を見てまわった。

「ほら、これ！」ルパートが、ガラスびんに浮《う》いているものを見て、大声をあげた。「タランチュラだぞ！」

「ゲーッ！」毛むくじゃらの巨大《きょだい》なクモを見て、アラベラが薄《うす》いくちびるをゆがめた。

「はいはい、みなさん」キイチゴが、ほがらかな声でいった。「ついに錬金術師《れんきんじゅつし》クラブが集まる、新しい部屋《へや》が見つかりましたよ！」

「だけど、汚《きたな》すぎるって！」アラベラが顔をしかめて、文句《もんく》をいった。小さな革《かわ》のふいごを、恐《おそ》る恐《おそ》る手に取っている。「なにかに感染《かんせん》しちゃうかも」

「ペストじゃないといいけどね」アザミがふざける。

「ほうきと石けん水を持ってきて、せっせと働けば、問題なし！」キイチゴが、元気よくいう。

「あっというまに、ぴかぴかにしてやろうじゃないの」

五人は、さっそく大掃除《おおそうじ》に取りかかることにした。アーチーが作業場からほうきを持ってきた。モップは古書店の戸棚《とだな》にあったのを使わせてもらうことにした。ルパートは、雑巾《ぞうきん》がわりに、実験室にあったほこりよけの布《ぬの》を小さく裂《さ》いた。それから、大掃除《おおそうじ》の開始。

アラベラでさえ文句《もんく》をいわずに、掃除《そうじ》用具入れにあった羽ぼうきで天井《てんじょう》のクモの巣を払《はら》っている。でも、謎《なぞ》を解《と》く大切なカギになりそうなものは、ぜったい動かさないように注意した。ガラスびんやフラスコも、正確《せいかく》に元の位置にもどした。アーチーとアザミは、作業台の上にあった本を丁寧《ていねい》に集めて、隅《すみ》に積んでおいた。アーチーの発案で、開いてあったページには、しるしをつけておいた。もしかして、重要な意味があるかもしれない。

「ねえ、なにを見つければいいんだっけ？」アラベラが、本棚《ほんだな》を調べながらきいた。

「アゾスの作り方だよ」アーチーが、答えた。「グレイのノートがあったら、最高だけど」

大掃除《おおそうじ》が終わったときには、ずいぶん遅《おそ》くなっていたが、部屋《へや》は見ちがえるほどきれいになっていた。

「はい」最後にキイチゴが、飾《かざ》り板《いた》のほこりをふきとって、壁《かべ》に立てかけた。「錬金術師《れんきんじゅつし》クラブ、ふたたび活動を開始しまあす！」

「この部屋《へや》で最初に開く会は、いつにするの？」アザミがきいた。

アーチーは、もう一刻《いっこく》だってむだにできないという感じがしていた。

「あしたはどう？」

「じゃあ、あしたにしよう」ルパートがいう。「魔法《まほう》図書館の仕事が終わったら、まっすぐにここに来ること」


つぎの日は、やけに時間がたつのが遅《おそ》かった。アーチーは、時計を見ながら、じりじりと五時になるのを待っていた。みんなも、五時に仕事が終わったら、ここに来るはずだ。ゼブじいさんが帰りじたくをしているとき、アーチーはせっせと呪文《じゅもん》を書いた本の修理《しゅうり》をしていた。

「ぼくが鍵《かぎ》を閉《し》めて帰ります」というと、ゼブじいさんはうれしそうにうなずいた。

古書店にだれもいなくなったのをたしかめてから、アーチーは黒い鍵《かぎ》を持って廊下《ろうか》に出た。黒い鍵《かぎ》は、きのうの晩《ばん》、念のためにほかの場所に移《うつ》しておいたのだ。

黒いドアをあけて中に入り、みんなを待つ。古書店の鍵《かぎ》は、前もってキイチゴにわたしておいたから、ほかの三人を連れてくるはずだ。チョコレートハウスから古書店のようすを見ていて、ゼブじいさんたちが帰ったのを見とどけてから来るという。数分後には、メンバー全員が実験室に顔をそろえていた。

「みんなに知らせることがあるの」アラベラがいいだした。「カテリーナが、魔法《まほう》の実験を見せてくれるって約束してくれたんだ。グレイの実験室を発見したっていったら、興奮《こうふん》してたよ」

アーチーたちは、顔を見あわせた。

「カテリーナに、話しちゃったの？」

ほかのメンバーに相談せずに、秘密《ひみつ》を打ち明けたりして。アーチーは、ちょっとばかりいやな気分になった。

「もちろん。だって、グレイの実験室のことを最初に話してくれたのは、カテリーナなんだよ。それに、どうしても見たいっていうの。何年もファビアン・グレイのことを研究してるからって」

「だけど、幹部《かんぶ》たちに話しちゃったらどうすんだよ？」アザミがいう。

「だいじょうぶ。秘密《ひみつ》だよっていっといたから」

「ぼくたちが新しい錬金術師《れんきんじゅつし》クラブを作ったことも話したの？」アーチーは、きいてみた。

「ううん。もちろん話したりしないって。だけど、もうすぐ来るはずだから、誓《ちか》いの言葉を急いでいっちゃおうよ」

全員が誓《ちか》いの言葉を唱えおえたときドアがあいて、大きなバッグを持ったカテリーナが、つかつかと入ってきた。うれしそうに目を輝《かがや》かせている。

「ほんとに、信じられないわ！　ここがファビアン・グレイの実験室なのね。あなたたちが見つけたなんて！　長いあいだ、わたしたちのすぐそばにあったたってわけね」カテリーナは、アーチーとアザミがきれいに積みあげた本の山を見た。「それに、グレイの本もあるじゃないの！　あら、これはなあに？」濁《にご》った液体《えきたい》の入ったガラスびんを手に取る。「なにもかも、きちんと分類しなきゃね。わたしだけじゃなくて、魔法《まほう》の研究者全員が知りたがってることですもの。目録を作らなきゃ。あなたたち、なにか動かしてない？」

「ちょっとだけ、かたづけたけど」キイチゴがいう。「ここ、けっこう汚《きたな》かったから」

「あらあら」カテリーナの緑色の瞳《ひとみ》が、燭台《しょくだい》の明かりを受けてきらりと光る。「でも、中味をさわったり、外に持ちだしたりしてないでしょうね？」

「つまり、アゾスを見つけたかってこと？」アーチーが、きいた。「それなら答えはノー。まだ、見つけてないんだ」

「そうなの。たぶん、アゾスの作り方は、グレイの残した書類かなにかに書いてあるんでしょうね。よかったら、探《さが》すのを手伝ってあげるわ。見つかっても、幹部《かんぶ》たちにいう必要はないわよ。わたしが、書庫で見つけたっていえばいいんだから」

部屋《へや》の中をぐるりと見まわしたカテリーナは、信じられないというふうに首を横にふっている。

「さて、アラベラになにか実験をして見せてくれっていわれたの。材料をちょっとばかり持ってきたけど、ここにもあるみたいね」

カテリーナは、棚《たな》からガラスびんをおろして、ラベルを調べた。

「なるほど、カメの甲羅《こうら》を粉にしたものね。それからこれ」今度は、とぐろを巻《ま》いたヘビのような生き物が入っているびんだ。「これは、ヒメアシナシトカゲの皮よ。ノロマ虫とも呼《よ》ばれてるの。ふたつとも、これから作ろうと思ってるものの材料よ。ユックリ薬を作る材料が、全部そろったわ。これから、どうやって材料をまぜるか、教えてあげましょうね」

「おもしろそうだね」キイチゴが、小声でいった。「アラベラがいってたけど、カテリーナはプラハ魔法《まほう》学校で、薬の作り方を習ったんだって」

「みんなが自分の薬を作れるように、道具を持ってきたわ」

カテリーナはバッグからいろいろ取りだして、棚《たな》からおろしたガラスびんとならべて作業台の上に置いている。

アーチーがのぞいてみると、ガラスのフラスコが五つ、乳棒《にゅうぼう》と乳鉢《にゅうばち》が五組、カクテルなどをかきまぜるときに使う、ガラスのマドラーが五本。それに、フラスコをつかむトングと浅い皿も二枚《まい》あった。

皿の一枚《まい》には、緑の葉が数枚《すうまい》、もう一枚《まい》には青いベリーが入っている。

つぎにカテリーナは、銀色がかった液体《えきたい》を入れたガラスびんと、黒くてざらざらしたものが入った小皿を取りだした。こういった材料から離《はな》して、背《せ》の高い、ガラスの入れ物を置いた。入れ物の口には飾《かざ》りのある銀の栓《せん》がしてあり、中の澄《す》んだ液体《えきたい》がきらきら光っている。溶《と》けた氷河《ひょうが》の水だとか。

カテリーナが、みんなに指示《しじ》を与《あた》えた。

「使うものの分量は、きちっと量ってありますからね。まず、フラスコをひとつずつくばってから、タイムの葉っぱをきちんと五等分してください。その葉っぱを乳鉢《にゅうばち》に入れて、乳棒《にゅうぼう》で押《お》しつぶしてね」浅い皿に入った、緑の葉のことだ。「そしたら、つぶした葉っぱをフラスコに入れるんだけど……中身を熱するのに、あの小さな火鉢《ひばち》を使いましょう」部屋《へや》の隅《すみ》にある火鉢《ひばち》を指さす。「ひとりひとつずつ、火鉢《ひばち》を取ってきて」

火鉢《ひばち》がみんなにゆきわたると、カテリーナは中になにかを入れ、マッチで火をつけた。

「これで、用意ができたわね」

みんなの背後《はいご》を歩きまわりながら、カテリーナは棚《たな》の本を調べているようだ。

「アラベラ、タイムの葉っぱを全部入れてね。残しても、むだになるだけでしょ」

「気をつけて、ルパート。葉っぱを押《お》しつぶすっていったのよ。すりつぶしちゃだめ！」

「いいわよ、アーチー。じょうずだわ」

アーチーは、つぶした葉っぱをフラスコに入れた。

「さあ、つぎは溶《と》けた氷河《ひょうが》の水をちょっぴりフラスコに入れて、火にかけましょう」

アーチーが澄《す》んだ水をフラスコに入れて火にかけると、たちまち葉っぱが溶《と》けはじめた。カテリーナはアーチーに背《せ》を向けて、アザミのフラスコを調べている。

「よくできたじゃないの、アザミ」カテリーナは、はげました。「今度は、スローベリーをひとつずつ、フラスコに落としてください。そう、その青いベリーよ。ひとり五粒《つぶ》ずつにしてね」

アラベラがスローベリーをひと粒《つぶ》フラスコに落とすと、とたんにパチッとはじけた。カテリーナはさっとよけたが、別のひと粒《つぶ》がパチッと宙《ちゅう》ではじけ、床一面《ゆかいちめん》に果汁《かじゅう》が飛びちる。

「気をつけて、アラベラ！」カテリーナが、注意する。「〈移動《いどう》カクテル〉じゃないんだから、ベリーの汁《しる》をあちこちに移動《いどう》させてどうするの！」

「ひゃあっ！」

アラベラのフラスコがぶくぶくと泡立《あわだ》ち、口からあふれだした。

アーチーの薬も、うまくいかなかった。スローベリーがちゃんと溶《と》けず、液体《えきたい》の表面に青い浮《う》き袋《ぶくろ》みたいに固まっている。と、ひと粒《つぶ》が宙《ちゅう》に飛びだしてはじけ、アーチーの頭に黒い液体《えきたい》をふりかけた。

カテリーナは笑顔《えがお》になって、首を横にふった。

「アーチー、ひどい目にあったわね。薬を作るときは、材料を正しい順序《じゅんじょ》でまぜないといけないのよ。あーら、キイチゴ。とってもうまいじゃない。生まれながらの錬金術師《れんきんじゅつし》がひとりいたわね」

キイチゴの薬は濃《こ》い紫色《むらさきいろ》に変わり、ぐつぐつと煮立《にた》ちはじめている。スローベリーが完全に溶《と》けて、なめらかで粘《ねば》っこい液《えき》になっていた。

ほめられたキイチゴは、すっかりうれしくなったようだ。アーチーは、ふたりで魔法《まほう》図書館に入るときに、キイチゴがこっそり〈移動《いどう》カクテル〉を作ってくれたときのことを思い出した。もしかして、隠《かく》れた才能《さいのう》があるのかも。カテリーナはキイチゴの後ろに立って、最後の材料をまぜるのを見守っている。

「ほかのみんなも手を休めて、キイチゴの作り方を見てごらんなさい」

アラベラは、とっくに自分のフラスコを放りだして見物していた。アーチーも、キイチゴのフラスコを見に行った。

「いいわよ、キイチゴ。さあ、カメの甲羅《こうら》の粉を入れなさい。その茶色い粉よ。それから、ノロマ虫の皮。ふたつとも、ユックリ薬に欠かせない材料なの。あとはマドラーでかきまぜればできあがり。でも、その前に、ユックリ薬の反対の効き目《め》がある薬を作って見せてあげるわ」

カテリーナは、黒い粉の入った皿を指さした。

「それは、流砂《りゅうさ》よ。流砂《りゅうさ》に水銀とラピッドウォーターをまぜると、スピード薬ができるの。ラピッドウォーターっていうのは、消火用水の放水量を高めるために水にまぜる薬のことよ。ユックリ薬の効《き》き目《め》を解《と》く薬が必要ですものね」

カテリーナは、カップに流砂《りゅうさ》を入れた。それからキイチゴのフラスコに目をやり、ノロマ虫の皮の最後のかけらが溶《と》けていくのを見て、にっこり笑った。

「さあ、もう一度よくかきまわして」

キイチゴは、いわれたとおり、ガラスのマドラーで薬を手早くかきまわした。つんと鼻をつく茶色の気体がフラスコから立ちのぼり、作業台の上をただよう。アーチーたちは、むせたり、咳《せ》きこんだりしはじめた。

カテリーナは、できあがったユックリ薬を六個《こ》のカップにそそいだ。

「とっても強い薬だから、ちょっとすするだけにしてね。味はにおいほど悪くないはずよ。ちょっと見てて」

カテリーナは、ユックリ薬をすすって、にっこりと笑った。アーチーは鼻をつまんでカップをかたむけると、ほんのちょっぴり口に流しこんだ。たしかににおいから予想していたほどひどくはないが、おいしいとはとてもいえない。酢《す》が煮《に》つまって焦《こ》げたような味というか……。

ほかのメンバーも、ユックリ薬を飲んだ。なんだ、なにも起こらないや……と思っているうちに、あたりの空気が妙《みょう》なぐあいになってきた。動こうとすると、空気が蜜《みつ》のようにねっとりと重くて、思うように動けない。アザミがなにかいっているのはわかったが、電池が切れかかったおもちゃに呼《よ》ばれているようだ。

「アーーチーー、くーーすーーりーーのーーんーーだーーー？」

アーチーがふり向くと、カテリーナもなにかいっている。

「ほーーらーー、きーーいーーたーーでーーしょうーー？」

カテリーナのくちびるの端《はし》がゆっくりと持ちあがり、笑顔《えがお》になった。

「さーーあーー、スーーピーードーーくーーすーーりーーをーーのーーんーーでーー」

メンバーたちは、氷河《ひょうが》の流れぐらいゆっくりとカップに手をのばして、スピード薬を飲んだ。すぐに、まわりの空気がちょっとばかり軽くなったような気がする。

「さーあー、もーうーひーとーくーちー」

カテリーナのしゃべり方は、まだゆっくりだが、ほとんどふつうにもどっている。さらにひと口、カテリーナは自分の薬を飲んでからいった。

「これで、だいじょうぶ」

元の口調にもどっている。メンバーたちも、カテリーナにならった。

「よかった」カテリーナは、にこにこ笑っている。「みんな、元どおりになったわね。これがなにかの役に立つといいけど。さあて、あとはアゾスの作り方だけど、この部屋《へや》のどこかに書いたものが……」

「ぜったいにないと思うよ。さんざん探《さが》したんだもの」アザミがいった。「本も全部。だけど、どこにも書いてなかったんだ」

カテリーナは、部屋《へや》の片隅《かたすみ》にある棚《たな》に目をとめた。

「ちょっと待って。あれは、なにかしら？」

つかつかと歩いていったカテリーナは、一冊《さつ》のノートを手に取った。

「これは……そうよ！　グレイのノートだわ！」大声でいうなり、パラパラとページをめくっている。「ほら、ここにある。見つけたわよ！　アゾスの作り方が書いてあるじゃない！」

アザミとアーチーは、顔を見あわせた。本も書類も、すっかり調べたはずなのに、どうしてノートを見つけることができなかったのだろう？

カテリーナが、せっせと動きはじめたので、ふたりの疑問《ぎもん》はどこかに消えてしまった。カテリーナは、食いつくような目でラベルを読みながら、棚《たな》にあるガラスびんをおろしては作業台に置いている。アゾスを作る材料をそろえているのだ。

試験管をかざして、カテリーナはつぶやいている。

「高みの水。それに、地の塩。罪《つみ》なきものの息……」

革製《かわせい》のふいごと、ノートをカテリーナは見くらべている。

「はい、この三つはそろったわね。三つとも、長いあいだこの棚《たな》で眠《ねむ》ってたのよ。あと、足りないものは？」もう一度、ノートをチェックしている。「〈ファロスの火〉がついた燃《も》えさしだわ」

「それなら、だいじょうぶ。ぼくが持ってくる」

作業場にかけていったアーチーは、ゼブじいさんの手袋《てぶくろ》をはめた手に燃《も》えさしを持ってもどってきた。

「はい、これ」

作業台の上のガラスのボウルに、燃《も》えさしを入れる。

「すばらしい！」うれしそうにいったカテリーナは、すぐにいらいらした声になった。「だけど、最後の材料は、どこにあるの？」

ひたいにしわを寄《よ》せて、カテリーナは探《さが》しはじめた。

「あったわ！」金色の粉が少し入ったフラスコをかかげている。「最後の、でもいちばん大切な材料。魔法《まほう》のエッセンスよ！　さあ、早く、作業台の上に火鉢《ひばち》を輪になるようにならべて、もう一度火をつけて」

炎《ほのお》をあげる火鉢《ひばち》が五個《こ》、輪になるようにならべられた。カテリーナはバッグをあけ、クリスタルガラスのゴブレットを取りだした。

「みんな、それぞれの火鉢《ひばち》の後ろに立って」

五人が位置につくと、カテリーナが、それぞれの前にひとつずつ材料を置いていく。

「さあ、これで準備《じゅんび》はできたわ」

カテリーナは、またノートを調べている。

プディング通りで見た光景と、そっくりじゃないか。アーチーは、ちょっとばかり不安になった。なんだか、すべてが猛《もう》スピードで進みすぎているような……。グレイや、昔の錬金術《れんきんじゅつ》師《し》たちがしでかした過《あやま》ちをくり返したくない。そう思ったとき、カテリーナと目が合った。

「アーチー、先に進めてもいい？　わたし、でしゃばりすぎてるかしら？」

アーチーは、にっこり笑った。

「いや、くわしい人がやったほうがいいから。どんどんやってみて」

カテリーナも笑顔《えがお》になった。

「わかったわ。じゃあ、どんどん進めましょうね。アゾスは、四つの成分からできてるの。水、土、空気、それから火よ。みんなの前にあるものを、正しい順序《じゅんじょ》で入れていきましょう。最初は、キイチゴから」

ゴブレットをわたされたキイチゴは、自分の前に置かれたガラスびんのラベルを読みあげた。

「ヒマラヤ山脈の最高峰《さいこうほう》で集めた雨水」キイチゴは、ガラスびんの中身をゴブレットに入れた。

「よくできたわ。さあ、今度はルパートよ」

「火山の噴火口《ふんかこう》から取った土」ほこりのように乾《かわ》いた土を、ルパートはゴブレットの水にふりいれる。

つぎは、アラベラの番だ。小さな革製《かわせい》のふいごを手に持ち、吹《ふ》き出し口をゴブレットの中に入れる。

「生まれたての赤んぼうが吐《は》いた息」ふいごを押《お》すと、シューッとゴブレットの中身に空気がまじる。

「つぎは、アザミの番」

アザミは、燃《も》えさしをゴブレットの中に入れた。「〈ファロスの火〉」

「さあ、最後は秘密《ひみつ》の中身。魔法《まほう》のエッセンスよ。アーチー、いいわね？」

アーチーは、フラスコに残っていた金色の粉を、ゴブレットにふりいれた。たちまち、ゴブレットの中が赤く燃《も》えあがる。

「さあ、アーチー。この呪文《じゅもん》を読んで」

カテリーナにノートを押《お》しつけられて、アーチーは書いてある文字を読みあげた。

「大自然より　引きだされし
もろもろの　宇宙《うちゅう》の力よ
いまこそ　創造《そうぞう》のとき
すべての魔法《まほう》よ　力を放て」

ゴブレットの中が、煮《に》え立ちはじめた。煙突《えんとつ》を炎《ほのお》が勢《いきお》いよく昇《のぼ》るような轟音《ごうおん》とともに、目がくらむような閃光《せんこう》が走った。ゴブレットの中の液体《えきたい》が、金色に輝《かがや》きだす。

「やったわ！」カテリーナが、叫《さけ》ぶ。「アゾスを作ることができたのよ！」

夜道を家へと向かいながら、アーチーたちはうれしいやら誇《ほこ》らしいやら、天にも昇《のぼ》る気分だった。すべての成分を使って、とうとうアゾスを作ることができたのだから。カテリーナは、研究のためにといって、アゾスをちょっぴり持ってかえった。ファビアン・グレイのノートも、役に立つことがあるかもしれないと、持っていった。残りのアゾスは、クリスタルガラスのインク壺《つぼ》に入れて、グレイの実験室に隠《かく》してある。

「あたしたち、すごいことやっちゃったよね！」キイチゴが、わくわくしながらいう。

「キイチゴって、ユックリ薬作るのがほんとにじょうずだったね」アーチーは、感心していた。

「ほかのみんなは、へたっぴいだったのに」

キイチゴは、ますますうれしそうな顔になった。

「まあね、初心者の幸運《ビギナーズ・ラック》ってとこかな」にーっと笑う。「でも、カテリーナがいなきゃ、アゾスは作れなかったよね」

「あとは、魔法《まほう》の羽根ペンがあればいいけど、もう何本かはそろってるよね。ほら、筆写室の中だよ！」

⑭ 暗黒の羽根ペン

それから数日して、錬金術師《れんきんじゅつし》クラブのメンバーは、グルーム教授《きょうじゅ》に連れられて、テストを受けるために筆写室に行った。カテリーナが、ドアのところで待ちかまえていた。

「グルーム教授《きょうじゅ》」カテリーナは、大きな瞳《ひとみ》を光らせていった。「テストを見学させていただけますか？　このあいだ、書庫でおもしろい書類を見つけたので、お役に立てるかと思いまして」カテリーナは、アーチーたちに目くばせした。「その書類に、どうやってグレイが魔法《まほう》を書くことができたかという、ヒントが隠《かく》されてると思うんです」

ところがグルーム教授《きょうじゅ》は、いつもほど元気ではなかった。なにか気がかりなことでもあるのだろうか。なんだかそわそわとして、落ち着きがない。

「はあ？　わかった。もちろんだよ、カテリーナくん。とにかく、猛《もう》スピードでみんなの能力《のうりょく》をテストしなきゃいかんからな」

ほかのメンバーたちも、なんだかおかしいと思ったらしく顔を見あわせている。グルーム教《きょう》授《じゅ》が大至急《だいしきゅう》テストを終わらせなければならないような事件《じけん》でも起こったのだろうか？

アーチーたちが席につくと、グルーム教授《きょうじゅ》はやっと笑顔《えがお》になった。

「今日は、呪文《じゅもん》を書く能力《のうりょく》をテストすることにしよう。魔法《まほう》を書く勉強の第一歩が、呪文《じゅもん》を作ることだからね。その呪文《じゅもん》をアゾスで書けば、それが、いろいろな呪文《じゅもん》の基礎《きそ》になる。〈主たる呪文《じゅもん》〉と呼《よ》んでいるがね。だが、決して、そのう……事件《じけん》を起こすわけにはいかない。備《そな》えあれば憂《うれ》いなし、というか。だから、今日は、すぐに消えるインクを使うことにする」

グルーム教授《きょうじゅ》は、金のふたのついたクリスタルのインク壺《つぼ》を三つ、デスクの上に置いた。

「このインクは、乾《かわ》くまでしかもたない。乾《かわ》いたら、跡形《あとかた》もなく消えてしまうんだ」グルーム教授《きょうじゅ》は、いらだっているような咳《せき》ばらいをした。「つまり、きみたちが今日ここで書く呪文《じゅもん》は、数秒しかもたない。だから、まんいちまずいことが起きても、先々《さきざき》に影響《えいきょう》をおよぼすことにはならんのだ！」

「教授《きょうじゅ》ったら、あたしたちに隠《かく》してることがあるんじゃないの？」アラベラが、声をひそめていった。

「ぜったい、なんかあるよね」キイチゴが、ささやき返す。「錬金術師《れんきんじゅつし》の呪《のろ》いと関係があるのに決まってるよ」

「今日は、魔法《まほう》の力を持った羽根ペンを使おう」

五人は、また顔を見あわせた。

グルーム教授《きょうじゅ》は、ガラス戸棚《とだな》のところに行くと鍵《かぎ》をあけた。それから、つるつるに磨《みが》きあげた、木の箱を取りだした。細長い箱で、ふたに螺鈿《らでん》細工で金の輪が描《えが》かれている。

「この箱に入っている羽根ペンは、昔の錬金術師《れんきんじゅつし》クラブのメンバーが持っていたものだ。ブラクストン・フォックス、アンジェリカ・リプリー、ロデリック・トレヴァレンの羽根ペンは、奇跡的《きせきてき》にプディング通りの燃《も》えさかるパン屋の中から持ちだされていたんだよ。だが、悲しいかな、ファビアン・グレイの金色のベヌー鳥の羽根ペンと、フェリシア・ナイトシェイドのものは、ほかの羽根ペンほど運がよくはなかった」

グルーム教授《きょうじゅ》は、細長い箱のふたをあけて中をのぞいた。と、いぶかしげな表情《ひょうじょう》が、教授《きょうじゅ》の顔に浮《う》かぶ。

「わたしは、まちがっていたようだな。羽根ペンは、四本入っている……これは、フェリシア・ナイトシェイドの黒い羽根ペンにちがいない。縦《たて》に溝《みぞ》が入っているからな。火事で焼けてしまったと聞いていたが、ちゃんとここにあるじゃないか」

グルーム教授《きょうじゅ》は、笑顔《えがお》になった。

「というわけで、羽根ペンは四本ある。順番に使えばいいな。アザミ、きみが最初にペンを選びなさい」

グルーム教授《きょうじゅ》が羽根ペンの箱をさしだすと、アザミは手を入れて、白い羽根ペンを取りだした。

「ああ、すばらしいのを選んだな。それは、アンジェリカ・リプリーのものだ。カラドリウス鳥の羽でできてる。カラドリウス鳥は、病を癒《い》やす力を持っているといわれてるんだよ」

つぎは、キイチゴの番だ。斑点《はんてん》のある、茶色い羽根ペンを選んだ。

「それは、ブラクストン・フォックスの羽根ペンだ。グリフォンの羽でできている。魔法《まほう》の宝《たから》を守る、偉大《いだい》な幻獣《げんじゅう》だよ！」

「きみの選んだのは、ロック鳥の羽根ペンだよ」濃《こ》い色の、長い羽根ペンを選んだルパートに、教授《きょうじゅ》はいった。「ロデリック・トレヴァレンが持っていたものだ。さて、最後にフェリシア・ナイトシェイドの溝彫《みぞぼ》りのあるペンだが……」

「わたしが使ってみてもいいですか？」カテリーナが、黒い羽根ペンに手をのばした。

「ああ、もちろんだよ。ただ、きみは金の輪のしるしを持っていないから、時間のむだになるかもしれんがね。インク壺《つぼ》は三つしかないので、きみはルパートといっしょに使うといい」それから、グルーム教授《きょうじゅ》は全員に向かっていった。「それでは、始めようか。それぞれのデスクの上に、羊皮紙が一枚《まい》ずつあるはずだ。さあ、なにか自然に関することを思いうかべて、想像《そうぞう》力《りょく》を働かせて呪文《じゅもん》を作りたまえ。それから、その呪文《じゅもん》を羊皮紙に書くんだ。簡単《かんたん》にできることじゃないぞ。意識《いしき》を集中させなきゃいかんからな」

キイチゴ、アザミ、ルパート、それからカテリーナは、羽根ペンをインク壺《つぼ》に入れた。それから、なにか自然に関することを想像《そうぞう》している。しばらくして、ペン先が羊皮紙を引っかく音が筆写室に響《ひび》いた。ルパート、キイチゴ、アザミは、真剣《しんけん》な顔で呪文《じゅもん》を書いている。カテリーナも、必死になってペン先を動かしている。

初めは、なにも起こらなかったが、ふとアーチーが目をあげると、ちっちゃな青い蝶《ちょう》が、ルパートの頭上をふわふわ舞《ま》っているではないか。

「やったね、ルパート！」

「なにが？」ルパートは、呪文《じゅもん》を書くのに集中している。

「ほら、そこだよ！」アザミが、蝶《ちょう》を指さした。

ルパートが羽根ペンを置いて顔をあげたとたん、羊皮紙の文字は消え、青い蝶《ちょう》もいなくなってしまった。

「あーあ、消えちゃった！」アザミは、ため息をついた。「だけど、ほんとにすごかったよ、ルパート」

「よくできたな」グルーム教授《きょうじゅ》も、うれしそうに拍手《はくしゅ》した。「蝶《ちょう》の呪文《じゅもん》か！　きみの才能《さいのう》は、たいしたもんだ！」

そのとき、ルパートが声をあげた。

「みんな、見て！　キイチゴも呪文《じゅもん》を書いてるよ！」

ルパートのいうとおり。キイチゴがうつむいて、一心に羽根ペンを走らせている。するとマルハナバチが、羽根ペンの上をブンブン飛びまわりはじめた。

みんなが自分を見ているのに気づいたキイチゴは、顔をあげた。ふたたび、インクが消えるのと同時に、マルハナバチも消えてしまった。

「みごとだよ、キイチゴくん！」グルーム教授《きょうじゅ》は、ほめた。「おや、アザミくん。きみのもすごいじゃないか！」

毛むくじゃらの、茶色い毛虫がデスクの上をもぞもぞとはっていたかと思うと、ふっと消えた。

キイチゴは、持っていた羽根ペンをアーチーにわたした。

「今度は、アーチーの番だよ」

アーチーは、羽根ペンをしっかりとにぎった。ペン先の重さと長い柄《え》のバランスがすばらしく、吸《す》いつくように手の中におさまる。アーチーは手をのばして、カテリーナのデスクにあるインク壺《つぼ》にペン先をひたした。

「カテリーナは、どうだね？」グルーム教授《きょうじゅ》がきいた。

カテリーナは、さっきから夢中《むちゅう》でペンを走らせていた。

「まだ、なにも起こらないんです」いらだっているような声だ。

「まあ、むりもないな。魔法《まほう》を書けるのは、金の輪のしるしを持つ者だけだから」

「たぶん、羽根ペンのせいじゃないの」アラベラがいった。「カテリーナの羽根ペンには、修《しゅう》理《り》した跡《あと》があるもの」

カテリーナは、自分の羽根ペンを調べた。

「アラベラのいうとおりね。修理《しゅうり》してあるわ。でも、これはめずらしいことじゃないの。魔法《まほう》の書き手は、自分の羽根ペンをとても大事にしているから、なんとかして長いこと使いつづけようとするのよ。あのファビアン・グレイも、自分のベヌー鳥の羽根ペンを、それは大切にしていたんですって」

アーチーは近寄《ちかよ》って、カテリーナの羽根ペンをよく見てみた。たしかに、修理《しゅうり》した跡《あと》がある。

これがプディング通りでフェリシア・ナイトシェイドが使っていた羽根ペンだとしたら、たしかファビアン・グレイがうばいとって、折ろうとしたはずだ。この羽根ペンが最後に書いたのが、錬金術師《れんきんじゅつし》への呪《のろ》いの言葉だったからだ。ああ、なんとかしてグルーム教授《きょうじゅ》に、この羽根ペンが危険《きけん》だと伝えなければ。でも、どうしたら過去《かこ》の世界に行ったことを打ち明けずに警告《けいこく》できるだろう？

「あのう、グルーム教授《きょうじゅ》。その羽根ペンって、使えないんじゃないんですか？　使わないほうが、いいかも。もしかして、危険《きけん》かもしれないから」

「なんだって？　ふむ、たしかに使いふるされてはいるな。だが、上等な羽根ペンにはちがいない。カテリーナ、きみはどう思うかね？」

「だけど、黒い羽根ペンは……」アーチーがいいかけると、カテリーナがさえぎった。

「特別なペンだっていうの？　じゃあ、どうして魔法《まほう》を書かせてくれないのよ？」

「気にしなくていいよ、カテリーナ」アラベラが、なだめた。「あたしが、代わりに書いてあげようか？」

「ありがとう」カテリーナは、黒い羽根ペンをアラベラにわたした。「それから、これもね」インク壺《つぼ》もわたす。

アラベラがインク壺《つぼ》を受けとったとたん、アーチーがにぎっているグリフォンの羽根ペンがピクピクしはじめた。手の中で、小鳥が羽ばたくように動いているのだ。それから、デスクの上の羊皮紙のほうに、アーチーの手を引っぱっていく。目を丸くしているアーチーにおかまいなく、羽根ペンは勝手にすらすらと動いて、おどろくべき言葉を羊皮紙に記しはじめた。

闇《やみ》か、それとも光か
いずれかを　選ばんとして
街は　燃《も》えつづけたり
その夜の　終わるまで

警告《けいこく》を　聞け
錬金術師《れんきんじゅつし》の呪《のろ》いを　警戒《けいかい》せよ
呪《のろ》いの　くつがえることなければ
友は　友に　背《せ》を向けるであろう

アーチーは、羊皮紙の文字をじっと見つめた。いったい、この言葉はどこからやってきたのだろう？

羊皮紙から目を離《はな》せないでいるアーチーの耳に、とつぜん悲鳴が飛びこんできた。アラベラが黒い羽根ペンをにぎったまま、奇妙《きみょう》な表情《ひょうじょう》を浮《う》かべている。体は、あやつり人形のようににゃりとしているのに、羽根ペンをにぎった手が、命をさずかったようにひとりでに動き、猛《もう》烈《れつ》な勢《いきお》いで羊皮紙に文字をつづっていくのだ。

アラベラの頭上に燃《も》えあがる黒い文字があらわれ、文章になっていく。

何人《なんぴと》も行けぬ　暗きところ
古《いにしえ》の影《かげ》　さまよいて
古き日々《ひび》の秘密《ひみつ》　ひそみたり
闇《やみ》に通ずる道は　隠《かく》れ
人の目に　見ゆることなし

「いったい、どうしたっていうんだね？　ああ、なんということだ！」グルーム教授《きょうじゅ》が、叫《さけ》んだ。「これは、暗黒の魔法《まほう》じゃないか！」

と、アラベラの手から羽根ペンをうばおうとしたグルーム教授《きょうじゅ》の体が、ふいに硬直《こうちょく》してしまった。羽根ペンは、書きつづけている。

影《かげ》の　ひそむところに
闇《やみ》よ　大いなる力を　およぼせ
錬金術師《れんきんじゅつし》の呪《のろ》いが
ふたたび　あらわれるように……

グルーム教授《きょうじゅ》の体が、激《はげ》しく痙攣《けいれん》しはじめた。アーチーたちは、どうしたらいいかわからないまま、恐怖《きょうふ》に震《ふる》えて見つめるばかりだ。

そのとき、聞きおぼえのある声が、アーチーの耳に聞こえた。いつもはおだやかな声が、いまは、せっぱつまったようにはりつめた口調で叫《さけ》んでいる。

「〈ささやき人《びと》〉、なんとかするんだ！　その羽根ペンには、呪文《じゅもん》がかかっている。その男は、おまえの救いの手を求めているんだよ！　手を貸《か》さないと、死んでしまうぞ！」

「だけど、どうやって救ったらいいか、わからないんだよ！」アーチーは、捨《す》て鉢《ばち》になって叫《さけ》んだ。

「おまえが生まれながらにさずかっているものを使うんだ」

するとアーチーの耳に別の声が聞こえた。細くて、甲高《かんだか》い声。初めは震《ふる》えていたが、だんだん力強くなっていく。

「暗黒の羽根ペンよ、闇《やみ》の呪文《じゅもん》よ
　ファロスの光によって　おまえを元の場所にもどす！」

それが自分の声だと知って、アーチーはぎょっとした。だが、その声はアーチーのくちびるからもれるのではなく、目の前の羊皮紙から聞こえてくるのだ。手が動き、羊皮紙の上に呪文《じゅもん》が記されていく。アーチーの頭上に、火のついた、緑色の文字が浮《う》かぶ。

グルーム教授《きょうじゅ》の上にただよっていた黒い文字は、一瞬《いっしゅん》ののちに消えさった。教授《きょうじゅ》はうつぶせに倒《たお》れ、床《ゆか》につっぷした。

「早く、なんとかしなきゃ！」カテリーナが、叫《さけ》ぶ。

「ホークさんを連れてくる」ルパートがいった。「ホークさんなら、どうすればいいかわかってるから」

数分後、ギディアン・ホークが、ウルファス・ボーンとモーラグ・パンドラマを伴《ともな》ってかけつけた。グルーム教授《きょうじゅ》が床《ゆか》に倒《たお》れ、見習いたちがおびえた顔で取りかこんでいる。教授《きょうじゅ》の顔は真っ青で、目の下にくまができていた。

モーラグ・パンドラマがかがみこんだ。

「さあ、教授《きょうじゅ》。これを飲んで」

口にそそぎこまれた薬を、グルーム教授《きょうじゅ》は飲みほした。一、二度まばたきしてから、はっきりと目をあけ、教授《きょうじゅ》はたずねた。

「いったいなにが起こったのかね？」

「ルパートの話によると、暗黒の魔法《まほう》が書かれるのをとめたそうですが」

ホークはそういうと、かがんで、床《ゆか》に落ちていた黒い羽根ペンを拾った。

「この羽根ペンは、どこで手に入れたんですか？」

ホークは教授《きょうじゅ》にききながら、ウルファス・ボーンに羽根ペンをわたした。

「戸棚《とだな》の箱の中に入ってたんだ。ほかの羽根ペンといっしょに。どうしてかね？」と、グルーム教授《きょうじゅ》。

「魔法《まほう》をかけられてるからですよ」ボーンは、親指と人さし指で注意深く羽根ペンをつまんだ。「呪《のろ》いがかかってるんです。長いことにぎってなくてよかったよ。あと何秒かにぎってたら、死んでたところだ」と、かぶりをふる。「これ、どうしたらいいだろう?」つまんだ羽根ペンを見せながら、ホークにきく。

「わたしの部屋《へや》に持ってってくれ。そこで調べてみるとしよう」ちょっとまをおいてから、ホークはつづけた。「というか、残りの羽根ペンも、全部持っていくことにするよ。そのほうが安全だからな。うっかり使ってみようなんて者がいると大変だ」

アーチーたちは、顔を見あわせた。これから、どうしたらいいだろう? 戸棚《とだな》に入れて、鍵《かぎ》をかけられたら、自分たちだけで魔法《まほう》を書くチャンスなどなくなってしまう……。

「さあさあ、騒《さわ》ぎはこれで終わりだ」ホークがいう。「みんな、持ち場にもどって、仕事をつづけなさい」

ルパートたちは、ぞろぞろと筆写室を出ていく。あとにつづこうとしたアーチーの腕《うで》を、ホークがつかんだ。

「暗黒の魔法《まほう》は、なんとかしてこの世にもどる道を探《さが》してるんだ。きみがとめなければ、グルーム教授《きょうじゅ》は殺されていただろうな。どうやって、助けたんだね？」

「わかりません。羊皮紙に書きはじめたら、言葉が自分のほうからやってきたっていうか……」

ホークは、デスクの上にある羊皮紙に目をとめた。まだ、字が消えずに残っている。ホークは、羊皮紙を手に取って調べた。

「これは、きみが書いたのかね？」

アーチーは、うなずいた。すぐ消えるインクを使ったのに、どうして字が残っているんだろう？

「きみが使ったインクは？」

「グルーム教授《きょうじゅ》は、消えるインクだっていってました」

「羽根ペンを入れたインク壺《つぼ》は、どれだ？」

「あれです」

ホークは、そのインク壺《つぼ》を手に取って、においをかいだ。それから、明かりにかざして見ている。インク壺《つぼ》の中が、金色に輝《かがや》いている。

「アゾスだな」ホークはいった。「だから、呪文《じゅもん》が消えてないんだよ。あの黒い羽根ペンも、このインク壺《つぼ》に入れていたのかね？」

アーチーは、思い出してみた。

「ええ、そうだったと思います」

ホークは、考えこんだ。

「うーむ、このインク壺《つぼ》も、わたしが管理したほうがよさそうだな。だれかの手にわたったら、危険《きけん》なことになる。それから、もうひとつ。ファビアン・グレイの指輪、いまも持ってるかね？　ちょっと調べたいんだが」

「ポケットの中にあります」

「それも〈行方不明本《ゆくえふめいぼん》〉係の部屋《へや》に持っていったほうがいい。ウルファスが調べてくれるまで、預《あず》かっておこう」

ホークは、指輪を受けとった。デスクの上の羊皮紙も、丸めてポケットに入れたのを、アーチーは見ていた。


それから数日、魔法《まほう》図書館じゅうが暗黒の羽根ペンのうわさで持ちきりだった。勝手なうわさが、見習いたちのあいだを飛びかっている。羽根ペンを持ってきたのは、金の指輪をくわえてきたワタリガラスだなどと、まことしやかにいう者までいた。幹部《かんぶ》たちは、さっそく調査《ちょうさ》を始め、呪《のろ》われた羽根ペンがどうしてほかの羽根ペンといっしょに戸棚《とだな》にあったのかつきとめようとしたが、なにもわからない。アーチーは、うしろめたくなった。黒い羽根ペンが危険《きけん》だと知っていたのに、アラベラやグルーム教授《きょうじゅ》が使うのをとめることができなかったのだから。カテリーナが、なにかいいたそうな顔で、アーチーのことを見ていた。黒い羽根ペンのことをアーチーが知っているのではと、疑《うたが》っているのだろうか。

二日後に、アーチーはホークに呼《よ》ばれて〈行方不明本《ゆくえ》〉係の部屋《へや》に行った。ホークはデスクにつき、モーラグ・パンドラマとウルファス・ボーンも暖炉《だんろ》のそばにすわっている。

「きみがこのあいだ書いた呪文《じゅもん》のことを話しておきたいと思ってね」アーチーが、おんぼろのソファに腰《こし》かけると、ホークは切りだした。「単純《たんじゅん》な呪文《じゅもん》だって簡単《かんたん》ではないが、もっと複雑《ふくざつ》な呪文《じゅもん》を書くのは並大抵《なみたいてい》のことではない。人をおびきよせたり、自分の思いのままにさせる呪文《じゅ》《もん》とか。だが、昔の魔法《まほう》の書き手は、そんな複雑《ふくざつ》な呪文《じゅもん》を書くのに長《た》けていたんだよ。彼《かれ》らは、アゾスを使って呪文《じゅもん》を書いたから、長いあいだ呪文《じゅもん》が力を持ちつづけることができた。そして、彼《かれ》らの呪文《じゅもん》の力が強いのは、それぞれの魔術師《まじゅつし》が創造《そうぞう》した唯一無二《ゆいいつむに》のものだったからなのだ。つまり、だれも前に書いたことのない呪文《じゅもん》ということだ。そういう呪文《じゅもん》は〈主たる呪文《じゅもん》〉と呼《よ》ばれて、いまに至《いた》るまで残っている。ところが、アーチー。このあいだきみが書いた呪文《じゅもん》も、いままでだれも書いたことのないものだったんだよ」

「なんで、そんなことがわかるんですか？」アーチーは、胸《むね》がどきどきしてきた。

「モーラグが調べたんだが、おなじ呪文《じゅもん》は、ひとつも記録に残っていなかった。つまり、きみが創造《そうぞう》したものだ。そればかりではない。とても、特殊《とくしゅ》な呪文《じゅもん》だったんだ。グルーム教授《きょうじゅ》を、呪《のろ》いから解放《かいほう》したんだからね。ちょっと、きみの力を試《ため》してみようか」

ホークはデスクの引き出しをあけて、なにかを取りだした。ブラクストン・フォックスが持っていたという、斑点《はんてん》のある茶色の羽根ペンだ。ホークは羽根ペンをアーチーのほうにすべらせてよこしてから、インクと羊皮紙をわたした。アーチーは羽根ペンを手に取ると、インク壺《つぼ》にペン先をひたした。

ホークは、アーチーの顔をじっと見つめながらいう。

「いいか。目を閉《と》じて、思いっきり想像《そうぞう》をふくらませるんだ。なにか自然界の魔法《まほう》を考えて、思いえがいてごらん。それがはっきりと見えるようになったら、今度はこの部屋《へや》の中にいると想像《そうぞう》してみたまえ。きみの頭に浮《う》かぶものなら、なんでもいいよ。きみ自身の呪文《じゅもん》を作るんだから」

アーチーは目を閉《と》じて、集中しようとした。でも、なにも思いうかばない。

「いま、頭の中にあるのはなんだね、アーチー？」

しばらくして、ホークがきいた。

アーチーの頭の中は、空っぽだった。思いえがけるものといえば、漆黒《しっこく》の闇《やみ》だけ。と、なにかが見えた。最初は、ちょっと見えただけだったが、しだいに闇《やみ》の中にひと筋《すじ》の光がさしこんできたのだ。

「なにが見えるんだね？」

「〈ファロスの火〉です」

ほんのつかのま、体の中に魔法《まほう》があふれだした気がした。くらくらと目まいがしてくる。

「見て！」モーラグ・パンドラマが、息をのんだ。「この子、魔法《まほう》を書いてるわ！」

緑に燃《も》える文字が、アーチーの頭上に浮《う》かんだ。だが、はっと思った瞬間《しゅんかん》、頭の中の火は見えなくなり、緑の文字も消えてしまった。

アーチーは、すっかり自信を失った。もう少しで、自分だけの呪文《じゅもん》が書けるところだったのに。ホークたち三人もがっかりしているのが伝わってくる。

「気にするな。まだ、魔法《まほう》を書くには若《わか》すぎるんだ。ファビアン・グレイだって、きみぐらいの年では、魔法《まほう》を書けなかったんだからな」ホークは、やさしい笑《え》みを浮《う》かべていった。

ホークは、部屋《へや》を出ようとしたアーチーの手に金の指輪をのせた。

「ウルファスに、調べてもらったんだ。この指輪に暗黒の魔法《まほう》が宿っている気配はない。だから、返すよ」アーチーが指輪をポケットに入れるのをたしかめてから、ホークはつづけた。

「その指輪、大事にするんだよ。それから、最後にもう一度いっておく。暗黒の魔法《まほう》は、なんとかしてこの世にもどりたいと思ってるんだ。じゅうぶんに気をつけるんだよ。きみ自身が暗黒の魔法《まほう》に支配《しはい》されるようなことがないように」

⑮ アガサの骨董屋《こっとうや》

あっというまに、クリスマスの季節がやってきた。アーチーが初めてオックスフォードで迎《むか》えるクリスマスだ。イヌノキバ通りのキッチンテーブルで、アーチーはロレッタおばさんが作ったミンスパイをキイチゴたちと食べていた。アザミにいわせれば、ミジメパイだ。世にもひどい味だから、ひと口食べただけで、みじめになるからという。

あれから錬金術師《れんきんじゅつし》クラブは、ファビアン・グレイの実験室で定期的に集まっていた。だが、スクリーチやマージョリー、それにゼブじいさんに見られないように、こっそりとしのびこまなければいけない。夜、古書店が閉《し》まったあとに、アーチーが鍵《かぎ》をあけてみんなを入れ、帰るときにまた鍵《かぎ》をしめておく。昼間は危《あぶ》なくて、とても集まれるものではなかった。

キッチンテーブルの上に、アザミが『魔法《まほう》の名所案内』を開いていた。

「ずっと考えてたんだけどさ」アーチーは、いとこたちに切りだした。ミンスパイをぱくっとやったキイチゴが顔をしかめている。「ファビアン・グレイの指輪のことなんだ。もっと調べなきゃいけないのかも。ワタリガラスが指輪をぼくにくれたのは、なんか理由があるんじゃないかな」

名所案内を読んでいたアザミが、顔をあげた。

「それを調べるのに、ちょうどいい場所があるよ。読むから聞いてて。

アガサの骨董屋《こっとうや》

オックスフォードにある骨董屋《こっとうや》で、占《うらな》いの道具や、そのほかの魔法《まほう》に関する骨董品《こっとうひん》を売っている。骨董品《こっとうひん》や魔法《まほう》の品の目利《めき》きも、満足することうけあい」

「それって、ブックフェアで〈天空鏡〉を売ってたおばさんの店だよね」キイチゴが、いった。

「そういえば、お店にも来てくれっていってたじゃない」

「うん」アーチーも、うなずいた。「あのおばさん、ぼくのペンダントがエメラルド・アイだって、ひと目でわかったんだ。その店に行ってみたほうがいいな」

つぎの朝、凍《い》てつくような寒さの中を、アーチーたちはアガサの骨董屋《こっとうや》に出かけた。オックスフォードの中心街に入り、大通りをちょっと曲がったところに、屋根つきの市場がある。三人は、店のあいだの迷路《めいろ》のような通路をたどっていった。ところが、二度、三度と歩きまわったのに見つからない。ちょっと魔法《まほう》っぽいかなと思うような店すらない。すぐに見つかると思っていたから、アザミも魔法磁石《まほうじしゃく》を持ってきていなかった。

「もしかして、引っ越《こ》したんじゃないかな」アザミが、白いもやのような息を吐《は》きながらいった。

「いや、この市場のどこかにあると思うんだ」と、アーチーはいった。「きっと探《さが》す場所が、まちがってるんだよ。名所案内には、どうやって探《さが》せって書いてあったの？」

アザミは『魔法《まほう》の名所案内』を開いた。

「アガサの骨董屋《こっとうや》を探《さが》すには、鼻をきかせろ……だってさ。この本、ぜんぜん役に立たないじゃん」

「いや、そのとおりかも」アーチーは、足をとめた。「きっと目で探《さが》してるから、見つからないんだ」大きく息を吸《す》いこんでみる。「なんかにおいがするよ」

「魚屋のにおいだったりして」アザミが、にやっと笑った。

「ちがう。甘《あま》くて、いいにおいだよ」

「うん。たしかににおうな」アザミもいった。「ヴァニラに、ちょこっと硫黄《いおう》のにおいがまじってる――腐《くさ》ったにおいもちょっとだけ」

アモーラ、魔法《まほう》のにおいだ！　三人は、また市場の中を歩きだした。ときどき目を閉《と》じて、息を吸《す》いこんでみる。八百屋の店先を、ちょっとばかりうろうろしてしまった。新鮮《しんせん》な果物や切りたての花が、まさに〈大自然の魔法《まほう》〉そのもののにおいを放っていたからだ。そのときキイチゴが、かすかな硫黄《いおう》のにおいをかぎあてた。これこそ定番の〈現世《げんせ》の魔法《まほう》〉のにおいだ。

「あそこの店からにおうよ。ほら、靴屋《くつや》の横の、陰《かげ》にある店」

市場の隅《すみ》の暗がりに、小さな店がひっそりと立っている。近づくにつれて、魔法《まほう》のにおいがますます強くなった。ウィンドウには赤いカーテンがさがり、看板《かんばん》に「アガサの骨董店《こっとうてん》、魔法《まほう》を買うならこの店へ」と書いてある。

三人はドアをあけて、中に入った。せまくて、いろんな品物がごちゃごちゃ置いてある。特に値《ね》のはる魔法《まほう》の道具は、ガラスケースの中にならんでいた。

店主のアガサが、三人を迎《むか》えた。ブックフェアのときとおなじ、緑色のスモックを着ている。

「おはよう、みなさん。なにをお探《さが》しですか？　お友だちや、ご家族にあげるプレゼントかしら？」

「ブックフェアのときに、会いましたよね」アーチーがいった。「ぼくのペンダントのこと、きかれたけど」

アガサは、うるんだ目で三人の顔を見た。

「ああ、そうだったわね。思い出したわ。ジョン・ディーが未来を占《うらな》うのに使ってた水晶玉《すいしょうだま》、エメラルド・アイね。あなた、気が変わって売りたくなったの？」

「いえ、別のことで来たんです。指輪のことがききたくて」

「見せてみて。わたしにわかることなら、教えてあげるから」

アーチーは、ためらった。アガサを信用してもだいじょうぶなのかな？　でも、この指輪のことは、どうしてもきかなくちゃ。ポケットから指輪を取りだして、カウンターの上に置いた。

アガサは、鋭《するど》い目で指輪を見つめた。骨《ほね》ばった指が、鉤爪《かぎづめ》のように曲がって指輪を囲む。灰《はい》色《いろ》の瞳《ひとみ》が、ぎらぎら光っている。

横にいるキイチゴとアザミが、そのようすを息をつめて見つめているのが、アーチーにもわかった。アガサは、のどの奥《おく》から、ほくほくしたような声をもらした。

「まあまあ、ファビアン・グレイが持っていた指輪じゃないの」大きくため息をつく。「あなたの持ってるものって、ほんとにびっくりするようなものばかりね。つぎは、グレイの羽根ペンを持ってるなんていいだすんじゃないかしら！」アガサは、三人の顔をうかがう。「この指輪、どこで手に入れたの？　これも、だれかからのプレゼントっていうんじゃないでしょうね？」

アーチーは、にっこりと笑った。

「みたいなものだけど」ワタリガラスが運んできたなどと、教える気はなかった。「この指輪のこと、なにか知ってるんですか？」

アガサは、考えこむように、首を横にふっている。口元に、かすかな笑《え》みが浮《う》かんでいた。「ファビアン・グレイは、イングランドで最も偉大《いだい》な錬金術師《れんきんじゅつし》だったのよ。たいていの人は、ロンドン大火を起こした張本人《ちょうほんにん》だってことしか知らないけど、グレイはすぐれた画家で、発明家でもあったの。この指輪は、グレイが自分で作ったものだわ」金の指輪をしげしげとながめている。「魔法《まほう》の火で鋳造《ちゅうぞう》したものって、それほど多くはないけど——これはまさに魔法《まほう》の火で溶《と》かして型に流した指輪だわね」指輪を目のところまでつまみあげてから、人さし指と親指でくるっとまわす。「これ、なにかしらね？　内側に、なにか書いてあるわ」

アガサは〈想像鏡《そうぞうきょう》〉を持ってきて、指輪をのぞいた。

「わたしには字が小さすぎるけど、あなたなら読めるんじゃないの？」アガサは指輪を手のひらにのせると、〈想像鏡《そうぞうきょう》〉をアーチーにわたした。そこに刻《きざ》まれていたのは——。

これは　我《わ》が言葉、我《わ》がしるし
火をもって作られし　闇《やみ》の中の光

「こういう文章が刻《きざ》みこまれている指輪は、特別なものにちがいないわね。気をつけなさいな。この指輪をうばおうと、あらゆることをしかけてくる連中がいますからね」

「〈食らう者〉たちってこと？」アザミがきいた。

「収集家《しゅうしゅうか》たちよ」

ふたりのやりとりを聞いて、アーチーの胸《むね》の中は不安でざわざわしてきた。早く指輪を返してもらいたい。でも、アガサはしっかりとにぎったままだ。

「これ、いくらで売りたいの？」アガサがきいてきた。

「売りたいとは思ってません」

アーチーが手をのばしたのに、アガサはわたしたくないようだ。そのとき、なにかが鳴いた。黒い鳥が、店のウィンドウに羽ばたきながらぶつかっている。アーチーの手のひらが、むずむずしてきた。

アーチーは、アガサの指輪を持っている手をにぎった。それから、そっと指輪をつまみだす。ふたたびポケットに指輪をもどしたとき、アガサが小さく声をあげたのが聞こえ、手が宙《ちゅう》をつかむようなしぐさをするのが見えた。

⑯ 幻獣《げんじゅう》たちの反乱《はんらん》

つぎの事件《じけん》は、一週間後に起こった。アーチーは、ゼブじいさんにいわれて、幻獣《げんじゅう》動物園にイエティの毛と狼男《おおかみおとこ》の鉤爪《かぎづめ》をもらいに行くことになった。とちゅうで〈大自然の魔法《まほう》〉部にいたキイチゴとアザミに出会った。ふたりも、アーチーといっしょに幻獣《げんじゅう》動物園に行きたいという。

幻獣《げんじゅう》動物園の前まで行くと、中は大騒《おおさわ》ぎになっていた。甲高《かんだか》い鳴き声、羽ばたく音、うなり声がいっしょになって流れてくる。恐《おそ》ろしいまでの騒音《そうおん》だ。ルパートの姿《すがた》は見当たらず、通路に餌《えさ》のバケツが引っくり返っていた。

クンクンの囲いをのぞいてみたが、一匹《ぴき》もいない。姿《すがた》を消しているか、どこかへ逃《に》げだしているのだろう。

となりの檻《おり》では、ドードーのデズモンドが必死に短い翼《つばさ》をパタパタさせ、頭がおかしくなったように鳴きつづけている。黒塗《くろぬ》りのガラスドアをはめた檻《おり》では、人食い鳥、スチュムパーロ

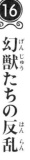

スが檻《おり》に体当たりして、血が凍《こお》りつくような声で鳴いていた。

「なにか悪いことが起こったみたい」キイチゴがいった。「ルパートは、どこなの？」

「あっ、ドリュアスが！」アザミが叫《さけ》んだ。

木の精《せい》、ドリュアスたちが高い梢《こずえ》にしがみついて、声もかぎりにわめいている。枝《えだ》をゆらして、なにかを指さしているようだ。

「ぼくたちに、なにか教えたがってるんだ」アーチーが、いった。「なにを指さしてるんだろう？」

ドリュアスたちの指の先を見ると、囲いの上に銀色のロケットが置いてあった。

「ルパートの新しいお守りよ。このあいだ、もらったっていってた」キイチゴがいう。

ロケットのふたは、あいていた。ドリュアスたちは、ロケットを指さしては、ちっちゃな手で耳をふさいでいる。

「きっと、ミュージカル・ロケットだな」と、アーチーはいった。「とっても周波数が高いから、ぼくたちには聞こえない音だけど、動物はすっごくいやがるんだよ。気が立って、おかしくなるんだ。ほら、見て！」

ゴールデンハインドとサチュロスが、跳《は》ねあがったり、鼻を鳴らしたりしながら、檻《おり》の中をかけまわっている。火トカゲのサイモンは、真っ赤になって怒《おこ》っていた。サイモンが檻《おり》の戸に吹《ふ》きつけた炎《ほのお》を、三人はあわててよけた。

そのとき、とどろくような牛の声が聞こえてきた。

「大変！」キイチゴが、指さした。となりの檻《おり》の補強《ほきょう》された戸があいている。「ミノタウロスが外に出ちゃってる！」

キイチゴのいうとおり、恐《おそ》ろしい声はミノタウロスの檻《おり》からではなく、となりにあるペガサスの広い囲いから聞こえてくる。おびえきったいななきを聞きつけた三人は、囲いの戸口めがけて走った。

隅《すみ》に追いつめられたペガサスは、恐怖《きょうふ》のあまり鼻腔《びくう》を広げ、目をむいていた。ミノタウロスがペガサスを血走った目でにらみつけ、鋭《するど》い角を無防備《むぼうび》な腹《はら》に向けておどしている。ペガサスめがけて一気に突進《とっしん》する態勢《たいせい》に入っているのだ。

そのとき、三人はおびえたペガサスと猛《たけ》りくるったミノタウロスのあいだに、なにかが横たわっているのに気づいた。ルパートだ。ぴくりとも動いていない。キイチゴが、口に手を当てた。

「ルパート！」キイチゴが叫《さけ》んだが、ルパートには聞こえていない。「けがをしてる。ペガサスを守ろうとして、襲《おそ》われたんだ！」

ミノタウロスは、大きく鼻を鳴らし、地面を前足でかいた。巨大《きょだい》な頭をのけぞらせて、吠《ほ》える。

「殺されちゃうぞ！」アザミも叫《さけ》ぶ。「ミノタウロスを、早くとめなきゃ」

囲いの戸口までは、二十メートル。走っていってもまにあわない。アザミは囲いをよじのぼりはじめたが、アーチーはもうのぼりきっていた。飛びおりて、ルパートに走りよる。

「ちょっと待ってよ！」囲いをよじのぼりながら、キイチゴが叫《さけ》ぶ。アザミは、もう向こう側に飛びおりて、アーチーのあとを追っていた。キイチゴも、囲いのてっぺんをひらりとまたいで、中に飛びおりた。三人が走ってくるのを見て、ミノタウロスはとまどっているようだ。

アザミは、大声で叫《さけ》びながら、両手をふりまわす。ミノタウロスは、きょろきょろと三人を見ている。ええい、腹《はら》の立つ人間たちめ！　いちばんしゃくにさわるのは、どいつだ？

キイチゴは、餌入《えさい》れのバケツを、棒《ぼう》でガンガンたたいた。

ミノタウロスがバケツに気を取られているあいだに、アーチーはルパートにかけよった。かなり重いが、両脇《りょうわき》に腕《うで》をさしこんで、なんとかミノタウロスの前からペガサスのほうに引きずっていく。ペガサスはいななき、気がふれたように頭をふりあげ、目をむいてアーチーがルパートを引きずってくるのを見ている。

ルパートがぴくりと動き、なにかいっているようだ。

「あばら骨《ぼね》が、折れた。ミノタウロスに、ふみつけられた。あの子を守らなきゃ……」

ペガサスはおびえて、鼻腔《びくう》を広げている。

「だいじょうぶだよ」アーチーは、ペガサスをなだめた。「いま、飛べるようにしてやるからな」

ペガサスは、わかったのだろうか、首をかしげている。

「じっとしてるんだよ」アーチーは、片手《かたて》をあげて落ち着かせてから、やさしく頭をなでた。それから、ルパートをちょっと床《ゆか》におろし、ペガサスの胴体《どうたい》にしばりつけてある革《かわ》ひもをほどいてやった。ペガサスが、翼《つばさ》をいっぱいに広げる。

ミノタウロスが、こっちの気配に気づいた。アザミとキイチゴが叫《さけ》んだり、腕《うで》をふりまわしたりしたが、血走った目はアーチーとペガサスをにらみつけている。ひと声吠《ほ》えるなり、頭をさげて突進《とっしん》してきた。

「逃《に》げてえ、アーチー！」

キイチゴは、必死にお守りのブレスレットについている飾《かざ》りを探《さぐ》った。ちっちゃな弓矢だ。だが、矢をつがえて、ミノタウロスに的をしぼる時間はない。

アーチーは、追いつめられた。もう、できることはひとつしかない。ルパートを立たせてペガサスの背《せ》に乗せると、自分もはいあがった。

ペガサスは目を見開いて、突進《とっしん》してくるミノタウロスを見つめている。ミノタウロスがぐんぐん近づいてくる。もうだめだとアーチーが思った瞬間《しゅんかん》、ペガサスは力強く翼《つばさ》を羽ばたかせ、宙《ちゅう》に舞《ま》いあがった。そのまま、高く、さらに高く昇《のぼ》っていく。アーチーは、片手《かたて》で真っ白な、長いたてがみを、もう片方《かたほう》の手でルパートをしっかりつかんだ。

ペガサスが囲いの上を舞《ま》っているのを見て、アザミとキイチゴは「やったあ！」と歓声《かんせい》をあげた。スピードを落とすことができなかったミノタウロスは、囲いに激突《げきとつ》して、怒《いか》りのあまり吠《ほ》えた。さすがの怪物《かいぶつ》も、一瞬《いっしゅん》くらくらしたようだが、頭をふると、ふたたび地面を足でかきはじめる。

「キイ姉ちゃん。そろそろ逃《に》げたほうがいいかも！」

「あたしも、そう思う。走れ、アザミ！」

ふたりは、囲いの戸めがけて走った。ミノタウロスのひづめの音が、ぐんぐんと背後《はいご》に迫《せま》る。最初に戸にたどりついたキイチゴが脱出《だっしゅつ》し、すぐあとにアザミが、そのすぐあとにミノタウロスが……。だが、あやういところで戸を閉《し》めることができた。戸に激突《げきとつ》する、すさまじい音と、木の裂《さ》ける音がしたかと思うと、ミノタウロスは気絶《きぜつ》していた。

キイチゴは、服のほこりを払《はら》った。それから、銀のロケットのところに行き、ふたを閉《し》めた。幻獣《げんじゅう》たちは、たちまちおとなしくなった。

キイチゴは、小さく口笛を吹《ふ》いた。

「ヒュウッ！　危機一髪《ききいっぱつ》だったね。えっと、アーチーとルパートは？」キイチゴは、天井《てんじょう》を見あげた。「まだあそこにいるじゃない！　あのふたり、けっこう楽しんじゃってるよ！」

キイチゴのいうとおり、ペガサスは長いたてがみをなびかせながら、幻獣《げんじゅう》たちの上を舞《ま》っている。ルパートもまだぐったりしていたが、アーチーの前にまたがって、片手《かたて》をペガサスの胴《どう》にまわし、片手《かたて》であばら骨《ぼね》のあたりを押《お》さえていた。


三十分後、ひたいにしわを寄《よ》せたギディアン・ホークが〈行方不明本《ゆくえ》〉係の部屋《へや》の中を行ったり来たりしていた。グレイブズ部長とグルーム教授《きょうじゅ》が、暖炉《だんろ》のわきのひじ掛《か》け椅子《いす》に腰《こし》かけて、ホークのようすを見守っている。部屋《へや》の真ん中にある、おんぼろの革《かわ》のソファには、アーチーとルパートがすわっていた。

ルパートは、幻獣《げんじゅう》動物園で起こった事件《じけん》のいきさつを話していた。

「最初は、なにもかもいつもどおりだったんです。つぎに覚えてるのは、ロケットのふたをあけたことで……そしたら、地獄《じごく》みたいな騒《さわ》ぎになっちゃって」

「つまり、あなたがこれを動物園に持っていくって知ってる人がいたわけね」グレイブズ部長は、ミュージカル・ロケットをつまみあげた。「これが大騒《おおさわ》ぎを引きおこすのを当てにしてた連中がいるんですよ。ちっぽけだけど、ほんとにいやらしい悪だくみがこめられてたってことだわ」

「なんの害もないように見えるけど、そのロケットには呪文《じゅもん》がかけられてたんです」ホークがいう。「あけた人間に呪文《じゅもん》をかけ、幻獣《げんじゅう》たちの頭がおかしくなるような呪文《じゅもん》がね」

「それは、どこで手に入れたんだね？」グルーム教授《きょうじゅ》がきいた。

「あのう、とっても変なんですけど……ぼくは、教授《きょうじゅ》がくれたんだと思ってたんですよ！だって、手紙がついていたから。金の輪のしるしをさずかった見習いは、全員お守りを持たねばいけないことになっている。だから、このロケットは、きみのものだ……って」ルパートは、ちょっと言葉を切ってからつづけた。「じゃあ、教授《きょうじゅ》がくれたんじゃないんですか？」

「バカいっちゃいかんよ！」と、グルーム教授《きょうじゅ》。

「じゃあ、だれがくれたんだろう？」

「ほかに、お守りを受け取った者はいるのかね？」ホークがきいた。

ルパートは、ちょっと考えた。

「アーチーが、ワタリガラスから指輪をもらったけど……」

「うむ。あの指輪だな」なにごとか考えこんでから、ホークはロケットを指さした。「だが、このロケットはちょっと話がちがう。それに、なんの前ぶれもなしに、とつぜんきみに送ってきたんだろう？」

「ぼく、お守りのカフスボタンをなくしちゃって、そのすぐあとだったんです。ちゃんとプレゼントみたいにつつんであったから……」

「とんでもないプレゼントだな。アーチーがとっさに知恵《ちえ》を働かせなければ、死んでいたところだぞ」と、ホーク。

アーチーは、にっと笑ってしまった。プレゼントといえば、アーチーもこっそりペガサスの白い羽をプレゼントしてもらって、シャツの中に一本隠《かく》していたのだ。

「ペガサスも、喜んでたみたいです」

アーチーの言葉に、ルパートがつづけた。

「ぼくもだよ！　ほんとにありがとう、アーチー」

すると、グレイブズ部長が深刻《しんこく》な顔でかぶりをふった。

「最初は、黒い羽根ペンであんなことが起こってしまったし、つぎにはこれですからね」

「グレイブズ部長、羽根ペンの事件《じけん》もこの騒《さわ》ぎも、ぐうぜん起こったわけではないと思いますよ」ホークのひたいのしわが、ますます深くなった。「錬金術師《れんきんじゅつし》の呪《のろ》いがもどってきてるんだ」

⑰ 〈日《ひ》和《より》見《み》計《けい》〉

十二月も半ばを過《す》ぎると、凍《い》てつくような寒さと疾風《しっぷう》まじりの雪がオックスフォードにやってきた。なにひとつ問題が解決《かいけつ》されないので、アーチーたちはがっかりしていた。魔法《まほう》図書館の仕事は年じゅう無休だが、見習いたちはクリスマス休暇《きゅうか》をもらえることになっていた。

ふだんだったら子どもたちは、顔を合わせればクリスマスプレゼントの話をして、胸《むね》を躍《おど》らせているところだ。だが、錬金術師《れんきんじゅつし》クラブのメンバーたちの頭上には、黒い影《かげ》が落ちていた。ルパートと呪文《じゅもん》をかけられたロケットの事件《じけん》が、全員の心に重くのしかかっていたのだ。

幹部《かんぶ》たちがやっきになって探《さが》しても、ルパートにロケットを送った犯人《はんにん》はわからずじまいだった。錬金術師《れんきんじゅつし》クラブのメンバーも、「錬金術師《れんきんじゅつし》の呪《のろ》い」とはなにかつきとめようとしていたが、いまだにわからなかった。どうやらこれは魔法《まほう》図書館の極秘事項《ごくひじこう》らしい。

クリスマス休暇《きゅうか》が始まった日の朝、ロレッタおばさんが階段《かいだん》の下からアーチーを呼《よ》んだ。

「郵便《ゆうびん》が来てるわよ、アーチー。キッチンテーブルの上に置いといたから」

アーチーは、たちまち元気になった。おばあちゃんからにちがいない。おばあちゃんは、まだ旅のとちゅうだった。思ったとおり、白いクッション封筒《ふうとう》には、おばあちゃんの整った字でアーチーの名前が書いてあった。

封筒《ふうとう》の中には、見た目も楽しい包み紙でくるんだプレゼントと、カードが入っていた。

メリークリスマス！　グリーンおばあちゃんから、かわいい孫たち、アーチー、キイチゴ、アザミへ。

追伸《ついしん》・クリスマスまであけないこと。

プレゼントのほかに、アーチー宛《あて》の手紙も入っていた。おばあちゃんからの便りを待ちこがれていたアーチーは、急いで封筒《ふうとう》を破《やぶ》いて読みはじめた。

アーチーや

一年のうちでいちばん大切な季節にいっしょにいてやれなくて、ごめんね。でも、わたしはいつも孫たち三人のことを思っているよ。

この手紙をおまえだけに宛《あ》てて書いているのは、旅のとちゅうでわかったことを知らせたいからなの。

もう知っているとおり、おまえの父さんは姿《すがた》を消す前に、できるかぎりおまえを魔法《まほう》の世界に近づかせないという約束をわたしと交《か》わしました。でも、まんいち約束を破《やぶ》らなければならない時が来たら、ファビアン・グレイのことをできるかぎり調べてくれと、お父さんは頼《たの》んでいたんだよ。おまえの運命とファビアン・グレイの運命が、なぜか結びついているということは、魔法界《まほうかい》の一部ではよく知られていることだからね。

ここまで調べてわかったことを、教えてあげようと思う。燃《も》えあがるパン屋から逃《に》げだしたグレイは、いったんオックスフォードにもどったものの逮捕《たいほ》されて、ロンドン塔《とう》の牢獄《ろうごく》に入れられたんだよ。

グレイは、パン屋の地下室で起きたことに大変なショックを受けて、なかば記憶《きおく》を失っていたらしいね。そんな精神状態《せいしんじょうたい》でいたのに、その後なんとかロンドン塔《とう》から脱出《だっしゅつ》して、イギリスを出たといわれてる。わたしはグレイの足跡《あしあと》をたどって、ヒマラヤまでたどり着いたところ。でも、グレイがヒマラヤからどこに行ったのかは、まだわからない。

解《と》き明かさなければいけない疑問《ぎもん》はまだまだあるから、答えを見つけるまで、わたしは帰ることはできないんだよ。いつもいとこたちと離《はな》れないようにね。この手紙も、ふたりに見せるといい。キイチゴとアザミ、それからロレッタとスイカズラに、くれぐれもよろしくね。

それじゃ、楽しいクリスマスを！


いつもおまえのことを思ってる、おばあちゃんより

アーチーは、手紙をキイチゴたちに見せた。

「指輪を持ってきたワタリガラスも、ロンドン塔《とう》から来たっていってたよね」キイチゴは、考えこんだ。「それに、ロンドン塔《とう》のワタリガラスって有名だから、ありそうなことだよ。だけど、どうしてグレイは、すぐにイギリスを出たのかな？　それに火事の直後に、わざわざ危険《きけん》を冒《おか》してオックスフォードにもどったのも、謎《なぞ》だよね。だって、警察《けいさつ》がまっさきに探《さが》すのは、オックスフォードに決まってるじゃない」

「もう記憶《きおく》がなくなってて、頭がおかしくなってたのかも」と、アザミ。

「だけど、ここにもどってこられたんだから、そんなにおかしくはなかったと思うな」アー

チーは、いった。「きっと、なにかやらなきゃいけないことがあったから、オックスフォードにもどったんだよ。やり残したことがあったんだ」

下からロレッタおばさんが三人を呼《よ》んでいる。

「それ、あとから考えようよ」アザミがいった。「ママがクリスマスツリーを飾《かざ》ってもらいたいんだって」


クリスマスの飾《かざ》りつけは、いい気晴らしになった。天井《てんじょう》から魔法《まほう》の提灯《ちょうちん》を吊《つ》るし、アーチーが作業場からもらってきた羊皮紙の切れ端《はし》をクリスマスツリーの形に切りぬいた。ツリーに金モールや、いろいろな飾《かざ》りをつけ、下にプレゼントを置く。おばあちゃんからのプレゼントは、いちばんいい場所に置いた。

アラベラが、うれしいニュースを知らせに来てくれた。ルパートが快方《かいほう》に向かっていて、ミノタウロスに襲《おそ》われた傷《きず》も後遺症《こういしょう》にはならないという。

「まだ、真っ青な顔をしてるけどね」そういうアラベラも、顔色が悪い。「あばら骨《ぼね》が二、三本折れてたけど、しばらくすればだいじょうぶになるって」

「よかった。安心したよ」キイチゴがいう。

「どこのアホウが、呪《のろ》いのかかったロケットなんか送ってきたんだよ？」アザミがいった。

「そいつ、そうとう頭がいかれてるんじゃない？」

「そうだよ。ルパートが死んじゃうところだったもん」アラベラは泣きそうな顔でうなずいてから、話題を変えた。「あたし、カテリーナに会ったの。アゾスがどこにあるかきいてたよ。あたしたちが、だれにも監督《かんとく》されずに魔法《まほう》を書くんじゃないかって、心配してるみたい。黒い羽根ペンの事件《じけん》があったから、アゾスは自分が保管《ほかん》するか、幹部《かんぶ》たちにわたしたほうがいいっていってたよ」


フォックス家のクリスマスイブは、いつもどおりのどんちゃん騒《さわ》ぎだった。スイカズラおじさんとロレッタおばさんは、砂糖《さとう》と香料《こうりょう》入りの熱いワインを飲み、がらがら声をはりあげて「クリスマスの十三日」の替《か》え歌《うた》をうたった。「ナシの木にとまるヤマウズラ」というところを「イチジクの木にとまるクジャク」に、「六羽のガチョウ」を「六人の魔術師《まじゅつし》」に替《か》えている。アーチーたちは、ツリーにソックスを吊《つ》るした。

クリスマスの当日は、からりと晴れていた。三人は下にかけおりて、プレゼントを開いた。アーチーはソックス三足と、新しいガウンをもらった。アザミもおなじ。キイチゴは、ソックスと、ポンポンつきの新しい毛糸の帽子《ぼうし》をもらった。なによりすばらしかったのは、孫たち三人にグリーンおばあちゃんが送ってくれたプレゼントだった。

包み紙の中に入っていたのは、時計そっくりの器械。文字盤《もじばん》の中に、もうひとつ小さな文字盤《もじばん》があり、それぞれに針《はり》がひとつついている。小さい文字盤《もじばん》には、数字のかわりに空模様《そらもよう》を示《しめ》す文字――晴れ、小雨《こさめ》、雨、みぞれ、もや、霧《きり》、あられ、大風、嵐《あらし》、雪。大きいほうの文字盤《もじばん》には、それぞれの天気の程度《ていど》を示《しめ》す文字が書いてある。ふつう、悪い、さらに悪い、酷《ひど》い、深《しん》刻《こく》、異常《いじょう》、甚大《じんだい》、脅威的《きょういてき》、激甚《げきじん》、世にも恐《おそ》ろしい、まさに破壊的《はかいてき》……。

いまは、小さい文字盤《もじばん》の針《はり》が「晴れ」を、大きいほうの針《はり》は「ふつう」をさしている。文字《もじ》盤《ばん》の横のほうにある小さな窓《まど》に、にっこり笑った太陽の絵が出ていた。包みには、おばあちゃんのメモも入っていた。

アーチー、キイチゴ、アザミへ
おばあちゃんからのプレゼントは、〈日和見計《ひよりみけい》〉です。賢《かしこ》く使うんだよ。
メリークリスマス、大好きな孫たちへ。

グリーンおばあちゃんより

「〈日和見計《ひよりみけい》〉っていうのは、地域限定《ちいきげんてい》の天気計だよ」首をかしげている三人に、スイカズラおじさんが教えてくれた。「自分のまわりの天気をコントロールできる道具だ。好きな天気のところに、針《はり》を合わせればいい」

「やったあ！」魔法《まほう》の道具が大好きなアザミは、大喜びだ。「自分のまわりって、どれくらいまでのこと？」

「うちの庭の端《はし》くらいまでは、効《き》き目《め》がある」

「早くやってみたい！」

「気をつけて使うんだよ、アザミ。魔法界《まほうかい》以外の場所では、使わないこと。それに、このうちでもだめだよ。ご近所に疑《うたが》われてしまうからな」

ロレッタおばさんは、これでもかとばかり飾《かざ》りたてたクリスマス・ランチをこしらえた。材料はすべてふつうだったが、取り合わせはとてもふつうとはいえない。なにしろロースト・ターキーの付け合わせは、ブランデーバターとワインにひたしたスポンジケーキだったし、大きく切りわけたクリスマスプディングには、芽キャベツがどっさり添《そ》えてある。けっきょく、みんなおなじところに入るんだもんね。そう思ったアーチーは、すぐさまごちそうをたいらげはじめた。さもないと、ひと口も食べられずに終わってしまう。フォックス一家の食べっぷりときたら、ヒヒの群《む》れもあきれるくらい、すさまじいものなのだ。

錬金術師《れんきんじゅつし》クラブのメンバーは、クリスマスの翌日《よくじつ》に実験室で会って、これからどうするか相談することになった。何日か顔を合わせなかったから、それぞれが持ちよってくるニュースを聞けるのではと、みんなわくわくしていた。ホワイト通り古書店も、クリスマス休暇《きゅうか》のあいだは店を閉《と》じていたが、アーチーが自分の鍵《かぎ》でみんなを中に入れた。

店の中も寒かったが、グレイの実験室はそれ以上に冷えきっていた。でも、暖炉《だんろ》に火を入れると、だんだん暖《あたた》まってきた。ルパートは、少しばかり顔色が悪かったが、ほとんど元どおりになったようだ。

「ありがとう。ずっとぐあいがよくなったよ」

アーチーと目が合ったルパートは、そういった。

アザミは、〈日和見計《ひよりみけい》〉をテーブルに置いて、目を輝《かがや》かせながらルパートたちに自慢《じまん》した。

「これ、見ててよ」鼻高々《はなたかだか》でボタンを押《お》し、ガラスのふたをあける。「みんな、なんの天気にしたい？」

「雪！　決まってるよ！」アーチーは、すぐさまいった。「どっさり降《ふ》れば降《ふ》るほどいいな」

アザミは、小さい文字盤《もじばん》の針《はり》を「雪」に合わせた。ちっちゃな窓《まど》には、まだにこにこ顔のお日さまの絵が出ている。

「どれくらいたったら、効《き》き目《め》が出るのかな？　ちょっと外を見てくるね」一分後にもどってきたアザミは、首を横にふった。「まだ、なんにも起こらない。雲も出てないんだもん」しょんぼりしている。

「ちょっと時間がかかるんだよ」アーチーは、なぐさめた。「もうひとつの文字盤《もじばん》の針《はり》は、動かしてみた？　スピードアップできるかもしれないよ」

「そうだね」アザミは、「ふつう」をさしていた針《はり》を「酷《ひど》い」まで動かした。「これでいいかも」

「そこのふたり。もう終わったの？」アラベラが、横からいう。「さっさと始めたい人もいるんだからね」

五人がそれぞれ誓《ちか》いの言葉を唱えたあと、アーチーは切りだした。

「ファビアン・グレイのことだけど、ひとつわかったんだ。グレイは、逮捕《たいほ》されてロンドン塔《とう》に送られる前に、オックスフォードにもどってきたんだって」

グリーンおばあちゃんから来た手紙の話をすると、アラベラが、なにかが胸《むね》につかえているような、すっきりしない顔でいいだした。

「あたし、クリスマスのあいだ、ずっと考えてたの。まず最初に黒い羽根ペンの事件《じけん》があって、それからルパートがあやうく死にかけた、あの事件《じけん》でしょ。どんどんひどいことになってるじゃない。魔法《まほう》図書館のみんなにも、知られちゃったし。そのうちだれかが大けがをするかも。それどころか、ほんとに死んじゃうかもしれない……」

「だけど、いまになってやめるなんて、できっこないだろ」アーチーは、反論《はんろん》した。「それに、やめたとしたって錬金術師《れんきんじゅつし》の呪《のろ》いが去ってくれるかどうか、わかんないじゃないか」

「アーチーのいうとおりだと思う」キイチゴが、味方してくれた。「あたしたちが救おうとしてるのは、魔法《まほう》図書館だけじゃないんだよ。あたしたち自身だって危《あぶ》ないんだから！」

「多数決で決めないか」ルパートがいいだした。「このままクラブをつづけることに賛成《さんせい》の人は手をあげて」

アーチー、アザミ、キイチゴ、それにルパートが手をあげる。

「反対の人は？」

アラベラは、「さあね……」というように肩《かた》をすくめた。「あたし、けっきょくひどいことになると思うの。だって、わかってるんだもの。魔法《まほう》が人間をどんなふうに変えるか、あたしは自分の目で見てきたからね。その人の、いちばん悪いところを引きだしちゃうから」アラベラは、みんなから目をそらしていった。「……だけど、みんなが最後までやろうと決心してるなら、あたしもやる」

「やったあ！　これで決まりだね」アザミが、声をあげた。「チョコレートハウスに行って、ケーキを買ってくるよ。さっきから、もう腹《はら》ぺこ！」

廊下《ろうか》を走っていったアザミは、あっというまにもどってきた。うれしくてたまらないという笑顔《えがお》だ。

「早く教えてあげなきゃって思って。雪だよ！　見に行かなきゃ！　すっごいんだから！　猛《もう》吹雪《ふぶき》だよ」

アーチーが〈日和見計《ひよりみけい》〉をのぞくと、小さな窓《まど》にあった太陽の笑顔《えがお》が消えて、雪の結晶《けっしょう》の絵に変わっている。

みんなで階段《かいだん》をかけあがって、古書店の中を走った。たしかにショウウィンドウの向こうに、綿《わた》のような雪がふわふわ舞《ま》いおどっている。小さな広場は一面真っ白で、チョコレートハウスの前の階段《かいだん》も吹《ふ》きよせられた雪で見えなくなっていた。

「すっごーい！」アーチーは、息をのんだ。

すぐさま店の中に取って返し、手袋《てぶくろ》をはめ、帽子《ぼうし》をかぶると、みんなで降《ふ》りしきる雪の中に飛びだした。

「ほうら、うまくいっただろ！」アザミは、降《ふ》りたての雪の上に足跡《あしあと》を残しながらかけていった。とたんに肩《かた》に雪玉がぶつかって、雪の粉をかぶってしまう。

「ちょっとお！　だれだよ？」

ふり向くと、アーチーがにんまり笑いながら、二個《こ》目の雪玉をにぎって投げようとしている。とたんに、今度はアーチーが真っ白なシャワーを浴びた。古書店の前から飛んできた雪玉が、頭の後ろでくだけちったのだ。

「チェッ、失敗！」アラベラがかがんで、雪を丸めている。

それからはもう、楽しい雪合戦の始まりだ。アーチー、キイチゴ、アラベラが広場の隅《すみ》に雪の要塞《ようさい》を作ると、ルパートとアザミは古書店の前に陣取《じんど》った。空中を雪つぶてが飛び交《か》う。雪合戦は、アザミが敵《てき》の要塞《ようさい》に奇襲《きしゅう》をかけて終わった。待ち伏《まぶ》せしていたアラベラが、アザミのセーターに雪玉を押《お》しこんだのだ。

「ひゃあっ、冷たい！　こんなのずるくないか！」

「バカいわないで。冷戦って聞いたことないの？」

そこで休戦になり、みんなで見たこともないくらい大きな雪だるまをこしらえることにした。ルパートとおなじくらいの背丈《せたけ》になった雪だるまに、キイチゴが自分の毛糸の帽子《ぼうし》をかぶせてやった。

「雪だるまにプレゼント。あたしは、クリスマスに新しいのをもらったから」

最後の手直しに取りかかっていると、チョコレートハウスの雪に埋《う》もれた階段《かいだん》のところから、ピンクの声がした。

「みんな、あったかいもの飲みたいでしょ」

湯気の立つ、大きな水差しをかかげてみせる。うれしいことに、熱々《あつあつ》のホットチョコレートが入っているらしい。

アーチーたちが店に入っていくと、服についた雪が解《と》けて、足元に水たまりができた。びしょびしょの手袋《てぶくろ》を、ピンクがヒーターの上に置いてくれる。冷えた体が、ホットチョコレートのおかげで暖《あたた》まった。

「こんな大雪、何年も見たことなかったよ」ピンクが、ミンスパイのお皿をテーブルに置きながらいう。「変だよね。天気予報《よほう》でも、雪なんていってなかったじゃない」

ピンクは、アーチーたちをまじまじと見つめた。

「あんたたち、なんか隠《かく》してない？」

「ないない」

アザミは、にやっとみんなに笑ってみせてから、ミンスパイをぱくっと食べた。

〈今日の午後、オックスフォードの中心街が異様《いよう》な天候に見舞《みま》われ、買物客たちもあっけに取られていました〉その晩《ばん》のラジオで、アナウンサーが報告《ほうこく》した。〈市内のごくせまい地域《ちいき》に、ほんの数分間だけ雪が降《ふ》り、三十センチあまり積もったと気象予報士《よほうし》が告げています〉

イヌノキバ通り三十二番地では、ラジオを聞いていたスイカズラおじさんが、はっとして眉《まゆ》をあげた。

「あんたたち、なにか知ってるんじゃないでしょうね？」ロレッタおばさんも、あやしいなという顔をしている。

アーチーたちは、急いで目をそらせた。

「どうなのよ？」

「えっと……ごめん、ママ。宿題があるから」

アザミがつぶやきながら、アーチーをひじでつつく。

「ぼくも」アーチーは、もごもごといった。

「キイチゴはどうなの？」

「やだあ、もうこんな時間？」キイチゴは、つぶやいた。「急いで幻獣《げんじゅう》動物園に行かなきゃ。掃除《そうじ》を手伝うって、ルパートに約束してたんだ」

キッチンから出ていく三人を、ロレッタおばさんはずっとにらんでいた。


ロレッタおばさんの怖《こわ》い目を逃《のが》れて、無事に家から脱出《だっしゅつ》した三人は、ほっと胸《むね》をなでおろした。これから、錬金術師《れんきんじゅつし》クラブで集まることになっていた。アーチーがペガサスからもらった白い羽を試《ため》してみるのだ。三人は、わくわくしていた。ついに魔法《まほう》を書けるチャンスがやってきたのかも……。

ホワイト通り古書店まで行くと、広場の雪は、もう解《と》けていた。ルパートとアラベラが外で待っている。アラベラは、表紙と裏《うら》表紙を留《と》め金《がね》でとめた本を手にしていた。

「これ、ドアの前に置いてあったの」

「クリスマス休暇《きゅうか》のあいだは閉店《へいてん》してるって、知らなかったんだね」アーチーは鍵《かぎ》をあけて、みんなを中に入れた。「その本、メモかなんかついてた？」

「なかったみたい」アラベラは答えた。「でも、中に持ってってたほうがいいよね」

五人は古書店の中を通って、階段《かいだん》をおりた。アーチーが黒いドアを開き、みんなで実験室に入った。中は凍《こご》えるほど寒く、吐《は》く息が真っ白になる。ルパートが暖炉《だんろ》に火をたき、キイチゴがろうそくをともすと、少しずつ暖《あたた》まってきて居心地《いごこち》がよくなった。

アーチーは、道具袋《ぶくろ》からペガサスの白い羽を取りだして、作業台の上に置いた。すでにゼブじいさんの鋭《するど》いナイフを借りて羽の軸《じく》をけずり、羽根ペンとして使えるようにしてある。アーチーは、両手をこすりあわせた。きちんとにぎれるように、血のめぐりをよくしておかなければ。キイチゴが、錬金術師《れんきんじゅつし》クラブの額《がく》の後ろに隠《かく》しておいたアゾスを持ってきて、羽根ペンの横に置いた。

「さあ、用意はできたね」と、アーチーがいった。

魔法《まほう》を書く道具は、すべてそろっている。

「あとは集中して、呪文《じゅもん》を考えればいいんだ！」

アーチーは羽根ペンをにぎって、ペン先をアゾスにひたした。魔法《まほう》の液体《えきたい》が、ペン先で金色に輝《かがや》く。アゾスのエネルギーが震動《しんどう》になって、ペン先から全身に伝わってくる。アーチーは目をつぶって、意識《いしき》を集中した。だが、どうしたことか、頭の中は空っぽのままだ。

一分が過《す》ぎた。そしてまた、一分。さらに一分。アーチーが呪文《じゅもん》を創《つく》ろうと必死になっているあいだ、ほかの四人は黙《だま》りこくってすわっていた。ついに三十分過《す》ぎたが、みんな、いまになにか起こるだろうと静かにすわったままだ。

とうとう、アラベラが沈黙《ちんもく》を破《やぶ》った。

「ねえ、アーチー。さっきの本を調べてみたら？」

「だめだよ。だれが持ってきたのか、わからないじゃないか」

「でも、やっぱりメモがついてたのよ。さっきは、わからなかったけど。ほら、ページにはさんである」

アラベラが、留《と》め金《がね》をはずした。

アーチーは、はっとして顔をあげた。

「だめだっ！　やめろっ！」

だが、アラベラは本を開いてしまった。

とたんに、けたたましく笑いながら、小さなピエロが本から飛びだしてくる。しまった、〈ひっつかみ屋〉だ！

急いで羽根ペンとアゾスに飛びついたが、アーチーより〈ひっつかみ屋〉のほうがすばしこい。ひと声キイーッと笑うと、羽根ペンとアゾスをつかんだまま、本の中にもどってしまった。最後に吠《ほ》えるような笑い声と煙《けむり》を残して、本は消えた。

五人は、あっけに取られて顔を見あわせた。『呪文《じゅもん》の書』を書きなおすことができる、なによりのチャンスが煙《けむり》とともに消えてしまったのだ。

⑱ アーサー・リプリーに会う

一月に入ると、暮《く》れの上天気の意趣返《いしゅがえ》しのように寒い日がつづいた。見習いの修業《しゅぎょう》にもどったアーチーたちを迎《むか》えたのは、日の短い、暗い毎日だった。

だいたい、魔法《まほう》図書館を取りまく空気そのものが、いつになく冷えきっている。もちろん、天気のせいだけではない。〈関所の壁《かべ》〉はもろくなるいっぽうなのに、幹部《かんぶ》たちはなすすべもなく、頭をかかえているだけだった。

錬金術師《れんきんじゅつし》クラブの仲間も、〈ひっつかみ屋〉に白い羽根ペンとアゾスを盗《ぬす》まれてから顔を合わせていなかった。またペガサスから羽をもらえたとしても、アゾスの材料はすべて使いきってしまっていたので、どうしようもない。いっそう困《こま》ったことには、アゾスを少しばかり持っていったカテリーナにアラベラがきいたところ、すべて実験に使ってしまったとか。アゾスをもう少し作ろうと思って実験したのに失敗に終わったという。実験室に隠《かく》しておいたアゾスのことをきかれるのがいやで、アーチーはカテリーナと顔を合わせないようにしていた。〈ひっつかみ屋〉を使っただれかにアゾスを盗《ぬす》まれたなんて、ぜったいに認《みと》めたくなかった。

プラハに出張《しゅっちょう》していたスイカズラおじさんが悪いニュースを持ってもどってきたので、アーチーたちはますます気がめいってしまった。おじさんが探《さが》しに行った本は、すでに行方不明《ゆくえ》。そのうえ、〈食らう者〉たちが、早くも暗黒の魔術師《まじゅつし》をひとり味方につけたといううわさが広まっているという。最後に痛烈《つうれつ》な一撃《いちげき》が、魔法《まほう》図書館を襲《おそ》った。だれかがギディアン・ホークの部屋《へや》に侵入《しんにゅう》して、黒い羽根ペンを盗《ぬす》んでいったのだ。

ホークの部屋《へや》で開かれた幹部《かんぶ》たちの会議に、アーチーも呼《よ》びだされた。自分だけ特別に呼《よ》ばれるのも気分が悪かったし、いったいなんのことだろうと心配にもなった。アーチーは胸騒《むなさわ》ぎを覚えながら、〈行方《ゆくえ》不明本〉係の部屋《へや》に通じる、大理石の階段《かいだん》をのぼった。

ホークのデスクの横にある椅子《いす》にかけるようにいわれたが、すでに幹部《かんぶ》たちは激《はげ》しくやりあっているところだった。

「わたしが主張《しゅちょう》しているように、このまま調査《ちょうさ》をつづけるほかないんだよ」グルーム教授《きょうじゅ》がいっている。「魔法《まほう》図書館が、重大な危機《きき》を迎《むか》えているのは、明白なんだから。こうなったら『予言の書』にたずねるほかあるまい」

「だが、ファビアン・グレイは『予言の書』を見たせいで、正気を失ってしまったんですよ」

ホークが反論《はんろん》する。

「そのとおり。だから、アーチーくんをこの席に呼《よ》んだんだよ。わたしがテストした結果、アーチーくんは見習いのうちで、もっとも優《すぐ》れた才能《さいのう》の持ち主だ。彼《かれ》だったら、成功する。未来がどうなっているのか、見てくることができるだろう。分身を使えば、アーチーくん自身に危険《きけん》はないんだから」

グルーム教授《きょうじゅ》は、アーチーのほうにふり向いた。

「どうだね、きみ？　魔法名《まほうめい》を見つけることができたかい？」

「えっと、その」アーチーは、おずおずといった。「そうじゃないかなって思う名前はあるんですけど……」

「そうか。それじゃだいじょうぶだな」

なんだ、そういうことか！　アーチーにも、やっとわかった。グルーム教授《きょうじゅ》は、アーチーに『予言の書』の中に入ってほしい。だが、ほかの幹部《かんぶ》たちは気が進まないのだ。

「あのう、もしそれしか方法がないんだったら――」

アーチーの言葉が終わらないうちに、ホークがさえぎった。

「いくら分身を使ったって、危険《きけん》すぎる」

グルーム教授《きょうじゅ》は、探《さぐ》るような目でホークを見すえた。

「アーチーくんのことを心配する気持ちは、よくわかる。なかなか感心だとも思うよ。だが、そんなにアーチーくんが『予言の書』に入るのが不安なら、きみが代わりに行くべきじゃないかね？　きみが優《すぐ》れた魔法《まほう》の力の持ち主だということは、みんな知っている。ひとつ、わたしにきみの力をテストさせてもらえないかね？」

ホークは、そっぽを向いた。

「いったい、なにを心配してるんだ？　自分ができないことを、アーチーくんがやれるのがいやなのかね？」

「えー、じつはわたしも、グルーム教授《きょうじゅ》とおなじ意見なんだ」ブラウン博士が口をはさんだ。「アーチーくんがやりたいといってくれるなら、彼《かれ》の力を借りるべきだと思うが」

ホークは、天井《てんじょう》をにらんでいった。

「まだ、時期尚早《じきしょうそう》じゃないですかね。『予言の書』は、最後の手段《しゅだん》だと思いますが」

「でも、『呪文《じゅもん》の書』の呪文《じゅもん》が消えていくのを、手をこまねいて見ているわけにはいきませんよ」グレイブズ部長もいう。「〈食らう者〉たちは、ぜったいにあきらめたりしないでしょう。

エイモス・ローチって男は、それは執念深《しゅうねんぶか》いって聞いてますからね。たったひとつよいニュースがあるとすれば、ピンクが光線ドアの不ぐあいを直したってことだけど、〈関所の壁《かべ》〉が破《やぶ》られればけっきょく図書館を守れないし。なんとしても呪《のろ》いを解《と》かなければ」

「ひとつ、わたしが試《ため》してみたいことがあるんですが」ホークが、ひたいにしわを寄《よ》せていった。「魔法《まほう》図書館の歴史にくわしい者といえば、あのアーサー・リプリーの右に出る者はいないでしょう。ですから、あの療養所《りょうようじょ》に行って、なにか教えてもらえないか頼《たの》んでみようと……」

「アーサー・リプリーだって？　あいつは、まったくどうしようもない男だぞ」ウルファス・ボーンが、鼻で笑った。

「たしかに、そのとおりだよ。だが、あの男がどんな状態《じょうたい》でいるのか、わたしはずっと療養所《りょうようじょ》と連絡《れんらく》を取っていたんだ。あいつの動きを監視《かんし》しておいたほうがいいと思ってね。なにはともあれ、バルザックの事件《じけん》の首謀者《しゅぼうしゃ》は、あの男だったんだから」

「アーサー・リプリーに面会してる者はいるの？」グレイブズ部長が、きいた。

「いいや。でも、時おり手紙は受け取っているようです。どの手紙にも、差出人の名前の代わりに、おなじ頭《かしら》文字が書いてあるとか。『A・R』と」

「孫のアラベラかもしれないわね。それとも、エイモス・ローチかしら」

グレイブズ部長の言葉を聞いて、アーチーの耳は、ぴくっと動いた。アラベラが、自分のおじいさんに情報《じょうほう》を流してるなんて。そんなのあり？

「わたしも、おなじことを考えていたところです。それはともかく、リプリーをたずねてみるつもりでいるんですよ」

「あいつなんか、信用できるもんか」ボーンがいう。「だって、アーチーを殺そうとしたんだぞ！」

「信用するなんていってないよ。それに、やつから簡単《かんたん》に話を聞きだすことができるとも思っていない。だが、リプリーは、なにかを知っているにちがいないんだ。〈行方《ゆくえ》不明本〉係の主任《しゅにん》をしていたとき、あいつは〈暗黒書庫〉を調べまわっていた。それで、なにかを見つけたんだよ」

「なにを見つけたっていうんだね？」グルーム教授《きょうじゅ》がきいた。

「それは、まだわかりません」

「教えるはずないさ。おまえを憎《にく》んでいるから」

ボーンがいうと、ホークは、笑顔《えがお》になった。

「わたしが賭《か》けているのも、そこなんだよ。わたしのことが憎《にく》くてたまらないから、いい気味だと思って自慢《じまん》したくなるにちがいない。それに、わたし以上にあの男が憎《にく》んでいるのは、アーチーだ。だから、アーチーを連れていこうと思ってる。本人がいやだといわなければな」

グレイブズ部長は、困《こま》ったというように口をすぼめた。

「まあ、やってみるだけの価値《かち》はあると思うけど。どうなの、アーチー？　リプリーと顔を合わせてもだいじょうぶ？」

アーチーは、うなずいた。自分を殺そうとした男を目の前にしたら、いったいどんな気持ちになるんだろう？　アーチーにも、わからなかった。だけど、なにがなんでも錬金術師《れんきんじゅつし》の呪《のろ》いとやらを取りのぞいて、魔法《まほう》図書館を救わなきゃ……。


あくる日、アーチーはホークといっしょに、列車でロンドンに向かった。もよりの駅でバスに乗り、おりてから一キロも行かないうちにレンガ造《づく》りの建物が見えてきた。しのび返しのついた鉄柵《てっさく》がぐるりと建物を取りかこみ、窓《まど》にはすべて鉄格子《てつごうし》がついている。

ドアに取りつけた看板《かんばん》には「療養所《りょうようじょ》・魔法《まほう》に起因《きいん》する患者《かんじゃ》のために」と書いてある。ホークがドアを三回ノックした。ドアの小窓《こまど》があいて、だれかの目がこっちをのぞく。

「ああ、ホークか」

背《せ》の高い、白髪《しらが》の男がドアをあけた。

「長いこと顔を見なかったな。ぐあいはどうだ？　昔の病室を、また使いたいのかね？」

アーチーは、まじまじと男を見つめた。明らかに、ふたりは知り合いのようだ。ホークさんが療養所《りょうようじょ》に勤《つと》めていたなんて、聞いたことがないけど……。それとも、患者《かんじゃ》だったとか？　自分が持っている魔法《まほう》の力のせいで、正気を失ってしまったことがあるのかも。魔法《まほう》の力に恵《めぐ》まれているというのは、だれにとっても重荷なのかもしれないな……。

ホークは、かぶりをふった。

「いいや、ラモールド。わたしは元気だから、けっこうだ」

「じゃあ、なんの用だね？」

ホークは、わずかに笑《え》みを浮《う》かべていった。

「この子が、アーチー・グリーンだよ」

「ほおお、うわさの〈ささやき人《びと》〉だな」

アーチーは、男をきっとにらみつけた。だれかに会うたびに、ふしぎな力のことをうれしそうにいわれるのは、気分のいいものではない。自分だけの秘密《ひみつ》を探《さぐ》られているようで、落ち着かなくなるのだ。こいつも最後には療養所《りょうようじょ》送りになるのではと、思っているのかも……。

「わたしたちは、アーサー・リプリーに会いに来たんだ」と、ホークはいった。

ラモールドは、ふたりの先に立って廊下《ろうか》を歩いていくと、鍵《かぎ》のかかった病室まで案内した。ドアについた鉄格子《てつごうし》つきの小窓《こまど》をあけて、声をかける。

「アーサー、お客さんだよ」

ラモールドが、鍵《かぎ》をあけた。アーサー・リプリーは、テーブルの前にすわっていた。顔にひどいやけどのあとがあるのは、十二年前に〈恐怖の書《きょうふのしょ》〉を盗《ぬす》むのに失敗して、魔法《まほう》図書館にみずから放った火のせいだ。

ふたりを見ると、悪意に満ちた、冷たい瞳《ひとみ》がぎらりと光った。

「こんなに早く会えるとは思ってなかったぞ、ホーク。それに、アーチーぼうずもいっしょとはな。なんともうれしいこった！　見舞《みま》いに来てくれたんじゃ、なにかお礼でもしなきゃいかんな」

「ひとつ、教えてほしいことがあるんだ」

「教えてほしいと？　こいつは残念。見舞《みま》いに来てくれたとばかり思っていたんだが」リプリーは、あざけるようにいった。「なにを教えてほしいのかわからんが、おまえがここに来たからには、さぞかし重大なことなんだろうな」くちびるに、笑《え》みを浮《う》かべる。「だが、ここがおまえにもなじみのある場所だってことを、忘《わす》れかけていたところだよ」

ホークは、目をそらした。

「見舞《みま》いじゃないというなら、当ててみようかね」リプリーは、冷たい笑《え》みを浮《う》かべたままだ。「魔《ま》法《ほう》図書館を守っている魔《ま》法《ほう》が、消えていっているということだな」

「おまえが思っているより、古《いにしえ》からの魔《ま》法《ほう》はずっと強いんだよ」ホークは、いい返した。「千年もつづいてきたし、おまえが死んでからもなおつづくだろうよ。わたしが来たのは、おまえが〈暗黒書庫〉でなにを見つけたのか知りたかったからだ」

今度は、リプリーがそっぽを向いた。だが、ホークはあきらめない。

「いくらおまえだって、魔《ま》法《ほう》図書館が破《は》滅《めつ》するのを見たくないだろう。そんな男では、なかったはずだものな。もし、いくらかでも良心が残っているなら、わたしに手を貸《か》してくれないか」

リプリーは、苦々《にがにが》しい笑い声をあげた。

「ホーク、あんまりがっかりさせるなよ。おまえなら、すぐに解決《かいけつ》できると思ってたぞ。ともあれ、いまはおまえが〈行方《ゆくえ》不明本〉係の主任《しゅにん》じゃないか。あの数々《かずかず》のすばらしい本や、その中に隠《かく》れた秘密《ひみつ》を見つける立場にいるんだぞ」

ホークは、かぶりをふった。

「できるかぎりの本や資料《しりょう》を見たが、見つけることができなかったんだ。それに、もう時間がない」

「時間だって！」リプリーは、うめくように笑った。「おれに時間の話などするな」瞳《ひとみ》が怒《いか》りに燃《も》えている。「いいか。おれには、うんざりするほど時間があるんだ。考える時間。本を読む時間。それに手紙を書く時間……」

ホークが、重ねてきいた。

「錬金術師《れんきんじゅつし》の呪《のろ》いについて、なにか知っているかね？」

「ああ、知ってるとも。錬金術師《れんきんじゅつし》クラブのメンバーと、その子孫にかけられた呪《のろ》いのことだよ」

ずるい答えだ。

「だが、どんな呪《のろ》いなのかね？　いったい、その呪《のろ》いにかけられた者は、どんな目にあうんだ？」

「ホーク、ひとつ取引をしないか？」リプリーは、おもしろがっているようだ。「もしここから出してくれたら、おれの知ってることを教えてやってもいいぞ」

「そんなことはできん。よくわかってるだろうが。口添《くちぞ》えしてやるくらいのことならできるが」

「口添《くちぞ》えかね」リプリーは、皮肉っぽく鼻を鳴らす。「では、おまえも口添《くちぞ》えしてくれるかい、アーチー？　わかっているだろうが、おれはおまえに害を加える気はなかったんだぞ。おまえがもう少し利口で、バルザックを『魂《たましい》の書』から解放《かいほう》するというおれのくわだてに手を貸《か》してくれていたらな。そしたら、いまごろ魔法《まほう》の新時代が始まっているはずだったのに。それをめちゃくちゃにしおって、まったく！」

リプリーは、とつぜんわめきだした。

「グリーン家のやつらは、いつもそうだ。いつも、せっかくのたくらみをめちゃくちゃにしてしまう。おまえの父親も、おなじだった。あの本をおれから盗《ぬす》むようなことさえしなければ、いまごろはふたりで大仕事をしていられたのに。だが、あの一件《いっけん》からは、あいつを信用できなくなった。だから、おれはあいつを……」そこで言葉を切ってから、またつづける。「ほかに道がなかったんだ。それはともかく、あの男が、どうして例の本をほしがったのか……。それほど力がある本にも見えなかったが……」

アーチーの父親はリプリーの助手をしていたが、本を盗《ぬす》んだといわれ、魔法《まほう》図書館から追放されたのだ。その本は、リプリーの蔵書《ぞうしょ》のうちの一冊《さつ》だったという。ぼくの父さんは、泥棒《どろぼう》なんかじゃない！　腹《はら》の底から、怒《いか》りがこみあげてきた。

「父さんの、なにを知ってるっていうんだ？」

リプリーは、またもや目をそらす。

「おまえの父親は、アホウだったよ。わざわざ自分を危険《きけん》にさらすようなことをしおって。おれはおまえを傷《きず》つけるつもりはなかったんだ。あれは、ちょっとした誤解《ごかい》だったんだよ。だが、いまはおまえのほうが、おれに助けてもらいたいと思ってる。因果《いんが》はめぐるというか、妙《みょう》なもんだと思わんか？」皮肉な笑《え》みをもらす。

ホークは、かすかに笑《え》みを浮《う》かべていった。

「わたしたちは、最後には勝つんだよ、リプリー。おまえに助けてもらっても、もらわなくてもな。おまえが〈暗黒書庫〉の扉《とびら》をあけてなにかをやったのはわかってるんだ」

リプリーの顔から、さっと笑《え》みが消えた。いやな記憶《きおく》を消しさろうとしているように、片手《かたて》を顔に持っていく。だが、すぐに怒《いか》りが不安に取ってかわった。

「〈暗黒書庫〉の、この世で最も暗い闇《やみ》になにが隠《かく》れてるか、わかってないと見えるな、ホーク」吐《は》きだすようにいう。「おまえなんかには、想像《そうぞう》もつかん悪がひそんでいるんだぞ」

「いったい、なにを見つけたんだ？　わたしは、知らなきゃならないんだよ、リプリー」

リプリーは、しばらくためらってから口を開いた。

「ファビアン・グレイが置いていったものだ」

そういってから、ホークの顔をうかがう。

「その答えじゃ、なんの役にも立たんな」

ホークは、顔色ひとつ変えずにいい返した。

リプリーは、くちびるをゆがめて笑う。

「すぐにわかるさ」今度は、アーチーに向かっていう。「奇妙《きみょう》なことに、おまえの父親は、おれが〈暗黒書庫〉でなにを見つけたか、ずっと知りたがってたんだよ——だから、あの日記を盗《ぬす》んだんだ」

そういって、また目をそらした。

そうか、本というのは日記だったんだ！　いままでアーチーは、父親がどんな本を盗《ぬす》んだのか見当もつかなかった。でも、たったいま、リプリーが教えてくれた。

「グレイが、ワタリガラスになっちまったという者もいるな」リプリーは、声をあげて笑った。

「飛んでいっちまったんだと。いまに至《いた》るまで、やつを見つけた者はいないからな」

ええっ？　リプリーは、いったいなにをいいだすつもりなんだ？

「いまに至《いた》るまで？　いまも生きてたら、三百五十歳《さい》以上になってるじゃないか」

アーチーは、いい返した。

リプリーの目が、ぎらりと光る。

「だったら、錬金術師《れんきんじゅつし》の呪《のろ》いは、グレイの子孫に降《ふ》りかかってくる。アーチー、おまえにだよ！」

「ぼくの苗字《みょうじ》は、グリーンだ。グレイじゃない」

そう答えてから、ふと疑問《ぎもん》が胸《むね》に浮《う》かんできた。

リプリーは、わざとらしい笑《え》みを浮《う》かべながらホークにいった。

「ホーク、おまえには、本当にがっかりだよ。このぼうずに、ずっと秘密《ひみつ》にしていたんだな。まったく教えてないんだろう？」

「ぼくに、なにを教えてないって？」

きき返しながら、アーチーは自分の足元がゆらぐような気がした。

リプリーは、こいつはおもしろいという目で、アーチーの顔をしげしげとながめる。

「おまえが、両方の血を引いているってことだよ。左右で瞳《ひとみ》の色がちがうのを、ふしぎだと思わなかったのか？」

「だって、ぼくのは魔術師《まじゅつし》の目だから。片方《かたほう》がグリーンで、片方《かたほう》が……」

アーチーは、おしまいまでいうことができなかった。

「そのとおり。おまえは半分がグリーンで、半分がグレイ。父親はグリーン家、母親はグレイ家の人間なんだよ」

リプリーの顔を見つめるしかできない。腹《はら》にパンチを食らわされたようで、息もできなかった。

「母親の結婚《けっこん》前の名前を聞いてないのかね？　まったく、なんて考えなしのやつらなんだ。色とりどりの歴史を誇《ほこ》るグレイ家だってのになあ！　だが、グレイなんて苗字《みょうじ》は、とても人前で名乗れるような代物《しろもの》じゃない。そうだろ？」

　自分の耳が信じられない。まさか、本当じゃないよね？　ホークさんが、いい返してくれるかも……。だが、ホークはアーチーと目が合わないようにそっぽを向いている。やっぱり、本当なんだ！　アーチーは、天地がぐるりと引っくり返ったような気がした。


　アーチーは、むっつりと黙《だま》りこくったままオックスフォードへもどった。ホークに、むちゃくちゃに腹《はら》が立っていた。どうして、グレイの子孫だって教えてくれなかったんだ？　魔法図《まほう》書館では、いったい何人がこのことを知っていたのだろう？　だが、いちばん腹立《はらだ》たしいのは、おばあちゃんとロレッタおばさんたちが黙《だま》っていたことだ。なんでいってくれなかったんだよ？　ほかにも、なにか隠《かく》してることがあるんじゃないか？

　家に着くとすぐに、アーチーはロレッタおばさんとスイカズラおじさんを問いつめた。

「ずっと知ってたんだね！」怒《いか》りをぶつける。

「もっと前に、話しとかなきゃいけなかったわね」ロレッタおばさんが、静かにいった。「でも、怖《こわ》がらせたくなかったのよ。あなたのお母さんは、お父さんと結婚《けっこん》するまではアメリア・

グレイって名前だったの。でも、ファビアン・グレイがあんな事件《じけん》を起こして以来、グレイというのは自慢《じまん》できる苗字《みょうじ》じゃなかった。だから、お母さんは結婚《けっこん》してグリーンって苗字《みょうじ》になったのを、とても喜んでたわ。だけど、いっぽうで責任《せきにん》も感じてたのよ」

「責任《せきにん》って、どんな？」

「あなたが、グレイ家の血筋《ちすじ》を引いて生まれたってことに対する責任《せきにん》よ。ある晩《ばん》、あなたのお父さんが、ひどく取りみだして、うちにやってきたわ。ファビアン・グレイの血を引いているせいで、あなたが将来《しょうらい》とっても危険《きけん》な目にあうっていうの。あなたのお母さんとお姉さんも、おなじように危《あぶ》ないから、どこか安全なところを探《さが》すつもりだって」

あまりのことに、首筋《くびすじ》の毛がざわざわと逆立《さかだ》った。

「じゃあ、父さんたちは、船が沈没《ちんぼつ》して死んだんじゃなかったの？」

アーチーは、ふいに気づいた。自分だって、おばあちゃんの話をすっかり信じてはいなかったじゃないか。どこかで、信じるもんかと思っていただろう？

ロレッタおばさんは、うなずいた。

「そのとおりよ」静かに打ち明ける。「おばあちゃんは、あなたが家族に本当に起こったことを知るより、亡《な》くなったことにしておいたほうがいいと思ったの。お父さんは、危険《きけん》が去ったとわかったら、すぐにまた家族いっしょに暮《く》らすつもりだったにちがいないわ。でも、あることが起こって、そのチャンスもなくなってしまって……」

アーチーの心は、くじけてしまった。いままで家族について知っていたことが、全部うそだなんて……。

ロレッタおばさんは、大きなため息をもらした。

「あなたのいうとおりよ。わたしたちが、まちがってたわ。でも、この家に来て幸せそうに見えたし、あんまりおどかしたくなかったから……」

「話しておかなきゃいけなかったんだよ」スイカズラおじさんもいう。

アーチーは息もできなかった。心臓《しんぞう》が早鐘《はやがね》を打っている。でも、とにかく家族は生きているかもしれないんだ！　頭がくらくらしてくる。それと同時に、ふっとわいた希望が、野火のように心の中に広がっていく。でも、ちょっと待てよと、自分自身にいった。おまえは、だまされてたんだぞ。なんにも教えられず、もしかして、秘密《ひみつ》を知る機会もうばわれていたのかも。

胸《むね》の中に、いろんな思いがあふれて、なにがなんだかわからなくなってきた。

「お父さんは、きみが危険《きけん》にさらされていることは知ってたが、その危険《きけん》がどこから来るかまではわからなかったんだ」と、スイカズラおじさんはいった。「だからお父さんは、うちへ来た晩《ばん》に魔法《まほう》図書館で『予言の書』を開いたんだよ」

ロレッタおばさんは、悲しい顔をして、首を横にふった。

「わたしは、必死にとめたの。『予言の書』は、人間には力が強すぎるんですもの。『予言の書』を開いた人はみんな、正気を失うっていうわ」

「で、父さんは、なにを見つけたんだろう？　『予言の書』は、なにを見せてくれたの？」

ロレッタおばさんは不安気に、スイカズラおじさんと顔を見あわせた。

「それが、わからないのよ、アーチー。アレックス兄さんは、その晩《ばん》この家を出たっきり行方《ゆくえ》がわからなくなったの。あなたのお母さんとお姉さんも」


「それからずっと、ママもパパも黙《だま》ってたんだ！」アーチーが打ち明けると、アザミは、目を丸くした。キイチゴもアザミも、アーチーとおなじくらいショックを受けていた。「うちには、秘密《ひみつ》なんかないって思ってたのに」

「じゃあ、あんたはファビアン・グレイの子孫ってわけね」キイチゴがいう。「それで、少しわかってきたよ。だから、ワタリガラスがグレイの指輪をくれたんだ。それに、ファビアン・グレイの魔法《まほう》の才能《さいのう》を受けついでるようだし。〈ささやき人《びと》〉で、股鍬《またぐわ》の運命の持ち主だもんね」そこで、キイチゴはちょっと考えた。「だけど、わかんないのは、その魔法《まほう》の才能《さいのう》を使って、あんたはなにをやらなきゃいけないわけ？」

「ぼくにも、はっきりわかっていない。だけど、なんとかして錬金術師《れんきんじゅつし》の呪《のろ》いをとめなきゃ。さもないと、ぼくたちはなんにもわからないまま死んじゃうかも」

その晩《ばん》、アーチーはベッドに横になったものの眠《ねむ》れなかった。どうして父親が自分を魔法界《まほうかい》に近づけようとしなかったのか、やっとわかってきた。それは、息子《むすこ》を守るためだったのだ。そして、妻《つま》と娘《むすめ》を守るために、どこか知らないところにやった。

父親は『予言の書』を調べた。そして、見習いの修業《しゅぎょう》を始めた息子《むすこ》がバルザックのせいで危機《き》にさらされることを知ったのだ。だが、そのほかにどんなことを知ったために、妻《つま》と娘《むすめ》まで身を隠《かく》さなければいけないと思ったのだろう？

これからアーチーがやらなければならないことは、たったひとつ。ふたたび『ヨーアの書』に入って、過去《かこ》を見てこなければ。

⑲『予言の書』

アーチーが自分の決心を伝えると、いとこたちは心配でたまらないという顔をした。けれども、けっきょくはしぶしぶうなずいた。父親がどうなってしまったのか、錬金術師《れんきんじゅつし》の呪《のろ》いをとめるのにはどうすればいいかを見つけるには、それがいちばんいいかもしれないという。

「あたしたちは外で待ってるからね、アーチー」あくる朝、筆写室に向かいながら、キイチゴはいった。「一時間たってもあんたが出てこなかったら、まっすぐにホークさんのところに行く。わかったね？」

アーチーは、神妙《しんみょう》な顔でうなずいた。

「じゃ、行ってくるよ」ドアの取っ手に手をかける。「幸運を祈《いの》っててね」

筆写室に入ると、壁《かべ》のたいまつがいっせいに燃《も》えだした。アーチーは、ちょっと足をとめて、昔の錬金術師《れんきんじゅつし》クラブのメンバーを描《えが》いた絵をじっと見つめた。ファビアン・グレイと自分に、どこか似《に》たところはあるのだろうか？　グレイもまた魔術師《まじゅつし》の目をしていて、左右の瞳《ひとみ》の色がちがっていたとか？　でも、たしかめようがない。絵の中のグレイは後ろを向いていて、顔が見えないのだから。

そのとき、グレイの実験室の床《ゆか》に絵具がたれた跡《あと》があるのを思い出した。この絵も、グレイの実験のひとつなのだろうか？

グルーム教授《きょうじゅ》は、この絵の中には魔《ま》法《ほう》の将来《しょうらい》を語る予言が隠《かく》れているといっていたが。

『ヨーアの書』は、いつもの場所にあった。アーチーは、エメラルド・アイをしっかりにぎって、ゆっくりと『ヨーアの書』に近づいた。

「ブラッキー」と、魔《ま》法名《ほうめい》を唱える。前のように、エメラルド・アイが脈打ちはじめ、自分が体からぬけだすのを感じた。自分の姿《すがた》をちらりと見ると、まだしっかりエメラルド・アイをにぎっている。さあ、もう一刻《いっこく》もむだにできない。

アーチーは、はっきりした声で『ヨーアの書』にきいた。

「ぼくの父さんに、なにが起こったんだ？」

『ヨーアの書』は、黙《だま》っている。前にはペラペラとめくれていったページも、閉《と》じたままだ。

もう一度きいてみる。

「父さんは『予言の書』の中で、なにを見つけたんだ？」

沈黙《ちんもく》。

しっかりとページは閉《と》じられている。

「どうしてぼくの命令を聞かないんだ？　おまえに命ずる。ぼくに説明しろ！」

『ヨーアの書』は閉《と》じていたが、なにかが聞こえてきた。気のせいかもと思うほど、小さなつぶやき。ずっと昔に枯《か》れた木の、朽《く》ちた枝《えだ》のあいだを吹《ふ》きぬける風のような……。

「過去《かこ》のできごとは、すでに終わっているのじゃ」しゃがれた、その声がいった。「過去《かこ》を乱《みだ》そうとする者がいても、決して変えられるものではない。だが、過去《かこ》を知ったことで、その者自身は変えられてしまうかもしれん」

その声は、いままでよりいっそう脅迫《きょうはく》めいて聞こえた。ぜったいにこの一線を越《こ》えるなと警《けい》告《こく》しているように。

「ああ、わかってるよ。でも、ぼくは答えが知りたいんだ」

と、『ヨーアの書』が、ぱっと開いた。ページがパラパラとめくれていく。そして、開いたときとおなじようにいきなり閉《と》じた。だが、栞《しおり》がはさまれていない。

「〈ささやき人《びと》〉よ、おまえに手を貸《か》すことはできんのだ」

「そんなはずはない。おまえには、過去《かこ》の魔法《まほう》の話が書かれてるじゃないか。おまえが知らないというなら、だれが知っているというんだ？」

沈黙《ちんもく》。

アーチーは、失望に打ちのめされた。『ヨーアの書』なら、ぜったいに答えを教えてくれると思っていたのに。

『ヨーアの書』に背《せ》を向けて筆写室を出ようとしたとき、別の声が聞こえてきた。

「そっとしておいたほうがいい秘密《ひみつ》もあるのだよ、〈ささやき人《びと》〉」

グレイのデスクにすわったときに聞こえてきた、おだやかな声だ。

「おまえは、だれなんだ？」

恐怖《きょうふ》に胸《むね》をしめつけられて、思わずあとずさりした。

「〈恐怖《きょうふ》の書〉のうちの一冊《さつ》か？」

「いいや。七冊《さつ》のうちの一冊《さつ》ではない。だが、七冊《さつ》のどれよりも恐《おそ》ろしい力を持っているんだよ。人間の運命を予言する力をな」

思いきって、さっとあたりを見まわした。声は、〈運命の書〉がおさめられている、ガラスドームから聞こえてくる。

『呪文《じゅもん》の書』は、ドームの中にぐったりと横たわり、黙《もく》したままだ。だが、アーチーが見ていたのは、別の本だった。

「わかったぞ！」大声で叫《さけ》んだが、胸《むね》が早鐘《はやがね》を打っていた。「おまえは、『予言の書』だな」

「そのとおり。運命の守り手だ。『ヨーアの書』は、おまえを助けることができない。おまえの知りたいことは、過去《かこ》には存在《そんざい》してないからな。未来にこそ、おまえの質問《しつもん》の答えがある」

アーチーは、ためらっていた。声を信用してもいいのだろうか。前にも〈恐怖《きょうふ》の書〉にだまされたことがあったじゃないか。

『予言の書』は、アーチーの不安を感じとったようだ。

「〈ささやき人《びと》〉よ。おまえに害を与《あた》えるようなことはしない。わたしがいわねばならぬことに、耳をかたむけるかどうかたずねるだけだ。これは過去《かこ》に始まった話だが、結末は、これから書かれなければならない」

アーチーは、大きく息を吸《す》いこんでからいった。

「わかった」

ガラスドームが、さっと開いた。声が、おだやかにつづける。

「わたしが語るのは、もう決まってしまった未来ではない。そうなるかもしれない未来だけだ。

未来を知ることは、多くの者にとって背負《せお》いきれない重荷になる。なかには、正気を失う者もある。ファビアン・グレイも、そのひとりだった。そんな危険《きけん》を冒《おか》す覚悟《かくご》はできているか？」

アーチーは、ぎょっとしていた。正気を失ってしまうって？　そんな危険《きけん》を冒《おか》してまでグレイが知りたかったことって、いったいなんだろう？　そして、父さんもまた、その秘密《ひみつ》を探《さぐ》ろうとしていたんだ……。

アーチーの心は乱《みだ》れていた。ジョン・ディーは、エメラルド・アイを使って自分の未来を見てはいけないと、アーチーに警告《けいこく》してくれた。だが、これは錬金術師《れんきんじゅつし》の呪《のろ》いを取りさり、魔法《まほう》図書館を救うためにやることだ。それに『予言の書』は、自分は決定的な未来を教えるのではなく、可能性《かのうせい》を予言するだけだといっているではないか。どこにちがいがあるか、はっきりとはわからないが、ちがいがあるほうに賭《か》けようとアーチーは思った。

「ああ、覚悟《かくご》はできてるよ」アーチーは、答えた。

とたんに、『予言の書』が、目の前にそそりたった。表紙はドアに変わり、大きな真鍮《しんちゅう》のノッカーがついている。『予言の書』が大きくなったのか、それとも自分が縮《ちぢ》んだのか、アーチーにはわからなかった。

ドアが、さっと開く。胸《むね》の高鳴りを押《お》さえながら、アーチーは中に入った。

そこは、かすかな明かりに照らされた、広い部屋《へや》だった。アーチーは、本棚《ほんだな》にぐるりと取りかこまれていた。ここは、本棚《ほんだな》で作った迷路《めいろ》なのだと、アーチーは気づいた。どの本棚《ほんだな》にも、古い本がぎっしりと入っている。

「ここは〈命の書庫〉だ。よく来たな」さっきの声がいう。

アーチーは、本棚《ほんだな》にならんでいる本を見てみた。本の背《せ》に、なにか書いてある。近寄《ちかよ》ってみると、人の名前だということがわかった。

「こちらだ」と、声がいう。

ろうそくがぱっとともって、進むべき方向を教えてくれている。影《かげ》が、思いがけない方角から、アーチーの上におおいかぶさってきた。

つぎつぎにともるろうそくに導《みちび》かれて、アーチーは迷宮《めいきゅう》の奥《おく》へ、さらに奥《おく》へと進んだ。帰りの出口がわかるのかなと、心配になってくる。でも、そんなことはすぐ忘《わす》れてしまった。本棚《ほんだな》のあいだを通っているときに横目で見ると、クモの巣に厚《あつ》く閉《と》ざされたところもあった。

そのまま進んでいくうちに、行く手を本棚《ほんだな》にふさがれてしまった。最初に目にとまった本の背《せ》を見て、アーチーはぎょっとなった。なんと自分の名前が書かれているではないか。

〈アーチボルド・オバデヤ・グリーン〉

「ここに、おまえの未来が待っているぞ」さっきの声がいった。

アーチーは手をのばして、自分の名前が書かれている本を手に取った。そのまま、ちょっとためらってしまう。でも、信用しろって、声がいったじゃないか。思い切って、本を開いた。

最初は、どのページも白紙かと思ったが、そのうちに動いている画像《がぞう》が見えてきた。昔の無声映画《えいが》のように、アーチーのこれまでの日々《ひび》の一場面が、つぎつぎにあらわれてくる。

十二歳《さい》の誕生日《たんじょうび》、アーチーが家のドアをあけると、ホレース・キャッチポールが小包を持って立っている。誕生日《たんじょうび》のプレゼントだと思ったアーチーは、キャッチポールの手から小包を引ったくる。と、光景が変わって、アーチーはゼブじいさんが投げた火を手でつかんでいる。ゼブじいさんから、〈炎《ほのお》のテスト〉を受けているところだ。それからアーチーは、イヌノキバ通り三十二番地の前に立ち、ドアをノックしようかどうか迷《まよ》っている。アーチーが、初めてフォックス一家に会った日のことだ。

そのとき、アーチーの頭の中で、そっとささやく声がした。

「どれも、おまえの運命を決めた場面だよ。おまえが自分で選んできた結果をあらわしている。それぞれの選択《せんたく》がつぎの場面につながって、おまえの運命を変えてきたのだ」

場面が、さっと暗くなった。アーチーは、暗黒の魔術師《まじゅつし》バルザックに立ちむかっている。

アーチーの唱えた呪文《じゅもん》で、バルザックはふたたび『魂《たましい》の書』にもどされた。

「これが、おまえの運命の最初の分かれ道だったのだよ。この時から、魔法界《まほうかい》の未来は、おまえの手に託《たく》された。その昔、ファビアン・グレイの手に託《たく》されたようにな。おまえは、バルザックの前にひれふし、意のままになるかもしれなかったが、そうはしなかった。その瞬間《しゅんかん》、魔法界《まほうかい》の未来が変わったんだよ。どうだ？　じゅうぶん見たかね、〈ささやき人《びと》〉」

アーチーは、かぶりをふった。

「いいや。ぼくの未来は、どうなるんだ？」

「おまえの未来は、別の本に書いてある」

アーチーは、手にした本を、本棚《ほんだな》にもどした。背《せ》表紙にアーチーの名前が書かれた本が、あと二冊《さつ》ある。

「二冊《さつ》もあるのは、どうしてなんだ？」アーチーは、たずねた。

「おまえの未来が、定まってないからだよ。おまえは、分かれ道に立っている。片方《かたほう》の道を行けば、おまえが傷《きず》つくことはない。だが、その道を取ると、おまえの目的を達成することができないんだ。つまり、魔法《まほう》がこの世から消えてしまうということだよ。もう片方《かたほう》の道を選べば、おまえは偉大《いだい》な力を手にすることができ、魔法界《まほうかい》の未来を築《きず》きあげることができる。だが、代《だい》償《しょう》を払《はら》わねばならんぞ」

「ぼくが、暗黒の魔術師《まじゅつし》になるってことか？」

「そのとおり、おまえは、ふたつのうちのどちらかを選ばねばならん」

「そんなの、選べっこないじゃないか。どちらもいやだっていったら、どうなるんだ？」

「そうしたら、おまえに未来があるかどうか、わたしには保証《ほしょう》できん」

アーチーは、深く息を吸《す》いこんでからいった。

「ぼくは、その第三の道を選ぶ」

「股鍬《またぐわ》の運命、分かれ道の運命を、どちらも拒否《きょひ》するということか？」

「ああ。魔法《まほう》が世界から消えてしまったり、暗黒の魔術師《まじゅつし》になったりするくらいなら、ぼくの未来なんてなくてもかまわない」

声は、沈黙《ちんもく》してしまった。いまのぼくは、まさに命のせとぎわに立っている……アーチーはひしひしと、そう感じていた。胸《むね》が、早鐘《はやがね》を打っている。

さらに、何秒か過《す》ぎた。と、ふたたび声が話しはじめたが、今度は少しばかりおどろいているようにも聞こえた。

「そうか。おまえの父親のいうとおりだったな。息子《むすこ》は、どちらの運命も拒否《きょひ》するだろう、たとえ自分の命があやうくなってもと、父親はいっておった。では、もう一度見るがいい、アーチー・グリーン」

本棚《ほんだな》に、四冊《さつ》目の本があらわれた。それとも、前から置いてあったのだろうか？　本を開くと、大きな扉《とびら》の前に自分が立っている光景が出てきた。と、すぐに消えてしまった。ページをめくってみたが、なにもあらわれない。

「ほかのページは、みんな真っ白じゃないか！」パラパラと、さらにめくってみる。

「おまえが、白紙の本を選んだからだよ。物語は、まだ書かれていない。三冊《さつ》の本のうちでは、もっとも不確《ふたし》かなものだ。これから本を書いていくのは、おまえ自身だ。それが、おまえ自身の未来だけでなく、魔法《まほう》の未来も決めるんだよ」

「ぼくは、その白紙の道を行く」

「よろしい。道の行く手になにがあるか、わからんぞ。だが、まったく白紙というわけではない。もう一度、本を見てみろ」

ふたたび本を開くと、ページのあいだから落ちたものがある。アーチーに宛《あ》てた手紙で、アーチーの字そっくりのくねくねした筆跡《ひっせき》で書いてあった。

「父親からの手紙だよ。いつの日か、おまえが見つけてくれるのをねがって、ここに残していったのだ」

アーチーは、手にした紙を、まじまじと見つめた。

「だけど、どうやって……？」

「運命は、移《うつ》り気《ぎ》なものだ。だが、だれも運命をだますことはできない」声は、いった。「出口は、こちらだ」

アーチーは、手紙が入っていた本を本棚《ほんだな》にもどし、書庫から出ることにした。本棚《ほんだな》に背《せ》を向けようとしたとき、いまもどした本の横にあるものが、目に入った。クモの巣がかかった、色《いろ》褪《あ》せた本が数冊《すうさつ》。そのうちの一冊《さつ》を、つい最近、だれかが開いたようだ。背《せ》表紙に書かれた名前は……アレグザンダー・グリーン。アーチーの父親だ。

アーチーは、心臓《しんぞう》がとまるかと思った。心の中にいだいていた、ちっちゃな希望の火が、ふいに大きく燃《も》えあがる。

「ちょっと待ってくれ」アーチーは、叫《さけ》んだ。「ここにある本には、未来が書いてあるっていったよね。ぼくの父さんの名前を書いた本があるじゃないか。これって、父さんが生きてるってことなのか？」

「さあ、急げ」声は、ささやいた。「時間は、待ってくれんぞ。未来は、せっかちだからな」

「けど、ぼくのきいたことに答えてないよ」アーチーは、なおも叫《さけ》んだ。「父さんが生きているのか、死んでるのかききたいんだ！　それに、母さんや姉さんのことも！」

アーチーの心臓《しんぞう》は、口から飛びだしそうだった。答えを待っているあいだに、頭の中の血が煮《に》えくり返って、ゴーゴーと鳴りひびく。

「アーチー、目を覚まして！」

だれかが、体をゆすっている。目をあけると、キイチゴとアザミが心配そうにのぞいていた。

アーチーは、筆写室の床《ゆか》に横たわっていた。片手《かたて》にはエメラルド・アイを、もういっぽうの手には父親からの手紙をにぎっている。

いったい、どうやって『予言の書』から、そしてアーチー自身の分身から脱出《だっしゅつ》したのだろう？

「父さんが、『予言の書』の中に、ぼくに宛《あ》てた手紙を残していったんだ」と、アーチーはふたりにいった。

まだ、ぼおっとしながら、アーチーは手紙を読みはじめた。

アーチーへ

この手紙を読んでいるのなら、おまえを魔法界《まほうかい》から遠ざけておくというわたしのくわだてが失敗したということだ。いまでは、おまえも魔法界《まほうかい》のことを知っているだろうし、バルザックとの対決も無事に終わったにちがいない。

どうしてわたしがそんなことを知っているか、ふしぎに思うだろうね。おまえが生まれたとき、わたしは〈運命の書〉を調べた。そして、おまえが股鍬《またぐわ》の運命、分かれ道の運命を持って生まれたことを知ったんだよ。

おまえが最初に出会った分かれ道は、バルザックと対決したことだ。ふたつ目の分かれ道は明らかではないが、ファビアン・グレイと錬金術師《れんきんじゅつし》の呪《のろ》いにかかわりがあることはわかっている。三つ目は、〈運命の書〉でも知ることができない。

この手紙を書いているいま、おまえはまだ赤んぼうだ。おまえが生まれてからというもの、わたしは必死に調べた。なんとかして、おまえがふたつ目の分かれ道に出会わないように、少しでも、おまえを不運から遠ざけるようにしたかったのだ。

今夜わたしは、おまえが危険《きけん》な目にあわないように、さもなければ、危険《きけん》がおまえではなく、わたしの身に降《ふ》りかかるようにやってみるつもりだ。もしもわたしの試みが失敗し、おまえひとりでふたつ目の試練を受けるはめになったときのために、この手紙を残していく。

もうひとつ、おまえに話しておかなければいけないことがある。リプリーの蔵書《ぞうしょ》から、わたしは一冊《さつ》の本を見つけた。その本に書いてあることが錬金術師《れんきんじゅつし》の呪《のろ》いを解《と》くために役立つと思う。ロレッタの家に、わたしは何冊《なんさつ》か本を置いていったが、その中にあって魔法《まほう》をかけた留《と》め金《がね》で封印《ふういん》されているのがそれだ。その本を開くときは、くれぐれも気をつけて、信頼《しんらい》のできる友だちに立ち会ってもらいなさい。

アーチーよ、勇敢《ゆうかん》であれ。おまえの肩《かた》に、魔法界《まほうかい》の運命がかかっている。そして、覚えていてほしい。わたしの魂《たましい》は、おまえといっしょにいる——いつ、いかなる時にも。

おまえを心から愛している父

アレックス・グリーン

アーチーは、穴《あな》があくほど手紙を見つめていた。足が、がくがく震《ふる》えている。つまり、父親がリプリーの蔵書《ぞうしょ》から持ちだした本、リプリーが日記だと口走ったその本に、錬金術師《れんきんじゅつし》の呪《のろ》いにかかわることが書いてあるのだ。ついに、謎《なぞ》を解《と》く鍵《かぎ》が見つかった。その本を見つけなきゃ。いますぐに！

家にもどるやいなや、アーチーは階段《かいだん》をかけあがって、ベッドの下にある古い靴箱《くつばこ》を引きずりだした。

「その箱に入っているの？」アーチーを追ってきたアザミがきいた。

アーチーは、靴箱《くつばこ》の中に入っている父親の本を調べた。『偉大《いだい》なる魔法《まほう》書・善《よ》きものと悪《あ》しきもの、そして醜《みにく》きもの』、『臆病《おくびょう》な人が避《さ》けるべき生き物たち』、新聞の切り抜《ぬ》きを貼《は》ったスクラップブック、それから数枚《すうまい》の写真。でも、それだけだ。

アーチーは、がっかりした。そのとき、あることが頭に浮《う》かんだ。急いで階段《かいだん》をかけおりた。アーチーは、キッチンに飛びこんだ。アザミとキイチゴも、あとを追ってくる。

「ロレッタおばさん」アーチーは、急《せ》きこんでいった。「父さんが、おばさんに本をわたしていったよね？」

「さあ、覚えてないけど……」

またまた、がっくりだ。

「ちょっと、待って。そういえば、何冊《なんさつ》か本をもらったわね。その棚《たな》にある、料理の本よ。いったいどうしてかしらね」ぶつぶついいながら、おばさんは食料品を置いてある小部屋《こべや》に入っていく。「料理の本なんか、わたしには必要ないのに……」

アーチーは、ロレッタおばさんの言葉を聞いていなかった。必死にキッチンの棚《たな》にならんでいる料理の本に目を走らせる。

だめだ、やっぱりないよ……。と、一冊《さつ》の本に目がとまった。背《せ》表紙になにも文字がなく、どう見てもほかの料理本とはようすがちがっている。アーチーはカウンターにのぼって、その本をぬきだした。緑色の表紙はぼろぼろで、留《と》め金《がね》がかけてある。

「あったよ!」大声で、アーチーはいった。

「あったって、なにが?」小部屋《こべや》から、おばさんの声がしたが、だれも答えない。

子どもたちは、とっくにキッチンからいなくなっていた。

20 〈うらめし霊《れい》〉、あらわる

アーチーは、ぶるっと震《ふる》えた。イヌノキバ通りの家を飛びだした三人は、グレイの実験室にいたが、寒いのなんのって……。キイチゴが暖炉《だんろ》に火をたいて、なんとか部屋《へや》を暖《あたた》めようとしていた。

アーチーは、父親が手紙の中でいっていたことを、ずっと考えていた。ロレッタおばさんのキッチンにあった本が、錬金術師《れんきんじゅつし》の呪《のろ》いを解《と》くのに役立ってくれる？　いったい、どうやって？　その疑問《ぎもん》が、さっきから頭の中をかけめぐっている。

アーチーの疑問《ぎもん》は、そこでストップした。アラベラとルパートが、実験室にあらわれたのだ。アラベラは、いつもよりいっそう青い顔をしていて、元気がない。そのうえ、なんだかおびえているようだ。

「急に集まれなんて、どういうこと？　なんでそんなに急がなきゃいけないわけ？」アラベラは、きいた。「いままでだって、あたしたちのクラブは、さんざん騒《さわ》ぎを起こしてるんだよ」

「最初に誓《ちか》いの言葉をいおうよ。それから、話をするから」アーチーは、アラベラをなだめた。誓《ちか》いの言葉を唱えたとき、アラベラは、なにか隠《かく》しているように見えた。アーチーの気のせいだろうか？

「きみのおじいさんの蔵書《ぞうしょ》から、ぼくの父さんがある物を持ちだしたんだよ」アラベラがどんな顔をするかじっと見ながら、アーチーは切りだした。「そのせいで、ぼくの父さんは魔法《まほう》図書館にいられなくなったんだ」

「持ちだした物って、なんなの？」アラベラがきいた。やっぱりおびえているように見える。

「本だよ」アーチーは、緑色の表紙の本をかかげて見せた。「父さんがこれを持ちだしたのは、いずれぼくたちに必要になると思ったからなんだ。たぶん、昔の錬金術師《れんきんじゅつし》クラブになにが起こったか、書いてあるんだと思う。父さんからの手紙を、ぼくは持っているんだ。その手紙に、この本を開くときは、信頼《しんらい》できる友だちに立ち会ってもらえって書いてあった」

「なんの本？」ルパートが手をのばしたが、すぐに引っこめた。「これって、冷蔵庫《れいぞうこ》にでも入れてあったの？　氷みたいに冷たいぞ！」

「ちょっと見せて」アラベラは両手に本を持つと、クンクンにおいをかぎだした。「この本、霊《れい》が入ってるね。ホークさんにわたさなきゃ」

「なにいってんのよ！」キイチゴはアラベラから本を引ったくって、アーチーに返した。「アレックスおじさんは、ホークさんにわたすために、これを隠《かく》しといたわけじゃないんだからね」

「キイチゴのいうとおりだよ」アーチーは、そういってから、深く息を吸《す》いこんだ。「おまえに、開けと命ずる」

魔法《まほう》がかかった留《と》め金《がね》がパチッとはずれ、本がひらりと開いた。ページのあいだから灰色《はいいろ》の影《かげ》がもやもやと立ちのぼったかと思ううちに、男の姿《すがた》になった。全身がクモの糸で織《お》られたように、ぼおっとしている。

もやのような男は、たちまち怒《いか》りの表情《ひょうじょう》を浮《う》かべ、薄気味《うすきみ》の悪い、青ざめたくちびるを開いた。

「よくもよくも、わたしの不眠《ふみん》をかきみだしたな！」

うなるようにいって、飛びだした赤い目玉でにらみつける。

びっくりするやら、怖《こわ》いやらで、しばらくだれも口をきけなかった。やっとアーチーが我《われ》に返って、男にたずねた。

「不眠《ふみん》をかきみだしたって？　眠《ねむ》りをかきみだした、のまちがいじゃないの？」

男は、灰色《はいいろ》にぼやけた頭を横にふった。

「わたしは、眠《ねむ》ることも、休むこともできないんだ。呪《のろ》われているからな」

歯のあいだからしぼりだすようにいう。

「あんた〈うらめし霊《れい》〉だね」アラベラがいう。

男は、歯のあいだからシューッという声を出しながら、悲しそうにうなずいた。さっきの怒《いか》りの表情《ひょうじょう》は消え、すっかりしょんぼりしている。どこかで見たような顔だなと、アーチーは思った。

アラベラは、ひたいにしわを寄《よ》せて考えこみながらいった。

「〈うらめし霊《れい》〉って、なにか理由があって、この世にさまよっているんだよね。とどまっていなきゃいけない、なにかが起こったってこと。悲しい事件《じけん》とか、解決《かいけつ》しなきゃいけない問題が残ってるとか、そういうのが多いけど」

「じゃあ、なにが起こったわけ?」アザミが〈うらめし霊《れい》〉にきいた。「どうしてまだ、この世にいなきゃいけないの?」

〈うらめし霊《れい》〉がちらちらっとゆれると、クモの糸のような半透明《とうめい》に光る体から、輝《かがや》きが少しばかり失《う》せたようにみえた。

「事故《じこ》があったんだ。わたしの乗っていた馬車が、引っくり返ったんだよ」〈うらめし霊《れい》〉は、みじめな声でいった。「友だちに会おうと思って出かけたんだが、とうとう行きつけなかった」

「それって、いつのこと？」アーチーは、きいた。

「ロンドン大火のすぐあとだ。一六六六年のことだよ」

〈うらめし霊《れい》〉は、悲しみを通りこして、いいようのない嘆《なげ》きの中に沈《しず》みこんでいくように見えた。しばらくは、口もきかない。ぼおっとかすんだ顔に、一心に考えこんでいるような表情《ひょうじょう》が浮《う》かぶ。自分とおなじように消えかけている、遠い記憶《きおく》をたどっているようだ。やがて〈うらめし霊《れい》〉は、自分の悲しい物語を語りだした。

「わたしは、魔《ま》法《ほう》図書館の見習いをしていたんだよ」誇《ほこ》らしげにいう。「見習いを始めたころはまだ少年だったが、いつかは魔《ま》法《ほう》界《かい》に名を残す存在《そんざい》になろうと思っていた。だから、錬《れん》金《きん》術《じゅつ》師《し》クラブに入ったんだ。ファビアン・グレイは、わたしたちのリーダーで、わたしの親友でもあった」

〈うらめし霊《れい》〉は、またもや悲しそうな顔になった。

「ああ、わたしたちは、大きな望みを持っていたのになあ。魔《ま》法《ほう》を、正しい地位にもどそうとしていたんだ。それが、わたしたちの夢《ゆめ》だった。また、わたしたちは、それをやりとげる運命を担《にな》っているとも思っていたんだ。

とはいっても、最初は口でいっているにすぎなかった。ところが、ファビアン・グレイが一歩先に進んだ。『予言の書』をひもといたんだよ。そんなことはしちゃいけないと、わたしたちはいったが、ファビアンは笑って相手にしなかった」

「じゃあグレイは、まだ見習いをしているときに『予言の書』を見たの？」アーチーは、きいた。

「ああ、そうとも。ファビアンは、恐《おそ》れを知らない男だったからな」

〈うらめし霊《れい》〉の顔が、ちょっと明るくなった。幸せだったころを、思い出しているのだろうか。でも、たちまち暗い表情《ひょうじょう》にもどった。

「だが、そのせいで、ファビアンは死んでしまったのではないかと、わたしたちは思った。半ば死んだようになってしまった……といったほうがいいかもしれないが。それ以来、すっかり変わってしまったんだよ。『予言の書』が、ファビアンを変えてしまったんだ。髪《かみ》の一部は、真っ白になった。しばらく、正気を失ってもいたんだよ」〈うらめし霊《れい》〉は、悲しそうにかぶりをふった。「そのうちに、しだいに正気を取りもどし、記憶《きおく》がもどってきたが、『予言の書』で知ったことは覚えていなかった。ただ、魔法界《まほうかい》の未来が自分の双肩《そうけん》にかかっていること、そして錬金術師《れんきんじゅつし》クラブのメンバーはファビアンに手を貸《か》さなければならないということだけは思い出したんだ」

アーチーは、なんだか居心地《いごこち》が悪くなってきた。これって、どっかで聞いた話みたいじゃないか。ファビアン・グレイとぼくがよく似《に》てるってことが、ますますはっきりしてきた。だけど、グレイは『予言の書』のせいで正気を失ったのに、どうしてぼくはだいじょうぶだったんだろう？　もしかして、分身を使ったことで記憶《きおく》が失われなかったのかも……。

〈うらめし霊《れい》〉は、なおもつづけた。

「そのころ、イングランドではペストが猛威《もうい》をふるっていた。何千という人々《ひとびと》が、ペストにかかって死んでいったんだ。ファビアンは、魔法《まほう》の力で病気を滅《ほろ》ぼし、人々《ひとびと》を幸せにしたいと思った。

わたしたちは、すでにいくつか魔法《まほう》の実験をしていたんだよ。魔法《まほう》図書館の幹部《かんぶ》がそれを見つけて、ひどく腹《はら》を立てた。わたしたちが、なにも相談せずにやったからね。魔法《まほう》図書館から追いだされたわたしたちはロンドンに行き、パン屋の地下室を借りて、実験をすることにした。まず、新しい魔法《まほう》を書くことから始めたんだ。最初は、ほんの小さな呪文《じゅもん》だった。だが、そのうちにファビアンがいいだしたんだ。もしアゾスを作ることができたら、魔法《まほう》の本を書きなおす準備《じゅんび》ができると。

ある日、ファビアンが、アゾスの作り方を見つけたといい、メンバーのそれぞれに材料をひとつずつ持ってくるように命じた。それが成功したら、わたしたち錬金術師《れんきんじゅつし》クラブの偉大《いだい》な勝利になるところだった。

だが、すべてが恐《おそ》ろしい結果に終わってしまった。メンバーのひとりであるフェリシアが、狂気《きょうき》のようなものに取りつかれてしまったせいで……」

アーチーは『ヨーアの書』で目撃《もくげき》した光景を思い出した。

〈うらめし霊《れい》〉は、またもや悲しそうに灰色《はいいろ》にけむる頭を横にふった。

「みんな、ロンドン大火は、パン屋が起こしたと思っていた。だが、パン屋のあるじ、トマス・ファリナーは、火事を起こしたのは錬金術師《れんきんじゅつし》クラブだと王さまに訴《うった》え出たんだ。わたしたちの名誉《めいよ》は、たちまち地に落ちた。それより悪いことに、わたしたちは呪《のろ》われてしまったのだ。金の輪のしるしを持った者が、すべて呪《のろ》われるのとおなじようにな……」

そういいながら〈うらめし霊《れい》〉は消えはじめた。

「だけど、どうやったら呪《のろ》いを取りさることができるの？」アーチーは、必死に叫《さけ》んだ。

「知りたいことは、すべてその日記に書いてある」

「もうひとつ教えて」キイチゴが、いった。「あなたの名前は、なんていうの？」

「わたしは、ブラクストン・フォックスの見果てぬ夢《ゆめ》だ」

そういい残して、〈うらめし霊《れい》〉は消えてしまった。

みんな、緑色の本のまわりに集まって、アーチーの後ろからのぞきこんだ。

「これは、ブラクストン・フォックスの日記なんだ。ロンドン大火のあとのことが書いてある」アーチーは、いった。「最初の日付は、一六六六年九月四日月曜日——ロンドン大火の二日あとだよ。ちょっと読むから、聞いてて。


いまもなお、火はくすぶりつづけている。ロンドンの半分が燃《も》えたという話だ。なにもかも、わたしたちのせいなのだ！　ファビアンからは、なんの連絡《れんらく》もない。うわさによれば、オックスフォードで捕《つか》まり、ロンドン塔《とう》の監獄《かんごく》に入れられたとか。

いまだに、火元はパン屋のオーブンだといわれている。もし、わたしたちが火事にかかわっていたことがもれれば、魔法界《まほうかい》が危機《きき》におちいると、わたしは恐《おそ》れている。わたしたちは、魔法《まほう》の名を永遠《えいえん》に汚《けが》してしまったのではないだろうか。魔法界《まほうかい》を救おうと思って錬金術《れんきんじゅつ》師《し》クラブを結成したのに、破滅《はめつ》へ通じる道を開いてしまったとは。とても耐《た》えられるものではない。だが、すべては、わたしたちが失敗したからだ。わたしたちの傲慢《ごうまん》と、好奇心《こうきしん》のせいで、ここまで来てしまったのだ。わたしたちが、あれほど向こうみずでなかったら、こんなことにはならなかった。クラブの全員が、正気を失っていたにちがいない。自分たちの行《こう》為《い》の結果がどうなるか、考えていさえすれば……」

日がたつにつれて、日記には、ますます悲惨《ひさん》なできごとがつづられていく。アーチーは、みんなに読んで聞かせた。

「一六六六年九月二十二日

パン屋の地下室で起こった不幸なできごとから、二週間以上たった。ファビアンからは、いまだに連絡《れんらく》がない。フェリシアからも。アンジェリカ、ロデリック、わたしの三人は、オックスフォードに、いまだひそんでいる。きのう、ロデリックが、きわめて不幸なできごとにあってしまった。わたしたちは、ファビアンの実験室にいたのだが、魔法書《まほうしょ》の一冊《さつ》からサソリが出てきて、ロデリックを刺《さ》したのだ。ロデリックは回復《かいふく》するだろうが、大変なショックを受けている。わたしたちのうちのだれかが、おなじ目にあってもおかしくないのだ。わたしには、わかっている。

一六六六年十月一日

ロデリックが死んだ。サソリの毒が、命をうばったのだ。アンジェリカとふたりで、実験室のドアを封印《ふういん》した。すでに、幹部《かんぶ》たちの会議に出席するよう呼《よ》びだしをかけられている。ロンドン大火に関与《かんよ》しているか否《いな》か、きき質《ただ》されるのだ。魔法界《まほうかい》では、大火がわたしたちのせいだといううわさが飛びかっている。魔法《まほう》による大火災《だいかさい》が二度と起こらぬように、新しい方律《ほうりつ》を定めるべきだという議論《ぎろん》も、さかんにされている。わたしたちが、魔法《まほう》をあるべき位置にもどしたいという一心で試みたことが、反対に魔法《まほう》を地下に追いやることになってしまったようだ。

一六六六年十月五日

またもや、悪いことが起きた。アンジェリカが、重い病にかかったのだ。なんらかの暗黒の呪文《じゅもん》をかけられて、精神《せいしん》に異常《いじょう》をきたしてしまった。医者に、安静を命じられたが、夢遊《むゆう》病《びょう》にかかったアンジェリカは、夜になると無意識《むいしき》にさまよい歩く。昨晩《さくばん》、アンジェリカは、窓《まど》から転落した。幸い、命に別状《べつじょう》はなかった。明日は、少しでも事態《じたい》が好転するよう祈《いの》るばかりだ。

一六六六年十月十日

アンジェリカが、死んだ。窓《まど》から転落したときに負った傷《きず》はすっかり治ったのだが、とつぜん高所から石のガーゴイルが落ちてきて、ぶつかったのだ。わたしもいっしょにいたのだが、あやうく難《なん》を逃《のが》れた。これは、ただの事故《じこ》とはいえない。錬金術師《れんきんじゅつし》の呪《のろ》いだ！

一六六六年十月十二日

やっと、よいニュースが飛びこんできた！　ファビアンから便りが来たのだ！　今朝、フェリシアが手紙を届《とど》けてくれた。フェリシアがいうには、ファビアンはロンドン塔《とう》から脱《だっ》出《しゅつ》したとか。ふたりには意見の相違《そうい》があったが、和解《わかい》したのにちがいない。本当に、ほっとした。ふたりに会わなければ。一刻《いっこく》も早く、友だちに会いたい。馬車が待っている。すぐに出かけなければ。

日記は、ここで終わっているんだ」アーチーは、緑色の表紙の日記帳を閉《と》じた。

「そのあと、なにが起こったか、もうわかったよ」ルパートがいう。「友だちのところに行くとちゅうで、馬車が転覆《てんぷく》したんだね。ロデリック、アンジェリカ、ブラクストン……三人とも、大火のあと数週間のうちに死んでるんだよ」

「錬金術師《れんきんじゅつし》の呪《のろ》いって、そのことなんだね。錬金術師《れんきんじゅつし》クラブのメンバーに、呪《のろ》いが降《ふ》りかかる。クラブに入ってるみんなが、事故《じこ》にあうってことなんだ」と、アーチーがいった。

「その呪《のろ》いを打ち破《やぶ》らなかったら、あたしたちにもおなじことが起こるってことだね」と、アラベラがいった。


それからの二、三日は、あっというまに過《す》ぎていった。アーチーは、まったく本作りに集中できなかった。ああ、ゼブじいさんに相談できればいいのに。でも、『予言の書』を開いたなどといったら、ゼブじいさんはそのことを幹部《かんぶ》に報告《ほうこく》しなければならなくなる。だから、アーチーは、なんにもいわなかった。

ある日の午後、アーチーはゼブじいさんの使いで魔法《まほう》図書館に行った。大ホールを歩いているとき、カテリーナを見かけた。〈行方《ゆくえ》不明本〉係に用事があるらしく、大ホールを横ぎってこっちへ来る。なんだか話をしたくなかったので、アーチーはカテリーナが追いつく前に向きを変えて、大理石の階段《かいだん》をのぼった。そのまま筆写室に行き、扉《とびら》をあけると壁《かべ》のたいまつ受けに置かれたたいまつが、いっせいに燃《も》えだした。

『予言の書』は、またなにか話してくれるかな？

「こんにちは。ぼくの声、聞こえる？」

返事はない。

アーチーは短い階段《かいだん》をのぼって、〈運命の書〉を見おろすことのできる足場に立った。偉大《いだい》な魔法書《まほうしょ》三冊《さつ》をおさめたガラスのドームをのぞいてみたが、なにかおかしい。一冊《さつ》、足りないのだ。『呪文《じゅもん》の書』が見当たらない。きっと、幹部《かんぶ》のだれかが持ちだしたのだろう。

アーチーは、残りの二冊《さつ》を見てみた。灰色《はいいろ》の『予言の書』は、閉《と》じたままぴくりとも動かない。『精算《せいさん》の書』の開いたページに目を移《うつ》した。

「あたしたちひとりひとりの生と死が、あの本のページに書きこまれるんだよ」初めて筆写室に来たとき、キイチゴがそう教えてくれたっけ。錬金術師《れんきんじゅつし》クラブの人たちの運命を知ったいま、『精算《せいさん》の書』は前よりもいっそう悲しげに見えた。

どのページにも、名前がずらりとならんでいる。それぞれの名前の横に誕生《たんじょう》の、その横に死《し》亡《ぼう》の年月日が記録されていた。ベヌー鳥の羽でできた、青い羽根ペンがページの上を舞《ま》いながら、つぎつぎに新しい名前や日付を書きこんでいる。じっと見ていると、羽根ペンは新たに「セシリア・スクリヴンズ」と書きこんだ。魔法界《まほうかい》の家族に、女の赤ちゃんが生まれたのだ。

アーチーは、一瞬《いっしゅん》うれしさに胸《むね》が躍《おど》った。

けれども、ふいに『精算《せいさん》の書』がパラパラとめくれて、前のページにもどっていく。羽根ペンは「ジェイコブ・メリーフェロウ、一九三二年十二月二十三日生」の横に、新たな日付と「没《ぼっ》」という字を書きいれ、名前を横線で消した。

アーチーは、はっとした。

「あの人たちの名前も、ここに書いてあるはずだよね」思わず、声に出していった。「昔の錬《れん》金術師《きんじゅつし》クラブのメンバーたち、ブラクストン・フォックスや、ほかの人たちも」

ブラクストン・フォックスの名前を聞きつけると、『精算《せいさん》の書』は黄色い光を放ちだした。ページが、さらにパラパラともどる。すさまじい速さなので、本がぼおっと霞《かす》んでみえるほどだ。と、とまった。青い羽根ペンは、消えかけた名前の上を舞《ま》っている。名前の上に横線が引かれていたが、読むことはできた。

〈ブラクストン・フォックス　一六四九年十一月二十六日生――一六六六年十月十二日没《ぼっ》〉

やっぱり、思っていたとおりだ。ブラクストン・フォックスは、最後の日記を書いたあと、その日のうちに死んでしまったのだ。

背後《はいご》で、扉《とびら》が静かにあいた。ふり返ると、戸口にキイチゴのシルエットが見えた。

「きっと、ここにいると思ってたんだ」キイチゴは、そっといった。

「錬金術師《れんきんじゅつし》クラブのみんな、まだすごく若《わか》かったのに」アーチーの胸《むね》に、悲しみがこみあげてくる。

「そうだよ、アーチー。あたしたちより、ほんの少し年上だっただけなのに」

アーチーは、壁《かべ》の絵に目をやった。いままで、絵の中の錬金術師《れんきんじゅつし》クラブのメンバーは、ずっと大人だと思っていた。

「テーブルのまわりの人たち、とびきり優秀《ゆうしゅう》だったんだよね」キイチゴは、首を横にふった。

「それに、ファビアン・グレイも」アーチーは、ため息をついた。「メンバーの中でも、いちばん魔法《まほう》の才能《さいのう》があったんだよ」

ファビアン・グレイの名を口にしたとたん、『精算《せいさん》の書』の羽根ペンがふたたび動いて、消えかけた名前の上でとまった。

〈ファビアン・グレイ、一六四九年八月十八日生〉

だが、亡《な》くなった日付は書いてない。

けれども、アーチーとキイチゴは、そのことに気づかなかった。なぜなら、ふいに絵の中に光がさしたからだ。五人のメンバーの背後《はいご》にあるドアが開き、フードをかぶった人影《ひとかげ》が、テーブルに近づいていく。アーチーの目は、人影《ひとかげ》に釘《くぎ》づけになった。

「さあ、わかったか。〈ささやき人《びと》〉」歯のあいだから、しぼりだすような声がした。まぎれもなく『予言の書』の声だ。「あれは〈暗黒書庫〉の扉《とびら》だ……おまえの運命の扉《とびら》でもある」

アーチーの顔から、さっと血の気が引いた。やっと、さまざまなできごとの答えが出はじめた。いままで、ずっとアーチーの目の前にあったのに気づかなかったのだ。絵の中にある予言が、これから答えを出そうとしている。

「暗黒の魔術師《まじゅつし》が、いま魔法《まほう》図書館にいるんだ！」アーチーは、叫《さけ》んだ。「〈暗黒書庫〉の中に！」

21 アラベラの告白

「〈暗黒書庫〉に入らなきゃ！」アーチーは、叫《さけ》んだ。アザミとルパートも、すでに筆写室に来ていた。「〈暗黒書庫〉の中に隠《かく》されているものを、暗黒の魔術師《まじゅつし》が盗《ぬす》みに来たんだよ」

「だけど、なにが隠《かく》されてるんだよ？」アザミがきいた。

「アーサー・リプリーが、〈暗黒書庫〉で見つけたもの。〈恐怖《きょうふ》の書〉の一冊《さつ》じゃないかな。どの本か、わかるような気がしてるんだ」

「ホークさんにいわなきゃ」と、ルパートがいう。

「ホークさんはロンドンに行ってるって、カテリーナがいってたよ。また、アーサー・リプリーに会いに行ったんだって」、キイチゴがいった。

「じゃあ、グレイブズ部長。それか、幹部《かんぶ》のだれかに」

「そんな時間はないんだ、ルパート。暗黒の魔術師《まじゅつし》は、もう〈暗黒書庫〉の中にいるんだよ！」

「じゃあ、どうしたらいいんだよ？」

アーチーは、すぐに答えなかった。考えていたのだ。この魔法《まほう》図書館の中にいるだれかが、暗黒の呪文《じゅもん》を書こうとずっとたくらんでいたにちがいない。そしてたったいま、〈暗黒書庫〉の中で、そのたくらみを実行しようとしている。

「なんとしても錬金術師《れんきんじゅつし》の呪《のろ》いを解《と》いて、暗黒の呪文《じゅもん》が書きあげられる前にとめなければ、魔法《まほう》図書館は滅《ほろ》びてしまうんだ。それといっしょに、ぼくたちも……ちょっと、アラベラはどこだよ？」

アーチーは、背筋《せすじ》が寒くなった。ひょっとして、アラベラが暗黒の魔術師《まじゅつし》？　そのとき、ギディアン・ホークの部屋《へや》のほうから、アラベラが来るのが見えた。

「アラベラ、遅《おそ》かったじゃないか！」アーチーは、大声でいった。「いままで、どこにいたんだよ？」

「階段《かいだん》のところにいたの。みんなが話してるの、全部聞いちゃったよ」

そういうなり、アラベラは目に涙《なみだ》を浮《う》かべた。

「みんな、あたしのせいなんだよ」すすり泣きながら、アラベラはいう。

アーチーは、アラベラの顔をじっと見ながらきいた。

「あたしのせいって、どういうことだよ？」

「〈ひっつかみ屋〉が隠《かく》れている本を、開いちゃったし……」

「だれも、そんなこと怒《おこ》ってないよ」キイチゴが、なぐさめた。

アラベラは、一瞬《いっしゅん》押《お》しだまった。くちびるが震《ふる》えている。

「……だけど、みんなにいってないこともあるの。ルパートに、あのロケットをプレゼントしたのも、あたしなんだ」

「なんだって？」ルパートは、かっとなった。「あの、とんでもないお守りを送ってきたってことか？　どうしてそんなことしたんだよ？」

「あれ、おじいちゃんの持ち物の中から見つけたの。ルパートを、ちょっとおどかしたかっただけ」

「おどかすどころか、殺されるところだったじゃないか！」

「うん。わかってる」アラベラは、すすりあげた。青白いほおに、涙《なみだ》が伝っている。「あんなに力が強いって思わなかったんだ。ちょっとびっくりさせたかっただけ。グレイや、ほかの錬《れん》金術師《きんじゅつし》クラブのメンバーも、少し頭が変になってたっていうでしょ。魔《ま》法《ほう》のせいで変になっちゃう人って、いるんだよ。うちの家族がそうだもの。おじいちゃんは〈食らう者〉だったし、あたしのパパやママだって、たいして変わらないし。あたし、みんなをそんなふうにさせたくなかったの。だから、錬金術師《れんきんじゅつし》の呪《のろ》いのせいにしておどかしたら、みんなも魔法《まほう》の実験とかやめるんじゃないかと思って……」

アラベラは、アーチーのほうに向きなおった。

「ほんとに、ごめんなさい。あたしが全部、ぶちこわしにしちゃって。あたしがまじめにやっていれば、とっくに錬金術師《れんきんじゅつし》の呪《のろ》いを解《と》けていたかもしれないのに」アラベラは、ちょっと押《お》しだまってからつづけた。「あたしを錬金術師《れんきんじゅつし》クラブから除名《じょめい》するっていわれても、文句《もんく》はいわないつもり」

「グルーム教授《きょうじゅ》のことや、黒い羽根ペンは？　両方とも、あんたがやったわけ？」キイチゴがきいた。

「ちがうって！　あたしは、あんたたちが魔法《まほう》を書くのをやめさせたかっただけなの」

アーチーは、アラベラの涙《なみだ》にぬれた顔を見つめていた。アラベラのいうことを信じたかった。アラベラらしい、変てこで、むちゃくちゃなやり方だったけれど、クラブのみんなを守りたい一心でやったことなのだから。

「じゃあ、多数決で決めようよ」アーチーは、いった。「アラベラが錬金術師《れんきんじゅつし》クラブに残ってもいいって思う人は？」

三人が手をあげる。ルパートは、ちょっとためらっていたが、やっぱり手をあげた。

「これで、決まりだね」キイチゴがいう。

「ありがとう」アラベラは、涙《なみだ》をぬぐった。「もう、ぜったいみんなをひどい目にあわせたりしないから」

「わかった」アーチーは、うなずいた。「みんなで魔《ま》法《ほう》図書館を救わなきゃいけないんだもんね。どうしても、アラベラに助けてもらわなきゃ」

それから、みんなで〈暗黒書庫〉に向かった。扉《とびら》があいている。五人は、中に入った。


ちょうどそのころ、魔《ま》法《ほう》図書館の別の場所で騒《さわ》ぎが起こっていた。筆写室の戸口にグレイブズ部長がかけつけていたのだ。後ろには、ウルファス・ボーンとモーラグ・パンドラマもいる。

「アーチー？　キイチゴ？　アザミ？　ルパート？　アラベラ？　みんな、どこにいるの？」

グレイブズ部長は、大声で呼《よ》びかけた。

「あっ、あの絵が！」ボーンが、壁《かべ》の絵を指さした。「ドアがあいてるぞ！　あれは、ポータルの一種かもしれない。なにかに通じる魔《ま》法《ほう》の入り口だ」

「あの子たちがいるわ！」パンドラマが、絵の中にあらわれた五人を見て叫《さけ》んだ。「あのドアは、見たことがある。〈暗黒書庫〉の扉《とびら》よ。みんな、〈暗黒書庫〉の中にいるんだわ！」

三人が見つめているうちに、絵のなかに灰色《はいいろ》の煙《けむり》が立ちこめた。煙《けむり》が消えると、絵の中の光景は、すっかり変わっていた。昔の錬金術師《れんきんじゅつし》クラブのメンバーの肖像《しょうぞう》は消え、空っぽの椅子《いす》がテーブルを囲んでいるだけだ。

「うわさのとおり、この絵はグレイが残した予言だわ」グレイブズ部長は、息をのんだ。「これから予言が、現実《げんじつ》になろうとしているんですよ」

アーチーたちの行く手に、明かりがひとつ見える。どんどん進んでいくうちに、香《こう》の燃《も》えるにおいがしてきた。アーチーは、片手《かたて》にしっかりとエメラルド・アイをにぎっていた。水晶《すいしょう》の放つかすかな明かりが、勇気を与《あた》えてくれる。空気が、どんどん重くなってきた。あたりに、白い蒸気《じょうき》が立ちこめ、きついにおいが鼻をつく。そのせいで、五人はぼおっとしてきた。

五人は、気がついていた。なにかの催眠術《さいみんじゅつ》のような力に、強く引っぱられているのだ。頭の中が、どんどん空っぽになる。なんとか抵抗《ていこう》しなくては。だが、力が強すぎる……。

筆写室では、グレイブズ部長たちが食いいるように絵を見つめていた。五人がテーブルに近づいていく。と、暗がりからフードつきのマントをまとった人影《ひとかげ》があらわれた。

「だれかが、子どもたちを待ちぶせしてたんだわね」グレイブズ部長がいった。

ああ、五人が踵《きびす》を返して、〈暗黒書庫〉から出てくれればいいのに！

そのとき、ラスプ博士が筆写室に飛びこんできた。

「たったいま、知らせがあった。アーサー・リプリーが療養所《りょうようじょ》から逃《に》げだしたぞ。こっちへ来るつもりだろう。クィルズの前は、大変な人だかりだ」

「〈食らう者〉たちだわ！　魔法《まほう》図書館を襲撃《しゅうげき》しようとしているのよ」グレイブズ部長はそう叫《さけ》ぶなり、てきぱきと命令をくだした。「ピンクに、光線ドアをしっかり閉《し》めろといってきて！　〈関所の壁《かべ》〉が、持ちこたえてくれればいいけど。ラスプ博士、〈大自然の魔法《まほう》〉部に行って、ブラウン博士に報告《ほうこく》してください。それから、グルーム教授《きょうじゅ》も探《さが》してきて」

グレイブズ部長は、あたりを見まわした。

「ホークは、どこにいるの？」

「まだ、ロンドンから帰ってきてないんです」モーラグ・パンドラマがいう。

「わかったわ。モーラグ、あなたはここにいて。わたしは、〈暗黒書庫〉のあの子たちのところに行ってみるから。さあ、みんな、急いで」

アーチーたち五人は、明かりのほうに歩いていった。〈暗黒書庫〉の敷居《しきい》をまたいでから、だれも口をきいていなかった。立ちこめる香《こう》のにおいのせいで眠気《ねむけ》に襲《おそ》われ、頭がぼおっとして、なにも考えられなくなっているのだ。

行く手に、テーブルと五脚《きゃく》の椅子《いす》が、ぼんやりと見えている。テーブルの上には、本が二冊《さつ》置いてあった。一冊《さつ》は赤と金色の表紙、もう一冊《さつ》は黒い表紙だ。本の横には、黒い羽根ペンと、金色の光を放つ、クリスタルのインク壺《つぼ》がある。

マントをまとった人影《ひとかげ》が、手招《てまね》きしている。アーチーは、頭がくらくらして、気を失いそうになった。ルパート、キイチゴ、アラベラ、アザミが、アーチーの横を通っていく。もつれる足で明かりの下に入っていったルパートが、つまずきかけて顔をあげた。

「ええっ、まさか」

そうつぶやいたルパートに、マントの人影《ひとかげ》は椅子《いす》を示《しめ》し、つづいて黒い表紙の本を指さす。

ルパートは、おとなしく椅子《いす》にすわった。

アラベラが、ルパートのあとにつづく。

「どうやって、ここに入ったの？」

マントの人影《ひとかげ》は答えず、別の椅子《いす》と黒い本を指さす。アラベラは、いわれたとおり席についた。

「とっくに気がついてなきゃいけなかった……」

自分の番になったとき、キイチゴはつぶやいた。だが、キイチゴもまた席につき、黒い本をじっと見つめている。

「アーチー……」アザミが、声をひそめていいかける。「おれの指輪が光ってる。これって、なんかの罠《わな》だ……」

だが、もう遅《おそ》かった。アザミも、そのまま席についてしまった。

アーチーは、ポケットの中のエメラルド・アイを探《さぐ》って、しっかりにぎりしめた。呼吸《こきゅう》が浅くなり、ゼイゼイいいはじめている。脳《のう》みそが、めちゃくちゃになったような感じだ。なにかがぐいぐいと、テーブルのほうにアーチーを引っぱっている。

アーチーは引っぱられるままに、明かりの下に足をふみいれた。とたんに、あたりの空気が変わった。目にするものすべてが、夢《ゆめ》の中のようにゆらゆらとゆらめいている。香《こう》のにおいのせいにちがいない。それとも、なにかの魔法《まほう》がかけられているのだろうか。

「ルパート？　キイチゴ？　アラベラ？　アザミ？」

アーチーは、みんなに呼《よ》びかけた。

返事はない。

マントの人影《ひとかげ》が、アーチーの前に立っている。

「おまえは、だれだ？　ぼくの友だちに、なにをしたんだよ？」

人影《ひとかげ》はアーチーに背《せ》を向け、テーブルの上の黒い本のほうに歩みよった。

空気がちらちらっと光ると、夢《ゆめ》のようにゆらゆらしていたすべてが動きをとめる。書庫の中が少しずつはっきりしてきて、しっかり見えるようになった。実験室にある絵とおなじ光景だ。ただ、昔の錬金術師《れんきんじゅつし》クラブのメンバーがいた椅子《いす》に、いまは四人の友だちが絵とそっくりの姿《し》勢《せい》で、凍《こお》りついたようにすわっているのだ。

アーチーは、はっとした。やっとわかった。これから絵の中の予言を実行しようとしているのは、ほかのだれでもない自分たちなのだ。ただし、絵の中のグレイは、みんなから顔をそむけていた。

「おまえの席も、用意されている」

マントの人影《ひとかげ》は、五番目の、空っぽの椅子《いす》を指さした。聞き覚えがあるが、だれの声か思い出せない。目が、自然に黒い表紙の本に吸《す》いよせられていく。アーチーは、必死で本から目をそらせた。

そのとき、グルーム教授《きょうじゅ》の声が、頭の中から聞こえてきた。

〈エメラルド・アイは、魔法《まほう》の本から、きみを守ってくれるんだ。もちろん暗黒の書からも。だが、ぜったいに本をじかに見つめたりしてはいけない〉

アーチーは、必死に本から目をそむけ、頭をはっきりさせるために深呼吸《しんこきゅう》した。

「ぼくは、アーチー・グリーン。魔法《まほう》図書館で、本作りの見習いをしている」

せいいっぱい勇気をふりしぼって、人影《ひとかげ》に告げる。

「そんなこと、とっくに知ってるよ、〈ささやき人《びと》〉。ずっと、待っていたんだから」

人影《ひとかげ》は、そういうなりフードをぬいだ。鋭《するど》い、青い瞳《ひとみ》でアーチーをひたと見つめているのは、カテリーナ・クローンではないか！

「ええっ、どういうこと？　ここで、なにをしてるんだよ？」アーチーは、あっけに取られた。

「わたしの遺産《いさん》を取りもどそうとしてるのよ。ナイトシェイド家の遺産《いさん》をね！　錬金術師《れんきんじゅつし》クラブのフェリシア・ナイトシェイドは、わたしの先祖《せんぞ》で、じつにすばらしい計画を立てていたの。あの、ちっぽけな火事さえ起こらなければ……」

「ちっぽけな火事だって？」アーチーは、大声でいった。「ロンドンの半分が焼けちゃったんだぞ！」

「そんなのは、フェリシアがやろうとしていたことにくらべれば、ちっぽけなものよ」カテリーナは、吐《は》きすてるようにいった。「いまこそ、フェリシアの計画を実行する時がやってきたの。フェリシアの書けなかった呪文《じゅもん》、〈未完の呪文《じゅもん》〉を完成させる時が」

「だけど、その〈未完の呪文《じゅもん》〉って、どんなものなんだよ?」恐怖《きょうふ》が、じわじわと胸《むね》の中に広がっていく。

「〈未完の呪文《じゅもん》〉を終わりまで書くことができれば、魔女《まじょ》ヘカテの暗黒の力を子孫に伝えられる」

カテリーナの答えを聞いたアーチーは、ゴクリとつばを飲んだ。一連のできごとの背後《はいご》にいる本がなにか、はっきりとわかったのだ。七冊《さつ》の〈恐怖《きょうふ》の書〉のうちの一冊《さつ》、魔女《まじょ》ヘカテが書いた、暗黒の呪《のろ》いの書『グリム・グリムワール』にちがいない。〈暗黒書庫〉でアーチーに話しかけた本は、『グリム・グリムワール』だったのだ。そしていま『グリム・グリムワール』は、アーチーたち五人をあやつって、暗黒の魔法《まほう》を世界によみがえらせようとしている。

アーチーの背筋《せすじ》に、冷たいものが走った。

「魔女《まじょ》ヘカテの呪文《じゅもん》を、自分の手で完成させようとしてるんだな」

「なにをいっているの、アーチー・グリーン」カテリーナは、声をあげて笑った。「呪文《じゅもん》を完成させるのは、あんたなのよ!」

㉒ 暗黒の呪《のろ》いの書『グリム・グリムワール』

「『グリム・グリムワール』は、わたしの家の家宝《かほう》なのよ。あのファビアン・グレイとかいう愚《おろ》か者《もの》にじゃまされなければ、魔女《まじょ》ヘカテの魔法《まほう》は、代々《だいだい》受け継《つ》がれてきたはずだったのに」カテリーナは、冷たい笑《え》みを浮《う》かべた。「ナイトシェイド家の者は、何代にもわたってヘカテの呪文《じゅもん》を完成させようとした……」苦い笑い声をもらす。「だけど、だれひとり成功しなかった。そして、フェリシアの代になった。フェリシアは、魔法《まほう》図書館でファビアン・グレイと親しくなり、金色の輪のしるしを手のひらに持つことができたの。こうなったら、グレイにぴったりくっついてさえいれば、彼《かれ》が魔女《まじょ》ヘカテの呪文《じゅもん》を完成させてくれる。フェリシアには、それがわかっていた。

いっぽうファビアン・グレイは、自分の手で魔法《まほう》の書を書きなおしたいという意欲《いよく》にかられていた。なんとも、ごりっぱなことじゃないの！　だけど、フェリシアは、そんなことはどうでもよかった。錬金術師《れんきんじゅつし》クラブのバカな連中についてまわりながら、時をうかがっていたのよ。そして、いよいよチャンスがやってきたとき、フェリシアはヘカテの呪文《じゅもん》を書きなおす用意を、すっかり整えていた。それが、まさかファビアン・グレイが！　あの男が、暗黒の呪文《じゅもん》を完成させるくらいなら自分の全人生を賭《か》けた仕事を無にしてもいいと考えるなんて！　フェリシアには思いもよらなかったでしょうよ」

「『グリム・グリムワール』は、それを恨《うら》みに思って、錬金術師《れんきんじゅつし》クラブのメンバーに呪《のろ》いをかけたのか？」

カテリーナは、声をあげて笑った。

「そのとおり。復讐《ふくしゅう》したの。メンバーは、ひとり、またひとりと、ふしぎな死に方をしていった。復讐《ふくしゅう》は、完璧《かんぺき》に成功した――ただひとり、グレイをのぞいてね！　だってグレイは、プディング通りの地下室から『グリム・グリムワール』を持って逃《に》げだしたんだから。ロンドン塔《とう》の牢屋《ろうや》に入れられる直前に、グレイは『グリム・グリムワール』を二度と日の目を見ないところに隠《かく》してしまった。それから、魔法《まほう》の力を使って姿《すがた》を消した。ああ、呪《のろ》われるがいい、グレイめ！

『グリム・グリムワール』の行方《ゆくえ》は、それから三百五十年間わからなかった。けれども、アーサー・リプリーが〈暗黒書庫〉の秘密《ひみつ》を探《さぐ》りに入って、隠《かく》されていた『グリム・グリムワール』を発見したの。本が、アーサー・リプリーを見つけたというほうがいいかもしれないけど！『グリム・グリムワール』は、人を引きよせる力を持っているからね。

さすがリプリー家の一員だけのことはあるわね。アーサーはすぐに、これは大変なチャンスがやってきたと思った。金の輪のしるしが、最初の錬金術師《れんきんじゅつし》クラブから三百五十年後にあらわれるということを、アーサーは知っていた。あとはナイトシェイド家の系図《けいず》をたどって子孫を見つければ、暗黒の魔法《まほう》をよみがえらせることができる。そして、ついにわたしにたどり着いたのよ！」

「だけど、あんたはナイトシェイド家の子孫じゃないだろう！　クローンっていう苗字《みょうじ》じゃないか」

「わたしは、幼《おさな》いころ両親に死なれて、クローン家の養子になったの。なんとも善良《ぜんりょう》な、やさしい人たちだった。あんたは、そういうやつらが好きよね。でも、あいにく、わたしは大っ嫌《きら》い！　なんの野望もなく、暗黒の魔法《まほう》を目の敵《かたき》にしている、狭量《きょうりょう》なやつらよ。

わたしの居場所《いばしょ》をつきとめたアーサー・リプリーは、養父母に手紙を書いて、わたしがナイトシェイド家の子孫だと告げたの。養父母は、わたしに事実を知らせなかったけれど、リプリーの手紙だけは取っておいた。それが、ふたりのまちがいだったわね。手紙を見つけたわたしが、どんなに腹《はら》を立てたことか！　こうなったら、わたしのやることは、たったひとつ。なんとかして〈未完の呪文《じゅもん》〉を完成させて、魔女《まじょ》へカテの力を自分のものにしなければ。

当時のわたしは、まだ本当に子どもで、じっさいに行動に移《うつ》すには幼《おさな》すぎた。だから十二歳《さい》になったとき、魔《ま》法《ほう》図書館に行かせてくれって、養父母に頼《たの》みこんだの。その気になれば、養父母を説きふせるのなんて、わたしにはおやすいことだった。最後には、養父母も折れて、魔《ま》法《ほう》図書館に行ってもいいということになったの。ところが、このわたしが、なんと〈炎《ほのお》のテスト〉で落とされてしまい、見習いになれなかったなんて！　信じられないよね？　しかたなく、わたしは自分自身に使命を課したの。魔《ま》法《ほう》の呪文《じゅもん》を書くことについて、すべてを学びつくすってね。だれもがわたしを、とても優秀《ゆうしゅう》な生徒だと思いこんだ。わたしがなんのために勉強してるかなんて、ちっとも気づかなかった。だけど、わたしが魔《ま》法《ほう》図書館で学ぶ奨学金《しょうがくきん》をもらったときに、初めて養父母が疑《うたが》いはじめたの。だから、あの世に行ってもらうよりしかたなかったのよ」

「プラハで殺されたっていう、あの夫婦《ふうふ》のことか？」アーチーは、息をのんだ。

「そう。あいつらは、わたしの持ち物の中にファビアン・グレイのノートがあるのを見つけたの。そのノートは、フェリシアが燃《も》えあがる地下室から持ちだしたもので、ナイトシェイド家に代々《だいだい》受け継《つ》がれてきたのよ。養父母は、そのノートを魔法《まほう》図書館におさめようとした。そしたら、養父母から知らせを受けたホークが、ノートを受け取りに人を寄《よ》こすっていってきたの。そんなことをさせるわけにはいかない。だから、あいつらは死ぬほかなかったのよ。エイモス・ローチに養父母の家をたずねてくれと頼《たの》んだんだけど、養父母に悟《さと》られてしまった。ローチがプラハに着いたときには、ノートはすでに養父母のもとにはなかった。かわいそうに、ノートをエディンバラのフローラおばさんに送るなんて、養父母は自分たちがよっぽど利口だと思ってたのね。しかたなくローチは、エディンバラに行かなきゃいけなくなった。だけど、バカなばあさんがノートをわたさないって断《ことわ》ったばかりか、魔法《まほう》図書館に報告《ほうこく》するなんていいだしたから、やっぱり死んでもらうよりしかたなかったのよ」

「じゃあ、グレイのノートは、あんたがずっと持ってたってわけだ」アーチーは、むごいことを平然と話すカテリーナに、ショックを受けていた。「グレイの実験室で見つけたふりをしてたんだね。ぼくたちがグレイの書類を調べていたときにはなかったから、変だなって思ってたんだ」

「そう、ノートは持ってたのよ。そういうわけで、養父母たちもいなくなったから、わたしはだれにもじゃまされずに魔法図書館《まほう》に来られたの。そしたら昔とおなじに、あんたたちの手に金の輪のしるしがあらわれはじめた。わたしは、自分の手のひらに金の輪があらわれるのを、じっと待ってた。ぜったいにそうなるって思ってたからね。ところが、そうはいかなかった。リプリー、トレヴァレン、フォックス姉弟《きょうだい》、それに最悪なことに、ファビアン・グレイの血を引くアーチー・グリーンにも金の輪があらわれたっていうのに！　わたし以外は、みんな金の輪のしるしをもらった。いちばんほしかったのは、このわたしだっていうのに！」

「だから、ぼくたちの金の輪のしるしを、あんなにうらやましがっていたんだ。ぼくたちが無事でいるかなんて、まったく考えてはいなかった。暗黒の呪文《じゅもん》を完成させるために、ぼくたちを使いたいって思ってただけなんだね」

カテリーナは、またもや声をあげて笑った。

「魔法《まほう》図書館に来たとき、わたしはすでにフェリシアの黒い羽根ペンと、アゾスの作り方を書いたノートを持っていたのよ。あとは、金の輪のしるしだけがあればよかった。だけど、わたしの手には、あらわれなかった。そこで、別の計画を考えたの。

そしたら、アーチー。股鍬《またぐわ》の運命を持っている、あんたがいたってわけ。そんな絶好《ぜっこう》のチャンスを、逃《のが》すわけにいかないわよね。

わたしは〈ドラゴンの鉤爪《かぎづめ》〉に魔法《まほう》をかけて、あんたとアザミを〈暗黒書庫〉に行かせた。

そしたら、『グリム・グリムワール』が、あんたたちを自分のほうに引きよせた……」

「あれも、たくらみのひとつだったってこと？」

「そのとおり」

〈ひっつかみ屋〉がひそんだ本を古書店の前に置いて、アラベラがその本を開くようにさせたのも？」

「そう。あんたに『呪文《じゅもん》の書』を書きなおしさせるわけにはいかなかったからね。そうなったら、すべての計画がむだになってしまうもの」

「あんたは〈暗黒書庫〉にどうしても入りたかったんだ」

なんとかカテリーナに話をつづけさせなければ。そのあいだに妙案《みょうあん》を思いつくかもしれない。

「そう。暗黒の呪文《じゅもん》が完成すれば、魔女《まじょ》へカテの力を自分のものにすることができる。そして、わたしがつぎの偉大《いだい》なる暗黒の魔術師《まじゅつし》になれるの。でも、そのためには、魔法《まほう》を書ける者がいなくちゃいけない。でも、ここにこうしてあんたがいるじゃないの！　さあ、席につきなさい。呪文《じゅもん》を書いてもらうから」

カテリーナは、テーブルの上の黒い表紙の本をじっと見ている。アーチーの目も、自然にそっちに向きそうになった。だめだ！　見るな！

「まだ、抵抗《ていこう》しているのね」カテリーナは、残酷《ざんこく》な笑《え》みを浮《う》かべた。「だけど、長つづきするわけはない。すぐに逆《さか》らえなくなるわよ。魔法図書館《まほう》を守っている呪文《じゅもん》なんか、もう消えたも同然だから」

カテリーナは、赤と金色の表紙の『呪文《じゅもん》の書』に目をやる。

「なにいってるんだ。魔法《まほう》図書館を昔から守ってる呪文《じゅもん》は、あんたが考えてるよりずっと強いんだからな」アーチーは、ギディアン・ホークに聞いたことをそのままいった。「もう千年もつづいてるんだし、あんたよりずっと長生きするに決まってるよ」

そうはいったものの、本当に信じていたわけではない。いいなりにはならないぞと示《しめ》すためにいった言葉だ。

カテリーナは、笑いだした。

「なにをいってるの。最強の本は、『グリム・グリムワール』に決まってるじゃない。あんたは、『グリム・グリムワール』のいうとおりにすればいいのよ」

「黙《だま》らないか！」

ふいに、声が聞こえた。火に投げこんだ脂身《あぶらみ》がはじけるような強い、吐《は》きだすような声、アーチーが前に〈暗黒書庫〉で耳にした声だ。テーブルの上の黒い本から聞こえてくる。

「黙《だま》れ。暗黒の書、『グリム・グリムワール』の声を聞け」

「わたしは、魔女《まじょ》ヘカテの子孫よ」カテリーナは、大声で黒い本にいい返した。暗黒の魔法《まほう》が働いているのか、『グリム・グリムワール』の声が聞こえているらしい。「だから、あんたはわたしのものなの」

「大ちがいだ」木で鼻をくくったような返事だ。「おまえは〈ささやき人《びと》〉をわたしのところに連れてきた。これで、おまえの役目は終わりだよ。わたしを我《わ》が物にできるほど、自分の力が強いとでも思っていたのかね。バカ者めが！　暗黒の魔術師《まじゅつし》になる力など、おまえにはないんだ。だいたい、魔法《まほう》を書くことさえできないじゃないか！　わたしがほしいのは、グレイの血筋《ちすじ》を受け継《つ》ぐ者の力。アーチー・グリーンこそ、つぎの暗黒の魔術師《まじゅつし》なのさ」

「ちがう！」カテリーナは、大声で叫《さけ》んだ。「つぎの暗黒の魔術師《まじゅつし》は、わたしよ。生まれてきたときから、その権利《けんり》があるんだから。魔女《まじょ》ヘカテの血が流れているのよ。さあ、わたしの命令にしたがいなさい！」

あざけるような、甲高《かんだか》い笑い声が〈暗黒書庫〉の闇《やみ》を引きさく。

「わたしに刃向《はむ》かう気かい？」なおも『グリム・グリムワール』は、ケラケラと笑いつづける。

「この、愚《おろ》か者《もの》めが！」

ふいに、目もくらむような閃光《せんこう》がひらめいた。アーチーは、とっさにあとずさった。心臓《しんぞう》が口から飛びだしそうだ。

やっと目が見えるようになると、ぐったりしたカテリーナの姿《すがた》が目に入った。白目をむき、死んでいるように見える。

「さて、今度はおまえの番だよ。アーチー・グリーン」せせら笑うように、『グリム・グリムワール』がいう。「〈未完の呪文《じゅもん》〉を書きあげて、おまえの真の使命を貫徹《かんてつ》するがいい」

23 〈未完の呪文《じゅもん》〉

いっぽう筆写室にいるモーラグ・パンドラマは、目の前でくりひろげられている〈暗黒書庫〉のできごとを、恐怖《きょうふ》に戦《おのの》きながら見つめていた。いつもともるはずの筆写室のたいまつには、なぜか火がつかなかった。いまパンドラマは、三本目のろうそくをともしたところだ。もう、手の打ちようがないという思いが、ひしひしと胸《むね》に迫《せま》ってくる。

真夜中の少し前に、ブラウン博士がグルーム教授《きょうじゅ》とともに筆写室に来た。ほどなくグレイブズ部長が、フォックス夫妻《ふさい》、スイカズラとロレッタを連れてやってきた。足音を聞いたパンドラマは、期待に満ちた目でグレイブズ部長を見あげた。

グレイブズ部長は、弱々《よわよわ》しい笑《え》みを浮《う》かべていった。

「できることは、すべてやったわ」ため息をつく。「〈暗黒書庫〉の鍵《かぎ》は、内側からかけられているけれど、いまホークとボーンがなんとかあけようとしている。あとは、なんとか辛抱《しんぼう》して希望を捨《す》てないことね」

とつぜん最後のろうそくが消えた。いまや筆写室の中を照らしているのは、絵からもれてくる薄暗《うすぐら》い明かりだけだ。つぎの瞬間《しゅんかん》、絵の中の明かりも消え、筆写室は真っ暗になった。

「なにが起こったの？」ロレッタが、震《ふる》え声で叫《さけ》んだ。

見えるものはといえば、絵の中にただひとつ残った、点のような光だけだ。その光を、ロレッタは見つめつづけた。どうか、消えないでほしい。一瞬《いっしゅん》でも目を離《はな》せば、二度と見つけられないかもしれない。絵の中の、ほんの小さな点にすぎなかったが、一心に見つめるほかない。ほかの大人たちもおなじ思いだった。


〈暗黒書庫〉では、アーチーが立ちすくんだまま、カテリーナを見守っていた。床《ゆか》にぐったりと倒《たお》れていたカテリーナが、なんと奇怪《きっかい》なあやつり人形のように立ちあがると、テーブルの上の黒い本を手に取ったではないか。低い、カラカラという音が聞こえる。『グリム・グリムワール』が笑っているのだ。

アーチーはあとずさったが、壁《かべ》にぶつかってしまった。

「さあ、呪文《じゅもん》のつづきを書きな」『グリム・グリムワール』が命令する。

「いやだといったら、どうする?」アーチーは、叫《さけ》んだ。

『グリム・グリムワール』は、甲高《かんだか》い声で笑った。

「いやだといったら、おまえの父親とおなじ運命をたどるだけだよ!」

「父さんとおなじ運命?」アーチーは、耳を疑《うたが》った。「父さんがどこにいるか、知ってるのか?」

「本の中にとらわれていることは知っているよ」『グリム・グリムワール』は、あざけるようにいう。「リプリーのしわざだ。さあ、今度はおまえの番だよ。命令にしたがわなければ、おまえも本に閉《と》じこめてやる」またもや、冷たく、残酷《ざんこく》な声で笑う。「おまえを助けてくれる者など、だあれもいないのさ!」

アーチーは、テーブルについている友だちを、すがるような眼差《まなざ》しで見た。みんな、ろう人形のように凍《こお》りついている。なにもかも、ぼくが悪いんだと、アーチーは思った。ぼくが向こうみずなことをしたせいで、友だちが命のせとぎわに立たされている。それなのに、友だちを助けることもできなければ、魔法《まほう》図書館を救う手立ても持っていない……。

『グリム・グリムワール』のいうとおり、アーチーはひとりぼっちだ。

アーチーは、必死に考えた。なんとかして、友だちを救う方法を考えなければ。せめて、この場から逃《に》げだせる道だけでも……。『グリム・グリムワール』は、ひとつまちがいを犯《おか》した。

リプリーが父親を本に閉《と》じこめたといえば、アーチーの心がくだかれ、抵抗《ていこう》するのをやめると思ったのだろう。だが、その言葉は、アーチーの怒《いか》りの火に油をそそいだようなものだ。怒《いか》りの炎《ほのお》は、ますます燃《も》えあがった。

「ぼくの命を取れ。その代わりに、友だちを解放《かいほう》しろ」アーチーは、わめいた。

「友だちのために命を捨《す》てるというのかい？」『グリム・グリムワール』は、カラカラと笑った。「なんとまあ、麗《うるわ》しいことじゃないか。そういえば、おまえの父親も、おまえのために自分を捨《す》てたんだっけ。だが、なんの役にも立たなかった。我《わ》が身を捨《す》てたところで、なにひとつ実らなかったのさ。犠牲《ぎせい》というのは、そんなもの。おまえだって、いまはわかっているだろう？だから、わたしたちの仲間に入って、暗黒の魔術師《まじゅつし》になるよりほかないんだよ。〈未完の呪文《じゅもん》〉を書きおえれば、おまえは力をさずかり、運命を成就《じょうじゅ》することができる――暗黒の魔法《まほう》を救う力をもらえるんだ。強者が弱者の力を受け継《つ》ぐのさ。さあ、呪文《じゅもん》を完成させるんだ！」

カテリーナが手にした『グリム・グリムワール』が、さっと開いた。黒い羽根ペンと、インク壺《つぼ》がテーブルの上にある。この羽根ペンを手に取り、アゾスにひたすしかないのか……。

「さあ、始めないか」『グリム・グリムワール』が急《せ》かす。「呪文《じゅもん》を完成させるんだよ！」

だが、アーチーはためらっていた。

「いわれたとおりやるより、しかたなかろうが」『グリム・グリムワール』が笑う。「自分のためにやりたくないなら、友だちを救うためにやったらどうだい。もし、おまえが書かなかったら、友だちはずっとこのままでいるんだよ――永遠《えいえん》にな」

アーチーは、テーブルの上の羽根ペンを見つめた。さまざまな思いが、頭の中をめまぐるしくかけめぐる。キイチゴとアザミに目をやってから、アーチーは黒い羽根ペンに手をのばした。手が震《ふる》えている。

そのとき、凍《こお》ったまま動かないキイチゴの目が、恐怖《きょうふ》に戦《おのの》いたように見えた。キイチゴには、いま起こっていることが見えているし、聞こえているにちがいない。もしも暗黒の呪文《じゅもん》を書きおえたらなにが起こるか、キイチゴもアーチーも知っている。アーチーは、暗黒の魔術師《まじゅつし》になるのだ。だが、もう〈未完の呪文《じゅもん》〉を書きおえるよりほかない。

「ごめん、キイチゴ」アーチーは、つぶやいた。

指が、黒い羽根ペンにふれた。とたんに、アーチーの手のひらが、むずむずした。手を開くと、金の輪のしるしが光を放っている。ポケットの中でも、なにかがぴくりと動いた。あの指輪だ。いままで、グレイの指輪のことをすっかり忘《わす》れていた。アーチーはポケットに手を入れて、ドラゴンが自分のしっぽをくわえている、金の指輪を取りだした。手のひらにのせると、金の輪のしるしとぴったり合う。指輪の内側に書いてある言葉を思い出して、アーチーはつぶやいた。

「これは　我《わ》が言葉、我《わ》がしるし
火をもって作られし　闇《やみ》の中の光」

おどろいたことに、手のひらの指輪が脈を打ちはじめた。アーチーが目を丸くしていると、金色の指輪はぷつんと切れ、ドラゴンがくわえていたしっぽを放す。ドラゴンの体はそのまままっすぐにのびていき、ひれがふわふわと開いて羽毛になった。金の指輪がのっていたはずの手のひらにあるのは、まさしく金色の羽根ペンだった。

ついに、指輪の秘密《ひみつ》が明らかになった。金色のベヌー鳥の羽で作った、ファビアン・グレイの羽根ペンだったのだ。羽根ペンをにぎると、ぴくっと手のなかで動く。アーチーは急いで羽根ペンを、アゾスにひたした。

たちまち、金色に燃《も》える文字がアーチーの頭上にあらわれた。

力強き、真実の呪文《じゅもん》の書よ
これより、汝《なんじ》の呪文《じゅもん》を書き改めん！

テーブルの上にある『呪文《じゅもん》の書』が、ぱっと開く。薄《うす》くなりかけていた字が、どんどん濃《こ》くなって、はっきり読めるようになった。

「なんだい、それは？」『グリム・グリムワール』が、わめいた。「グレイの羽根ペンじゃないか！　『呪文《じゅもん》の書』を、元にもどそうというのかね。かまうものか。これからは、暗黒の魔法《まほう》の夜明けを迎《むか》えるんだからな。おまえは、グレイの血を引いている。だから、最強の暗黒の魔《ま》術師《じゅつし》になれるはずだ。だが、おまえが暗黒の呪文《じゅもん》を書かないというのなら、ほかの者にさせればいい！　リプリー家の娘《むすめ》に書かせるとしようか」

凍《こお》りついていたアラベラが、目をあけた。その目に、恐怖《きょうふ》の色が浮《う》かんでいる。だが、『グリム・グリムワール』は、カテリーナのときとおなじように、アラベラをあやつり人形のように動かしはじめた。

アラベラは、黒い羽根ペンを手に取ると、『グリム・グリムワール』に字をしるしはじめる。黒く燃《も》える字が、アラベラの頭上にあらわれた。

何人《なんびと》も行けぬ　暗きところ
古《いにしえ》の影《かげ》　さまよいて
古き日々《ひび》の秘密《ひみつ》　ひそみたり
闇《やみ》に通ずる道は　隠《かく》れ
人の目に　見ゆることなし

闇《やみ》を払《はら》わんとして、古き昔より
道を　探《さが》し求むる者あり……

アーチーは、アラベラを押《お》しのけた。金色の羽根ペンをしっかりとにぎって、アラベラが書いた呪文《じゅもん》のあとにつづっていく。

〈ファロスの火〉よ、我《われ》を導《みちび》け
この呪文《じゅもん》を滅《ほろ》ぼし、呪《のろ》いを解《と》け

金色の羽根ペンの先から火の玉が飛びだし、アラベラがつづりかけた〈未完の呪文《じゅもん》〉を炎《ほのお》がつつみこんだ。

「なんだ、なんだ？」『グリム・グリムワール』が、うめく。「もう遅《おそ》い。いったん書かれた呪《じゅ》文《もん》を消すことなど、できないはず……」

「いいや」アーチーは、叫《さけ》んだ。「取り返しのつかないことなんかあるもんか」

金色の羽根ペンをひらりとかざして、アーチーはつづきを書く。

暗黒の書よ、闇《やみ》の書よ
ファロスの名において、汝《なんじ》を来たところに投げ返す！

『グリム・グリムワール』の開いたページの上に、金色の炎《ほのお》が踊《おど》った。一瞬《いっしゅん》、ページは燃《も》えあがり、焼きつくされるように見え、黒い表紙の本は熱のためにパチパチとはじけた。と、暖《あたた》かい風がページの上を吹《ふ》きぬけ、呪文《じゅもん》を書いた黒い字を土ぼこりのようにさらっていく。あとには、なにも書かれていないページが残った。

だれかの叫《さけ》び声《ごえ》がする。アーチーがふり返ると、ギディアン・ホークとウルファス・ボーンが走ってくる。ホークが黒い表紙の本を急いで閉《と》じると、ボーンが留《と》め金《がね》をしっかりとかけた。

「暗黒の呪文《じゅもん》は、滅《ほろ》びました」と、アーチーはいった。

「きみ、だいじょうぶなのか？」ホークが、心配そうに眉《まゆ》をひそめた。

それを聞いて初めて、アーチーの胸《むね》に、助かったという思いがあふれてきた。この数時間というもの、目まぐるしく起こるできごとに集中していて、どんなに自分が疲《つか》れているかも気がつかなかった。

「全部、カテリーナのせいだったんです」アーチーは、ふたりに説明した。「カテリーナは〈食らう者〉たちの手先だったんですよ。魔女《まじょ》へカテの呪文《じゅもん》を、完成させようとしてたんです」

「そのとおりだよ」ホークは、頭をかかえた。「ああ、もっと早く気づくべきだったのに。わたしは、またリプリーをたずねたんだよ。あの男が知っていることを、なんとか聞きださなければと思ったんだ。だが、療養所《りょうようじょ》に着くと、あいつはすでに逃亡《とうぼう》していた。すぐにでも魔法図《まほう》書館を襲撃《しゅうげき》するつもりだと気づいて急いでもどってきたんだが。ここに着いたときには、きみたちはもう〈暗黒書庫〉に入っていた」

そのとき、アーチーの背後《はいご》で物音がした。ふり返ると、キイチゴ、アザミ、ルパートが、立ちあがっている。

「アーチー！　無事でよかったよ！」キイチゴが、大声でいう。

三人は、アーチーのまわりにかけよって、抱《だ》きついたり、背中《せなか》をたたいたりした。

ウルファス・ボーンが、カテリーナのぐあいを調べている。カテリーナはすっかり血の気を失い、目もうつろだ。

「ナイトシェイド家の血筋《ちすじ》も、これまでだな」そういいながら、ボーンはカテリーナの肩《かた》に毛布《もうふ》をかけた。

「こういう状態《じょうたい》の者は、前に見たことがある」ホークが、眉《まゆ》を曇《くも》らせた。「療養所《りょうようじょ》に連絡《れんらく》して、ラモールドに連れていってもらおう」

「ホークさん。『呪文《じゅもん》の書』がいってたんです、だれも、自分自身の運命をだましたりできないって」

アーチーがいうと、ホークは小さな声でつけたした。

「ファビアン・グレイも、例外ではない」

そのとき、アーチーはアラベラに気がついた。とまどった顔をして『グリム・グリムワール』を見つめ、まだ黒い羽根ペンをにぎりしめている。

「アラベラ、だいじょうぶ？」

アーチーがきくと、アラベラはうなずいた。

「うん。たぶんね」

㉔ファビアン・グレイの私有物《しゆうぶつ》

「ブラクストン・フォックスの日記が、ずっとわたしの料理本の棚《たな》にあったなんてねえ」ロレッタおばさんが、首を横にふる。「まったく、思ってもみなかったわ」

錬金術師《れんきんじゅつし》クラブの五人は、イヌノキバ通り三十二番地のキッチンテーブルを囲んでいた。サンドイッチやポテトチップスのお皿、いろいろなケーキやパンのお皿が、テーブルの上に所せましと置いてある。

もう夜もふけていたが、どうしてもフォックス家のお祝いの席に来てほしいと、ロレッタおばさんがルパートやアラベラに頼《たの》んだのだった。ふたりとも、ふたつ返事でやってきた。ギディアン・ホーク、グレイブズ部長、グルーム教授《きょうじゅ》も、顔をそろえている。

「そうだよ、ママ」アザミが、うなずいた。「ママの料理本の棚《たな》くらい、いい隠《かく》し場所はないもん。アレックスおじさんも、ここのキッチンに置いておけば安全だと思ったんだよ」

「じゃあ、〈暗黒書庫〉には、その名のとおりの暗黒のものがおさめられてたんですね！」

ロレッタおばさんが、ホークにいった。

「はい」ホークは、うなずいた。「『グリム・グリムワール』以上に暗黒の本など、めったにありませんからね」

「『グリム・グリムワール』のくわだてが失敗したとたんに、魔法《まほう》図書館の前に集まっていた〈食らう者〉たちが、クモの子を散らすようにいなくなったんですよ」グレイブズ部長がいった。「エイモス・ローチは、カテリーナの両親とおばさんを殺害した疑《うたが》いで、指名手配されてるそうです。いずれ、裁判所《さいばんしょ》に引きだされるでしょうよ」

「それで、アーサー・リプリーはどうなったんですか？」アーチーは、たずねた。

「まだ、行方《ゆくえ》がわからないの。でも、いまに見つかりますよ。魔法界《まほうかい》に、通知がまわっているから。また、捕《つか》まると思うわ」

「そしたら、きみのお父さんの行方《ゆくえ》について、リプリーが知っていることをあらいざらい聞きだすつもりだ。だからそれまで、わたしを信じて待っていてくれるかい？」ホークが、アーチーの肩《かた》に手を置いた。「お父さんがご存命《ぞんめい》なら、わたしがぜったいに見つけてみせる。誓《ちか》ってもいいよ」

「そこで、アレックス兄さんに敬意《けいい》を表して、兄さんがくれた料理本のとおりに作ってみたんですよ」ロレッタおばさんが、食料品を置いてある小部屋《こべや》のドアをあけた。「おかしな材料ですけどね。たまには実験してみるのもいいと思って」

実験と聞いて、グルーム教授《きょうじゅ》は真っ青になった。

「ぼく、わかんないんだけど、どうして『グリム・グリムワール』は、ファビアン・グレイに錬金術師《れんきんじゅつし》の呪《のろ》いをかけなかったんですか？」アーチーがきいた。

「グレイにもかけたんだよ」と、ホークが答える。

「じゃあ、ほかの人みたいに死ななかったのは、なぜなのかな？」

「もっと残酷《ざんこく》な呪《のろ》いのかけ方もあるからね」

「ファビアン・グレイがどうなったのか、いつかわかるんですか？」

でも、答えを聞く前に、巨大《きょだい》なケーキの皿を持ったロレッタおばさんがキッチンにあらわれた。

「バナナとクルミのケーキですよお！」ロレッタおばさんは、高らかにいう。

「ほんとにバナナとクルミだけかな」アザミが、首をかしげる。

「そういってるでしょ」と、ロレッタおばさん。

五人の手がいっせいにケーキにのびて、大きな口でパクッとやった。すると、おばさんが、つけくわえた。

「それに、もちろん缶詰《かんづめ》のイワシもね。さあさあ、みなさん。エルダーベリー・ジュースのお代わりは？」


ちょうどそのころ、百キロあまり離《はな》れたロンドンにあるフォリー・アンド・キャッチポール法律事務所《ほうりつじむしょ》では、ホレース・キャッチポールが目の前に広げた台帳をにらんでいた。書かれていることを何度読み返しても、さっぱり意味がわからないのだ。

咳《せき》ばらいが聞こえた。

「ホレース？」プルーデンス・フォリーだ。「なにか、報告《ほうこく》することがあるんですか？　あの男の子、アーチー・グリーンについて書いてあることが、また見つかったとか？」

ホレースは、きっぱりと首を横にふった。

「とんでもない。でも……ここに書いてあることが、なんとも奇妙《きみょう》で」

プルーデンスは、きれいに手入れした眉毛《まゆげ》をあげた。それから、ホレースがさしだした台帳に目を落とす。

そこに書いてあるのは……。

〈ファビアン・グレイの私有物《しゆうぶつ》
動かすなかれ
所有者が受け取りに来る予定〉

マドベリーの魔法《まほう》用語事典

以下はマドベリー著《ちょ》『初心者のための魔法《まほう》案内』（十三版《ばん》）を参考にして、新たに書きおろしたものである。この場を借りて、マドベリー家に謝意《しゃい》を表したい。

アガサの骨董店《こっとうてん》

オックスフォードにある魔法界《まほうかい》の店。〈天空鏡〉その他の魔法《まほう》用品を販売《はんばい》している。「パーラー・火のしるし」、「マフィン母さんの、うたうマフィン」、「ヴェルーカの秘《ひ》密《みつ》」などとならぶ有名店。

アゾス

錬金術師《れんきんじゅつし》に珍重《ちんちょう》される、魔法《まほう》の物質《ぶっしつ》。魔法《まほう》を書くのに必要な、三つの要素《ようそ》のうちのひとつ。あとのふたつは、〈ファロスの火〉によって与《あた》えられた金の輪のしるしと、幻獣《げんじゅう》から提供《ていきょう》された羽で作った、魔力《まりょく》のある羽根ペン。昔の魔法《まほう》の書き手は、〈主たる呪文《じゅもん》〉を書くのにアゾスを使った。呪文《じゅもん》が長持ちするからである。アゾスはまた、人間の寿命《じゅみょう》を延《の》ばすともいわれている。アゾスのシンボルは、使者の杖《つえ》と呼《よ》ばれる、二匹《ひき》のヘビが巻《ま》きつき、頂《いただき》に翼《つばさ》がついている杖《つえ》である。

アモーラ

魔法《まほう》のにおい。魔法《まほう》は大きく三つに分けられ、それぞれがちがうにおいを持っている。〈大自然の魔法《まほう》〉は、大自然そのもののにおい。〈現世《げんせ》の魔法《まほう》〉は、風通しの悪い部屋《へや》、あるいは煙《けむり》のようなにおい。〈超《ちょう》自然の魔法《まほう》〉は、冷たい墓石《はかいし》や死肉のような、この世ならぬにおい。

アレクサンドリア大図書館

歴史上もっとも有名な図書館で、最大といわれる魔法《まほう》の本の蔵書《ぞうしょ》を誇《ほこ》っていた。紀元前四十八年ごろ焼失した。

暗黒書庫

魔法《まほう》図書館の秘密《ひみつ》の場所。いつも闇《やみ》に閉《と》ざされている。決して世に出してはならない魔法《まほう》の本や道具を収納《しゅうのう》している。暗黒の魔法《まほう》に関するものが、数多くおさめられている。数名の有名な、あるいは悪名高い魔術師《まじゅつし》が、暗黒書庫に入ることができた。十七世紀には、錬金術師《れんきんじゅつし》ファビアン・グレイが少なくとも一度は暗黒書庫に入ったといわれている。最後に入ったとされているのは、アーサー・リプリー。

暗黒の錬金術師《れんきんじゅつし》

暗黒の魔法《まほう》の書き手。〈恐怖《きょうふ》の書〉の著者《ちょしゃ》もふくむ。

移動《いどう》カクテル

クィルズ・チョコレートハウスで供《きょう》される、反重力の飲み物。〈学び椅子《いす》〉で安全に移動《いどう》するために欠かせない。さまざまな味や香《かお》りのものがあり、いろいろな名前がつけられている。ホットチョコレートを加えてチョコテルにしたり、フルーツジュースを足したりしてもよい。

運命の書

『予言の書』、『精算《せいさん》の書』の二冊《さつ》。時には『ヨーアの書』もふくまれる。

エメラルド・アイ

魔術師《まじゅつし》ジョン・ディーが持っていた、魔法《まほう》のペンダント。アーチー・グリーンは、ジョン・ディーの幽霊《ゆうれい》からエメラルド・アイをお守りとしてもらった。

王立魔法《まほう》協会

魔法《まほう》をより深く研究するため、一六六六年に国王チャールズ二世によって設立《せつりつ》された。魔法《まほう》の美点を認《みと》め、より推進《すいしん》し援助《えんじょ》するとともに、人類の幸福のために魔法《まほう》を発展《はってん》させ、使用することを目的にしている。数多くの有名な、あるいは悪名高い実験が、同協会において行われた。もっとも優秀《ゆうしゅう》なエリートたちが集《つど》うという評価《ひょうか》を受けており、有名な魔術師《まじゅつし》や錬金術師《れんきんじゅつし》もかかわっている。サー・アイザック・ニュートンも、そのひとりである。

オーパス・メイグス

あらゆる魔法《まほう》の本の中で最高とされる書物。魔法《まほう》の〈主たる呪文《じゅもん》〉が書かれているという、伝説的な本。

お守り

魔法《まほう》の力のあるプレゼントで、ふつう相手を危険《きけん》から守るために贈《おく》る。お守りは、見習いが魔法《まほう》図書館の修業《しゅぎょう》を始めたときに、友人や家族から贈《おく》られる習わしになっている。

恐怖《きょうふ》の書

暗黒の魔法《まほう》が書かれた、もっとも危険《きけん》な七冊《さつ》の書物。開いてはならない、禁《きん》じられた本に分類される。〈食らう者〉たちが〈恐怖《きょうふ》の書〉の一冊《さつ》を手に入れただけで、世界が滅亡《めつぼう》するといわれている。

禁《きん》じられた本

開いてはいけないとされている魔《ま》法《ほう》の本。〈恐《きょう》怖《ふ》の書〉とその他の魔《ま》法《ほう》界《かい》で禁《きん》止《し》された事《じ》項《こう》にかかわる本。

クィルズ・チョコレートハウス

一六五七年にジェイコブ・クィルがロンドンで創《そう》業《ぎょう》した店。魔《ま》法《ほう》界《かい》の集会に使われる、人気の店になった。ロンドン大火によって焼失したため、クィルは、一六六七年に店《てん》舗《ぽ》をオックスフォードに移《うつ》した。国《こく》際《さい》的《てき》な人気を勝ちえているチョコテルだけでなく、魔《ま》法《ほう》図書館の入り口となっている〈関所の壁《かべ》〉も、他の〈関所の壁《かべ》〉にくらべてはるかにすぐれていると評《ひょう》価《か》を受けている。

食らう者たち

〈炎《ほのお》の守《もり》人《びと》〉の宿《しゅく》敵《てき》。自《じ》己《こ》の利《り》益《えき》のためにひそかに魔《ま》法《ほう》を使い、魔《ま》法《ほう》界《かい》の方《ほう》律《りつ》を無《む》視《し》している。魔《ま》法《ほう》の本に執《しゅう》着《ちゃく》し、がつがつと食らうように漁《あさ》ることから〈食らう者〉たちと呼《よ》ばれ、魔《ま》法《ほう》の本をうばうためには手《しゅ》段《だん》を選ばない。魔《ま》法《ほう》図書館の見習いたちは、常《つね》に〈食らう者〉たちから身を守らねばならない。〈食らう者〉たちが、なによりもほしがっているのは〈恐怖《きょうふ》の書〉である。

光線ドア

クィルズ・チョコレートハウスの奥《おく》にある秘密《ひみつ》のドアで、ここから魔法《まほう》図書館に入ることができる。まぶしい光線で、ムボービたちの目をくらましている。

ささやき人《びと》

魔法《まほう》の本と話ができる人。魔法界《まほうかい》でも、非常《ひじょう》にまれな才能《さいのう》だといわれている。アーチー・グリーンは、四百年ぶりにあらわれた〈ささやき人《びと》〉である。

書庫

魔法《まほう》図書館の〈行方不明本《ゆくえ》〉係の内部にあり、魔法《まほう》の本に関する、すべての古文書が保存《ほぞん》されている。古くはアレクサンドリア大図書館、およびその後に訪《おとず》れた魔法《まほう》の黄金時代の書類もある。

ジョン・ディー（一五二七〜一六〇八または九）

イングランドの数学者、天文学者、占星術師《せんせいじゅつし》、錬金術師《れんきんじゅつし》、海洋探検家《たんけんか》。当時最も博学な人物のひとりであり、エリザベス一世の宮廷《きゅうてい》につかえる魔術師《まじゅつし》であった。ジョン・ディーは、個人《こじん》としてヨーロッパで最大の蔵書《ぞうしょ》を所有していたひとりといわれ、その中には多くのめずらしい魔法《まほう》の本もふくまれていた。

スヌーク

魔法《まほう》図書館の伝統《でんとう》として、初めて見習いになる者は、〈炎《ほのお》のテスト〉を受けるときに魔法《まほう》の本を一冊《さつ》持参しなければならない。その本を、スヌークと呼《よ》ぶ。

関所の壁《かべ》

クィルズ・チョコレートハウスの、外部の客が自由に入れる部分（表チョコ）と、魔法《まほう》図書館へ入ることができる奥《おく》（裏《うら》チョコ）を区切る、魔法《まほう》の壁《かべ》。

特別の指示《しじ》

魔法界《まほうかい》の特別な契約《けいやく》で、ふつうは特定の魔法《まほう》の品を使うか、特定の年月日になにかをせよという指示《しじ》。定められた年月日の数年前に指示《しじ》される。いったん指示《しじ》を受けた以上は、取り消すことができない。指示《しじ》にしたがわないのは魔法界《まほうかい》の方律違反《ほうりついはん》とされ、違反者《いはんしゃ》は深刻《しんこく》な事態《じたい》に見舞《みま》われる場合がある。呪《のろ》いを受けたり、その他の不愉快《ふゆかい》な呪《じゅ》文《もん》の対象にされるということである。

飛び出しストップびん

小さなガラスびん。コルク栓《せん》をぬくと白い蒸気《じょうき》が流れでて飛び出したものをつつみこみ、蒸気《じょうき》ごとガラスびんに入れる。使用したあとは、魔法《まほう》図書館にもどさなければならない。その後、飛び出したものは元の本に閉《と》じこめられるか、別の方法で処分《しょぶん》される。扱《あつか》いようによっては非常《ひじょう》に危険《きけん》なため、初級、中級の見習いは使用を禁《きん》じられている。

飛び出し本

魔法《まほう》の本で、開くと中のものが逃《に》げだすように呪文《じゅもん》をかけてある。飛び出し本には、二種類ある。〈飛び出す本〉を開くと呪文《じゅもん》をかけられていたものが飛び出すが、あくまでも出てきた本につながっている。〈飛び出る本〉は本にしばりつけられていないので、自由に外の世界に出ていってしまう。

ドラゴンの鉤爪《かぎづめ》

最古の〈学び椅子《いす》〉のひとつ。北欧《ほくおう》で最大のドラゴン、破壊王《はかいおう》フェルウィンドの鉤《かぎ》爪《づめ》で、一度にふたりの人間をつかんだといわれている。〈学び椅子《いす》〉の中でも数少ないふたりがけできる椅子《いす》のひとつ。あまり信用できない動きをする、危険《きけん》な椅子《いす》。

バルザック

同時代の魔術師《まじゅつし》に最も恐《おそ》れられた、暗黒の魔術師《まじゅつし》。〈恐怖《きょうふ》の書〉の一冊《さつ》である『魂《たましい》の書』を書き、アレクサンドリア大図書館に火を放った。その後、アーチー・グリーンによって『魂《たましい》の書』に閉《と》じこめられた。

引きこみ本

不注意な読者をページの中に引きこむ、非常《ひじょう》に危険《きけん》な本。魔法《まほう》の歴史を記した『ヨーアの書』も、その一冊《さつ》。

火のしるし

〈炎《ほのお》のテスト〉に合格《ごうかく》した見習いの手のひらにあらわれる、魔法《まほう》のシンボル。〈ファロスの火〉が、新しい修業《しゅぎょう》を始めるのにふさわしいと判断《はんだん》したとき、新しい〈火のしるし〉が手のひらにあらわれる。

ファロスの火

アレクサンドリア港の入り口にあった灯台に燃《も》えていた火。遠い国からアレクサンドリア大図書館にやってきた旅人たちを導《みちび》く火であった。アレクサンドリア大図書館が焼失したとき、オックスフォードに運ばれた。伝説によれば、魔法《まほう》の黄金時代に魔《ま》法《ほう》を書いた魔《ま》作家たちの霊《れい》が込《こ》められており、魔《ま》法界《ほうかい》の良心であるといわれている。

ホワイト通り古書店の地下にある作業場の言葉の炉《ろ》で燃《も》えており、新しい見習いに〈本探《ほんさが》し〉、〈本守《ほんまも》り〉、〈本作り〉のいずれか一つのしるしをさずける。

フォリー・アンド・キャッチポール法律事務所《ほうりつじむしょ》

イングランド最古の、秘密《ひみつ》を厳守《げんしゅ》するといわれている法律事務所《ほうりつじむしょ》。九百年以上、英国魔法界《まほうかい》に仕事を依頼《いらい》されてきた。ロンドン、フリート街の近くにあり、魔法《まほう》に関する指示《しじ》や、魔法《まほう》に関する品物その他の秘密事項《ひみつじこう》を保存《ほぞん》する業務《ぎょうむ》を専門《せんもん》としている。

無事着陸できたローカ

魔法《まほう》図書館の玄関《げんかん》の近くに位置し、〈学び椅子《いす》〉はこの場所で入館者をおろす。

ブックエンド獣《じゅう》

大昔に造《つく》られた、一対《つい》のグリフォンの石像《せきぞう》。魔法《まほう》の本や宝物《たからもの》を守っている。琥珀色《こはくいろ》の目が特徴《とくちょう》で、守っているものが危機《きき》に直面すると命を得る。きわめて忠誠心《ちゅうせいしん》が高く、おどろくべき魔力《まりょく》を持っている。アレクサンドリア大図書館で魔法《まほう》の本を守っていた一対《つい》が、最後のブックエンド獣《じゅう》とされている。非常《ひじょう》に危険《きけん》。ぜったいに近づいてはいけない。

ヘカテ・ナイトシェイド
錬金術師《れんきんじゅつし》。邪悪《じゃあく》の書『グリム・グリムワール』を書いた魔女《まじょ》。同書は〈恐怖《きょうふ》の書〉のうちの一冊《さつ》である。伝説によれば、ヘカテは最後の呪文《じゅもん》を書き終えようとしたとき、雷《かみなり》に打たれて死んだ。ゆえに、その呪文《じゅもん》は〈未完の呪文《じゅもん》〉と呼《よ》ばれている。

炎《ほのお》の守人《もりびと》
魔法《まほう》の本を探《さが》しだし、保存《ほぞん》する仕事をしている秘密《ひみつ》の組織《そしき》に属《ぞく》する魔術師《まじゅつし》。アレクサンドリア大図書館を守っていた者たちの子孫であり、魔法《まほう》図書館を守る役目を担《にな》っている。

ホワイト通り古書店
魔法《まほう》図書館付属《ふぞく》の古書店。店に持ちこまれた古本を、魔法《まほう》の本とその他の本に仕分ける場所。魔法《まほう》図書館の施設《しせつ》の中で、ここだけはムボービたちが自由に出入りできる。現在《げんざい》の店主は、ジェフリー・スクリーチ。

本棚《ほんだな》空間

クィルズ・チョコレートハウスと魔法《まほう》図書館のあいだにある、巨大《きょだい》空間。壁《かべ》にずらりと取りつけられた本棚《ほんだな》に魔法《まほう》の本が小鳥のように宿り、群《む》れをなして飛びかっている。

魔《ま》作家

魔法《まほう》の黄金時代に魔法《まほう》を書いた、すぐれた魔術師《まじゅつし》のこと。

魔術師《まじゅつし》の目

左右で色がちがう目。こういう目をしている者は、たぐいまれな魔法《まほう》の才能《さいのう》を持つといわれるが、その中には暗黒の魔法《まほう》をあやつる才能《さいのう》もふくまれる。

学び椅子《いす》

魔法《まほう》図書館の安全と秘密《ひみつ》を保《たも》つために使用される、空飛ぶ魔法《まほう》の椅子《いす》で、古くから使用されている。〈学び椅子《いす》〉にすわるには、〈移動《いどう》カクテル〉を飲まなければならない。それぞれの椅子《いす》が独特《どくとく》の個性《こせい》と、興味深《きょうみぶか》い歴史を持っている。

魔法《まほう》

魔法《まほう》は以下の三つの種類に分けられる。

〈大自然の魔法《まほう》〉

最もまじりけのない魔法《まほう》。魔法《まほう》の生物や植物および大自然の根源的《こんげんてき》な力、たとえば太陽、星、海などに由来する（シンボルは、雷《かみなり》に打たれた木）。

〈現世《げんせ》の魔法《まほう》〉

人間が作った魔法《まほう》。魔術師《まじゅつし》が魔法《まほう》の力を使うために作りだした道具、その他の方法もふくむ（シンボルは、水晶《すいしょう》の玉）。

〈超《ちょう》自然の魔法《まほう》〉

最も恐《おそ》ろしい魔法《まほう》。霊《れい》やその他、超《ちょう》自然的存在《そんざい》の力を利用する（シンボルは、笑っている髑髏《どくろ》)。

魔《ま》法《ほう》ドア

ホワイト通り古書店の地下にある、秘密《ひみつ》のドア。魔法界《まほうかい》の別の場所に行ける。

魔《ま》法《ほう》図書館

オックスフォードのボドリアン図書館の地下に隠《かく》されている図書館で、世界じゅうの最も強力な魔《ま》法《ほう》の本がおさめられている。魔《ま》法《ほう》の本は、すべて同図書館にもどされ、調査《ちょうさ》と分類をされなければならない。

魔《ま》法《ほう》の黄金時代

現在《げんざい》は、魔《ま》法《ほう》のことを忘《わす》れたり、魔《ま》法《ほう》がじっさいに存在《そんざい》したことを知らなかったりする人がほとんどである。だが、かつては魔《ま》法《ほう》を自由にあやつることのできた黄金時代があった。その時代に魔《ま》作家と呼《よ》ばれる魔《ま》法《ほう》の書き手が書いた〈主たる呪文《じゅもん》〉が、現在《げんざい》でも魔術師《まじゅつし》たちが使う魔《ま》法《ほう》の基本《きほん》になっている。〈主たる呪文《じゅもん》〉が損《そこ》なわれぬかぎり、力のある魔術師《まじゅつし》は呪文《じゅもん》を唱えることによって、魔法《まほう》を使うことができる。

見習い制度《せいど》

次世代に魔法《まほう》の知識《ちしき》を伝えるために設《もう》けられた制度《せいど》。〈ファロスの火〉によって、どの分野の見習いをするかが決定される。

本探《ほんさが》し（火のしるし＝目）

本作り（火のしるし＝針《はり》と糸）

本守《ほんまも》り（火のしるし＝はしご）

ムボービ

魔法《まほう》のことをまったく知らない人々《ひとびと》。

行方《ゆくえ》不明本係

魔法《まほう》図書館内に設《もう》けられた、行方《ゆくえ》のわからなくなっている本を調べる部門。新たに発見された本は行方《ゆくえ》不明本係に届《とど》けられ、魔法《まほう》の力の強さによって分類される。〈食らう者〉であるアーサー・リプリーも、以前に主任《しゅにん》をつとめていた。現在《げんざい》の主任《しゅにん》は、ギディアン・ホーク。

錬金術師《れんきんじゅつし》クラブ

十七世紀に結成された、魔法《まほう》図書館の見習いたちのグループ。ファビアン・グレイをリーダーとし、魔法《まほう》図書館におさめられている魔法《まほう》の本を書きなおそうと試みた。同クラブの実験によって、ロンドン大火が起こり、その結果「魔法界《まほうかい》の五つの方律《ほうりつ》」が制定《せいてい》されることになった。おなじく、その実験によって「錬金術師《れんきんじゅつし》の呪《のろ》い」がかけられることとなった。

錬金術師《れんきんじゅつし》の火のしるし

金のドラゴンが、自分のしっぽを飲みこんでいるしるし（金の輪のしるしとも呼《よ》ばれる）。このしるしが手のひらにあらわれた見習いは、魔法《まほう》を書くことができる。錬《れん》金術師《きんじゅつし》クラブのシンボルでもあった。

訳者《やくしゃ》あとがき

十二歳《さい》の誕生日《たんじょうび》の翌日《よくじつ》から、オックスフォードに住む叔母《おば》さん一家と暮《く》らしはじめたアーチー・グリーンは、自分が魔術師《まじゅつし》の血をひいているという驚《おどろ》きの事実を知らされ、魔法《まほう》図書館で見習いを始めます。そればかりでなくアーチーは、本と話ができるという珍《めずら》しい才能《さいのう》の持ち主、〈ささやき人《びと》〉でもありました。そのせいでアーチーは、暗黒の魔法《まほう》で世界を支配《しはい》しようと企《たくら》む悪意の魔術師《まじゅつし》たちの陰謀《いんぼう》に巻《ま》きこまれていきます。いとこたちの助けを借りて、なんとか暗黒の魔法《まほう》に打ち勝ったところで第一巻《かん》『アーチー・グリーンと魔法《まほう》図書館の謎《なぞ》』は終わりますが、第二巻《かん》の本書では、またまたアーチーに難題《なんだい》がつきつけられ、過去《かこ》の事件《じけん》がからんだ謎《なぞ》を解《と》いていく役目を担《にな》わされます。今回はいとこのキイチゴとアザミ姉弟《きょうだい》だけでなく、第一巻《かん》でアーチーと犬猿《けんえん》の仲だったアラベラや、キイチゴがひそかに憧《あこが》れているルパートも仲間に入るので、ますますにぎやか、というか複雑《ふくざつ》な展開《てんかい》になるのですが……。

ノンフィクションの作家でもあるD・D・エヴェレストさんは、第一巻《かん》でもジョン・ディーという実在《じつざい》の人物を登場させましたが、本書でも歴史上の大事件《じけん》であるロンドン大火が物語の重要な部分を占《し》めています。ロンドン大火は、西暦《せいれき》六四年のローマ大火、一六五七年に日本で起きた明暦《めいれき》の大火と共に、世界の三大大火ともいわれています。本書にもあるように、王室御《ご》用達《ようたし》のパン屋から出た火が突風《とっぷう》にあおられ、ロンドンの八〇%以上が焼失したといわれる大惨《さん》事《じ》になりました。じつは、物語の中でアーチー・グリーンに指輪を届《とど》けるロンドン塔《とう》のワタリガラスも、ロンドン大火に関係があるのです。大火の廃墟《はいきょ》を漁《あさ》るワタリガラスを市民が忌《い》み嫌《きら》ったので、時の英国王チャールズ二世もロンドン塔《とう》に巣食うワタリガラスを追いはらおうとしました。当時はロンドン塔《とう》にあった天文台の観測《かんそく》の妨《さまた》げにもなっていたからです。ところが「ロンドン塔《とう》のワタリガラスがいなくなると、王国が滅《ほろ》びてしまう」と告げられたため、少なくとも六羽だけは飼《か》っておくことにしたとか。この習慣《しゅうかん》は今も続いていて、ロンドン塔《とう》を訪《おとず》れる観光客はワタリガラスに会うのを楽しみにしています。ホームページで見ると、なかなか器量よしの、かわいいカラスたちですよ。

さて、アーチーは、家族と再会《さいかい》できるのでしょうか? おばあちゃんの旅の結末は? わたしも、わくわくしながら最終巻《かん》を待っているところです。

二〇一六年十二月

こだまともこ

著者 D.D. エヴェレスト

英国の作家。妻、ふたりの十代の子どもといっしょに、アッシュダウン・フォレストにあるエドワード調の屋敷に住む。執筆していないときは、地元のサッカーチームのマネージャーや、息子のロックンロール・バンドの裏方を務めている。ジャーナリストでもあり、ノンフィクションの作品を多数出版している。邦訳された作品に『アーチー・グリーンと魔法図書館の謎』がある。

訳者 こだまともこ

東京生まれ。出版社で雑誌の編集に携わったのち、児童文学の創作と翻訳を始める。絵本作品に『3じのおちゃにきてください』(福音館書店)、翻訳に「ダイドーの冒険」シリーズ(冨山房)、『さよならのドライブ』(フレーベル館)、『ビーバー族のしるし』(あすなろ書房)など。

画家 石津昌嗣《いしずまさし》

1963年広島生まれ 作家/写真家/絵描き。武蔵野美術大学卒業後、グラフィックデザイナーを経て、三年間海外を放浪する。帰国後、写真と執筆に携わる。著書に『東京遺跡』(写真・小説集/メディアファクトリー)、『あさやけのひみつ』(絵本/扶桑社)などがある。近刊は『どうしてそんなにないてるの?』(絵本/えほんの杜)。

アーチー・グリーンと錬金術師の呪い

2017年1月30日　初版発行

著　者　D.D. エヴェレスト
訳　者　こだまともこ
画　家　石津昌嗣
装　丁　城所 潤
発行者　山浦真一
発行所　あすなろ書房
〒162-0041 東京都新宿区早稲田鶴巻町551-4
電話 03-3203-3350(代表)
印刷所　佐久印刷所
製本所　ナショナル製本

 ISBN978-4-7515-2866-2
NDC933　Printed in Japan